复为羽声忼慨

——始皇的崛起与灭亡

砀山童叟 著

加拿大国际出版社

Canada International Press

书名：复为羽声忼慨——始皇的崛起与灭亡

作者：砀山童叟

出版：加拿大国际出版社 www.intlpressca.com

Email: service@intlpressca.com

2024 年 10 月加拿大第一版

2024 年 10 月第一次印刷

印刷版国际书号 ISBN:978-1-998479-08-5

电子版国际书号 ISBN: 978-1-998479-09-2

Title: Passionate Singing Again
　　　——The Rising and Falling of The First Emperor of China
Author: Childish Old Men in Dangshan
Published by: Canada International Press, www.intlpressca.com
Email: service@intlpressca.com
First Edition, Oct 2024
First Printing, Oct 2024
Printed Edition ISBN: 978-1-998479-08-5
Ebook ISBN: 978-1-998479-09-2

序

我们是一个伟大的民族，但我们却没有英雄史诗；我们是一个古老的民族，但没有自己的宗教！一部英雄史诗，他们来源于中华历史上最伟大的时代——战国：一个宗教，轩辕教，她来源于我们的人文始祖——轩辕黄帝！这就是这部作品所要为伟大的华夏人所做的奉献！

是为序！

作者简介

　　砀山童叟，1962 年生人，1983 年毕业于西北师范大学中文系。当过教师报纸记者编辑，后为一家大型国企高管。故此，其对文学以及政治社会的认知与透析具有独到而不同寻常的深度与力度。曾在国内报刊发表文学以及各类文章百万字；2009 年在内蒙古人民出版社出版长篇小说《狮子》。现潜心写作，为独立作家。

目　　录

第一部 荆轲

第一章 黄帝

　　太史公啊，请告诉我，当昆仑的主人，就是我们的始祖黄帝，就是那个将道晓瑜天下人的人，看到冰雪皑皑的雪峰上早晨的阳光，就像麦穗拔节时那样一跳一跳的，如若道在混沌中生产万物时发出的那种欢喜的鸣叫，并用微风将之吹送到天上地下时，突然，却像初出茅庐的野马遇见了怪兽，从地上高举四蹄，嘶鸣声如同华山一般直插云霄，并把自己的身体重重地抛向黄河砸向黄土地……

　　我是说，那太阳突然被携带着狂风暴雨以及冰雹冻雨暴雪的黑云吞没……那黑云像官人的衣服，又像兵营里飘扬的旗帜；那乌云在天空奔腾翻滚，幻化作豺狼又幻化作猛虎，在天空肆意折腾，蹂躏……太阳黯然失色，星辰逃遁……天上地下死气沉沉，道所生养的万物惊恐万分，无道可依，无道可诉，惶惶不可终日……

　　……这样大约有一袋烟，不，大约有很多很多袋烟的功夫……

　　……却突然钻出来，站在了乌云的顶端……

　　这时候，太史公啊，你告诉我说，轩辕黄帝，就是那个说道生法的人，我们敬爱的人文始祖，中华民族和华夏文明的创立者，上古人曾称之为天帝或上帝的人或是神，他却潸然泪下……

　　……黄土地一样深厚的沧桑，刻在了他的脸上……

……隐约可见的悲哀，则从他道一样深邃的眼神，道一样大气的气质，道一样高贵的神态，道一样从容的举止中……如同黄河之水…天上来，源远流长，夜以继日地流淌在华夏大地……

道耶道耶！

……此时此刻，天上地下，宇宙万物，都听到了他坚韧的嘴唇发出的声音，悲天悯人的声音：道耶道耶！

如同冬眠的小动物，听到春雷，从熟睡中醒来，鼓动小腿，跑出洞穴，呼吸雪水混合着泥土气息的空气，顿时抛弃了慵懒，举起两腿，向太阳礼拜，那黄帝的书童，听到道祖的声音，也立即早春的空气一样来到黄帝的面前，听候他的差遣。

轩辕道祖的身旁，是一只昆仑龟，它的背上则是一本书。

道祖对他的书童说，依然是那悲天悯人的语气：去吧，到易水河，把这书和龟，交给那个叫荆轲的人。

第二章 易水吟

我的名字叫易水河，一条名字深沉，河水也深沉的河流！我说名字深沉，是因为，知道易经吗？如果你知道易经，也懂得那么一星半点，你就可以理解我为什么说我之名深沉了！易经预测未来，而我见证历史，知道吗，这就是我的不凡之处！

至于说，河水深沉，我想傻子都懂。要不然，那荆轲的马车，马车上的金银财宝，他和他的同伙，还有他那拉车驾辕的两匹据说他周游列国，路过楚国时，那个可怜的诗人，因为他主子不用，而郁闷投河自尽的诗人赠予他的马，一匹是枣红马，一匹是大黑马，雄赳赳的，头上却都有一个白圈，跟葬礼上人们戴的白花一样，那么健壮，打你身边走过，不打响鼻，你都能感觉到那气息简直有横贯黄河之气势。知道吗，这么多的东西，没有深沉河水赋予我的力量，我如何托举他们过河刺秦！

不瞒你说，我那么坦荡和深沉的胸膛，都感觉到了刺的力量，就是荆轲带着他那虽然不多但给人感觉浩浩荡荡的队伍，被我托举着，从易水之东来到易水之西的时候，我就感觉到了那个藏在燕督亢地图中的匕首的锋利的力量。我当时哎呀的一声叫唤，连深藏水底的千年老鳖都惊讶地张开了它的通天达地的智慧之神一样的嘴，问身边游来荡去的鱼儿以及龟儿，发生什么事了，他好像听到地震了。

哼哼，什么地震！你这老王八，人神共奉的，只是让你感受一下我这易水的力量，轻轻一声啊呀的力量，你就这等大惊小怪！

不过，说实话，这从燕督亢地图中发出来的匕首的力量，要同那荆轲的歌声和高渐离的筑声相比，就又逊色不少了。

我说易经预测未来，而我，易水，则见证历史，说的就是这荆轲的歌声和高渐离的筑声了。

也许有人要挑我的刺了，说什么，你这小小的内水河，连大海沙滩上的贝壳吹什么号角你都丈二和尚摸不着头脑，那荆轲的歌高渐离的筑，你懂个鸟蛋？还见证哪里的历史。

告诉你，你小瞧我了！要知道，不死的，那永恒的，是我，和我一样的！

哈哈，小样儿，被我弄蒙了吧！什么是和我一样的，而又永恒的。告诉你吧，石头，还有流过石头的水！

还有，道！黄帝的道！轩辕教所谓的那个道！

我知道，荆轲，高渐离，田光，他们都是那个轩辕教的人。他们是轩辕教的教士！好家伙，名字听上去多玄妙，轩辕教！黄土地上，黄河岸边，轩辕教！

我竖个大拇指！我也是轩辕教的信众。所以，我暗暗说，荆轲，哥们儿，不，道兄，你走易水，你选对了。也说明，你太懂我了！我谢谢你！因此，我为轩辕教，为我轩辕教主，尽了我的绵薄之力！

是不是还没听懂？话再说回来，我这里还想告诉你的是，就是我，河流，才是永恒的，不是从我的河水里泅渡的人，在我的怀抱里尽情游泳的鱼儿，不是从我头顶飞过的鸟儿，他们是过客，因为他们的生命掌握在命运的手里，而我的命运，则掌握在大自然的手里！

明白吗？那些人，鱼儿，鸟儿，吃草的马啃树皮的牛，在草地上边吃边拉屎撒尿的山羊，他们的生命是有限的，他们的命运掌握在时间的手里！而我，我的生命是无限的，或者说，你们这些所谓的有机体，因为你们有生命，所以，你们是短命的，被时间的大手抓住了，在太阳下炙烤，而我，因为无生命，所以，跟时间一样永恒！跟道一样长久！

当然，我可不敢斗胆说我同轩辕教主一样是个永恒的存在！

哈哈，愚蠢的人类，知道吗，要找永恒这玩意儿，就得跟我一样，是无生命的，才行！否则，长生不死都是痴人说梦！所以，我说，那个秦王，就是荆轲要去杀掉的那个痴呆小儿，随便哪个茅坑里的石头都比他长寿！哼哼，打了几场胜仗，就想要跟我们石头河流，跟自然一样，赛过老王八，简直一懵懂傻帽！他坐江山，不颠倒正统，把天下搞乱了，河水倒流，石头上天，星辰坠地，土地不长庄稼，经商的赚不了钱，种地的打不了粮，不把这世界整个乱七八糟一塌糊涂，把那黄帝佬儿经营了千年万载才整治得有模有样的天下搞得猫不像猫狗不像狗，那才叫怪呢！

所以，打从黄河河神告诉我，荆轲要去夺了那厮的命，我便决定要助他一臂之力！

不过，话说回来，我说我才是历史的见证者，还有一层意思，就是伟大如太史公，他后来写史记，沿荆轲的路走一趟，到我这里，睡在我的岸边的茅草屋中，听我讲述荆轲高渐离和众人怒发冲冠的故事，也有三天三夜。然后，他写了那流传千古的荆轲刺秦。他像石匠锤石头一样锤炼他的文字和故事——请原谅，我说故事有些不大对——应该说，锤炼史实，最后只剩下短短数千字，就因为，那不是他所见所闻，而是他在我河边的茅草屋中听我给他讲的啊！

他担心，照录了，我会找他讨要著作权。嘻嘻！

历史存在于他的文字中，恰如蕴含于我的波涛中！

请看，太史公怎么描写我讲的故事："至易水之上，既祖，取道，高渐离击筑，荆轲和而歌，为变徵之声，士皆垂泪涕泣。又前而为歌曰：风萧萧兮易水寒，壮士一去兮不复还！"

你们的爷爷奶奶爸爸妈妈，尤其是你们的老师，从小学到大学，都这么讲，短短几十字就把当时的场面写得栩栩如生！是的，栩栩如生，可是，知道吗，再怎么栩栩如生，但也只是如啊，并不是是啊！

对不起，我又犯了跟你们人类一样的口是心非的毛病，把太史公又像扔浪花一样甩到了岸上，让它消失在沙土中！

这就是你们人类的通病，是你们永远纷争不断的根源，至少是之一吧！

哈哈，请原谅我要不留情面，撕去你们的面纱了！你们，每个人，每个氏族部落，每个民族，每个国家，尤其是那些乳臭未干却在王座上擤鼻涕的混蛋，都认为自己掌握的，是最原始的事实，是独一无二的真理，是最完全的真相，是最终的真理，真理中的真理！别人手里的，跟你的相比，统统都应该扔到臭水沟里去！而自古至今，最最典型的，就是那嘴上的胡须还像麻雀的羽毛一样柔软的秦王！

这个狂妄自大到极点的秦王，在他当政之前，这天下是安安静静地，偶有战事，也是小打小闹，不几日就偃旗息鼓了。普天之下莫非王土，率土之滨莫非王臣！天下是周室的天下，百姓是周室的百姓，贵族是周室的贵族，王乃周天子是也，八百年来莫不如是。可自从他坐上那个叫人利令智昏的龙椅以来，这天下就被搅得乌烟瘴气，他生生要把人家周天下变成秦天下，在各诸侯国的边境上烧起战火，却恬不知耻地说，他要统一天下，拯救百姓于战火之中！

听到这句话，我跟你说，我呕吐了三天三夜，搅得黄河大神半夜里惊慌失措地来到易水，按住我的肩膀说，易水，你这小子犯的哪门子邪，将那整河的鱼鳖还有那污泥，都倾倒到我怀里，现在又正是汛期，老天爷来例假了，你说，我受得了嘛！

我告知他原委，不知怎么的，那比黄土还黄的老头竟然嚎啕大哭，眼泪跟壶口瀑布的水一样，洪黄洪黄的！说，悲夫，天下！悲夫，黎民！悲夫，这无限美好的大自然！那秦王，早就对人家周人的天下垂涎三尺，早就虎视眈眈，早就想取周王而代之！

他捶胸顿足说，真是滑天下之大稽！天下哪需要他来统一啊！这天本来好好的，那窟窿不都是他捅的吗？！黎民百姓，生灵涂炭，家破人亡，不都是他要盗窃人家周室天下为己有而带来的灾祸吗？

滔滔黄河，幽幽黄土，漫山遍野的炎黄子孙人，自黄帝始，就是一个统一的天下！那需要他来统一啊！

上帝啊，请让我告诉天下人吧，告诉那些傻瓜，告诉那些别有用心的历史学家，政客和围绕它们身边的蛐蛐和虫虫，那秦王不是统一了天下，而是窃取了人家的天下！以免周人的祖先，就是我们的先祖，要从坟墓里站起来，指责我们数典忘祖，不知自己从哪里来，不知自己又是谁！

那个被尉缭描述为蜂准，长目，鸷鸟膺，财声，少恩而虎狼心的秦王，说穿了，是一个篡位者！

是的，请让我敲开你这愚钝而轻信的脑瓜，告诉你，就当时的天下而言，就周室的君王而言，秦王乃篡位者也！

就华夏而言，就那黄帝佬儿来说，他所开创的文明，源源不断奔流不息几千年，后来被你们称作黄老的文化、文明，被窒息了！如同那滔滔奔流的黄河，千万年来，滋养华夏大地，到了秦王这里，便被崩溃了堤坝，篡改了水道，被注入了天上地下所有你所能想象得到的污秽，成了一条污秽的河流，一条灾难的河流！

源远流长自黄帝的美好文明，道法自然的文明，被虎狼之秦强奸，成了狼文化！

是的，到了秦王这里，我们的文脉被刀剑切断了！我们的文明不再优雅了，不再克制了，不再温良恭俭让了，不再生动活泼，充满生命力，被丰富的想象力和深刻的思辨精神所充满，被放眼天下的高瞻远瞩和造福人类的胸怀所鼓舞，如同朝气蓬勃的青年！代之而来的，而起的，漫天飞舞的，是丑陋野蛮粗俗，活脱脱一副那蜂准，长目，鸷鸟膺，豺声，少恩而虎狼心的秦王模样！

　　而对于诸侯国，那意味着，他们自祖先手中继承来的广袤的土地，他们的祖先曾经在那里耕耘，他们曾经在那里嬉戏，那黄昏时被羊群践踏而扬起的令人挚爱的尘土，要被秦王吸入他肮脏的鼻孔，进入他狭隘的胸膛了，去饲养那邪恶的心灵！

　　而他们作为那块土地主人的身份、权力、生活习惯、祖上传下来的风俗，都将被秦王的刀剑挑得粉碎！

　　他们不再是祖先的后人，他们将不再是王公贵族，他们引以为豪的祖宗的功业，那些记述祖宗荣耀的史册，也将被付之一炬！

　　他们将成为无名无姓无足轻重的人，他们将成为黔首！这种恐惧，正在蚕食着天下诸侯的饭桌，使他们常常寝食难安，在夜梦中惊醒过来，在床边垂泪涕泣，就像这会儿在我易水河边的燕太子丹和他的一众人马！

　　哀哉！华夏土地上，黄帝的被切断的文脉上，不再产生老子、孔子、墨子、庄子，曾经无限辉煌的文明舞台上不再有诸子百家！

　　广袤肥沃的土地上，盛产商鞅、秦王嬴政、二世、赵高、李斯之流，他们成为这片土地的主流，这里成为他们的王国！

　　请原谅我这情绪性的长吟！不，这不能说是情绪性的长吟，而应该说，这是我易水河对于历史与现实的思考。眼下，战火烧到了燕国的门口，烧到了我的身边，如果我还不说出我深沉的思考，以震撼那些萎缩的人们，他们的尸骨和血肉又要淤塞我的河道了。

是的，我易水吟，为的唱和荆轲跟那高渐离！我在这黄土地上流淌了千年万载。我终于等到了有种的！我心里高兴啊！

好了，就吟到这里吧！我还是那句话，即使太史公我想也不会不同意我说的，我看到的才是真实发生的历史，我看到的才是是！

我看到的才是是啊！知道还有一个原因吗？那即是，我是永恒的存在，所以，我不会像荆轲高渐离的那些跟班，包括那个燕太子叫丹的人，那样垂泪涕泣。知道吗，我觉得，那跟我的身份太不相符啦！我从地球诞生就有了我了。你们的黄帝佬儿还没战蚩尤呢，我就在这块土地上流淌了不知多少年了，冲刷了多少尸骨，痛饮了比我现在的易水还要多的鲜血，我还会为你这点伤别离而垂泪涕泣！笑话！

不过，看到高渐离那小子白衣飘飘，援臂举腕，苍劲的五指击在筑上，我也暗暗叫好！

那所谓的变徵之声，就是那种苍凉低沉的调调儿，听上去如同十月深秋的冷雨，和着湘妃在竹林子的角落里抹眼泪的感觉。尤其是当你看到冷清的竹林里的石头台阶上生出的苔藓，以及从竹叶上掉下来的雨滴落在那苔藓上，周围寂静得连一声鸟叫都听不到，一些不知啥时候被人刨挖过的黄土，和着一些枯枝败叶，在不知什么鸟兽拉的粪便旁颓废得没有一点生命的迹象，你就不由自主地会产生一种被上天遗忘，被祖宗先人遗弃的感觉。这高渐离的筑声，我听着听着就听出了这种感觉。如同闪电击中树木，把它从中劈开，暴露出白生生的树的内里，还用它的火，在白生生的树心上烙一条黑生生的影迹，人们心中那种被苍天遗弃的感觉，瞬间也被从他的筑，从他的手指中流淌出的音乐，给一下一下地击中了，就情不自禁地哭泣起来。

今天这高渐离的筑，那击筑的手臂，那白衣和那长发，那筑发出的声音，传达出的也恰是我给你们描述的那种感觉，被苍天遗忘被先人遗弃的感觉！

我暗暗叫好，是因为，从知音的角度讲，这家伙演奏得太好了！千百年后，人们从太史公的文字里欣赏荆轲的歌舞和高渐离的筑声，但他们只知荆轲高渐离歌舞一通便把那些胆小怕事神神叨叨的王公贵族们搞得眼泪吧擦的，像喝了猫尿的老鼠一样！他们心里就想，这些人为啥这般多情，送个人出行，弹一曲歌一首，便哭哭啼啼地，难道那时候的人就那样重感情。是的，那时候的人很重感情。但哭泣，不光是因为重感情，重要的原因，实际，我前面已经讲过了。普天之下的悲情共鸣，率土之滨的恐惧共振，再坚韧的内心，也有撑不住的时候。所以，那时候的人啊，说哭就眼泪巴巴的，说死，就用刀一抹脖子！

这个，南来北往，古往今来的各色人等，我告诉你们，我可不是瞎说乱掰的。我有名人作证！

知道我燕国大侠田光吧。他可是荆轲高渐离的挚友，忘年交。为了说服荆轲赴秦刺秦，他用刀摸了自己的脖子。然后，被埋在我易水河旁的山脚下。几天前，他来到我这里，我是说，他的魂魄，来拜访我这燕国的母亲河。我与他把酒论天下，自然谈到了荆轲。他告诉我，那荆轲终于要西渡易水，赴秦赴命去了。他告诉了我与荆轲高渐离相识相知的过程。正如太史公所说，见荆轲高渐离饮于燕市，酒酣以往，高渐离击筑，荆轲和而歌于市中，相乐也，已而相泣，旁若无人者。头一回听，他那眼泪就不知不觉像一条线一样从眼睛里扯出来了。那心里啊，也是猫钻进去一样，抓肝挠肺，翻江倒海，痛苦不堪！当时的他，遥望着远处的我，就是易水，说，知我者，荆轲高渐离也！

他让那断了线的眼泪一个劲地流。他似乎觉得自己不争气的眼泪，这时候正如荆轲的歌和高渐离的筑，索性今天就流个够吧！他这样一边自我欣赏着自己的心境变迁，一边遥望着波涛汹涌的易水，就是我，心中想：普天之下，莫非王土；率土之滨，莫非王臣！这个王，他的心中的河流的隐秘的深处，隐隐浮现出嬴政的模样！

这是何等可怕前景啊！荆轲高渐离已经看到这一天了，就像天边的黑夜，正在撕扯去墙角的那一小片薄弱的阳光，跨过山岭，把浓重的黑暗泼墨一样洒向我们吃饭喝茶的院落！

天上的一边阴云，心中的一块石头！田光，那个被称作节侠的老头这样吟咏着。

关于荆轲和高渐离的哭，古往今来众说纷纭，当然，大家普遍认为，荆轲他们是因为怀才不遇而哭！

不能不说这大家说的一点道理都没有，但我告诉你，那只是隔靴搔痒，挠着了一点点！他们内心的苦，他们的哭，再说一遍，是因为内心的恐惧，是因为他们感觉被遗弃！以及由此而日积月累逐渐深厚的悲情！这悲情发展到一定的深厚度，即使一丝微风吹过，一声鸟叫，一张面孔，远处的一个身影，一条通向田野的小路……也有可能使他内心潸然泪下。

我觉得我跟你基本说清楚了。如果，你还不明白那些人，尤其是这荆轲高渐离，石条一样的硬汉，为什么喝二两猫尿，便栖栖遑遑，那我只能说，你生活得很幸福，就像那大国秦的臣民一样陶醉，而不知天下早已被秦人烧得战火四起，你的子孙要当炮灰了，而你依然被满满的幸福感搞得脑满肠肥，一副憨乎乎的可爱像。

日与狗屠及高渐离饮于燕市，相乐也，已而相泣，旁若无人者，便是那豪勇志气冠绝古今中外的荆轲也！

好了，闲话少说，这荆轲，在高渐离暴雨般的筑声中，前而为歌曰：风萧萧兮易水寒，壮士一去兮不复还！

看到了吗？高渐离击筑，荆轲和而歌时，他下的是必死的决心！熟悉这段历史的就要说了，那他为什么在秦王宫大殿上却要生擒秦王呢？你这问题太棒了，可谓千古疑问！是的，为什么？荆轲此时的心态和彼时的想法发生了变化吗？

滔滔黄河啊，漫漫时光！我易水，不久就要告别，不能再做你的导游了，但这个疑问，会有人替你回答。不属于我的工作，我就不啰嗦了。

时值老黄历深秋，易水河边的芦苇已经在风的号子里嚎叫了好些日子了。但我的水波依然闪耀着温柔的光芒，尤其是这天，当荆轲高渐离在河边击筑高歌起舞时，我用我满河的波涛唱和着两个历史上最为硬骨头的诗人和音乐家！

我祖黄宗啊，轩辕帝！历史上最为伟大的骨头邦邦硬的诗人和音乐家！普天之下，自上古黄帝佬儿到你们所能看到的时光隧道里，没有比这两个更耀眼的星了更硬的骨头了！

我不相信你们有人能举出比这两人更让我服气的，骨头更硬的诗人和音乐家来。这华夏文明的精华，黄帝佬儿比天上的飞鸟地上的走兽还要众多的子孙中的绝对翠英，让我自豪不已的我易水河的知音！放眼古今，无论华夏，不管蛮夷，无人能出其右！容我且举一例，那楚国的屈子，绝代才华下却是一颗那样可怜的灵魂，不被主子重用便要投了江去。我常想，老天真是一时糊涂，把那样盖世的才华，赋予这等脆弱的人！让人扼腕啊！

可荆轲高渐离呢！请看太史公：

复为羽声慷慨，士皆瞋目，发尽上指冠。于是荆轲就车而去，终已不顾。

怎么样，多么精炼干净而又凹凸有致的文字，就如同你看到了那用刀刻在竹简上的小蝌蚪，又用了墨把那横撇竖捺再描写过一样！如此简洁传神，真是绝了！可实际上，我当时跟太史公讲的，远远不止这些，我不是吹牛，我有我自己的一套，更有神有色，丰富多了。他写的，或者说，他刻在书上的，如同树干，骨架，而我，讲给他的，还有满树的繁华，也是血肉丰满，如同妙龄的青年！

我是这样和着滔滔易水给他讲述的：

那荆轲高渐离做完上述的一切事后，便上了渡船。荆轲的神态凝重，仿佛岩石一般，目光坚定地如同黄帝佬儿的根脉就生长在他的身上。他手里牵着一匹大马，狗屠牵着另一匹，秦舞阳则和几个太子丹的随从将那枣红色马拉的崭新的木板车运上渡船。

渡船缓缓地离开河岸，高渐离向荆轲挥手，荆轲微笑着挥手致意，两人的眼神相对视，瞬间的一个不为人察觉的表情，却被我给逮住了！那眼神只有从兴趣爱好、思想认识、精神境界里有高度认同感的人那里才会发生！也许，千百年后，无数的人，对太史公书中的这句话，即"高渐离念久隐畏约无穷时"，丈二和尚摸不着头脑，如果，他这一刻也在我的身旁，即使他迟钝如木头，这里所谓的"久隐"和"畏约"，他也能琢磨出个子丑寅卯来。即使对于那个不识抬举的高渐离，为何在得到秦王的宠幸（高渐离先生，请原谅我用这个在你眼里十分不屑的词），将他纳为宫廷第一乐师（这在中国人千百年的历史上都是莫大的荣耀，哪个朝代的乐师得到这样的宠幸，不感激地忘了爹忘了娘？），却仍然放着荣华富贵的宫廷第一乐师的日子不过，却要用那破筑去攻击秦王？！

当然也有人说，高渐离的那一筑，比荆轲的那一刀还要有血性，显示出更加高贵的人的精神品质，那是仁者见仁智者见智的事了，老夫在这里就不多嘴了。因为，有过敏的人，可能要说老夫又要拿屈子来说事了，虽然，我绝无此意，也为了表示我意志坚决，此事留待后世去评判吧，我则要继续眼前的故事了。

我要继续为诸君讲述的事是，这时候，天上一片祥云从遥远的天宫，你要说是从昆仑山上，我们华夏人的始祖黄帝那里来，我也不否定。总之是，一片祥云从遥远的天际径直赴奔我易水而来。而我说径直，是因为，此前，它早已就在天际了，在那里若有所思地待了很久。有多久，就是荆轲高渐离他们：

既祖，取道，高渐离击筑，荆轲和而歌，为变徵之声，士皆垂泪涕泣。又前而为歌曰：风萧萧兮易水寒，壮士一去兮不复还！复为羽声忼慨，士皆瞋目，发尽指上冠。于是荆轲就车而去……

他在云端就停留了这么久！也是时而垂泪涕泣，也是瞋目、发尽指冠上。不过，不同的是，他没有戴冠，他是一书童，自然是一发髻和一些飘飘长发了。

他驾着祥云飘然而来，落在了荆轲他们渡船的甲板上。可是，荆轲他们乃凡俗之人，自然是看不到这神仙模样的书童的。只见那书童，就是那个黄帝佬儿的书童，将一只小盆子那么大小的乌龟搁在甲板上，然后，在那龟的背上，再搁一本书，恰好放在正在甲板上眺望西天的荆轲的脚旁，然后便驾着祥云离开了。

那乌龟头抬起来，望着荆轲，叫一声。荆轲听到这叫声，看到那龟，蹲下他矫健的身姿，拿起它背上的书，惊讶地打开来。

这时，天上有声音传来说，人子啊，我是你的始祖黄帝，我乃道祖，你当谨记，我说，道生法。

然后，又有声音传来说，人子啊，我是你的道尊，你当谨记，人法地，地法天，天法道，道法自然！

然后，天空重回寂静！

这里被惊讶得不知所措的荆轲，凝神注视手中的书，一看，原来是黄帝四经！

他立即匍匐在地，向天上的声音行礼！

狗屠等人此时看到眼前的一幕，不知何故，也是惊讶地看他，问：荆卿，何故？拜河神吗？

荆轲答曰：我祖黄宗，道耶道耶！道祖道尊，道耶道耶！

荆轲便不再多说，其他人也眼睛注视天空，向着昆仑的方向，说：道耶道耶！

他们也听到了我易水河哗哗的声音。

而我，则鼓起风帆，托举荆轲西渡易水，踏上西征之路！

第三章　山杏儿

到达黄河边一个叫曹家坪的镇子时，我们决定在这里歇一歇。眼下，正值秋来下霖雨，那雨啊，我的天啊，就跟多情女子的泪水，说来就来，浇得人挠肝抓肺的！一路上，我们雨中行泥里走，昼夜兼程，总算按预定计划到达了曹家坪。到达这里的当天早上，雨小了一些，不是那样的刷刷地下，是那种在风中飘来荡去的雨丝，落在脸上，潮潮的……似乎这雨专跟你耍心眼，你走，它来，你歇，它也歇，跟你玩上了！

曹家坪背山面河。那名叫土高山的大山，我们昨晚远在异乡时，就能看见前方的它庞大的身躯，在细雨中默不作声，像是坐在车辕上想事的荆轲。那山上，尽是河伯庙。每年的这个季节，当地人都要举行盛大的祭祀河伯的庙会，附近十里八乡的老乡一家老小骑驴骑马或赶车或跟脚，来到这里参加庙会。更有那发情期的少男少女，从各处跑来，到这里唱歌跳舞，然后，偷偷约会，合意了，回去找好媒人，再把终身大事办了。

看来，荆轲也是早有耳闻，所以，行程安排也是瞄准了这里，并且风雨兼程踏着点来到了这里。我得说，荆轲这厮，可真是那种有心机的人！不是木头，也不是石头，是个活生生的人！当初，他周游列国来到燕都，吃我狗肉，跟高渐离一起，然后唱歌跳舞，我就觉着这人真他祖宗的是个人！你看他，吃得那么香，喝得那么爽，让你觉得生活和生命如此美好，而它的奥秘就在于不辜负这大自然赐予的美物，然后，将它变为活生生的生命力，用来完成自己人生。

经常上演的好戏是，当高渐离那家伙把筑击得嚓嚓响的时候，荆轲就一甩长袖，旋转着从地上如蛟龙一般不紧不慢地起来。这时，高渐离的筑声往往是就像出远门的人遇到这秋来的霖雨一样，简直愁死人，那荆轲也是悲哀得像找不着窝，在大雨中悲鸣的燕儿，身体痛苦地扭动，神情哀伤得让你不忍心看他。同那燕子一样，它想要飞到高处，找一个避雨处，但向上飞，却被迎面而来的雨水给浇了下来，然后转头向低处去，但漫山遍野的雨，雨中的风也很强劲，把它的翅膀掀起来，它左右摇摆，使足了力气，来保持身体平衡，但还是倾斜着身子急促地落到了不远处的山崖上，在那里悲愁地唧唧叫！

但当那筑声高亢，敲打者像一个朝拜者伏在筑上，似乎要钻进那筑里，但又找不着洞，如那雷神撞在华山的山崖上，摔得粉身碎骨，似乎满山坡的巨石从山顶倾斜而下，而那山谷里的虎豹豺狼，知道逃命的时候到了，拼了命夺路而逃，那发出的阵阵呐喊，也赶不上那高渐离的筑声给人血脉喷张的震撼！

而荆轲，那舞者，那出海的蛟龙，突然，就像龙卷风一样，拔地而起，呼啸而上！但很快，就像那祖厉河、段家河、北大河、洮河渭水，纷纷奔涌黄河而来，舞姿分散而舒缓。但很快，这些小河水被黄河吸纳融入成为眼前这巨大涌动的黄河，气势博大而宏伟。一开始，它表面沉静而平稳，但处处旋涡激流，像一支奔赴战场的军队，秩序井然而杀气腾腾。但很快，那河水咆哮起来，把岸边的大树连根拔起，然后，席卷着它，一会儿将它摁进水里，只露出一点枝稍，一会儿又将它托起在波峰，让那树倒栽在水中，把它的根高举在浪尖；并且把那不幸卷入河里的猪啊牛啊羊啊驴啊鸡鸭的，从岸边的拐弯处，从容地一圈一圈地吸纳进漩涡里，然后，在观者的惊呆了的诧异中归于平静！

但这些都不足以表达我观看荆轲舞蹈的感受。你知道那荆轲歌舞时，我在欣赏他什么吗？是我在他身上看到的征服者的气质！

我给你打个比喻，就像在壶口瀑布那里，黄河从天上把自己抛下来，冲向阻挡它奔流的障碍，非要把它荡平了撕碎了踩在脚下，或是一掌过去，把横在那里挡路的家伙一掌击碎，再顺势把他们像壮汉用胳膊夹一只羊似的用旋涡把他们统统席卷而去的那种气势！不管男人女人，我跟你说，我可不是吹他，没人能在这种气势前不血脉偾张，不被它的气势俘虏，心甘情愿地跟随他！这就是征服者的气势！

好了，我的伙计，哥儿们，要了解荆轲是个什么样的人，你不用着急，有的是时间，有的是故事，有的是我让你了解他的心愿！且说，我们费了一番周折后在镇东头的一家客栈歇下了脚。这家客栈的门口有两棵槐树，又高又大，几乎要把那家人的院子都从空中给覆盖了，那家人平时就坐在这树下喝茶聊天，好不自在。眼下这个时节，要不是阴雨连连，我们自然也会在这树下赤着脚，摇着扇子，喝茶，听荆轲讲故事，击筑，唱歌。这荆轲，虽然筑击得不如高渐离那么动人心弦，但听着也是相当解乏。我说解乏，是因为，一路上，当人困马乏时，我们就歇歇，听荆轲坐在车上击筑。这时候，那两匹马，就打着响鼻，静静地卧在地上我们给他们铺的草席上。而我和秦舞阳呢，则支棱着耳朵听。那秦舞阳，只消几下子，就呼呼大睡了。看时辰差不多了，荆轲则猛击几下，那秦舞阳则受了惊吓似的，翻身起来，说怎么了怎么了？我们哈哈大笑，然后继续上路。

我把马车和马安顿到后院以后，哼着小曲来到旁边的杂货铺。这淅淅沥沥的小雨从脖子上头发上留下来，别有一番滋润的味道在里头。我哼着小曲进到杂货铺，荆轲先生说要买一个铲子，好铲掉车轮上的泥巴。店家的人低着头在一堆货物中找铲子。我瞄了一眼，看那样子，是一个穿蓝花裆子的女孩子家。她从一堆杂货中挑出一把铲子说，先生，这个行不？便把那把铲子递给荆轲看。我一看那抬起头来的女子，气都差点喘不上了。我的天啊，人间还有这等的大意外啊！你猜怎么着？这卖货的女孩子，竟是我燕国东北老家一个村子里的张大爷的老二，闺女，名叫山杏的！

我高兴得差点蹦起来，说，这不是山杏吗？你咋在这里呢？

那山杏看见我先是愣了一下，然后，也蹦起来，拍手说，这不是廖野哥吗？廖野，这是我的大名。狗屠，是后来熟人们的称呼。

于是，说来你可别笑，我俩一个往柜台里跑，一个往柜台外面跑，直逗得那荆轲哈哈笑，说，他乡遇故知，他乡遇故知！怎一个激动了得？！

　　山杏抓住我的手，牵着我，就往外走，说，走，见俺爸俺妈去！

　　张叔张婶见到我可别提有多高兴了。寒暄一会儿，就急着去杀鸡宰羊，忙乎着为我们准备饭菜。

　　那山杏说，廖野哥哥，曹家坪这里的庙会可热闹了，等吃过早饭，我带你们逛庙会去，好不好？

　　不用问，我知道荆轲是十分乐意的，他这人，走南闯北，可喜欢看各个地方上的什么庙会啊祭祀啊还有歌会啊灯会啊之类的。只要碰上，他绝不错过。至于那秦舞阳，虽然，不上心，但凑凑热闹转悠转悠也是乐意的。

　　吃完早饭，我们三人跟着山杏上土高山。土高山坐落在黄河畔，高大伟岸，山中间深进去，两边的山坡像两只胳膊伸出来，一直向黄河伸过去，中间坡地则是农家庄院。山高约有七八百米，漫山遍野的树木花草，山上经常云雾缭绕，尤其是山顶，不是云就是雨，当地人说神仙就居住在那里，跟我们说黄帝住在那昆仑山一样的说头。山上大大小小的庙宇十八座，主要供奉的是河伯神，掌管天下大小河流的神。半山腰最大的一座庙里，泥塑的河伯像有两三丈高，人首鱼身，面带笑容，俯视着脚下的黄河，那里的山川，当地的老百姓。

　　我们来到河伯大庙时时近正午，那雨丝飘线一般从天上飘下来，让人感觉美妙极了。当地人大多都不带雨具，任由那雨丝落在头上身上。河伯庙里烧香磕头的人一波接一波，跪在那里，口中念念有词，尤其是那老人，可是虔诚地匍匐在地，鞠了一躬又一躬。其中一个年纪老迈须发全白的老人，穿一身长衣，他的说辞洋洋洒洒，从天说到地，从地说到人，足足有一袋烟的工夫。而别的人，都恭谨地跟随他，鞠躬作揖，口中也随他叨咕着。

后来，山杏告诉我们，那老人是山上河伯庙会的会长，一个瘸子，家中老婆有些呆傻，生了几个娃都不清楚。但老汉本人虽是瘸子，倒是很能干，脑子也清楚麻利，算计到位，家境不错，这镇子上婚丧嫁娶的事，大多都请他张罗。

尽管多日来旅途劳累，但有山杏做向导，在我们的前方小兔子一样蹦蹦跳跳，加之眼前风景很棒，让人精神倍增，我们没感觉怎么费劲，就来到了山顶。

看，那是黄河！山杏第一个登上山，站在那里，给我们指着远处在山脚下像飘带一样缠绕着土高山的河流。雨雾中的大河，看上去完全是泥土的颜色，潮乎乎的黄土样黄土味，但那缓慢奔流的样子，却是十分大气有张力。我身旁的荆轲，看着河水，那样子若有所思。这家伙，那张脸从来都是一副在想啥事的模样，叫人捉摸不透。他的眼睛盯在眼前的东西上，但你能感觉到，他的心思其实在别处；反过来，你觉得他的心思在别处，但他却跟你明明白白说着眼前的事。

突然，他发出一声惊叹，迅速朝下面的一间河伯庙跑去。我们也跟着他跑下去。原来，一只鸽子被风雨裹挟着撞在了河伯庙的灰墙上，跌在地上，摔断了一只翅膀，倾斜着身子，痛苦地在那里咕咕叫着。看见我们冲过来，急切地扑动翅膀，但无奈，那翅膀却不给力，倒是疼痛难忍，它又急忙往草丛里钻。

荆轲做一个手势，示意大家安静，不要再惊吓着那受伤的鸽子。我们都停下脚步。山杏跑得慢，姑娘家，毕竟腿脚不如我们爷们儿的，等她来到跟前，那鸽子已经钻进了草丛，只留下一个尾巴。山杏轻轻地靠近，我们都不做声，看着她走近那鸽子。

那鸽子灰白色，拿惊惶的眼睛打量我们，看着几个人都不动弹，它也不再逃窜。大概是我们几个吸引了它的注意力，山杏走近时，它并没有发现。山杏嘴里也发出咕咕的叫声，那鸽子转项看她，却不再惊惶，也咕咕叫着，扇动一下受伤的翅膀，然后就卧在草丛里，等待山杏用双手疼爱地把它从草丛中抱起来。

噢，我可怜的小红唇！你受伤了，别动，我的小乖乖，我这就送你回家。那鸽子似乎听得懂她的话，咕咕叫着回应她。

她吻吻它，说，大红唇呢？它们都到哪里去了？你这是调皮捣蛋离开了大家，看看，这回受伤了吧！那鸽子咕咕着，跟调皮捣蛋的孩子挨训时一个表情。她赶紧说，好了，没事了，回去包扎一下，养几天就好了！

我们都围上来看她手中的鸽子，那个她叫红唇的小家伙。可不，那小家伙儿的嘴角那里是鲜艳的红色，使那鸽子眼，看上去更加的可爱漂亮，像山杏的眼睛一样。

我家的。这小家伙调皮，走散了。她对围观的我们说。

我们一行浩浩荡荡护送小红唇回家，依然是飘飘然的雨，依然是泥泞的道路，依然是飘飘然的心情!小红唇的受伤并没有给我们的庙会行带来不快。这倒不是说我没有同情心，而是，跟山杏在一起的感觉很好，而小红唇，我相信，也会很快好起来。

回到客栈，荆轲打开他的包裹，取出里面的治疗跌打损伤的膏药，给那小红唇敷上，并用细布条把翅膀包起来，然后，山杏把它放进一个单独的鸽子笼中。不一会儿，大红唇带领的一群约几十个鸽子飞回来了，落在树上，并不入笼，也不大声叫唤，只是咕咕地，声音低沉。那在笼中的小红唇先是沉默着，看到大家并不下树，便咕咕叫起来。那鸽子群发现小红唇已在笼中，都惊喜地欢呼起来，跳跃着，咕咕叫着，飞到小红唇那里，隔窗用嘴叨那小红唇。小红唇一只翅膀扇动着，做出在风雨中飞行的动作，很得意，然后，突然，撞向笼子，做倒地状。其他的鸽子似乎明白了它的故事，都咕咕叫着，像那村里人聚在一起谈论昨天谁家发生的事一样一样的！

我惊讶极了。我看那山杏，一直嬉笑着看她的鸽子听小红唇讲它的故事。而那荆轲，站在那里，右手贴在脸上，食指放在眼眶和眉毛的居中位置，兴致勃勃若有所思地观察着眼前的一幕。

吃晚饭的时候到了。大叔大婶一定要我把荆轲和秦舞阳一起带过来到家里吃饭。荆轲也欣然答应。我带上一袋狗肉过去，送给大娘；给老爷子呢，荆轲送一罐出发时太子丹送给我们的燕国陈酿。老人客气地推脱，但还是接受了我们的好意。

　　大叔大娘为我们杀了鸡还宰了小羊羔！那清炖羊肉，里面再放一些萝卜和香菜，我的天啊，霖雨时节，还有什么比这个更美味的吗？！大叔大婶十分热情，一个劲招呼我们趁热吃趁热吃，把个山杏逗得不好意思了，说，爸，妈，别老催人吃吃吃的，好像谁几天没吃过饱饭似的！

　　山杏一家是八九年前从我们的那个小山村来到这曹家坪的。这里算是一个比较大的镇子，交通要道，南来北往东来西去的人不少，也是许多农家货的集散地。大婶娘家也在这里，就招呼他们一家到这里做生意。这家人勤劳，车马店和杂货店生意不错，置办了一些家业，准备给大牛娶媳妇。但谁知，官府却把他找去当了兵，跟秦国人打仗去了。山杏告诉我，他哥哥刚去那几年经常给家里捎信回来，但从去年开始，就断了音信，现在不知道是死是活，大叔大娘夜里常常长吁短叹，还偷偷抹眼泪。大概是这个原因，大叔大娘看我的眼神我觉得总是像那荆轲一样，若有所思的样子。我呢，对大娘大叔的问话总是很细心地聆听，然后也很谨慎地回答，尽量避免触及让他们联想到大牛的人和事。

　　好在大叔是个生性十分豪爽的人，大娘也善解人意，谈了一会儿故乡的人和事以后，我们就把注意力集中到喝酒上了。大叔喜欢酒，荆轲、舞阳、我都喜欢酒，我们行燕国的酒令，也行当地的酒令，玩得十分开心。轮到荆轲行酒令，他恭恭敬敬地给两位老人敬酒，也和气亲切地给山杏敬酒，然后，他从口袋里掏出一件小小的乐器，说是叫口弦子也叫口琴子的，是他从秦国以西的遥远西域那疙瘩带来的，是当地一个艺人送给他的，便演奏起来。那声音很像蝉鸣蜂舞，让我想起土拨虫，想起大太阳底下晒得发烫的土地上蚂蚁留下的脚印，也让我似乎听到了布谷鸟快中午时在蓝天盘旋，发出布谷布谷的叫声，还有牛、驴、马、狗、鸡和麻雀的叫声。哈哈，对了，还有孩童们嬉戏以及互相叫喊的声音！十分优美，很是动听。比起他那些慷慨激昂的筑声来，我觉得更受用，更有味儿，当然，更适合这个饭桌上的气氛。我看，就连大叔大娘也听得入迷，筷子举在半空中，半天不落下来。

不过，令我感到有趣的还有，这荆轲，平日里总给人高大威猛、沉着老练的印象，所以，两手抱一个口弦儿，头急速地东来西去，动作很快也很用力，但音乐声却那么微小，像一个人在大自然里在田野中悄悄地抓一只虫子，蹑手蹑脚地，怕惊动了那里的蝴蝶，如果那蝴蝶飞起来，那虫子也会闻声而动。所以，他轻柔地在深草丛中探索着，抬起腿来，轻轻放下，再抬起来，再轻轻放下，那般柔情着实可爱。

那山杏也是听得入神，一声不响，生怕自己的一个小动作会使那落在花草上的蜜蜂嗡嗡地飞走了。直到荆轲把口弦子从嘴上拿开，才惊讶地说，啊呀，真美啊！真好听啊！

荆轲微笑着给山杏一家鞠躬致意，说，感谢大叔大娘和小妹妹的盛情款待，荆轲无以回报，献歌一曲，聊表心意！

大叔大娘连声说好好好！而那山杏，瞪大了眼睛问荆轲，荆轲哥哥，你会弹琴吗？荆轲笑而点头，说，会一点儿。那山杏就从隔壁房间拿来一把琴，让荆轲弹。荆轲微笑着问大叔大娘，可以吗？大叔大娘齐声说，没事，弹吧，弹吧！玩得高兴嘛！

我以前只见过荆轲击筑，唱歌，今天，听他弹琴和奏口弦子，也算是开眼界了。

荆轲弹的是《诗》里面的"木瓜"。他边弹边唱：投之以木瓜，报之以琼琚，匪报也，永以为好也……

这歌听上去很柔和，就像是农夫或是牧羊人坐在山顶上，对着群山和远处的田野哼唱，调子里盛满了感谢。我会唱，秦舞阳也会，我们就随着荆轲的琴声，在美酒和主人盛情激发的情绪中，轻声哼唱起来。

从山杏家出来已经很晚了，天上的雨丝依然在轻轻地飘，落在人脸上，你觉得就好像有人在轻轻问候你！我在院子的大槐树下停一停，感受一下从树杈树叶间掉落下来的雨滴。这时候，我听见山杏轻声叫我。

我循声看去，她到我跟前，笑着对我说，廖野哥哥，想跟你说件事，不知能行不？

我微笑着说，大妹子，有什么不行的呢？尽管说。

廖野哥哥，我明天参加庙会上的赛歌会，你有时间一起去吗？

啊，这个嘛，当然有啦。我说。

她微笑着拍手说太好了，随后，又沉吟一下，说：还有，荆轲哥哥的琴弹得那么好，我好想请你跟他说说，明天给我伴奏一下好吗？

行，没问题，包在哥身上！我说。

回到客房，我跟荆轲说了这事，荆轲笑笑说，不就歇一两天赶路嘛！这庙会歌会的可是一个接一个地来了？！山杏应该有伴奏吧？

我说，有，但就差一个弹琴的。前两天病了，感冒了，还挺严重，这几天下雨，怕出来淋雨，加重了。

荆轲呵呵笑曰，听上去很像是那么回事啊。他随即转眼向秦舞阳，那家伙看看我，也笑着说，得几天时间啊？我说，就明后天。

荆轲舞阳，两人对视一下，荆轲笑着对我说，好吧，就这样吧！既然你已经答应了，我们还能说你啥呢？不过，我听说，这歌会可也是相亲会，这里的帅哥美女，明天都到这里唱歌相亲，如果山杏被人相中了，跟人走了，你可别给我哭鼻子闹着跟我要山杏！

那眼神笑眯嘻嘻地盯着我看，我也是拍拍胸脯说，放心吧，咱哪是那样没出息的角儿！

赛歌会在河伯大庙前的广场上举行。天上依然飘着细雨，飞着燕子，气温不低，感觉还有些暖呼呼的，人们，除了老人小孩，都不打雨伞，任由细雨在身上头上落下，像汗珠一样，随手一抹，随手一抖，就继续走自己的路了。

我不知道这在雨中唱歌什么滋味，但在雨中听歌确实是爽歪歪的美事！青年男女们一个接一个登场，大家鼓掌，喊叫，给她们扔鲜花，谁收到的鲜花多，谁就是那最后的赢家。

我抹一把脸上的雨水，却从眼角处扫见了那个瘸子会长，坐在舞台的一角，和两三个当地的大佬样的人物，品茶听歌。我的感觉有些不大对劲，我感觉这雨下得有些让人腻味。

山杏登场了。我看那瘸子和那几个人的头凑到一起说了几句什么，然后，喝一口茶，端坐那里，审视的目光打量着准备唱歌的山杏。他旁边一个干瘦老头，瞎了一只眼的，是这河伯庙的祭师和占卜师，紧靠着他落座，用那独眼瞅山杏。

我那可爱的小老乡，山杏，她穿蓝色花布衣和纯蓝的裤子，长辫子在手中攥着，在戏台子上亮相了。台子下少不了认识她的人叫她的名字，她微笑着朝那声音望去，还点头招手示意，形象全然可爱极了。

她唱的是《诗·氓》。我在燕都听荆轲和高渐离他们唱过。

氓之蚩蚩，抱布贸丝……

我得说，山杏一开口，我感觉黄河决堤了！紧接着，我的心中突然一阵发紧，似乎有人在那里攥了一把！这可是一首唱弃妇的歌。这黄花闺女怎么唱这个呢？尽管后来我晓得了这首歌因为演唱难度大，歌手们都拿它来展示自己的歌喉，也成为了衡量一个歌手嗓子好坏、歌唱能力的歌曲，但我当时却隐隐约约感到有事情要发生了，黄河要决堤了！

我看一眼荆轲，他在台子上一个不太引人注意的地方，低头抚琴，可以看见他发亮的额头，以及发髻，却看不到他的表情。后来他告诉我，当时知道山杏要唱这歌时，他也有些不解，但要从那么多的选手中拔出来，唱这个歌可见山杏这小女子的心气，不是要来打酱油的；何况，这是卫国的民谣，他十分熟悉，演奏起来自然得心应手！

山杏的歌声十分美妙！可以说，我这一生有两个人的歌声令我有三生有幸的感觉。这其一就是山杏，其二呢，我想你也知道，那就是荆轲了。荆轲歌声的豪迈和慷慨激昂，可以让你感觉到他这人似乎就是大自然山呼海啸般的力量的化身！而山杏，我要说，其歌声的魅力，则让我联想到人这造物是多么的优秀！是的，这时候你会莫名其妙地想要跪拜一下大地，闻一闻大地的泥土的香气，闻一闻上面的各种动植物的令人心醉的气息，是的，你会深受感动，让你见识到了如此美好的东西！是啊，感谢上帝，这是多么美好的事物啊！竟然让我给幸运地遇见！

有少男少女往戏台上扔鲜花，也有人从后台跑上去，把花递到山杏的手中。山杏一边唱一边接过那花，朝献花的人微微鞠躬，台下的人便大声地山杏山杏地叫喊着，有些小伙子呢，则默不作声，生怕别人看出来他们心里的小九九。

唱完"氓"之后，山杏在一片欢呼声中抖开嗓子唱那天下第一情歌"关雎"。

关关雎鸠，在河之洲……

只起了一个头，那台下的喊声便如同这曹家坪脚下的河水一个猛子扑到了石崖上，摔碎下来，发出哗哗的响声。唱到"窈窕淑女，君子好逑"时，这演唱就成了大合唱了。那山杏俨然是领唱，一开始也还有那末一点矜持，但架不住台下人又跳又唱的煽情啊，也在那台子上歌舞起来，就跟那荆轲高渐离在燕都我的狗肉铺子喝了酒一样。不过，荆轲的舞蹈，你就觉着那老虎下山狮子出洞了，可这山杏的舞蹈呢，完全不同了，是天女下凡了。我的天啊，我怎么说出这样肉麻的话呢，让你见笑了，不过，说老实话，就是天女下凡！

我瞄一眼那荆轲，微笑着深沉地在那里欣赏着这台上台下，这雨中歌唱舞蹈的人群，台子上的面对河水一样涌动的人群的山杏，喜笑颜开的小山杏！

上帝啊，我真想匍匐于地，亲吻这大地，这被雨水淋得湿漉漉潮乎乎水汪汪的大地！我的心我感觉就在地表之下的几千里的深处跳动，发出咚咚咚的声音，力量之猛烈可以把这天地给掀翻了！

人们给山杏的鲜花扔了一戏台，那演唱会的头名也给了她。

我扫视了一下那瘸子！他僵硬的微笑给我一种很别扭的感觉。他把嘴凑到那独眼龙的耳旁，咕哝了些啥，那聋子点头，用手指指河伯庙，两人又相互点头。然后，那瘸子一瘸一拐地走到台子中间，可个大嗓门在那里喊话，让大家静下来，他有重要的事要跟大家说。

大家安静了下来，听他说。他咳几下嗓子，然后说，河伯庙的祭师，他们这里的占卜师--他回头用手指指那个独眼龙，继续说，昨天晚上，河伯托梦给他，往年，咱们给河伯献祭的牛羊猪，河伯不满意，老发脾气，淹庄稼、毁道路、毁房屋。今年，乡里三老商量了，要当着大家伙的面，到河伯庙问问他老人家，需要什么样的献祭，才能使他老人家高兴，不再发大水。

然后，那几个老家伙就在一帮人的簇拥下，钻进了河伯庙。不一会儿，两个小伙子双手抓一个木制的小方桌那样的东西，从河伯庙里发疯一样地跑出来，他们要在大家面前把河伯想要说的话写下来，就用这个家伙。当地人管那两人叫提马脚的，而管那两人提的那家伙式儿叫做神马。神马跑到广场中央，便停下来，那提马脚的呼哧呼哧地喘气。而就在你纳闷他们那样呼哧呼哧喘气到何时的当儿，两人手中的神马又剧烈地抖动起来。两人使出吃奶的力气摁它，那神马像舞龙一般上下左右翻飞，再把两人带向庙门，然后，在你觉得他们可能就此趁势进入庙门时，又突然闪身猛冲到场地中间，头触地在那里写起字来。一个字写完了，那个独眼龙一副偷看天机的模样，仔细端详辨认那划在地上歪歪扭扭的字，喊道：三；然后，那神马又发疯似地跑起来，把两个提马脚的其中一个扯向空中，扔在地上；那另一个便没命似地用身体压那神马，呼唤他的伙伴赶紧起来，否则，似乎那神马可能就飞上天了。他的伙伴及时赶到了，两人各执一角，那神马剧烈抖动几下，头触地，开始写将起来。大家都屏住呼吸，眼睛一眨不眨地盯着地上看，猜神马写在地上的字会是啥天机。神马写完了，独眼龙再次做出一副敬畏的样子，瞅那地上的字，然后，对着空中说，选。这时候，那神马拔起腿来，扯着两提马脚的，风一样钻进河伯庙。只听见里面发出黄河洪水暴发时的那种轰鸣声，大家都伸长了脖子想要看个明白，也在等待那家伙再次从里头窜出来，疯子一样奔向人群中间。就在这当儿，那独眼龙狗夹着尾巴似地钻进了河伯庙。大家再次屏住了呼吸，不知道接下来会发生啥事儿，期待和紧张的气氛把人群僵在了那里，大家都忐忑不安地跺脚、小声说话、整理衣服或是干咳，等待那个随时可能像炸雷一样扔到大家头顶的消息。

这时，我看见那瘸子会长在里头冲外面伸出一个指头。大家没有搞明白他什么意思，人群开始叽叽喳喳。那家伙大声说，一，这次是一字！人群中叽叽喳喳的声音如同曹家坪脚下的水浪一样，一波一波地从庙门那儿向周围扩散，一个逐渐明晰的信息在人群中传递：神说了，三选一，从赛歌会的三个获奖者中三选一。

天上的雨开始大起来，人们脸上的雨水成线条地往下落。但没有离开的人。三选一，神说了。

这句神秘兮兮的话混合着雨水，从这里飘到哪里，便引起一阵阵的骚动。

就在大家叽叽喳喳的时候，头顶上飞过一只鸽子，后面一只鹰在追赶它。那鹰从高处像箭一样射下来，直冲鸽子的脖子而去，可那鸽子一个翻身，掉头直冲山上，把那鹰甩在身后老远。人群中爆发出惊讶的欢呼声，一些小伙子使劲吹口哨，还有人拿弹弓打那鹰。

就在大家的注意力集中在鹰追鸽子的当儿，那独眼龙跟瘸子会长比比划划，从那动作来看，似乎也在谈论眼前的鹰和鸽子。那鸽子向山上奋力飞去，一会儿就飞上山顶，消失在树木中间；那追赶的鹰也不放弃，迅速追上山顶，消失在人们的视线中。

瘸子会长走到庙外的广场上，示意大家安静。然后对着曹家坪脚下的黄河和眼前的人群说，河伯的祭师，我们的占卜师说了，神刚才显灵了，告诉了我们给他选新人的办法。

祭师，还有一个肥胖的女人，是河伯的媒人，一起来到人群中央，站在瘸子的身边。这时候，从河伯庙里飞出三只鸽子，朝黄河的方向飞去，紧接着，一只大而有力的鹰紧随其后，伸出利爪抓那鸽子。那落在后面的一只，差点被一爪子抓了，要不是突然有人向那鹰扔出去一个小苹果。受这一惊吓，那鹰翻飞着冲向天空，三只鸽子趁机向左侧转向，直奔不远处一片茂密的小树林，消失在大家的视线中。

人群中爆发出一阵欢呼！有人在泥泞的地上跳起来，大声说，河伯的新娘全跑了，河伯的新娘全跑了！

大家对眼前这一幕的神谕各执己见。有人说，神放弃了，不要了。有人说，神让那三只鸽子进了树林，是要在那里设下埋伏，都把她们捉了去。也有人说，神说了，依然按照往年的做法，献祭牛羊猪就行了！并对那持异议的人说，你看，一个都没抓住，这不就是说，不要了吗？

瘸子会长和祭师、河伯的媒人，又凑在一起交头接耳，窃窃私语，看来他们对眼前的神谕也丈二和尚摸不着头脑，便钻进了河伯庙。但很快就出来了。瘸子会长站在一张凳子上，头戴一顶大草帽，向大家喊话说：河伯说了，我们曹家坪这几年的献祭，他很不满意，猪牛羊他多的是，他需要的是新娘子。他说本应当几年的新账老账一起算，三个新人他都要了，但考虑到置办这么大的婚事，神那里和我们人这里响动太大，所以，今年，就娶一个！

人群骚动起来。唉声叹气、牢骚话、脏话昏话，以及幸灾乐祸的嬉笑，等等，各种各样的声音混合着雨水，将河伯庙前的人群继续推向紧张焦虑的深坑！

山杏从台上下来后，就一直和我们在一起。期间，她的几个要好的姐妹在一起嘻嘻说笑，夸赞她的演唱，也问她那个伴奏的人以前怎么没见过等等的话，她则大大方方地把我们介绍给她的朋友们。人群中传出给河伯选媳妇的话，我紧张地看她，心想一旦她要被选中，该如何是好？可她一副轻蔑的表情，撇撇嘴说，她跟那河伯没有缘分。河伯娶一个娶一百个，都跟她不沾边没瓜葛！她以前在比曹家坪更下游的黄河那里见过这种事，当时她就感觉，这河伯真荒唐、真搞笑，在水里跟鱼在一起，不娶个鱼做媳妇，反要讨个人间的女子，是不是吃错药了啊？

我笑问，那你跟谁有缘分啊？山杏看着我，一本正经地说，跟谁啊？我跟你说，廖野哥哥，我的命告诉我，我的缘分是个大英雄，知道不？是个大英雄，不是条鱼！我还在我妈肚子里的时候，一个算卦的老人告诉我妈，我是个有福气的女人，和一个大英雄有缘分！

她停顿一下，看我们都瞅着她，认真的样子，并没有嘲笑她的意思，就大胆地说，知道吗？我能感觉到那个人，他从他所在的远处朝这里走来，骑个大黑马；他是在雨中来的，人和马都淋得湿漉漉的；像山上突出的岩石，头上脚上都淌水。

她瞥我们一眼，说：知道吗，才不是一条王八鱼呢！

我们被她逗笑了。

她接着说，知道吗？你们的那个龙龟也跟我说了，我的命运跟大英雄连在一起，不是河里的王八！

笑声从荆轲的胸中发出，我不知道他如何理解山杏的话，但我看他的眼神，我知道，他是相信山杏的话的。

而那秦舞阳，听到山杏说龙龟的话，就逗她说，啥时候啊，咋说的，告诉我。

山杏听出秦舞阳听出了她话里的破绽，拿她开逗，就红着脸说，它虽然没有说啥话，但你知道吗，我看到它，我心里就这样想！

我冲她竖起大拇指。但在心里，我依然赶不走这个疑问：一旦是山杏，那咋办？

瘸子又站上了凳子，说，神说了，要抓阄。他挑中的人，抓的那个阄上面有特殊标记。

赛歌会得了奖的三个女子被招呼到河伯庙里抓阄。临走前，山杏自信地对我们开玩笑说，河伯喜欢鱼一样胖嘟嘟的女人，我这么瘦，会戳疼他的，他不会选我的！

我们都笑了！我觉得不应该再玩这个游戏了，是离开的时候了。现在，马上，但人却像泥土一样，被河水携裹着跟混流一起自觉不自觉地朝下游滚下去。

三个人进去后，紧张的气氛弥漫开来！我听见雨落在树上房屋上以及人头顶上发出唰唰唰的声音，就如同焦虑砰砰砰地响在我的心上！一个女子含笑出来了，又一个含笑出来了，钻到她们的亲朋好友中间絮絮叨叨，说说笑笑。她们都不是山杏！

那个哭叫着甩开身边拉扯的人，不管一切夺门而逃的人，是山杏！人群中一阵骚动，雨把人们口中山杏的名字从这里带向那里，那在人们口中传说的话是，河伯选中的新人，就是山杏！

山杏从庙门出来，由于拐弯急，奋力跑，脚下一滑，摔倒在地上的一个水泥塘里，浑身上下沾满了泥水；几个人上去扶她，她用脚踢他们，然后，翻起身来，从人群中闪开的一道豁口朝家里跑去！

我们三人也赶紧往家里赶去！

到她家门口，我们就听到了山杏呜呜呜的哭声。大叔大娘站在门口，看我们来了，大娘就问，发生啥事了，这丫头哭个没完呢？早上去的时候不还好好的吗？这会儿咋就哭上了呢？

我们三个一时间都愣在那里。我和秦舞阳望着荆轲，荆轲则低头无语。

三人中数我跟大叔大娘熟了，我就硬着头皮说，大叔……

但接下来那话到嘴边却说不出来了，我哽咽着说，大娘……

屋里的哭声突然安静了，像是在听我们说什么话。大娘说，这丫头，平时里都蹦蹦跳跳又唱又笑又闹的，今天哪根筋不对哒了？好了，没事了，都回去吧，一会儿就没事了。这个死丫头！

这个时候，那瘸子会长、占卜师、媒婆和乡里的三个长老到山杏家来了。他们进门就给大叔大娘鞠躬行礼，说，恭喜恭喜！几个人上来一齐拉住大叔大娘的手，絮絮叨叨，把个大叔大娘也搞得雨里雾里地不知发生了什么事。

那瘸子会长说，我们给两位老人贺喜了！今天，我们乡里给河伯选媳妇，你家山杏让河伯选中了，去做他的媳妇！说着，门外响起了敲锣打鼓的声音，几个人抬进来一顶大花轿，还有个人抱着衣服被褥也进来了。长老中的一个，抓住大叔大娘的手说，你们是河伯的岳父岳母大人了，以前我们有不敬之处一定要原谅我们；以后，看在乡里乡亲的份儿上，请在河伯面前多说我们曹家坪人的好话，让他老人家高抬贵手，赐我们风调雨顺，五谷丰登，人丁兴旺，骡马成群、牛羊成圈，老少安康！我们乡里会给你们二老很多的土地牛羊和其它彩礼！说完，双手合十再行鞠躬礼！

大叔大娘这个时候似乎有点明白了。大叔把目光从那几个人身上挪开，瞪大了眼看着我，看着我们三个，用哭声问，这究竟是怎么回事儿啊？谁能给我个明白话儿吗？

在场的人都面面相觑。这时候，屋子里的人嚎啕大哭了！

山杏的母亲敲着门说，闺女，开开门，有啥事跟妈说。

那屋里的哭声更大了，嘶哑着嗓门喊道，我才不要做那个王八河伯的新娘呢！让他们走！让他们走！

山杏骂河伯王八的话一时间把那瘸子、独眼龙、媒婆和三长老给镇住了，大家眼睛瞅着山杏的屋门，不相信这话出自这个平日里喜笑颜开温文尔雅的大姑娘，然后，互相瞅一眼，然后，其中的一个长老喊着山杏的名字说，孩子，你是个有福气的姑娘，做河伯的新娘，可是你们全家的光彩！多少女孩子都做梦要做河伯的新娘呢！

这句话似乎起了作用，那屋里的哭声平息下来了。但就在那一帮人往那个长老跟前凑，准备再说些啥话的时候，屋门突然开了，山杏从屋里出来，奔向花轿和彩礼，拳打脚踢那花轿，把彩礼抱起来就往门外扔。边扔边说，谁要谁拿去，我可不要这些狗屁玩意儿，我才不做那王八的新娘呢！

所有的人都被她的举动惊得目瞪口呆！她做这些事的时候居然没有人敢上去阻拦她。大家看着她把花轿拆了，把彩礼扔了，然后，又嗷嗷哭着钻进屋里，砰的一声把门关上，让他们在黑夜的雨中像木头桩子一样立在那里。

大叔这时发话了。他情绪激动地冲那几个人说，我们曹家坪年年献祭牛羊猪，不是好好的吗，今年为啥偏要整这么一出戏，这不是要人命吗？

面对大叔的质问，那瘸子神情惶惑神秘兮兮地凑到大叔的耳朵前，压低嗓门说，河伯托梦了，他给庙里的祭师说，今年不要猪牛羊了，今年要媳妇，要从赛歌会选拔出来的姑娘中给他选个新娘。我们都是按照河伯的意思来的，在全曹家坪父老乡亲的眼皮底下做的事，堂堂正正的。你看，你家山杏多有福气，让河伯选中了，做曹家坪第一个给河伯的媳妇，这是你们张家祖宗几代人修造的福分啊！我想让我的孩子做河伯的新娘，可是，我家没有姑娘啊，我想高攀攀不上啊！他拍着自己的腿，做懊丧状！

大叔疑惑地看着那瘸子，又看看其他人，捶胸顿足地说，老天爷啊，我的命咋就这么硬啊！我家大牛当兵去了，不知是死是活，山杏做了河伯的新娘，谁来替我们老两口收拾尸骨啊？！

大叔愤怒的眼神在黑暗中刺向那几个人，他们吓得往后退。这时，他仰天长啸，说，老天爷啊，我上辈子造啥孽了，你要这么惩罚我啊！说着，就用头撞向那瘸子会长。瘸子身边的人看见了，上前来护住瘸子，两个抬轿子的年轻人随即抓住了大叔的胳膊，愤怒的老人发出沉重的喘息声，厉声喊，放开我，放开我，我今天要让这王八蛋给我说个明白。那两人年轻人温和地说，别这样，别这样，大叔！那大叔不依不饶，说，放开我，谁今天要跟我过不去，我就要他的命！接着拼命要从抓住他的手中挣脱出来。

这时，山杏屋里传出唱歌的声音：

蓼蓼者莪，匪莪伊蒿。哀哀父母，生我劬劳。

蓼蓼者莪，匪莪伊蔚。哀哀父母，生我劳瘁。

瓶之罄矣，维罍之耻。鲜民之生，不如死之久矣。无父何怙？无母何恃？出则衔恤，入则靡至。

父兮生我，母兮鞠我。抚我畜我，长我育我，顾我复我，出入腹我。欲报之德。昊天罔极！

南山烈烈，飘风发发。民莫不穀，我独何害！南山律律，飘风弗弗。民莫不穀，我独不卒！

歌声伴随哭声，那是一种钻心的痛！院子里的人都不做声，都静静地听她唱歌。那歌声似乎一把利剑刺破了已经黑下来的天，让人把心提到了嗓子眼。我感到恐惧将我死死地攥在手里，似乎只要弹一下指头，我就会爆炸，碎成肉渣。

大娘颤巍巍地走到大叔跟前说，山杏她爹，你别伤心，你听我说！我们家山杏，我刚怀孕那会儿，你记得不，一个长白胡须的老道人路过咱家，在咱家吃过午饭的，给俺俩说，我肚里怀的是凤，要嫁给一个大户人家的公子，一个大英雄，那个大英雄会在她出嫁的年龄来把她带走。

大叔哀嚎着说，我的老伴啊，事到如今你咋还不明白？我们的山杏就是凤，可是要被这帮狼心狗肺的杂种送去喂王八了。

突然，山杏的门那里发出一声吱扭声。

如果你说我看见的是一个鬼魂，或是一个疯女子，我不得不说，你说对了。

从山杏屋里出来的那个人披头散发，衣衫不整，浑身泥土，手里拿一个鸽子笼，就是昨天受伤的那只叫红唇儿的鸽子在里面养伤的那个鸽子笼，光着脚，从黑通通的门里出来，走到院子里，来到他的父母跟前。

老人看见她这个样子，都呆呆看着说不出话来。

山杏放下手中的鸽子笼，把抓住他爹手的手臂推开去。那两年轻人的手臂似乎听到了某种天命似的，就从老人的胳膊上滑落了。

山杏疼爱地看着她的父母说，爹，娘，相信我的命，我不会死，也不会给河伯做媳妇，我不是河伯的人！我属于一个大英雄，他会把我接走。我刚才在房间里已经看见了，他已经上路了，骑着他的大马，接我来了！我要到村口等他，免得他走错了路，到别人家去了。

然后睥睨地对那帮人说，你们，想看看我的大英雄吧？！好吧，跟我走吧，不让你们见识见识，还以为本姑娘骗你们呢！边说边蹦蹦跳跳地提着鸽子笼朝门外去了。

大娘急忙上去抓住她的衣襟说，闺女啊，你是不是有病了？

山杏回头看她，说，娘，你咋这么傻呢？我没病，很好，一点病都没有。是那些人有病，他们把大英雄的媳妇当做什么王八的女人！真是狗眼看人低！

那大娘看女儿这么说，更加担心了，眼泪叭嚓地说，我的闺女啊，你可要坚强，不要倒下去，要撑住，要挺过去，挺过去就好了，爹娘都没事的，你不用担心，照看好你自己啊……

说着说着，就捶胸顿足嚎啕大哭起来，嘴里喊着：老天爷啊，你睁睁眼，看看我这可怜的孩子……

那帮人也被眼前的情形惊呆了，面面相觑，不知如何是好。瘸子拉一把三老中的一个，示意走人，并一瘸一拐地先出了门，其他人这才一个个尾随者赶紧溜出门去。

山杏刚出门，大娘就像个瘪面袋子一样倒在了地上。荆轲急忙上去给他掐人中。街坊邻居和她的娘家人这时也赶来了好几个，都守候在她身边。一会儿，大娘苏醒了，看到周围的人，老泪纵横，捂着头，边哭边说，我的命咋就这么硬啊，我上辈子做了啥孽，要受这样的罚啊……呜呜呜……

我们将她抬进了屋里，她的亲戚给她倒碗水喝。

这时，大叔像一头受伤的狼一样在地上打转转，唾沫星子从嘴角钻出来，看上去一副狼狈不堪的模样。荆轲上去扶住他的手想要安慰他，他抬起头，看见了眼前的荆轲和我。他恼怒地看看我，又看看荆轲和秦舞阳，突然，手指着门外说，走，你们都给我走！看我们站着没动，然后又跺脚说，我说的还不明白吗？给我滚！要不是你们这几个扫帚星，我们山杏不会出这事的。滚，给我滚！然后，嚎啕大哭。

荆轲示意我们退出屋子。回到客房，我们收拾了行李，套好马车，就离开了山杏家。天依然在下着雨，雨滴打在脸上，感觉十分的清冷。我的心里如同刀割一般。我怎忍心离开这里啊！但是，不走又上哪去？

荆轲调转车头朝镇子西边去。我和秦舞阳坐在车上都不说话。到了西边的客栈安顿下来，我突然抑制不住自己，给荆轲跪了下来。荆轲赶紧拉住我说，狗屠兄，这是何故？我说，荆轲兄，救救她吧，救救她吧，我知道你有办法！救救她吧！她不能就这样被扔进河里喂鱼啊，我的天啊！这太残忍了！

我也是鼻滴一把眼泪一把。

荆轲眼睛盯着我看了一会儿说，好吧，你起来，我想想有什么办法。

他走到窗前，打开窗户，对着外面下雨的天空双手合十，开始祷告说：易水河神啊，我的大神，我们遇到了大事，需要大神您出面才能解决。如果您怜惜我们，看重我们，珍惜我们的友谊，请您显灵！

果然，那易水河神出现在了窗外的天空，然后进到我们的房间，只听他对着荆轲说：荆卿，请问有什么事需要小神出来，为您效劳？！

荆轲说，神啊，人的生活如此艰难！父母不能保护自己的孩子，自己生养的不能将他安葬，这是多么大的不幸和悲哀啊！

是啊，这是很大的不幸和悲哀，不管对人或是对神，父母子女若不能在生死关头互相照顾，那都是极大的悲哀！易水河神说。

荆轲说，当这种事情发生，神啊，那正是你彰显大能和恩德的时候！

易水河神说，请问荆轲，你遇到这样的事情了吗？

荆轲说，我们下榻的客栈，两位老人，从狗屠的老家来到这里做生意，生有一儿一女。那儿子几年前被抓去当兵了，至今死活不详；那女儿，又要被送去给河伯当媳妇。我在这里恳请您搭救的，就是那要被送去给河伯当媳妇的女孩子！

易水河神沉吟一会儿说，不瞒你说，河伯这几天都在准备婚事，我也被邀请参加，还要给他当伴郎。荆卿，这事儿不是我不帮你的忙，我确有为难之处。

易水河神驾着的雨雾飘然而去。雨水打在窗棂上，发出噼啪的响声。不知何时龙龟来到了我们跟前，大大的眼睛张望着我们。荆轲看到它，轻轻地噢了一声，蹲下来，用手十分亲爱地抚摸它的背，说，天底下最有灵性的龙龟啊，你有什么妙计要告诉我们吗？那龙龟似乎听懂了荆轲的话，眨一下眼睛，然后头朝窗外看去。我们随着它的头也转向那窗户，看见一个影子倏地一下闪了过去。荆轲赶紧双手合十说，神啊，这里是遇到困难的荆轲，请你显灵，不要离开我们，我们需要你的帮助！

房门发出轻轻的咯吱声，但并没有打开，却见一个赤裸着上身的人头从那里闪身进来，嬉皮笑脸的样子看上去很滑稽。他们都愣在那里，继续看，却见那人长一个牛身，也轻盈地同一团雾气样跨过门槛，朝我们走来。荆轲惊讶地说，琅琊山……

原来是易水河畔琅琊山的山魔，或者说得好听点儿，琅琊山山神，人面牛身的大杂种！我们渡过易水时与他有过短暂的交集。

哈哈哈，那琅琊山魔用得意的笑声来回应我们看到他时的那种惊讶和尴尬！

鼎鼎大名的荆轲有什么事需要小神效劳的吗？他继续哈哈笑着，并做一个鞠躬礼！

荆轲赶紧回礼说，山神大人，不知是您大驾光临，惊喜万分，大喜过望！

琅琊山魔说，不必拘礼，不必拘礼！我们是很好的朋友嘛！这朋友嘛，我认为就是，当你不需要的时候，他远在天边，当你需要他的时候，就近在眼前！这才是真朋友，真友谊！

荆轲说，正是正是！我刚才向天祷告，我的脑海里就出现了琅琊山神您的形象，我在想，他会帮助我们吗?我的直觉告诉我，您会的，您会向我们施以援手！

哈哈哈，荆卿说得真好!我就喜欢听你这样说!既然你的直觉告诉了你我会帮你，那赶紧告诉我是什么事！

不过，我看他那样子，他其实早知道是什么事了。易水河神进屋后，我就听见窗外有响动，现在可以这么说，那动静就是这琅琊山神弄出来的。

荆轲说，我们前面下榻的客栈，两位老人，从狗屠的老家来到这里做生意，生有一儿一女。那儿子几年前被抓去当兵了，至今死活不详；那女儿，又要被送去给河伯当媳妇。我在这里恳请您搭救的，就是那要被送去给河伯当媳妇的女孩子！

荆卿啊，我从不在背后说人坏话，但那河伯，我不是损他，他可是一个恶神！他偷了宓妃，养了满院子的妻妾，还不知足，隔三岔五从这里那里把人家好好的农家闺女骗去做小老婆。这恶神我早恨死他了，他是普天下漂亮女儿的父母亲的敌人，也是我琅琊山神的敌人，是他在天帝跟前告我的恶状，让天帝罚我在那小小的琅琊山管理那些山啊树林子啊鸟啊之类的劳什子，白白浪费我蚩尤大将军后人的济世才华！

荆轲抓住琅琊山神的手说，请大神出手，为民除害！

荆卿，我知道荆轲足智多谋，早有计划在心头。请你说给我听听，我来斟酌可行不可行！

荆轲说，请大神扮作河伯的传信人，告诉那媒婆，就说河伯派使者明天一早就来接新人。河伯的使者就住在镇子西头的车马店里，让媒婆、河伯的占卜师、河伯庙会会长和三老赶快到这里来见河伯的使者。告诉他，河伯最近事务繁忙，明天就把新娘接走。请他们赶快到这里来见河伯的使者，一切事宜听从河伯使者的安排！

说到这里，荆轲微笑着抓住琅琊山魔的手说，你做完这件大事，剩下的小事情，由我来处理！

哈哈哈，我就知道你足智多谋文武双全！好吧，就这样！那河伯的媒婆和他那一帮子鬼魂狗腿子，我去看看他们在哪里。我只要将那媒婆催眠，化作河伯的信使，托梦给她，让他们赶紧来见你就大功告成了！是不是？我觉得都不用我现身，就搞定了！

他从凳子上起身，拍一下荆轲的肩膀，说，我就喜欢你这敢作敢为，路见不平就拔刀的勇气！好，就这样，你看这琅琊山神来无踪去无影，滋溜一声就化作云雨到他想要去的任何地方！

果然，话音未落，那魔就不见了踪影！

我们在客栈里焦急地等待媒婆他们的到来。我的心里既觉得很有把握，不会出差错，那山魔会把事情搞定；但又似乎心里不踏实，怕那山魔不但成不了事，反而搞砸了，逼我们铤而走险，不得不拿刀剑解决问题。我焦躁不安地在地上走来走去，听到外面一有响动，便紧张地竖起耳朵，睁大眼睛！荆轲则坐在一把椅子上，双眼微闭，一言不发。秦舞阳手里拿一个葵花，揪一个扔进嘴里，然后又揪一个扔进去。

大约秦舞阳的大葵花快扔完了时，我听见客栈的大门外有人敲门的声音。我急忙站起来，准备出门去。荆轲睁开眼睛，沉稳地对我说，记住，我们是河伯的使者，我们来自神秘的大河那里，来自令人害怕的河伯那里，知道嘛，不能有一丝的慌乱！

听了他的话，我止住了脚步。

有人来敲门了。荆轲示意我去开门。我打开门，只见那媒婆、占卜师、会长和三老都恭恭敬敬地站在门外。看见我们，那瘸子会长倒也显得大大方方，说，请问阁下可是河伯大神派来的使者？

荆轲起身说：正是。我是大神河伯亲自委派前来迎娶新娘的使者。这两位是我的助手！请问诸位可是三老、河伯庙会会长和占卜师，还有这位大娘，您可是河伯的大红媒吗？

那瘸子会长和其他人再次鞠躬作揖。然后，媒婆说：河伯大神托梦给我，说他派了使者前来迎娶新人，让我赶紧起来，找三老和他们两人，一起到这里来见大使您！

荆轲双手合十说，感谢信使把河伯大神的旨意准确无误地传达给了尊贵的大红媒，大红媒又把河伯的口信传达给三老、会长和占卜师；感谢你们大驾光临，来和我们就明天迎娶新人的事一同商量！

那瘸子会长说，谢谢使者抬举！我们一切听从使者您的安排！

媒婆在一旁帮腔说：信使说，一切事情听从使者您的安排！

荆轲笑而作答：好吧，既然诸位这么抬举我，恭敬不如从命！他很有礼貌地请几位落座。然后说：时值秋季霖雨时节，河伯大神十分繁忙，他老人家要到黄河上下游各处去巡游，查看各处的主流干道和支流渠道的汛情，督促各地大小河神以及地方官员治理河水，避免水患，造福百姓！

荆轲说到这里，那几人连连点头附和，是啊是啊，河伯大神心中有我们老百姓啊！

荆轲继续说，是，河神大人心中有老百姓！他风雨兼程不舍昼夜，都是为了黎民百姓不受水患之灾！我等下面办事的自然更不能懈怠，更应该以风雨兼程不舍昼夜的精神鞭策和激励自己，把河伯交给我们的光荣任务完成好！

那瘸子会长一干人听荆轲如是说，便啪啪啪地鼓起掌来，还竖起大拇指说，使者大人觉悟高！

荆轲继续笑着说：河伯大人工作不舍昼夜，我们自然就不能呼呼大睡了。临行前，河伯大人对我说，记着噢，你可是我河伯的使者，责任重大，使命光荣！到岸上后，不能给新人家里添麻烦，不能给当地老百姓添麻烦。他给了我两句话：清清白白做使者，堂堂正正娶新人！

瘸子会长、三老和其他人也都鼓掌，说，河伯就是体谅我们啊！那媒婆还感动到鼻子发酸，抽泣起来。

荆轲说，我知道你们都是德高望重的乡绅，走路能带起尘土的人！这里的大小事都是你们说了算。所以，河伯跟我说，去了以后，要毕恭毕敬地跟我的大红媒、会长、占卜师和三老商量办婚事，不要以为自己是我的使者，就摆谱子拿架子，搞得人家有话不敢说，这样可不好！如果我听有人说这样的话或跟我反映，我可要拿你是问噢！

那几个连连摆手摇头说，一切听使者的，使者说咋办我们就咋办！

荆轲向各位乡绅鞠躬行礼，说：谢谢各位抬举！我有一些小小的要求请大家看看是否妥当？

大家点头鞠躬说：您说，我们照办！

荆轲说，河伯说了，婚事从简，婚期从原先的七天改为三天。庙会是一天，赛歌会是一天，明天就是新人上桥的时候了。不能再耽搁了！你们同意吗？

那几个互相看看说，同意，同意！三天正好！跟我们农村娶亲的习俗一样一样的！

荆轲说：河伯说了，我们神，也要向人学习，婚事方面尤其是要向人学习，不要大操大办，铺张浪费，那样很不好，老百姓是有看法的！

几个人谁也不敢说啥，只是木头一样杵在那里，一动不动！

荆轲说，如果大家没意见，明天一大早，我们在河边举行一个简短的仪式，你们告别新人，我们迎娶新人，送和接一起搞了。我和我的助手驾我们的马车在河边迎娶新人，然后我们顺河而下，到河伯的宫殿那里去。你们就不必准备花桥了。我们一走，你们就回家去吧。明天还有雨，不要让大家淋雨了得病了；另外，现在家里都有一大堆活等着人干呢！噢，还有一点，请给我们准备一些花，把我们的马车装饰一下，新娘的花轿嘛，也不能太寒酸了，即使河伯不嫌弃，但新人可能心里有想法呢！大红媒您说是不是啊？！

媒婆说，是，是那么回事，新人得讲究点！

荆轲继续说：请原谅我们像蒙着脸一样跟你们这么尊贵的人说话！这样做不太礼貌，但我们是神的人，你们凡人可以听我们说话，但不能看见我们的相貌。如果看见了，你们是要折损阳寿的。临行前，河伯也嘱咐我们要注意这些细节，不要给你们带来麻烦！不知道信使有没有跟你们说这个？

那几个人都看媒婆。媒婆说：说了，信使都跟我们交代了，说使者的助手都是蒙面人，让我们不要见怪！

那就好！我还担心这样做不礼貌，让各位见怪了！最后一件事，请媒婆给新人准备几套衣服，今晚最好就给她换上。媒婆点头答应。

荆轲又说：我要说的话都很坦诚地跟各位大人讲了，不知各位大人还有别的要说吗？

那几个人互相看一看说，没有了，我们照使者大人的吩咐去办！

荆轲说，那好，那就这样。我们明天见！

明天见！那几个人打完招呼就出门走了。

此时已是子夜时分，窗外依然在淅淅沥沥下着雨。荆轲对我说，狗屠，明天你随我一起去迎亲！秦舞阳，你明天一早就潜入河伯庙，等我们明天把新人接上车，下到河里，你就放火烧了河伯庙。就烧那个大的，只烧一座，明白吗？然后，翻山过去，想办法渡过黄河。

他停顿一下，看看我和秦舞阳，我们点点头，荆轲继续说，黄河穿过曹家坪往下游去大约十来里地转一个大湾，是一个叫北湾的地方，那里是一个山林地带，有很多的岩洞，我和狗屠就在那里上岸，我们就在那里会合。记得吗，那天我们登土高山，就能看见那个北湾。他蹲下来，在地上画一个图形，讲解给我们听。

三更时，我们爬起来，把行李装上车。西渡易水时神奇地来到我们船上的那只龟，荆轲起名叫龙龟的，也尾随我们爬上车。荆轲嘴里念念有词地说：龙龟啊，龙龟，千难万险，有你无险！

从昨晚龙龟出现在我们眼前那一刻起，冥冥之中我就感觉到这龙龟绝不是简单的王八，它有神性，能行神事！这一刻，荆轲深沉地望着它缓慢地爬上车，坐在自己的身边，然后才对着辕马轻轻地喊声驾！

出得门来，外面一片清冷，看不见一个人影。我们到河伯庙那里，他们也已经等候在那里。远远地看我们来了，他们神秘兮兮地交头接耳嘀咕着。等我们走近，瘸子会长、媒婆、占卜师和三老都恭恭敬敬地上来给我们行礼，我们也恭恭敬敬还礼！其他人则站在那里一声不吭一动不动地看着我们，大概，他们也知道了，河伯的使者是不能靠近的，也不能跟他说话，但可以站在哪里不出声地看，就像看戏一样。

山杏昨天从家出来后就被送到了河伯庙跟前的一间屋子里。那孩子昨晚闹了一夜，这会儿刚刚睡着。他们把这一情况报告给荆轲，问荆轲怎么办，要不要把她叫醒。荆轲跟他们小声说不用打扰河伯娘娘了，让她睡吧。我们进到屋里，熟睡中的山杏翻了一个身，继续酣睡。这时，我听到有鸽子从屋外飞过，发出鼓翅振羽和咕咕的叫声，我心里一种吉祥的喜悦，感到今天的事情会顺顺当当，不会遇到麻烦。荆轲抱起还在睡梦中的山杏，放进车棚里，然后又去跟那几个头面人物告别，鞠躬致意，然后，挥动鞭儿，马儿打着响鼻，迈开脚步，向黄河出发。

自从离开易水河，我们就没有遇到过几个晴天。一路上这矫健的两马经常涉足小河溪流，它们似乎对涉水渡河已习以为常，到了黄河边，看那浩浩荡荡的水顺流而下，迟疑一会儿，蹄子试探两下就在荆轲的吆喝声中下到黄河里。河水很快就要漫过马的腰身了，马车似乎一直在缓慢地下沉。我开始担心起来，看一眼荆轲，却见他坐在车头，双手合十，默默向天祈祷。我也赶紧向天祈祷。就在这当儿，我感觉那马车和马都稳稳地浮在水面上，不再下沉了。我睁眼看去，只见车的四周一大群乌龟围在那里尾随而行，而那只神龟，游在最前面，带领着大大小小各样色儿的龟，跟头雁高飞引领雁阵一样！再仔细看，我们的马车和马都被成群结队的乌龟驮负着，向下游浩浩荡荡地游去！

就在这时，荆轲指着山上的河伯庙说，看！秦舞阳把那河伯庙烧了。

我回头望去，只见土高山怀抱里最大的那个河伯庙里冒出了烟火，一群人正朝那里跑去。

我们则在乌龟大军的护航下继续前进。

黄河是如此的雄浑，缓慢、深沉而有力，这一点如果你不能像我一样站不在河中央，而仅仅是在岸上观光，那是感受不到这份独特的魅力的。我站在车尾，极目远眺这个蜿蜒曲折的大河，人们敬畏如神明的大河，不动声色地挥动他的大手，把辽阔大地一分为二。而它则稳居其中，用它奔流不息的河水给两岸大地带去无数的福祉，以及数不尽的灾殃！

不知不觉雨停了下来，空气中弥漫着雨水的香气。事实上，那种能感觉到却看不见，就是看水里也看不出它的踪影的那种雾一样的雨在空气中弥漫着，把它的香气泼散在天上地下。

我拨开车棚的帘子，看山杏还在熟睡，呼吸均匀，胸脯随着呼吸轻轻起伏，也像这雾雨一般馨香。

这时，我听到荆轲口弦子的声音在雾雨中飘散开来，像是一个人在夏天的夜里和你闲谈，谈起了童年时你们在一起吃的一顿饭；又像是童年时，你们到大山里玩耍，时间到了下午，大山遮住了太阳，你们，则坐在大山脚下的阴凉地里吃西瓜；像是土拨鼠从它的洞里一探一探地探出头，倾听这洞外的世界里有无危险的动物或是人经过它的家园；也好像那只可爱的小麻雀，在墙头上蹦蹦跳跳，一会儿头向院子里，一会儿又头向院子外，叽叽喳喳，似乎在跟主人交流着什么……又似乎是早上在山头上瞭望的阳光，动作是那样的亲切柔和，生怕吵醒了树林中熟睡的燕子;但似乎又像是晨风，落在草尖上，把露珠轻轻摇晃，呼唤它睁开眼睛，看看这个世界已经苏醒，新的一天开始了。

山杏在河水绕过曹家坪开始转弯的时候睁开了眼睛！她晕晕乎乎萌萌顿顿地睁开眼，疑惑而不解地看看这小小的车棚，看看正在瞅着她的我和荆轲，声音轻柔地发问，是你们吗？荆轲哥哥，廖勇哥哥，是你们吗？我不是在做梦吧？

荆轲说，是我们！山杏，是我们，荆轲和廖野！还有你的小红唇儿，看！他指着挂在车棚上的那个鸽子笼说。

噢，我的天啊！感谢天帝！可是，我们这是在哪里？她问。

荆轲举起门帘，让她看外面的黄河！

啊，这是怎么回事？我们怎么在河上？难道……她睁大了眼睛、张大了嘴，似乎被眼前发生的事吓住了。

我说，没事了，山杏，你正坐在我们的马车船上！我们不会把你送给河伯的，我们还舍不得你呢！

她两眼放出光来。我笑着补充说，我们很快就会上岸，在北湾上岸。你知道北湾吗？

知道！廖野哥哥！我知道那里！然后她却小声哭泣着说，我就知道你们会救我！我不会死的，我不会嫁给河伯的！感谢天感谢地，感谢哥哥！说着，就在车上给我和荆轲磕头。我一把拉住她，说，你要这样，我们就把你交给河伯了！

山杏破涕为笑，双手合十说，苍天啊，你是长眼睛的，你是有心的，你是有情的，你是同情我的。

时近中午，我们到达了北湾。当我们的马车踏上河岸的土地，那些可爱的乌龟们掉转身跟我们告别。那轻松自如的划水的姿态，似乎在跟我们招手，跟我们说再见。山杏又惊讶地睁大眼睛说，天啊，这是怎么回事？哪来这么多的乌龟，我在黄河边生活了这么多年，也没见过呀！今天这是怎么了？

荆轲笑着说，可爱的小龟龟们来为你送行啊！跟你的龟龟老乡打个招呼，谢谢他们，然后，我们上路！

山杏向乌龟们招手致意！我和荆轲也向他们行鞠躬礼！

我们从北湾上岸，然后，驱车进入山中，在这里暂时躲避，等待秦舞阳，然后，再继续西行之路！

第四章 秦舞阳

我，秦舞阳，燕国第一武士，受太子丹委托，随荆轲到秦国去干一票惊天动地的大事。普天之下，前无古人后无来者的那种大事！我记得有那么一天，荆轲在田光佬儿的家里，和高渐离狗屠，当然也有我秦舞阳武士，吃肉喝酒击筑歌唱，那荆轲舞剑以和高渐离的筑，田光老先生也操起一把长剑，与荆轲对舞起来。

田光佬儿唱：伉慨男儿，何以为荣？

荆轲小子和：伉慨男儿，何以为荣？唯诛秦王，替天行道！

那田光佬儿，听见荆轲这么应和，一个鹞子翻身，拿剑直奔荆轲的脖子而来。而荆轲，则如一棵立在悬崖边的大树，突然被从崖壁岩洞里伸出的手抓走了，或者说，如同老故事里讲的妖怪抓走院子里玩耍的婴孩，瞬间从田光利剑的攻击范围里消失了，却又如从波涛里跃出的鲤鱼，出现在田光的身后，把自己手中的剑也舞得呼呼作响，但并不朝田光的身上去。

田光遂双手抱拳，恭敬地行礼，说，谢荆卿承让！

荆轲亦双手抱拳，恭敬地行礼，说，见谅！见谅！

两人遂息舞。

那高渐离将杯中酒朝天空抛洒出去，然后，用力地击筑。狗屠也把杯中酒朝天空扬出去。我呢，当然，也不甘落后，照做了。

当我得知燕太子丹对田光说，敬请先生留意，而田光把荆轲举荐，这一幕便从记忆的深处复活了。当时，那田光佬儿老眼冒光，似乎夜渡黄河的筏子手，猛然间看到了对岸草丛里人活动的身影！

这帮血手谋的可是大事啊！

是喽，血手，这是我说的，这帮血手！我不称呼他们什么侠士，什么大虾小虾的，我就叫他们血手！他们有这血手，来干这血性的事儿，送那血腥的秦王去西天！

当然，我不像他们，什么替天行道，什么慷慨男儿，什么使命荣耀，这些臭词儿，我只把它们都当做吃肉喝酒歌唱舞蹈的作料，当做盐巴。

也许你要说，舞阳，上贼船了，还傻乎乎地乐呢。赶紧给自己准备口棺材吧，要不，木材要涨价了。

哼哼，且听本武士跟你说，这送死的事啊，还不一定能轮到你！死，有重于泰山，也有轻于鸿毛！死于一件惊天地泣鬼神的大事，这就是光荣！所谓生的伟大死的光荣，难道说的不就是我舞阳这号的人嘛！

当年，我十三岁那会儿，我一刀捅死了那家伙，一个老大老胖的爷们儿。他那样耍弄我，从我手里抢走我的狗腿。你知道吗，那狗腿，可是我从集市上那个狗屠的爷爷开的肉铺买来准备给我爷爷炖狗肉火锅吃的。起先，我以为他是跟我开玩笑，逗我玩儿呢。可是，到他家门口，他出溜一声就闪身进去，放出他家大狼狗。那狗日的哼哼着先慢后快浑身的肉和毛都在抖动着直冲我来。当时，我手里啥家伙也没有，只好拔腿就撩。那狗日的跳起来，猛扑上来，我一激灵，就地卧倒。那狗日的从我头顶飞过，倏地一下，栽在马路旁的臭水沟里，折断了脖子，动弹不得。

哈哈，我想，你狗日的，吃我一条狗腿，我整死你一条狗命，值，划算，老子就不跟你计较了。

我撒丫子就扬长而去了！

谁知，那狗日的几日后在燕市截住了我。我从狗屠的狗肉铺的拐角处刚转过弯儿来，那狗日的就一把揪住我的衣领，照我的脸上一记老拳，打得我趔趔趄趄，随后，飞起一脚，把我踢到墙角。

我知道，今天该是决斗的日子了。我爬起来，不理睬他，一瘸一拐地来到狗屠那里，操起一把杀猪刀，直奔那狗日的墙角处。

那狗日的还在那里得意呢！我呼啸着，如同你见过的最狂暴的狂风，我呐喊着，如同你见过的最凶猛的豺狼！

就在那狗日的还没搞清楚眼前的我，到底是发疯了，还是就是那被阎王爷重新打发到人间来的厉鬼，恍恍惚惚凝神打量的当儿，我的刀刃已经毫不犹豫地刺进了他的大肥肚子。那家伙的眼睛立马就绷得像一个拥挤在屁眼上的臭屁似的，流露出令人厌恶的光和水。说，你你你……

我说操你妈个你你你!狗日的，舞阳手里夺肉，你也敢!

从此以后，我只要在集市上逛，那老少爷们便都栖栖遑遑，不敢靠近，远远地看见狼一样地躲闪，我眼睛一瞪，准有人吓得一溜烟地就跑。尤其是那些小屁孩儿，他们的小娘们儿，哄他们睡觉，说，赶紧睡，小宝贝儿，再不睡，闹着玩儿，那秦舞阳就来抓你了，你就再也见不着妈妈了！

好了，简单地介绍一下我自己！我这人从来不吹嘘自己，只是为了交流的方便，提供一些背景资料，供你参考！

话说我们劫了河伯的新娘山杏，按照荆轲的安排，我去火烧河伯庙！你看，就是那天不怕地不怕的书生荆轲，诗人荆轲，歌手荆轲，舞者荆轲，还有，现在他还给自己加了个新头衔，叫什么思想者荆轲，觉悟者荆轲，分配任务，也是让我单独行动，独当一面，单挑大梁！是不，他让我去烧了那河伯庙，给他们制造麻烦，转移他们的注意力，去救火，然后，他和廖野好带山杏逃离！

我说逃离，可没有对荆轲不敬的意思哦！要知道，从河伯手里，从那一帮子乡绅、会长、占卜师、媒婆的眼皮底下，在黄河汛期，把河伯的新娘给拐走，可不是那么好玩的，一着不慎，就要葬身河底，喂王八了！

我天还未亮就潜入了河伯庙，就是那个最大的河伯庙。咱不干则已，干就干那最大的！我带了一捆干草和一些容易着火的劈柴，就在河伯庙的河伯塑像屁股后面的一个隐蔽处躲起来了。等荆轲他们驾着马车下了河，我就将柴火点起来了。

那高大威严的河伯塑像，其实不过是一个泥坯子而已！里面是木柴和麦秸，外面就糊了一层泥。我从后面戳破塑像，把柴火扔进去，看那火苗熊熊燃烧起来，感觉应该没啥问题时，我就准备走人。可刚到门口，就看见那瘸子会长穿一身黑衣服，乌鸦一样杵在门口，睁大了眼睛迷惑不解地看我，并大声喊问，你是谁？干什么的？在这里搞什么鬼？

哼哼！这老小子！

真是无知之辈，连鼎鼎大名的秦舞阳，我，燕国第一大侠都不知道，还配做河伯庙的会长？

吾乃秦舞阳是也！我后仰起头眼睛朝下看他，一副鄙夷的样子。

谁？你哪里人？他依然疑惑地问！

我下巴朝天戏耍他说，吾乃秦舞阳是也。

谁？你说谁？那老家伙严厉地追问。

你是谁？在这里咋呼啥？我慢声细气地反问。

他探头向我身后观望，随后厉声喊叫：屋子里哪来的烟火？

我逗他：我听说你要给河伯煮茶，就先生了火！

那瘸子转身就跑，大声喊叫，来人呐！有人放火烧了河伯庙！

对不起了！谁让你来得这么巧呢！我本不打算杀人的。我拔出剑来，一个箭步，照他的腰部猛刺过去，他随即倒地，在血泊中挣扎着说，烧河伯庙，要受惩罚的！

我没搭理他！什么惩罚不惩罚的。河伯那个老王八，我想，他就管管他那条河，我乃燕国之大侠，你河伯奈何不了我！你也不要啰嗦，省点力气上路，到你的河伯大人那儿报道去吧。

我将那老家伙拖到河伯像后面，然后，迅速离开，爬上山峰，放眼望去，荆轲的马车漂浮在广阔的河面上，就像农夫头戴大草帽，穿行在秋天的高粱地里，让人看了心里也觉着舒坦！

　　河伯庙前则一片混乱！救人的，救火的，忙作一团。我向他们摆摆手，然后一溜烟下了山，来到河边。常言道，运气来了城墙都挡不住！可不咋的，就在我下到黄河岸边，一棵大树上拴着一个羊皮筏子，我四下里看看，没人，便毫不客气地快速解下，推筏入河，一个蹦子跳上去，用力划桨，一会儿工夫就到了河对岸！

　　我秦舞阳出马，哪有搞不定的事情！

　　我爬上一棵大树，朝河流上游望去，只见浩浩荡荡的河水中，那荆轲驾驭的马车船顺流而下，好不潇洒！

　　临近中午，我们在北湾汇合了。小雨淅淅沥沥，燕子在空中展翅飞翔，从我们的头顶和眼前闪电一样穿来穿去，似乎跟我们十分的熟络，就像你离家外出回来，你家的狗围着你打转；也像那顽童，在你眼前蹦来蹦去，尽情地撒欢，表达他见到你的喜悦！那山杏这会儿看上去惊魂初定，粉红的脸蛋儿在雨水中同枝头的杏花没有两样！这性格刚烈的女子，见到我也是十分高兴，迎面就给我一个大大的鞠躬。是的，我也是应该被感谢的人之一！如果没有我单挑那瘸子佬儿，把他送进了地狱，点了河伯庙，让曹家坪的老老小小慌乱地找不着北，他们能那么顺利地逃离吗？说不定，没走多远，就被追屁股了。

　　我们驱车往山里去，准备找个山洞在那里待上一两天，等当地的人们都觉得那马车船已经在黄河的某处，从个大漩涡里钻了进去，到河伯的宫殿里去了，然后，我们再上路，就不会引起人们的关注了。

北湾这里的山林十分茂密，庞大的山体只在表皮上覆盖着一层薄土，下面却是坚硬的岩石，山坡上密密麻麻的树木，在阴雨中显得深邃而神秘。

我们找到了一个大山洞，在一片开阔地的侧后方，被茂密的树林遮得严严实实。山洞那么大，以至于我们的车马像进车马店一样就轻轻松松地进去了。

我们将马从车辕上卸下来，让他们也舒展舒展腿脚，今天是他们有生以来走水路，看来感觉也很奇特，当把他们从车辕上卸下来时，发出轻快的叫声，还用嘴舔廖野的背。廖野则用手拍他们，亲切地叫他们的名字，并用手扫去他们背上的碎草和蚊虫。

荆轲则向洞子的深处走去，并示意里头可能有情况，让我们提高警惕，不要出声。

他继续朝里头走了几步，便停下来，捡起地上的一块石头，朝前面一处扔过去。原来，一头野猪卧在洞里的一个凹坑里。那扔出去的石头击中了野猪的头，它跳起来，看见了我们，就呼啸着朝洞口奔去。荆轲大喊一声让我们躲开，然后，从腰间抽出一把匕首，朝那奔跑中的野猪的后背投掷出去。

我的乖乖，普天下的飞刀高手我见过不少，可荆轲这飞刀之快之准，就像那天上的飞鹰抓地上的小鸡一样，一个猛子扎下来，一爪子提溜起来，顺势冲向天空，滑过山腰，消失在人们惊讶的视线中了。这阵势，连我秦舞阳当时都惊讶地张大了嘴。而那两个没见过啥世面的乡巴佬——你知道我说的是谁，眼睛都要从眼眶里冲出来了，要不是那野猪在死神一把抓住它的心脏时，发出悲痛的叹息，惊醒了他们的灵魂！

正如你在战场上见到士兵奋勇杀敌，却突然身后被飞来的箭矢射中颓然倒地一样，那野猪当时也是那样壮烈地倒地了。当然哪，我用这样的比喻意思就是说，他不是死在了无名之辈的手中，他死在了我秦舞阳的搭档，和我一样提着刀剑准备改变历史的人手中！他是野猪中的佼佼者，也死在了英雄的手中，应该没有怨言了！不过，在死神把它带走前，它吃奶的劲从它的四肢猛烈地蹬踏中逐渐消失了，它逐渐安静下来，似乎回到了故乡的游子，眼睛在眼眶里转几个圈，就像门帘一样地放下来，遮挡住光线，让他的内心得以安息！安息吧，你这幸运的野猪，死在了一个诛杀帝王者的手中，安息吧！谁都会死，你会死，我会死，秦王会死，荆轲也会死。但死在谁的手上，可是天地两重天！

我们在洞里找到了足够的柴火，应该是一些像这头野猪一样的野兽在这里做窝弄进来的柴火，干燥好用，一点就着。荆轲用石头垒砌一个祭坛，将野猪搁了上去，然后，双手合十念念有词地祷告起来，那当真的样儿，正如学堂里的学生，当着讲台背诵，虽然老师并不在那里，但他依然不敢怠慢，恭恭敬敬地逐字逐句地背课文。

河伯大神，这头活蹦乱跳的野猪，无病无恙的野猪，奔跑起来如同飞兔一样的野猪，我把它献给你！你看，那呼吸刚刚从他的喉咙离开，回到它的灵魂深处，而热血依然从它的身体里像牛奶从乳头里流出，看上去那么诱人！我想，这一定是它的父母头生的，而它的父母也一定年轻健壮，没有疾病！我把它献给你，作为我们这里所有人，以及山杏的父母，今年给你的献祭，请你尽情享用！

我们带走山杏，虽没有蒙你恩准，但我知道，你一定不会怨恨我们！我知道，你是一个善良的大神，那些贪图私利的会长、占卜师以及乡绅们为了从老百姓那里敛财，借你的名义搞了不少坑害良民的事！这是你所痛恨的，也是我荆轲所痛恨的！正是感知到你的良知，也是因为时间紧迫，事情复杂，一时难以说清楚，所以，我擅自做出决定，把山杏带到了这里！

善良的神啊，千里黄河浩浩荡荡，横贯华夏大地，养育了华夏儿女，抚育了华夏文明！你是我们的母亲河的神，你以仁慈引导我们的心，你以大恩大德获得我们的敬爱，我们祖祖辈辈，从黄帝创造华夏文明始，就从不间断供奉你的香火！

慈悲的大神啊，你居住在黄河那里的宫殿，也徜徉在昆仑山巅，你的眼睛透视我们的大脑，也像空气一样到达我们的心脏！大神啊，你看看，多么鲜活的灵魂，山杏的，我荆轲的，秦舞阳的，廖野的，还有山杏父母的，以及这里的老百姓的，他们的样子，正是你所喜欢，正是你所希望看到的样子，那里充满了对你的敬爱，你因为这爱而在众神中独享一份尊荣，他们都称你为神中神，同黄帝一样为华夏民族的牧人，养育者！

请你高高抬起你的尊贵的手，让我等从那里低头走过！

荆轲，我，心里满怀的感激如同这浩浩荡荡的河水，奔流千年而不停息！我向你发誓，每年给你献上供奉，用最肥美的牛犊，最肥美的猪羊，还有最为醇香的美酒！在黄河的源头，为你修建庙宇，供奉香火！

荆轲的祷告如同唱歌，在这潮湿的山洞里，听得我也觉着后背湿漉漉的。好不容易等他祷告完，狗屠也装模作样地闭上眼睛祷告几下，就下刀分割了那野猪，然后，在洞门口点上火。不一会儿，柴火就发出噼啪声，我们把鲜嫩的野猪肉放到柴火上烤，那野猪的油从肉上滴下来，发出呲呲的声音，就跟那酒冒着泡，邀请你品尝痛饮一样。

如果你曾品尝过挨饿的滋味，曾经在别人家门前听到炒菜炖肉的美妙之音，而那时，你饥肠辘辘，口水在嘴里打转，眼睛盯着看不见的锅台，心中想念着香喷喷的饭菜，那么，你可以理解我们当时在火堆前静候烤肉时急切而激动的心情！

狗屠的烤肉在我们咽了足足有几大碗口水后烤好了。不得不说，这哥们儿的烤肉真是天下一绝，秦舞阳老哥我可不是第一回吃这样的美味可口的烤肉，可这会儿在这荒郊野外的山洞里吃，更是美疯了。那荆轲吃了一块之后，兴趣也上来了，微笑着说，各位且慢吃，听荆轲为你们击筑助兴！他试着击了几下，然后，坐端正了，清清嗓子，边击筑边唱歌。歌曰：

天苍苍，地莽莽，

黄土地上起蛟龙，

一道黄河贯华夏，

　　我祖轩辕牧神州……

　　那歌声的第一句像雷炸裂一样，随后的几句也是向悬崖峭壁上甩出闪电的那种刚烈的穿透力十足的调子。说实话，我听他歌唱，觉得他的每一句都是甩出去的，用个柔和一些的比喻，就如同羊倌打出的鞭子，又悠长又带劲又震撼。他歌唱的间歇，狗屠便将一小块烤肉放在他眼前的一片大树叶上，他微笑着点头，然后，吃一口肉，当然了，少不了再喝上一口酒，便附身于筑，继续击筑唱歌。我呢，他歇息时，大家鼓掌的当儿，我便用一块小石子敲打我的长剑，那剑发出美妙的声音，十分地提振大家的精气神。

　　呵呵，大家便说，舞阳也是粗中有细啊，也有一些乐感的嘛！

　　就在我们这样热热闹闹地享受烤肉美酒和荆轲的筑歌之时，突然，一只鸽子大小的黑颜色鸟扑打着翅膀飞了进来。看见我们后就落在了洞口处的一块岩石上，看看我们然后又朝外张望几下，然后急急忙忙又扑棱着翅膀飞走了。荆轲立即起身，示意我们安静下来，他则快速走向洞口，向外张望了一小会儿，然后，示意我到他跟前，跟我说，注意，有人来了！

　　我屏息在洞口，谛听着外面的动静。

　　听见有喘息的声音，随即一个灰蒙蒙的人影出现在洞口。我之所以说是一个灰蒙蒙的人影，是因为他浑身上下穿戴的都是一码色的麻布衣，并且，那脸也是用麻布包裹着，只露出一双眼睛。他一瘸一拐地钻进洞来，看见荆轲和我，便扔下了手中的剑。

请帮帮我，有人追杀我！那人说。

然后，就像农夫伐木，已经把那树根砍得只剩很少的一部分留在那里，自己上前摇晃一下，便顺势倒去，那麻布衣人也是这样，刚往荆轲跟前走了没两步，便似乎有人从背后推了一把似的扑通倒在地上，不再发声，似乎已经把沉重的生存的担子交给我和荆轲，他则要休养生息了！

我正打算上去查看这匹卸下辎重的战马，却见荆轲抽出剑来，用眼神示意我不要去动那扑倒在地的人，用手指指洞口，示意我准备应对即将发生的情况。我赶紧拔出剑来，和荆轲一左一右形成夹击之势。

你见过那狡猾的狼藏在羊圈的门后，等待落在后面玩耍的羊羔，当牧人和群羊都进了圈，就在那小羊羔一蹦一跳到羊圈跟前的庄稼地里去吃嫩苗时，却发现凶恶的狼已经张大了嘴，呼哧呼哧的喘息声吓得它惊惶逃窜时的情景吗？我和荆轲就如那狡猾的狼，等待即将来到的不速之客！

洞口传来砂石从高处滚下去的响声，那是有人踩踏了稀松的碎石坡，熟悉山路的人一听便明白了。我俩用眼神示意一下，把自己手中的剑对准了洞口。

洞口一幽灵样的黑衣人出现了，蹑手蹑脚，对着洞内凝神查看，然后，挥挥手，后面又像森林里的草地上，冒出两颗黑蘑菇来。

从他们的视角，一定看得见那躺在地上的麻衣人。他们互相示意一下，嘴角流露出得意的微笑，就像那狮子，虽然看见被追踪的猎物倒在地上了，但并不急着扑上去撕咬，而是得意地打量着地上的牺牲品，并不急于下手吃掉它。

我悄悄地将剑锋指向不速之客，但是，可恶的是，脚下一块垫脚石，却突然不安分不合时宜地挪动了它那僵硬的身体，让我脚下一出溜，发出了清晰的响声。

那黑衣人中的一个，跟黑色幽灵似的，人还没完全转身过来，但那剑尖已经到了我的胡须那里。我则像被电光石火击中一只翅膀的老鹰，用尽生命的全部力量，就像老话说的，连吃奶的劲都使上了，朝另一侧倒过去，躲过了飞来的刺杀！那速度之快，我不是夸张，就是幽灵也赶不上！

而那荆轲，虽然没有我秦舞阳幽灵这般的矫健，但说他跟鬼魅一样一样的，也不算夸张。他顺势倒地，抓起一块石头，一边翻滚，一边把那石头朝黑衣人的后脑扔过去。

石至命归啊，那家伙就此去见了阎王！

剩下的两人立即背靠背组成攻守合一的形态！

嘻嘻，二对二！我和荆轲同样一左一右形成夹击。

我们就这样各自保持着自己的战阵，八目对视，观察着对方，环伺着周围的环境，谨慎地挪动着脚步，寻找着突破的机会。

如何破阵呢？我的脑子在急速转动着。

我看一眼荆轲。

那小子锐利的眼神盯着黑衣人看，然后，用冷静的口吻说：天苍苍，野茫茫，风吹草低见牛羊！我的东胡兄弟，别来无恙！

那两人听了这话，猛地一愣，惊讶地询问的目光迅速地互看一眼。可就在他们疑惑的这一瞬，荆轲突然大叫一声飞快地一个转身直奔洞壁的半人高的平台而去。那声音那走手，跟半夜里你在坟圈子里见到的鬼魂从坟墓里钻出来，准备到人间去一显所能着实没有两样。

就在我和那两人完全被这迅捷的动作所迷惑，不知道他要干什么的时候，荆轲已经飞身上了那平台，并大叫一声，舞阳卧倒！我立即倒地。只见荆轲用脚扫起平台上的砂石，而那混合着鸟粪雀尿的砂石，直冲那两个黑衣人和我而来。而就在两黑衣人用手臂遮挡飞来的沙土之时，荆轲飞身下来，一个扫堂腿，那黑衣人中的一个，被扫落在地，跟狂风中的一捆麦草，正好滚倒在我的跟前。我并不起身，侧身一剑，那家伙又是一个幽灵一样的侧翻滚。好家伙！心脏是没有尝到我利剑的滋味，但肩膀，右肩膀，却没能幸免！一声惨叫，在岩洞里听上去格外响亮啊。他丢下手中的剑，捂住右肩膀，老实了，同那胖怂吃了我一刀后一样老老实实，不动弹了。

我起身拍拍手上的土，朝他吐一口唾沫。哼哼，跟舞阳我，燕国的大英雄过招，你还嫩了点儿。

我和荆轲两人同时将剑对准了那剩下的一个。

这家伙嘴里喘着粗气，愤怒的眼神，似乎猛兽，要把我们撕扯了吞下去才解恨。但他也是精明得很，并不急于攻击我们，而是高举着长剑指向我们，缓缓向岩壁靠拢，以免腹背受敌。

毫无疑问，此乃一高手。可是，高手并不意味着战无不胜，关键要看你的境遇，特别是你碰到了什么样的对手。

是啊，这位目光犀利、出手不凡的高手，难道不是那在田野里蹦来蹦去的蚂蚱，这会儿已被顽童可爱的小手罩在里面了吗？！

我们步步紧逼，但并不出手。我想，等他退到紧靠岩壁，虽然不会有人从背后袭击他了，但是，他也没有了战略回旋余地了，然后，跟麦地里的顽童一样，我们将收拢五指，在感觉到了那蚂蚱肉乎乎的小身体时，遂将它捉住，然后在太阳底下观看他那漂亮但已不能再在天上翱翔的翅膀。

可就在这时，这家伙突然一把将脸上的布扯下来，冷笑着说，荆轲，看看我是谁！

当时，洞里的视野并不好，不过，就看清那张面孔而言，那穿行于洞外的朦朦胧胧的雨天来到这岩洞里的光线，也把这脸照得棱角分明！

不要以为我在夸耀对手以抬高自己的英武。告诉你，那可不是我秦舞阳的风格。我一粗人，也没多少臭词儿可用，但我这里所用之词，着实是我口袋里的干货，是的，那张脸是棱角分明的！

直白地告诉你吧，我秦舞阳学过几天麻衣相，对人的外貌有很敏锐的直觉判断。

是的，这是一张棱角分明的脸，那鼻子、嘴、眼睛，都是能够给观者留下深刻印象的零部件，传达出的信息是其主人是相当敏捷的主儿。这不，就在我这样合计的当儿，那家伙长剑唰的一声，直冲我来。我连忙后退一步，闪身躲开其锋芒。他也扬起一脚砂石，将我搁在他和荆轲的格斗之外。他则顺势压低身子，像猎豹出击前收缩四肢一样收缩自己，然后再迅捷地将自己打开来，以更大的力量和更快的速度朝对手扑过去！

荆轲用剑接住了刺来的剑，两支剑就在那洞里发出清脆而令人血脉膨胀的撞击声！那嚓嚓的声音一会儿紧一会儿慢，一会儿脆生生的，一会儿又有点发闷，就像高渐离击筑，变化多端！

荆轲边打边向洞口退却，那剑客则紧逼不舍。直到这时，我才发现他是一个左撇子。他右手微微上举，配合着左手中的剑，那动作姿势十分的老练和娴熟，就像森林里的捕猎高手，从容而敏捷，眼睛专注而灵活，只要猎物出现，露出一丝破绽，就会付出代价。他看荆轲退向洞口，似乎看到了对方的内心的活动，并想到了一击制胜的办法，信心十足地、循循善诱地给荆轲让出空间，让他来到洞口。而就在荆轲眼看到洞口处时，他的剑尖突然似乎装上了弹簧，猛地弹出来，刺向荆轲的左大腿，刺破了裤子，流出了殷红的鲜血！荆轲则立即一个猫身下蹲，随即一个滚翻，就到了那人的跟前，飞起一脚，正好踢在那人的左手腕，只见那人手中的剑如同一根投出去的投枪，就落在了几尺之外的石头上。

荆轲则迅速跃起，用剑指着那人！那家伙一动不动地僵在那里，愤怒的眼睛大睁着，似乎如果里面的瞳孔能像石头一样蹦出去，他一定毫不迟疑地将它掷向荆轲。看来，他对自己以这样被动的方式置于荆轲的剑下，既感到十分愤怒，也是发自内心的不服气。

荆轲嘴角撇出只有强者面对敌手时才有的那种清醒冷静大气的微笑，对我说，把他的剑给他！我半信半疑地看荆轲，他则把头向那人侧一下，对我又说了一句，把剑给他。

我用脚将他的剑踢给他。荆轲则做一个手势，将自己的剑指向地面，以示不会趁他不备下毒手。那人慢慢弯下身，迅速拿起剑，然后，站定了，左右转动脖颈，发出叭叭的响声，说，好吧，荆轲，我领你的情！

随即，他一个箭步，刺向荆轲，荆轲跃起身闪躲开来，然后，两人又开始了攻守转换的二番战。

洞外电闪雷鸣，洞内刀光剑影！突然，一道闪电冲入洞内，打在洞口的石壁上，发出刺耳的爆炸声，似乎那里的石头被点燃了一样，一股刺鼻的硫磺味也冲进了洞里。那人正对着洞口，突如其来的闪电似乎使他一瞬间失去了眼前激战的对手，而等他回过神来，荆轲照他的剑身一个从上向下的砍劈，那剑就活生生断成了两截，又发出咣当的响声，紧跟在电闪雷鸣之后，如同蚊子的声音，虽在车水马龙的闹市中，但也依然听得出来。

那人发出哎的一声叹息！

那家伙紧接着就地一个滚翻，像飓风抱起又扔出的一块石头，滚到洞壁的岩石下，一膝跪地，怒视荆轲，看荆轲站在原地不动，他也缓慢地站起身来，拍打手上的沙土，眼睛似乎两团燃烧的炭火，依然不依不饶地抓住荆轲。

荆轲将手中的剑扔到我的脚下。

两人都做出了肉搏的姿态！

那人一个箭步冲上去，随即一个左直拳直奔荆轲的面部而去。荆轲也用自己的左臂迎接那冲过来的直拳，并将自己的右手拳照对方的左耳处打过去。只见那人也将自己的左直拳稍稍一收，随即朝荆轲飞过来的后手拳横过去，便把对方的攻势化解了！然后两人停下来，互相盯视对方！

荆轲，好小子，几年不见，你的功夫见长了！那人说。

承蒙夸奖！荆轲既是很有礼貌地又不乏轻蔑意味地说，你的功夫也长进了不少嘛！布赫老弟！

听到荆轲叫他布赫，那人发出冷笑，说，接招吧，荆轲！随即上前飞起一脚，正好踢在荆轲的腰部。如同一棵大树遭遇风暴袭击，要折断了一样猛烈地朝地上扑去，荆轲挨了那一飞脚后给我的感觉正是如此。但正如捕食的猎豹在攻击前把自己的身子收缩起来，然后突然打开以借助这一开一合的力量一样，荆轲也就地一个滚翻，并借助这一滚翻与进攻者保持一个不能让对方得手的距离，然后，在对方扑上来的一瞬间，腾地平地跃起，闪到对方的侧后方，飞起一脚直击对方的后脑。

你见过飓风来临时悬崖上依然挣扎的那棵树吗？虽然风的力量不足以使它被连根拔起，但那颓然跌倒的样子，被风携裹着碎石土块扫向地面的样子，多像疯子把自己的头撞向南墙！那叫布赫的这时的情形，我不夸张地说，就是这样。

他脸朝地倒下去，满地的砂石也趁机蜂拥钻进他的嘴巴。

我不禁笑了。我想，那嘴巴平日里都是养尊处优，吃香的喝辣的，被数不清的胡人小表妹们磨磨蹭蹭，今日里却没了尊严，落得个与混合着鸟屎雀尿的沙土亲嘴的下场。

你见过羝羊吗？那大而长长而弯的，给人感觉像石头雕刻的，在两耳旁海螺一样沉重而有力的羊角，再配上肥硕的身体和脖子上发达的长毛，俨然贵族气派，头羊的感觉。

你知道吗，那个被一脚踢倒在地和砂石亲嘴，却突然咆哮着站起来，用脑袋当长枪，冲向荆轲的人，就让我想到了在河滩上见到的那趾高气扬的羝羊。当看到从山路拐弯处有另一只羝羊摸摸索索地往河边来时，便提高了警惕，用蹄子刨土、鼻子打喷嚏，警告对方停住脚步，退回山后去。但当它的警告不被重视，那外来者甚至突然加速，小跑着朝河边赶来时，这羝羊也突然像一头愤怒的公牛狂奔起来，迎着那入侵者直冲过去，那架势必然是要决出个你死我活。

是的，没有错。正如你在河滩上看到的两只羝羊打架的恢弘场景一样，荆轲和那叫布赫的愤怒地冲向对方，就像两只羝羊一样，只是，荆轲没有喊叫，而那人的呐喊声却撞在洞壁上，发出了回声。

请原谅我没有把他俩比作公牛或是骏马之类的，特别是有荆轲这类大侠在其中扮演重要角色的戏里。我这样做，没有小瞧谁的意思，我只是顺从了我原始的感觉，我的第一印象。因为，我绝不夸张，我秦舞阳，一个实诚人，这会还要跟你说，绝不夸张，我看见几只蛇雏子，就是那四脚的在沙石里速溜溜窜来窜去的小玩意儿，被四只羝羊角撞击发出的声音蹦出半人高，从地上直接蹦到了崖壁上的蝙蝠群里，把那帮家伙吓得扑棱着翅膀直往墙上撞。

是的，我真看见了，有蝙蝠从岩壁上掉了下来，摔死在地上，摔死在横躺在地上沙土里的布赫身旁。

那荆轲呢，要好一点儿，但是，这会儿也喘着粗气，上气不接下气的样子，惊恐地注视着地上那张血肉模糊的脸。

我不夸张，也不故弄玄虚，我最讨厌夸夸其谈和故弄玄虚了。我是个实诚人，我直白地跟你说，我没有看见当时发生了什么，那只倒在地上的羝羊是怎么弄得满脸血迹的。说实话，我真为他那张羝羊一样傲气和俊美的脸而掩面呢，当然了，不是掩面而泣，而是，我虽然十三岁杀人，但那是一张丑陋的脸。你知道吗，丑陋的脸是没有震撼力的，就跟一根烧火棍，折了就折了。甚至你会觉得，折了以后那断茬处还有那么一些新鲜感，让你觉得一丝兴奋呢。但这张脸，却像王爷的王仗折了。你能理解我吗？所以，当我看到惊慌失措的荆轲时，我全然理解他的心情。他折断了王爷的王仗！

荆轲啊，你这傻子，你不正是要去折断秦王的权杖吗？奈何区区一布赫血肉模糊的脸就让你这样失态？那你还能干啥劳什子大事？

看到眼前这个凝视着地上的布赫，满脸悲戚的荆轲，我心想，你小子，猫哭耗子假慈悲吧。我也赶紧摸摸嘴巴，把那想要流露出来的一丝轻蔑给搽了去。

这时候，一声叹息，不知从谁的嘴里发出，在寂静的山洞里，伴随着火苗发出的噼啪声，撞击着山洞里的空气和岩壁，还有这洞里的每个人的耳膜。而那个傻子一样呆看着地上那张血肉模糊的脸，也朝这刺破山洞里空气的叹息循声望去，并缓慢地起身，似乎要离开地上的这个而去寻找发出那声叹息的喉咙。

荆轲一边脸朝发出叹息的方向探寻，一边用手支撑着身体试图从地上站起来。可就是在此时，另一个尖锐而急切的声音，一个女人的声音，如同山杏儿看见自己的鸽子被突然从树林中杀出的野鹰追猎时发出的尖叫声一样，从篝火堆那里发出，似乎也是被火点燃一样。

是的，是山杏儿发出的尖叫，不过，这次，不是为他的鸽子，而是为他的哥哥，那个笨蛋荆轲。那山杏儿看见，那躺在地上的血肉模糊的那张脸的主人，在荆轲起身目光寻觅一声叹息的躯体时，突然从地上猛地支撑起半个身子。而她之所以没命了似的尖叫，则是因为他看到那跃起半个身子的人手里有一把白晃晃的匕首，正刺向荆轲。

我的哥哥啊，幸亏你的乌龟救了这女子，不然啊，我看我就得打道回府，到燕国跟狗屠一起卖狗肉，听高渐离兄在雨天击筑唱你的亡魂了。那刺向荆轲的刀锋已经够着他的衣服了，就是因为那声嘶力竭的叫，比刀锋更快了一些，那荆轲猛地侧身一闪，那只取他心脏而来的刀，来不及改变路径，如同追逐猎物的野狗，兔子已经拐弯了，而它在惯性的作用下，依然狂奔向前，撞在了土堆上，折断了脖子。

而那刀，刺向荆轲的刀，却没有在山杏儿失魂落魄的叫声中撞上土堆折断脖子。他穿透了荆轲的衣袖，刺向了荆轲的肩膀。

各位看官，荆轲的故事，从古至今，人们说了千百遍，五花八门，无奇不有，但我告诉你，要说谁真谁假，你们只要看看讲故事的人叫啥名字，就知道了。

我，秦舞阳，跟随荆轲西征刺秦的，他的副手，吃在一起，住在一起，我讲的，我跟你说，我不夸张，比历史还要真实！

看到眼前的一幕，所有的人都惊呆了。是的，我丝毫没有夸张，所有的人都惊呆了。狗屠张大的嘴凝固了，如同泥塑人的口，永远也不会合拢的那种痴呆。就连那两匹马，也止住了嘶鸣，脖子像长颈鹿，恐惧从它们大而黑亮的眼睛里水一样流出来。

而山杏儿，那小妞儿，却似乎被狂风席卷的一根树枝，连滚带爬扑向布赫。

可是，他们都忘了。这世上还有一个叫秦舞阳的人，他一出手便天下闻名。让他们震惊的场面，到了我的手上，就同泥巴到了村里的小孩子的手里，一捏一个样儿，一弄一个型。

我顺势一个侧滚翻，然后，一个扫堂腿，那布赫的持刀的那手臂，便如同深秋里被拧了头的葵花杆子，耷拉下来，没了力气。是的，那手臂上的生命力，瞬间就被我一脚从他的血管里，从那经络中，顽童从麦秆中抽出麦穗一样的抽走了。

然后，我冲上去，肘击他的下颚。亲爱的看官，你见过打麦场上装满麦子的袋子被人猛然推倒的情形吗？在我的风暴肘闪电一击下，布赫就那样倒下去了。一口鲜血，殷红殷红的，同太子丹宫中不知叫啥名的酒一样殷红殷红的年轻人的血，从他的嘴里喷出来，喷在了荆轲的脸上。

这时候，荆轲用手捂住了肩膀的刀伤，眼睛看着我，那血喷到他脸上，他依然全神贯注地看我，如同我小时候的师傅看我比武打斗一样。

我一脚踩住倒在了地上的布赫，刀尖抵在他的喉咙处。那喉结一跳一跳的，像个水中的小球，摁下去又蹦上来，蹦上来又被摁下去。我看着这小球，轻蔑地想，小样儿，还跟大哥我玩花样儿，看看大哥我这回怎么修理你！

顽童会肢解蚂蚱，而我，会玩出更让你叫绝的花样！

舞阳，莫杀他！莫杀他！是荆轲的声音。

我注视着脚下的那张脸，这时已经是猪肝色了。他并不看着我，那朝下的眼神似乎说明他在等待那点在他喉结上的刀尖，但并不绝望，也不胆怯，表情凝固在等待里。

这蚂蚱是一见过世面的蚂蚱。

我对着那凝固的表情笑笑，说，啊，你是个走运的小帅哥儿，这秦舞阳的刀突然有点儿迟钝了！

那摊在地上的，也做出一个双手抱拳的姿势。我给他一个轻蔑的哼，我不喜欢这些虚头巴脑的东西。我脚尖一用力，将他推开。我捡起掉在地上的他的刀，来到荆轲跟前。

我看到，荆轲的衣服肩膀上有一个被刀划破的洞，有血从荆轲肩膀上渗出来，那血也是殷红殷红的。

我想起了童年时一个人玩耍到山沟里，那里出现了一条小路，我就随路而行，谁知路的尽头是被人遗弃的尸体留下的骸骨……

真见鬼!我骂自己。我可是鼎鼎大名的秦舞阳，这种喝了猫尿的人才有的幻觉可不能到我的脑海里来晃悠。

我蹲下去，抓住荆轲的手。他看上去似乎很平静，还冲我微微一笑，说，舞阳，干得好！

嘿嘿，你这小子，打我认识你以来，总算说了一句夸我的话。但看上去，他这话并不是从心眼里来的，而像是从喉咙里出来的。但不管怎样，我可是乐意听到的，谁能说我没有等过这话呢？！

现在，荆轲躺在地上。那三个不速之客也都躺在地上。而，山杏儿，狗屠，他们两个，则张大了嘴看我。

看神马呢？

我心里好笑，看什么看，不认识我秦舞阳了？才一出手，就吃惊成这样？一群呆子！

我俯身下蹲，但我感觉自己高大的身影已经穿过这洞上的岩石，岩石上的山峰，到达了云层，到达了云层的上方。虽然我还没自傲到说我的头触到了天空，但我告诉你，我从没有过这样的高峰体验，我感觉天地之间，我是那么的高大伟岸，强大的顶天立地的力量感充盈了我的内心、血液和身体的每一块肌肉、每一块骨骼、每一处经络。

这是多么美妙的感觉！你感觉整个世界在你的脚下。这是力量的感觉，男儿的感觉，掌握生杀大权的感觉！

上帝啊，难道这不是支配者掌控者的感觉，难道不也是权力！谁能说我此刻不是这里的王？！

可突然，一声冷笑，从那叫布赫的人嘴里发出。这笑声是如此的有力，似乎一拳击中了荆轲。只见随着这一声冷笑，荆轲风中草人一样摇晃着倒地了。那张生动坚毅的脸，惨白惨白的，眼睛看上去是那样的无力，似乎生命的活力正从那里离开。随即，荆轲两手用力撕扯胸前的衣服，四肢痛苦地抽搐，口里也渗出了白沫。

　　荆轲……一声衰弱的叫喊从地上冒出来。原来是第一个冲进山洞，被布赫和他的同伙追杀，祈求我们保护的那个麻衣人。

　　他看着我说，荆轲，荆轲他中了毒了。

　　我冲上去攥住布赫的头发，厉声喝问，狗日的，你这狗崽子，什么毒？

　　那人眼睛躲闪开我咄咄逼人的目光，投向荆轲所在的地方，依然冷笑着说，荆轲，你中了我的夺魂刀，虽然不死，却要疯了！

　　随即，他仰天大笑，说，你会成为一个疯子，破衣烂衫的流浪街头的被人嗤笑的疯子！

　　似乎要验证布赫的话，荆轲突然歇斯底里大吼一声，从地上蹦起来，踉踉跄跄朝洞外冲出去。

　　我手起刀落，送那布赫下了地狱。

　　我恶狠狠地从布赫的尸体上拔出我的长剑，将鲜血涂抹在他的脸颊，然后，一脚踹开他，紧随狗屠、山杏儿追荆轲到洞外。

　　外面依然是阴雨绵绵，那雨丝拖得长长的，如同有人从天上放线下来，以丈量这天地间的距离；而那雨幕这样的厚实沉重，似乎被人把黑夜扯碎了，从空中扔下来，悬挂在山顶上。而山杏儿和狗屠，则被这天地间的连线羁绊得举手投足都要使出吃奶的劲儿，艰难得如同行走在沼泽地里。而那已然发疯了的荆轲，则已是披头散发活脱脱疯子样，踏着泥泞不堪的道路，深一脚浅一脚地朝山里突奔而去，如同原始人，在黄帝教化万民以前的原始人一样，惊得山坳里一只长着长长羊角的大绵羊也玩命死地朝大山深处奔跑。

我摸一把从脸上流下来的雨水，突然看到荆轲正朝一处悬崖奔去。我大喊，快抓住他，前面是悬崖。

狗屠狂奔起来，接近荆轲时，一个猛子，前冲上去，抱住了荆轲的左腿。那荆轲则转过身来狞笑着飞起右脚，将狗屠踢出丈远。

我紧赶几步，一个箭步挡在了荆轲的前头，把他和那山崖隔离开来。

那家伙狞笑着，说，走开，秦舞阳，挡我路者，格杀勿论！

荆轲，你是怎么了？我们可都是你的兄弟啊！

兄弟，什么兄弟，灭的就是兄弟！他说，随即一拳击中我的下颚。

我乃燕国武士，秦舞阳是也！我能像木桩这样倒下去吗？不能，绝对不能。但是，痛在下颚，但软在两腿，岂不怪哉？坚强如我舞阳者，在这疯子的拳风里也不得不顺势而倒了！

可是，我依然执着的是那疯子的小命。我的眼睛在倒下去的瞬间里，依然绝望地丈量着荆轲和那悬崖之间的距离。大约一个箭步！只要那疯子再往前冲上个两三步，他就喂了王八了。

一声惨叫，又是一声惨叫，从一个弱女子的胸膛里发出。虽然已经倒地，但我秦舞阳依然头脑清醒，像临危受命的君王，笃定得不是一般。

那山杏儿同那一声惨叫一起从大地上冒出来。我敢打赌，

不是从地上冒出来，而是从悬崖那里像鲤鱼跳龙门一跃而出，
浑身泥污，衣服贴在身体上，脸上泥一道血一丝发一缕，堵
在荆轲前面，用一双惊恐的眼睛看着荆轲，就跟小鹿挡在猛
兽前头一样，试图阻止疯狂的荆轲干出傻事。

　　那个疯子，却对眼前这女子视而不见，或者说毫无怜香
惜玉之意，两手如此有力，抓了鸽子放飞一样将山杏儿掐着
脖子拎到悬崖旁的一棵大树那里，随手从地上扯下一根荆条，
要将山杏儿绑在树上。那山杏儿也是机灵得了得，趁荆轲稍
不留神，顺势爬上树去。

　　从树上给我滚下来，你这疯女子！荆轲声嘶力竭地叫喊。

　　在树上的山杏儿上气不接下气地，声音发抖地说，荆轲
哥哥，听我说，你中了毒，不要狂躁，冷静下来……

　　荆轲冷笑一声，说，你这可怜虫!你胡说些什么！看我撕
碎了你喂王八！

　　他像猴子一样迅捷地直向树上的山杏儿奔去。山杏儿发
出一声喊，那声音是那样尖利，尤其是在这山野里，在茫茫
雨雾中，透露出她的生命线要被扯断那样的绝望。

　　这种从一个女孩子胸膛里发出的绝望是那样令人震撼，
不管是我，狗屠，都静了下来，就是那疯子荆轲，瞬间也停
止了攀爬。他身体抖动了一下，似乎猛然间清醒似地，看一
眼树上发抖的山杏儿，嘴角撇出冷笑，然后跳下树来，扔掉
手里的荆条，推开从地上爬起来慌忙赶到他眼前的狗屠。

　　走开，不要阻拦我。我没有疯！你们这些呆子，傻瓜！
他骂骂咧咧地说，随即，纵身一跃，跳下山崖。

我绝望地坐在地上，坐在泥水中，听着山杏儿和狗屠在那里哭泣。哭吧，哭吧，在这荆轲纵身一跃去见阎王的地方，你们就蹲在地上哭吧。

但我是燕国大侠，天下有名的武士啊，我可不能跟狗屠和山杏儿一个怂样儿。

雨滴顺着我的剑流下来，如同山杏儿他们的眼泪。

但是，我舞阳得站起来。我把那剑插在泥泞中，支撑我的身子站起来。

脚下的泥水发出响声，在雨声中格外清晰。我倚靠在那树上，眼睛循悬崖陡峭的阴影探寻下去。山崖上没有挂在树枝上的人，也没有摔破了脑袋糊在石头上的脑浆，只有一只鹰从悬崖下盘旋而上，一副惊慌的样子，穿过雨幕，似乎织女的纺锤，发出唧唧的叫声。叫声也惊动了几只不知停留在哪里躲雨的麻雀，扑打着湿漉漉的翅膀，吃力地飞起，然后急速地向可以躲雨的地方去安放自己弱小的身子。

荆轲！我大声喊叫。我的声音撞在悬崖上，发出凄惨的响声，如同我此时的心情一样，如同这阴雨连绵的深秋一样冷清。

我起身，把狗屠丢在泥里的剑拔出来，交给他的主人，那个杀狗如麻的家伙。然后，捡起山杏儿的外衣，挑在狗屠的剑上，示意他给山杏儿，让阴雨中嗦瑟的小女子穿上。

那两人收拾完停当后，又不死心地来到悬崖旁朝下面张望。突然，那山杏儿喊叫，他没死，下面是一个湖，他掉湖里了，死不了的。

我抹去脸上的雨水，仔细朝下看。

我的舞阳呢，你咋就这点眼色，那下面的深蓝色的不就是湖水吗？真是活见鬼，在这阴雨天，它深沉的深蓝跟岩石的模样简直一个德行。我和狗屠对望一下，立马向下面的湖奔去。

边走我边想，怪不得刚才没看见有人躺在那里，原来不是岩石，是湖水啊。看来，我这临危不乱的秦舞阳，也有荒腔走板看花眼的时候。

那是一个足有一亩地大小水也足有两三人深的湖泊。站在湖旁，这会儿我看清楚了，那悬崖上还有山泉流下来，同一把利剑样悬挂在那里。

我一个猛子扎进湖里，潜到水底，查看究竟。

湖水十分的清澈，我喝了一口在嘴里，清凉同鱼儿一样潜入我的内脏。我睁开眼睛四处查看，除了几截树根，和在那里玩耍的鱼，啥也没见着。

狗屠和山杏儿急切地看着从水中冒出的我，张大了嘴，但不发话。我说，啥也没有。

山杏儿突然哭泣起来，说，下面没有，说明他没死。他还活着。

这小女子聪明，我默念。

那赶快去找。狗屠边说边往山上爬。

我说，对的，如果水里没有，那说明他还活着。他不可能飞了。我也朝山上深一脚浅一脚地爬去。

那山是怎样的一座山啊！我抬头望去，它直插云霄，那高度如同神仙的宫殿，让你产生高不可攀的威严感；有站在山脊上如同孤独的道士一样的岩石；也有身子下探，如同顽童一般的云杉，也有各种各样的树木杂草生长在漫山遍野你脚下的烂泥里和你眼前的峭壁上，做出一种绝望得要求你搭救它们的样子。那些或挺拔或颓废的植物，冷飕飕的水滴也从它们的身体上孤零零地滴下来，融入大山的沉默寡言中。

这狗日的去了哪里？这狗日的能去哪里？

我停下脚步，凝神朝四周观望。山杏儿和狗屠在我前面正使出吃奶的劲，借助灌木的枝条向上攀爬。

突然，我看到了荆轲，披头散发，在半山腰的一块岩石上山羊一样地朝四处观望，然后好像发现了什么，突然钻进身边的山洼里不见了。

似乎老天爷给我的两腿注入了无穷的力量，我抓住眼前的灌木，猴子一样朝荆轲所在的山腰攀援而去。

山杏儿早我一步到达那里。猫在一棵树下，见我上来，示意我到她跟前，并用手指指不远处的一颗云杉。

那里，荆轲正在抓眼前树枝上休息的松鼠。他站在那松鼠的侧上方，猛地一跃，去抓那松鼠，但那小家伙精明得了得，眼看着他的手就要够着它了，便轻松一跳，优美地朝山上去了，很快就没了踪影。

荆轲追松鼠，我们追荆轲！这就是我们西征秦王路途上正在上演的喜剧，各位看官都觉得吊诡了吧？不过好戏还在后头呢。

这时，我看到了奇葩的一幕：一只黄鼠狼在一堆狼粪前嗅来嗅去，那荆轲一个猛子扑上去，老鹰抓小鸡一样把那黄鼠狼抓在手里，然后，拧断了它的脖子，喝那黄鼠狼的血。

令人惊讶的不光如此！然后，他从地上抓起一把蚂蚁，就朝自己的嘴里塞进去，吧唧吧唧地吃喝起来，然后，从峭壁上扯下一棵开黄花的草，嚼了起来。

我往前一步，大喊一声，荆轲！你这是干啥你？！

荆轲朝我们这里扫一眼便提着它的猎物猴子一样朝山顶攀爬。

我发现我的手上尽是血泡，是攀爬时抓枝条拉伤的。我强忍疼痛，继续攀爬。

如果这狗日的荆轲他娘的玩完了，疯了，我也得跟着玩完。燕国的大侠，舞阳，我，朝野上下，那些敬畏的眼神就消失了，那死胖子家的人就会找上门来！我边爬边想。

不得不承认，害怕失去昔日的荣誉，这种恐惧会给人以极大的勇气和毅力！我将那些讥笑的眼神当作拐杖，很快就爬到了距离山顶不远的一颗大树下。

我在这里停下脚步，喘口气。我的眼睛四处搜寻那个光腚的疯子。突然，我看见在我头顶不远处一块十分陡峭的岩壁上，荆轲正抓住那里的树枝和藤条，往上爬去，周围几只麻雀紧张地飞来飞去，叽叽喳喳地叫个不停。

荆轲头顶上方有一个鸟窝，那疯子正是奔那鸟窝而去。

我大喊，荆轲，别动鸟窝，里头有蛇！

我不是吓唬他。那鸟窝的位置，我幼年时掏鸟窝的经验，还有老麻雀惊恐地飞来飞去的样子，都使我预感到那鸟窝里既有黄口角的雀儿子必然也有蛇。

可那疯子似乎对我的警告充耳不闻。他先是耳朵贴在鸟窝旁凝神谛听，然后，用眼睛审视一番，便一手攀岩，另一手将一根竹棍慢慢探向鸟窝，接近洞口时，像刺剑一样，把那竹棍刺向鸟窝，然后，手腕迅速抖动几下，将那竹棍快速抽出来，把那缠在竹棍上的蛇以及几只未出窝的小麻雀也一起甩到了地上。

我的天哪！只见那荆轲也随同那蛇和扑腾着稚嫩的翅膀的黄口角的麻雀儿从岩壁上纵身一跃，落在下面的杂草地上，然后，用那竹棍照刚刚伸长脖子的那蛇，猛抽过去，那蛇便又倒地，挣扎几下，就匍匐在地。荆轲用脚踩住那蛇的脖子，一手抓住那蛇的腰身，用手一捋，那蛇便软绵绵跟面条一样没了力气。

荆轲拧断那蛇的脖子，便喝那蛇的血，吃那蛇的肉，又把那小麻雀，黄口角的雀儿子，活脱脱地塞进嘴里，那小麻雀还在他的嘴里发出叫声，他猛咬几下，血水和着乳臭未干的绒毛，就被咽下肚里了。

发愣的不光是我，还有狗屠和山杏儿。我们惊讶地看着眼前的这一幕，但不敢上去拦阻。他衣衫褴褛，似乎只是几根布条胡乱地缠裹在身上，他披头散发，树枝、树叶、蚂蚁，甚至还有蛆虫也在上面，他脸上的泥巴、草屑、血水、雨水……这一切的一切，让我不得不暗暗叫苦，我的苍天啊，这荆轲，莫非真的疯了？！

天上的雨依然在不知疲倦地下。漫山遍野都是雨的气息，雨的身影，其他的，这山，这漫山遍野的树木，这蛇这小麻雀儿以及各种各样的飞禽走兽，都是被这雨编织在她的怀抱里的景物。

　　雨啊雨，水啊水，你这大自然的血液，上帝的眼泪！

　　狗屠脱下自己的上衣，要给荆轲。荆轲看见了拿着衣服朝自己走来的狗屠，就跟那松鼠看见我们一样几个蹦子钻进树丛里不见了人影。

第五章 尉缭

　　荆轲西渡易水，东征刺秦的事，除了高渐离、太子丹和他的少数几个心腹之外，天下的人概不知晓，但天上的神仙和地下的鬼怪，却很快风闻了。他们跟我们人类就是不一样，他们是有灵的，可以感知世上的万事万物，这一点，即使帝王将相也不能相较啊。

　　是啊，荆轲刺秦这石破天惊的举动，其信息也很快传到了天帝和地鬼那里。一时间，有关秦王该不该杀，他该不该死的争论，从天上的神仙到地狱的鬼怪，都争论不休。

　　他们众说纷纭，或者神话连篇，或者鬼话连篇。黄帝，我们敬爱的老祖宗，华夏的人文始祖，轩辕教教主，在这种情况下，神仙鬼怪，都希望他来做一个判断，以正天上地下神仙鬼怪的视听。

　　黄帝依据他一贯的作风，并不擅自主观臆断，而是，打发各路神仙，到人间，到鬼界，到神界，去广泛调研。民意，这是他作为黄帝所最为看重的。这是他的道生法思想的体现，也是黄老哲学中无为思想的体现。什么叫无为，就是不要违背人心的向背，即人道，而乱作为嘛。

　　周文王的史官，现在昆仑山为黄帝管理图书，这次也被派到人间征询意见。他的首访对象，便是那大梁人尉缭，曾献计于秦王，用阴招三十万金贿赂六国重臣，搞乱六国朝政的智多星，鼎鼎大名的尉缭。

　　崆峒山下的轩辕庙，便是那尉缭现在的居所。因为为秦王祭出阴招，加重了秦国百姓的赋税，也乱了六国的朝政；作为周室的臣民，却为意欲篡夺天下的秦王出谋划策，这尉缭被黄帝斥为助纣为虐的罪人。

　　虽然如此，但念及尉缭在献出恶计之前，并不了解秦王人品，待了解之后，便自知行了不义之举，逃离秦王，悔过自新，皈依轩辕教，并在黄帝问道广成子的崆峒山轩辕庙做祭师，一心侍奉轩辕，潜心研读四经，著书立说，弘扬我祖黄帝的思想，黄帝遂原谅了尉缭，并称他为悔过自新的典范。

　　这是深秋的黄土高原上的一个清晨，尉缭拿了扫把清扫石板路上的落叶。扫把沙沙的触地声中，尉缭听见了人的步伐，十分矫健和轻盈的脚步声，来到了他的跟前。

　　请问来者何人？可是我祖轩辕教中人吗？他恭敬地询问眼前这个跟自己一样苍老、清瘦并给人十分深沉印象的人。

　　那黄帝的使者，周文王的史官如是说：我从昆仑山来。我祖黄帝派我前来请教先生。如果我没有弄错的话，您是尉缭先生吧？！

　　尉缭深深鞠躬，说，正是仆人！

　　尉缭将手中的扫把放归原地，示意使者到舍中，使者摆摆手，说，不如在这石径上散步更加惬意。

　　尉缭微笑着说，请，使者大人！

　　石径上的落叶还有点点雨滴，在早晨的阳光里发出透彻人心的清亮。

　　使者说，尉缭，黄帝的祭师，你可知道荆轲刺秦的事吗？

尉缭说，并不知晓。

使者说，卫人荆轲，世人称荆卿，也是我轩辕教中人。其国被灭，其族被逐，其人多年来游走诸侯各国，考察各国情势；寻访天下名士，讨论天下大事，探寻天下大道；入秦期间，正值秦人禁我轩辕教驱赶我轩辕教信众之时，但他却是在那里加入我轩辕教，成为我祖黄宗的信徒！

话说到这里，使者用深邃的眼光看尉缭，并说，我轩辕教中人要去杀了那秦王，一时间，天上地下，神仙鬼怪，莫不议论纷纷。我祖黄帝也被惊动，究竟该不该杀掉那个秦王，他该不该死，这些问题，也钻进了他老人家的心里。

山谷里飞来一只小麻雀，发出可爱的叫声。那使者继续说，尉缭啊，你这具有深刻反省精神的人，你这觉悟者，能够从自己的罪孽中猛醒的人，深受秦王厚待，却不为高官厚禄荣华富贵动摇自己良知，具有自己坚定思想的人，拥有强大内心力量的人，具有人格力量的人，今天，我奉我祖黄帝的命，前来这里询问先生，那秦王该杀吗？他该死吗？

然后，他用深沉的眼光热情地看尉缭。尉缭朝向轩辕庙鞠躬，然后，对使者说，感谢我祖黄帝垂询仆人！承蒙使者大人夸奖，罪人实不敢当！

尉缭从地上捡起一片树叶，放在鼻子前嗅闻，然后笑脸相向使者说，从昨天开始，有欢喜的火苗就在我的胸中腾跃，生命的力量从我的身体中成长起来，像小麦抽穗一样。今天，我就见到了你，我亲爱的使者，给我带来了我祖的问候。

赞美我祖黄帝！我祖心中有人人，人人都在我祖的心里！那黄帝的使者如是说。

尉缭接他的话说，赞美我祖黄帝！赞美道！道生万物，道乃万物之根众生之源，万物乃道之象，道之华!看这浩瀚自然，山川河流，树木花草，飞禽走兽，似乎铆足了劲，以它们生机盎然的姿态，在此起彼伏地歌唱道，赞美道！可是，当今天下的芸芸众生，却声音嘶哑，悲伤，独独成了不和谐的音符。

这时，远处森林传来石匠凿石的声音，那声音从山谷的深处传来，似乎是从林中飘来的薄雾，舒展开它们的翅膀，在两人散步的石径上空扇动起来。

使者说，道耶！道耶！道即天性，道即天心；道即地性，道即地心；道即人性，道即人心！

尉缭和应到，道耶，道耶！

使者稍作停顿，用赞美的眼光看眼前的景象，然后又说，身处这美妙的自然，我似乎看到黄帝、老子，看到了广成子，听到了他们谈论道的声音，感悟到了他们体会道时的那种精神状态。人法地，地法天，天法道，道法自然！自然啊，我礼赞你，我祖黄帝的道，就蕴藏在你的土地、天空、山川、阳光、空气里，也蕴涵在这石匠凿石的劳累以及这响彻山谷的凿凿声中，蕴含在人身上。

尉缭向使者鞠躬说，道耶！道耶！赞美我祖，赞美这美好的自然！我祖就是在你的怀抱里发现了道，认识了道，并把它运用到人类社会，造福天下！自然是道的载体，道的孩子，也是我们人类师从道的老师，没有自然的启迪，没有自然在人类面前行不言之道，我们便无从认识黄帝的道，老子的道，以及广成子的道，也不可能把它运用在我们的生活当中。

两人相对鞠躬行礼说，道耶，道耶！

一行大雁从远处的山谷飞来，飞过他们的头顶，它们飞翔时翅膀扇动空气发出的声响，石径上的两人也听到了。

尉缭说，尊敬的使者，请听我言，当初，我祖黄帝问道于广成子，随后四经问世，道生法的思想便成为我祖黄帝治理天下的圭臬，使天道地道人道和谐统一于他道政合一的道统中，教化了天下万民，造福于九州大地。从此，我华夏民族摆脱了愚昧，走出了野蛮，进入文明世界！

尉缭停住脚步，让飞鸟自然而然不受惊扰地从他头顶飞过。然后语气缓慢地说，道生法，在尉缭的眼里，这简单直白的三个字，她所蕴含的伟大思想，便是天下文明，更是华夏文化的王冠！

他用眼睛看着使者，那样子俨然是心中充满了被感动的热情，说："这天下，没有第二个思想，没有第二个观点，能够高于他之上！

"道生法，蕴涵着华夏文明的精髓，缔造了这天下灿烂的文化！正是道生法这一伟大思想的阳光雨露，哺育我们华夏文明茁壮成长。

"她的吸引力，她的感召力，她的感化力，她的孕育文化、培植文明的强大的蓬勃的生命力，使那些生活在我们文化圈周围的其他民族，比如北方的胡人和南面的蛮夷，能够使他们把头转向我们，同向日葵始终围绕着太阳转动她的脸一样。

“让我尽情地赞美你，伟大的祖先，伟大的黄帝，伟大的道统！在你大自然一样伟大、富有生命力、创造性的思想教化下，华夏文明呈现出了普天之下无与伦比的景象！

“亲爱的使者，人性最大的恶是什么呢？”尉缭发问。

“尊敬的尉缭先生，在下有幸读过您的文章。您说，是对权力的贪婪；您还说，而君王们，其人性中最大的恶，便是自比神明，或是想要成为神明！”

尉缭向使者鞠一躬，说：

“此乃罪人的一孔之见！蒙使者垂青，实属荣幸！”

他接着说：

“可是，在我祖黄帝道政合一的伟大道统下，我华夏出现了尧舜禹禅让最高权力的人间神话。在他们那里，人性最大的恶，被驯服了；君王们对权力的贪婪，被治愈了；高尚地尚贤、无私地让贤，谱写了道统下华夏文明最神奇的篇章！

“而历经夏商到我周文王、武王，构建了天子统领天下、诸侯坐镇八方的基础稳固、结构合理的体制，并依然坚守道政合一，且使之如盛夏的骄阳，把他无限的活力，充分释放出来，使普天下的生灵无不生机蓬勃；道畅行天下，王敬守之，民乐从之，使得我周朝安享天下近千年！

“善哉，善哉！灿烂辉煌的华夏文明，这普天下的奇葩，让我们看看她是多么地美丽无比吧！

“让我们先来看看老子吧！他继承了黄帝的道统，创立了轩辕教，并写成道德经八十一篇，提出了人法地地法天天法道道法自然的伟大思想！

　　"使者大人，这普天下有比这更伟大深邃的哲学吗？那发人深省的八十一章，阐述人性的特征，社会的万象，天下治理的精髓，力透纸背，从而将我们华夏文明提升于天下文明的最高层！

　　"我们还有孔子、墨子、庄子、韩非子，这令人肃然起敬的诸子百家，就诞生于我们周朝，诞生于奉行道政合一的周！

　　"再看看我们各国的诗歌吧！诗三百，仅仅是其中的一部分！再看看屈子，多么伟大的诗人，他就诞生在我们这个时代！

　　"亲爱的使者，华夏文明最令人骄傲自豪的东西，无不是在我祖黄帝道统的阳光雨露中茁壮成长的！"

　　轩辕庙里的钟声响了！那飘逸的声音，如同故乡的炊烟，袅娜多姿，在山谷里十分悦耳。

　　两人凝神谛听那钟声，然后，尉缭声音缓慢地说：

　　"可是，现在，我们的道统就要，或者说已经，被颠覆了！"

　　他停下脚步，注视着使者对他这句话的反应。使者默默点头，眼睛望着远处石山上的松树和在上面跳来跳去的松鼠。

　　"令我忧心忡忡，夜不能寐的一件事是，我祖黄帝道政合一的道统，就要被人砍树一样给砍了！

　　"看哪，我尊敬的使者，道生法，黄帝我祖为我们编织的这面文明的大旗，眼看就要被人从城头扯下，扔到臭水沟里去了。"

　　使者的表情变得沉重起来，用眼睛审视尉缭，问他，"谁？

他要干什么？他要撑一面什么鸟旗？难道他要在我们黄帝始祖亲手建造的城墙上插上他自己的旗杆吗？天下真有人敢如此胆大妄为？"

"是的，我亲爱的使者！让我告诉你吧，那个要把黄帝的旗帜砍断扔到臭水沟里，把自己那面丑陋的邪恶的，以杀戮、谎言、奴役、暴政编织的野蛮的旗帜挂在曾经是我们始祖的旗帜迎风招展的地方的人，就是这赢政！"

使者僵持在那里一动不动，严肃的目光审视尉缭。

"颠覆道生法道政合一的道统，那他意欲何为？"

"亲爱的使者，我的兄弟，道的意志，天道、地道、人道，统统要被一掌击碎，一脚踢开，那张狰狞的冷峻的岩石一般的脸，发出蛇一样恶毒的光芒的眼睛，要把道生法粉碎在他的剑下。"

使者向前迈出一步，然后站定下来，回望尉缭，两手垂立，说："夫自上圣黄帝倡导道生法，执道者立法，身以先之，仅以小治。"

尉缭说，"道哉，道哉！"并向轩辕庙鞠躬。

使者也鞠躬。然后说："到了后世的君王，一天比一天骄奢淫逸，却仍然杖持着法律制度的权威，不断剥削逼迫天下。天下黎民困苦到了极点，就会怨恨统治者的不仁不义，于是上下产生怨恨，进而相互争夺厮杀，甚至最后到了非要消灭对方全族的地步，他秦王难道不知道这个道理？离开了我祖黄帝的道，他有什么可以运作天下的方略？"

"悲哉，道也！痛哉，道也！"尉缭动情地说：

　　"运作天下的人，他佝偻的身躯，他温暖的眼神，他活跃的心跳，他热情的血脉，他博大的襟怀，我亲爱的使者啊，那胸怀道生法的执道者，就要从我们的历史里消失了。我祖黄帝的道统就要毁在这只有刀剑、没有文化，失道缺德、暴力至上的嬴政手里了！"

　　由于昨晚的夜雨，栈道的石头缝里可看到小小水窝，上面被一层薄冰包裹，在早晨的清冷中看上去十分的清晰，以至于有一种令人感动的清冷从中发出。

　　使者不说话，眼睛望山，似乎在凝视上面的轩辕庙，而激烈的思想交锋正在他的头脑中进行。

　　尉缭沉稳的脚步发出轻微的声音，和着他激动的喘息，继续说：

　　"罪人尉缭在秦国时，与秦的史官交往甚笃。一日，那史官告我，秦王传唤其到宫中，密令其修改老子道德经第二十五章，将天大地大道大人亦大，修改为天大地大道大王亦大！史官还告我，修改后的版本，要分别放置在秦王的宫里，民间，以及墓葬里，传之后世！"

　　使者停下脚步，凝重的表情中也暗含了许多惊讶。

　　尉缭说："尊敬的使者啊，这就是秦王！我祖黄帝的伟大思想，道生法，就要被他篡改为只彰显统治者意志的王生法了。这王生法，说穿了，就是秦王说了算啊！不是道说了算，而是王说了算啊！"

　　使者听到这里，打了一个冷战，声音几乎低到听不见，骂一句脏话："这狗日的怂娃子！这狗日的冷怂！"

　　"呜呼，哀哉！从今往后，生活在这黄河两岸、长江南北的人，就不能再自称是华夏文明的继承者了！华夏文明自此就断了根脉了！普天之下，九州黎民，都是弃儿，是断了线的风筝，故乡即是黄沙漫漫的荒僻之地，家园即是牢房；我们的祖坟要被挖了，我们祭祀不了自己的祖先了！普天之下率土之滨，一眼望去，都是孤零零的弃儿，砂子一样的弃儿，落叶一样的弃儿，只有在人间流浪的命了，只有任人践踏的命了，只有被烧成灰烬的命了！"

尉缭颓然倒地，跪在石头台阶上痛哭起来！

使者站在那里，看哭泣的尉缭，并不安慰他，悲哀的眼睛望着远处的轩辕庙。

尉缭也很快克制住自己，红着眼睛对使者说，"请原谅罪人的失礼！"

使者同情地望着尉缭说，"我理解您的心情！"然后，声音恬淡地问尉缭："那嬴政究竟想要什么？"

尉缭抖擞其精神，亲切地对使者说："亲爱的使者，我敢肯定，对此，您早已心知肚明！我祖轩辕教导统治者要依据道来立法，法必须是贯彻了天道、地道、人道精神的人类智慧，人类社会的律法必须是建立在自然法则基础上的正确思想！无论是我祖黄帝，或是尧舜禹汤，或是我周文王、周武王，都身体力行，使自己的立法贯彻道的意志，体现道的精神，才有两千多年的文治武功，才有华夏文明的兴旺发达。违背这一大法，改变这一法中之法，是一宗大罪！

尉缭放缓了语气说，"可是，那嬴政，却要切断了法与道之间的天然纽带，要把道跟法活活地剥离，使他们成为两张皮！

　　"亲爱的使者，那嬴政，是要以王的意志代替道的意志！在他的手里，道生法，将变成王生法！帝王个人的意志将代替道，成为法的根本依据；而我们人类，将同生他养他的自然之道，不再是和谐地相处一起，而是被活生生切割开来！

　　"亲爱的使者啊，我们人，我们同自然之道的脐带将要被这恶毒的嬴政绞断！从此，我们人类将变成营养不良的病态的流浪儿！

　　使者的表情再度凝重起来，他眉头紧锁，望着远处，并示意尉缭继续说下去。

　　"看哪，帝王个人的意志，将统帅天下！在他的面前，道，天道地道人道统统都要让位。让位于谁呢？让位于他！让位于他一个人！让位于他的个人意志！使者大人，这就是秦王正在做和以后继续要做的事！颠覆道统，打翻黄帝的祭坛，插上他的旗子！"

　　使者叹息曰："忤逆如此，狂背如此！"

　　这时一只野狼从远处的深林中跑出来，看见说话的两人，瞅一眼，然后从前面的石径上离开了，拖着长而大的尾巴。

　　尉缭触景生情，遂曰："人说秦为虎狼之辈！实为高夸！虎狼生活在荒野，人不侵犯，也不伤人。但秦人呢？使者为周天子的史官，应该清楚地知道，文王、武王继承黄帝的道统，道政合一，以道生法为精神，上至天子下至黎民，无不以道为尊为大，莫不以道为人生之统帅，社会之遵循！根据天道，天子替天行道，教化地上万民；依据地道，分封诸侯，掌管黎民百姓，生产五谷牧养牲畜；天子诸侯互为阴阳，互为鼎立，相互制衡，是为天道地道共同恭立，为万物生长提供场所，为天下百姓繁衍生息铺平道路，使人道天道地道朴素报一，相得益彰，普天之下率土之滨莫不以道为尊，天下共和，兴旺发达，历经八百年而空前绝后！这样的道统难道不能为后世的楷模？竭尽所能维护道，难道不应该是后世子孙尤其是帝王将相的使命吗？不也应该是秦王这周朝臣民的责任吗？

"可是，事实是怎样一回事呢？在周室衰微之际，推倒它的城墙，拆毁它的宗庙，残杀戕害它的臣民的是谁呢？难道不正是秦人吗？且打着统一天下的旗号，这难道不是十分地可耻，荒谬吗？"

使者点头默认！

尉缭说，"黄帝收炎帝降蚩尤，一统天下，开创道生法的天下大道，华夏文明就此开启，华夏民族就此形成，天下也就此统一。"

尉缭眼睛诚恳地望着使者说，"难道有人能够否定，他能够拿出历史事实和证据，来否认这一点吗？作为一个统一的国家，自黄帝始，我们就已经巍然屹立于天下了！难道需要秦，这样的虎狼之辈来统一我们吗？"

使者频频点头说，"然也，然也。"

尉缭继续说，"统一的天下，统一的华夏民族，统一的国家，自黄帝始就已经形成了！然后，历经尧舜禹汤，到我大周两千余年，秦人狗嘴里吐象牙，说什么，要统一天下！试问，他要统一谁的天下？这天下作为天下，在秦人连大夫都不是，用老百姓的话说，狗屁不是的时候，就已经存在了，它有天子，有政体，有臣民，疆域广大而完整。可秦人他现在站出来说，他要统一天下，使者您不认为这是天大的笑话吗？！"

使者点头说，"先生所言是也！"

尉缭情绪激动，清清嗓子，说，"可笑啊，可耻！趁周室衰微，大兴刀兵，不做鼎立周室的尖兵，却日以继夜流周室的血，并把它灭掉的人是谁，难道不是秦人吗？！作为最强的诸侯国，秦不在周室衰微遇难之时挺身而出，拱卫王室，却利剑出鞘，直指周室。是的，是秦国，是秦昭王、庄襄王灭了东西二周，吞并了二周的土地和人民，并将象征天下的九鼎据为己有！这难道就是秦人所谓的以战止战，统一天下吗？"

眼前出现了一块石崖，上书"黄帝问道"之处几个大字。使者和尉缭鞠躬行礼，在那里静默良久。

"现在让我们再来看看，这个嬴政坐上秦国的王位后的所作所为吧！尉缭说，并用手示意使者，注意脚下的落叶，然后两人朝半山腰的轩辕庙，继续拾级而上。

尉缭说，"罪人在秦王登大位后来到秦国。当是时，罪人也同很多天真幼稚的士人一样，认为秦人有一统天下的雄心和能力，而黄帝开创的伟业，我周文王周武王享有的天下，应该有为天下人所尊崇的继承人，而我认为--现在想起来真是可笑--秦人可以担负起这个责任，所以，我从大梁到了秦国，到了咸阳，到了秦王的宫殿。

尉缭说到这里，停下来，用眼睛看使者。使者说，"我知道。请继续讲。"

尉缭说，"亲爱的使者，想起这些事，我就开始怀疑自己的智慧，一个曾经自视甚高，可以洞察入微的人，却被秦王这黄口小儿给懵逼了！

"啊，让我喘口气吧！大自然是如此的有灵性，把他的精神通过日月星辰，通过山川河流，通过飞翔的鸟儿，鸣叫的虫儿，注入我们的灵魂，使我们能够感知他的精神，汲取他的智慧，从而在这个尔虞我诈的，被血腥的暴力，被丑恶的，魔鬼的血盆大口一样贪婪的权力蹂躏的世上，始终能够保持那么一点灵性，那么一点人性，那么一点道心！

"好吧，就让那尚存于我们秉性中的自然的灵光再次照耀我们，让自然的慧根在我们的头脑中鼓动他蓬勃的生命力，让我们用自然一样沉稳的目光翻阅一下我们周朝的历史，看看秦人的嘴脸吧！

尉缭手抚使者的肩膀，说："自周室东迁以来，大周的运势虽然逐渐衰微，但是，天子依然是诸侯们拱卫的对象，天子依然以道法精神为宗旨，以道政合一为引导，不以强权霸凌天下，而正如老子所言，道有三宝，一曰慈，二曰俭，三曰不敢为天下先，知雄守雌，知强守柔，不以强权君临天下，而是遵循道法自然的精髓，放权于天下诸侯，如同天上的行云不干涉地上的河流一样，虽然给他们注入源源不断的水源，但却不干涉它们如何在大地上流淌，让他们在自己拥有的土地上拥有统治的权力。而诸侯们，正如这九州大地上的华山、泰山、黄山，在广阔的大地上树立起自然的脊梁，并遥相呼应，遵循自然之道耕耘收获，繁衍生息，彰显出道的厚爱和慈悲！

"作为周朝的封建国家，这些诸侯国已经存在了数百年上千年之久，有自己的土地疆域，自己的人民和文化，依据周室的朝纲建立的朝政，道统仍然是堂而皇之的正道！我们的先祖黄帝的衣钵，周室进一步发扬光大，道的精神在九州大地上创造出无比辉煌灿烂的文明！

"从春秋五霸到战国七雄，天下诸侯争锋，虽有兼并和侵略，但天下格局则稳如泰山！何以如此，无不仰赖于道统巨大和持久的力量！

"亲爱的使者，这是一个不容否定的历史事实：虽有秦国虎视眈眈，觊觎诸侯的土地、宗庙，国与国之间也有狼烟袅袅，但道如同浩渺天宇，笼罩四野，带给大地以安宁和平，也赐予百姓以五谷丰登！诸侯各国之间虽有战事，但大多是兄弟之争，并不以消灭对方为目的！而以霸占对方宗庙为乐事，以打掉对方王冠为目的的，只有一人，只有一国！

"亲爱的使者，您是周朝的史官，对于它的历史演变十分清楚，我想您会同意我的观点：那时候，这天下是安宁的，这大地是和平的，并无大的尤其是连年不断的战事在这大地上演。

"而当秦人崛起，沉重的阴霾，鬼魅一般，就开始在这九州神出鬼没，让王侯贵族从噩梦中惊醒，让天下黎民开始担忧不得春耕秋收冬藏！

"这是不争的事实：不是别人，几百年来，天下的心头大患正是雄视天下的秦国！秦国对别国社稷、土地的野心，秦人对诸侯的挑拨离间、对他国朝政的滥施权谋，秦国嘴叼利刃、口衔长剑，唾沫星子从狞笑的嘴角飞溅的样子，让天下鸡犬不宁！可以毫不夸张地说，自我周室东迁以来，天下最大的威胁，便是秦国的野心和它点燃的狼烟。

这时，一只老鼠从他们脚下跑过。尉缭指着吱吱叫的老鼠说，"战乱天下，祸乱天下的，便是秦国！就是问这只老鼠，它也知道！"

使者哈哈大笑："可是，天下的史官中，有说是秦人是以战止战呢，这样的史官并不是一个两个！"

尉缭说，"笑话！天大的笑话！可这就是现实！亲爱的使者啊，从古至今，暴君、独裁者，从来都不缺少往他们屁眼里钻营的蛆虫！他们肮脏得连狗屎都不如！"

使者一副悲天悯人的情怀说："道哉！哀哉！"

尉缭将一捋胡须说："在秦国期间，罪人研究了秦国的历史。有一件事颇能说明秦人的初心！"

使者说："愿闻其详！"

尉缭向使者拱手致意说："承蒙使者大人厚爱，使罪人可以放肆地在您的面前卖弄自己短浅的学识！"

使者也向尉缭拱手致意说："尉缭先生谦虚了！天下有几人像先生一样，可以拿秦王的高官厚禄当作牛粪一样晾在墙上！本人有幸，遵照我祖黄帝的教导，来到您这里，得以聆听先生惊世骇俗的高见，实乃蒙我祖恩泽之幸事也！"

"啊，亲爱的使者，您的到来恰如晨曦，给我郁闷的心头增添了火焰，我怎能不把淤积心头的话给您倾泻，让您，并通过您，让我们伟大的始祖，感知我尉缭激烈的心跳！

"使者啊，请听我说，秦人的崛起于莽荒之地，野蛮的狼性就是他的个性！当然，他并不是没有做过几件有利于天下的事，他也抓住了命运之神丢给他的绳索，从而把自己从芸芸众生中提拔了起来。您我都很清楚，秦人的先祖，秦襄公曾将兵救周，挽救周室于危难之中。周平王乃封秦襄公为诸侯，赐之岐西之地！就是从这一天起，秦人从籍籍无名之辈而跃升为天下的一个诸侯，建立了自己的国家，获得了列国的承认。

"看哪，亲爱的使者，在华夏西北大地上出现了一个诸侯国，头顶这诸侯国王冠的是秦襄公。这狼戴上了王冠，就摇着他的大尾巴做了一件令天下人不寒而栗的事！

"那是一件什么事呢?祭祀上帝！这秦襄公被分封诸侯之后，所做的第一件事便是在西畤祭祀上帝！

"噢，有这等事吗？"使者发问。

"使者大人不用惊讶，待尉缭慢慢道来。罪人曾多方查验，证明此事不是民间野史传说，实乃秦史确凿的记载。

"在我大周，什么地位的人祭祀什么神祇有严格的规定，绝对不可以违反，否则就是僭越。依周朝的礼制，只有天子可以祭祀上帝，诸侯只能祭祀境内山川之神，而秦襄公不过是一个新立国的小诸侯，竟然敢冒犯天子的权威，自行祭祀上帝！这不是狼尾巴吗？所以，当时天下诸侯便有其僭端见矣的评论！

使者用眼睛盯住了尉缭，说："秦狼是要把它的尾巴搭在龙椅上啊！看来秦狼觊觎天下之心早已有之！狼尾不但在自家屋子里翘起来了，而且公然翘之于上帝，翘之于天下！"

　　使者忧戚的眼神望着轩辕庙说："我祖黄帝啊，这样的秦人，他们的崛起，能不使天下陷于血雨腥风之中吗？"

　　尉缭接着使者的话说："尊敬的使者，秦国的崛起，不是靠耕耘，而是凭杀戮，不是仰赖教化，而是出自奴役！看哪，这秦人给天下带来了什么！广袤的农田成为杀戮的战场，战马的嘶鸣淹没了耕牛的叫唤，喊杀喊打的叫嚣消灭了学堂里传教诵经的牙牙学语，昔日的谷仓塞满了战斗的刀枪！

　　"哀哉！哀哉！我们的土地上，再也看不到老子了，不会再有孔子了，也不会再有墨子了！在我大周自由的土地上绽放的自然之花，他们将永远消失了！消失得无影无踪，即使商鞅这样的毒罂粟，韩非这样的恶之花，也不会在这片土地上出现了！"

　　使者微微点头，那悲天悯人的情怀更使尉缭心生悲情。

　　尉缭冷静下来，说;"好吧，我们不去发这些感慨了。我们还是继续看看秦人的历史吧，就从嬴政即位说起吧。当是之时，秦地已并巴、蜀、汉中，越宛有郢，置南郡，北收上郡以东，有河东、太原、上党郡，东至荥阳，灭二周，置山川郡。这是当时嬴政即位时秦国的版图。

　　"亲爱的使者，天下诸侯你争我夺，他征你伐，有几家、有几次不是为夺取别人的土地？！请问使者大人，从秦襄公被分封诸侯至今，天下哪家哪国的土地是这样扩张的？不是他秦国到处发动战争，难道是诸侯们奉送给他？

　　"我的使者大人啊，但这只是序曲。请看嬴政即位后是怎样以战止战的吧！

"元年，秦国内乱，将军蒙骜进攻叛军并平定了叛乱；二年，秦军攻打魏国的巷城，斩杀魏军首级三万；三年，蒙骜攻韩，取城邑十三座，并进攻魏国两城；五年，蒙骜进攻魏国，拿下酸枣以及长平、山阳等五地，共占领城池二十座；六年，韩、魏、赵、卫、楚五国联合攻击秦国，夺取了寿陵。秦国出兵反击，五国联军解散。秦军攻克了卫国，进逼东郡，卫国国君率领他的宗族迁居野王，凭借着山势险峻而保守在魏国的河内地区。请注意，这是我们看到的为数不多的秦国是应战国而挑起事端的战例之一。也就是这一年，荆轲离开名存实亡的卫国，周游天下！

山谷里传来悠扬的劳动号子，粗犷悠长的声调，可以听得出来，歌唱者陶醉于自己的工作而乐此不疲。两人静下来倾听这悠扬的歌声在山谷里发出的美妙回响。

等远处的歌唱声停歇下来，尉缭继续说："七年，蒙骜去世，但秦国的征伐并未停歇，先后攻打了龙、孤、庆都等地。八年，秦国剑指赵国，秦将叛秦，将士皆被斩杀！这样的事，当年发生了两起。九年，秦军进攻魏国的垣城和蒲阳。"

使者频频点头，并说："很显然，长达九年的战事中，除六年五国联手犯秦外，其余都是秦军侵犯他国领土。"

使者的点评使尉缭仿佛遇到知音一般，他抓住使者的手，诚恳地说："也就是这一年，秦王嬴政在雍城行了成年加冠之礼。如果说，嬴政即位前，朝政有吕不韦等人把持，秦国的所作所为并非嬴政主导，那么，嬴政主政后又是怎样呢？

"请听我说，使者先生，十年，嬴政即位，一是铲除了祸害嫪毐，二是拿下了恩人吕不韦。也就是这一年，秦没有对外用兵，他在搞自我革命，斩杀清除曾经的大恩人吕不韦的党羽！翌年，也就是第十一年，罪人尉缭来到秦国，向嬴政提出用三十万金搞乱诸侯的计谋。当年，王翦、杨端和等将攻打邺城，夺取城邑九座。十二年，吕布卫死而嬴政借故继续剿灭其门客和族人。十三年，桓将军攻打赵国平阳，杀死赵国将军并赵军十万。十四年，秦军继续攻打赵国，并拿下平阳、武城。也正是这一年，韩非子出使秦国，并死在了云阳，韩王请求成为秦国的藩臣。十五年，秦国大举出兵，夺取狼孟。十六年，韩、魏先后向秦奉献土地；十七年，内史腾攻打韩国，俘获韩王安，尽收韩国土地，并设置颖川郡。十八年，三路大军大举进攻赵国，兵临邯郸；十九年，俘虏赵王。三路大军，王翦、杨端和、羌将军剑指燕国，顿兵中山。所以，便有了荆轲西征刺秦的事，使罪人尉缭得见使者的尊容！"

使者谦恭地说："从而得以聆听先生的陈述，是使者我的荣幸！"

然后，使者若有所思地说："只是可怜韩、魏两大诸侯国，自周天子分封天下，便有其地，生生不息数百年之久，只是在秦王继位不足二十年的今天，就做了嬴政的藩臣！可悲，可叹！"

眼前出现一片开阔地，是一个深长的峡谷，秋天的树叶落满山谷，覆盖在也快要黄了的草地上；草地的尽头，是一个缓慢上升的石坡，有石匠在那里凿岩，把石坡上的杂草以及突出的翘石铲除掉。秋天的骄阳照下来，使眼前的景象呈现出十分壮观的气势。

从眼前的自然美景回转自己的眼神，尉缭又开始讲话了。

"如果说，抢夺土地、扩大版图，尚可以帝王的宏才大略挂钩，那么，秦王所做的这两件事我们该如何评判呢？

"使者大人，昆仑山的圣贤们是否耳闻：秦每破诸侯，便写放其宫室，作之咸阳北阪上，南临渭，自雍门以东至泾、渭，殿屋复道阁相属。所得诸侯美人钟鼓，以冲入之，以供秦王一人恣肆。

"其二是，嬴政自即位起，便劳民伤财，大兴土木，为自己建造陵墓。普天之下尚无如此宏大的陵墓，更没有哪个君王如此不知体恤民情，耗费民脂民膏，其目的仅仅是为了安放一个棺材！

"尊敬的使者大人，如果谁认为这就是一个志在天下、以战止乱的王应该做的事情，那我就要问神仙和圣贤，这天道何在？人道何在？"

"罪过，罪过！"使者接连说出这谴责的话语。

"尊敬的使者，让我给您说说当年我在秦国的经历吧！当是时，尉缭和许多六国士人一样，认为秦可以继周天子担当天下大任，便来到秦国出谋划策，上替天行道，下为百姓谋生。罪人向秦王提出建议说，凭借着秦国的强盛，其他的诸侯犹如郡县的首长一般，臣怕的就是诸侯们联合起来，出其不意地一起来进攻，这也就是智伯、夫差、湣王所以失败的原因。希望大王不要吝惜财物，拿去贿赂各国有权势的大臣，以此打乱他们的合谋计划，这不过损失三十万金，就可使各国诸侯全部被吞并。秦王听从了我的计策，从此后两人相见，秦王也是十分地客气，并用平等的礼仪待尉缭，罪人所穿衣服、所吃食物，皆与秦王同。

使者噢了一声，打趣地说"不错嘛。不简单呢。做了嬴政的上宾嘛！"

尉缭笑而作答："到了秦宫，尉缭得以仔细观察秦王。其人，高高的鼻子，细长的眼睛，鸷鸟般的胸脯、豺狼样的声音，我便暗自思量，这个人少恩而有虎狼心，处在不得志的时候很容易对人表示谦卑，得志的时候便就会很轻易地吞食别人。嬴政的父亲庄襄王曾在赵国做人质，嬴政生于邯郸，与同做人质的燕太子丹过从甚密。十九年，秦攻下赵国，嬴政来到邯郸，那些曾经和秦王出生地赵国的母家有仇怨的人，都被活埋了。"

两人都不说话。山里传出一声狼嚎。

尉缭手扶栈道，语气低沉地说："听到秦国拿下赵国的时候，我在山上长久盘桓，听了一个夜晚的山风呼啸；魏国灭亡时，我从山上跑到山下，直到跑不动了，便匍匐在轩辕庙，在我祖黄宗面前哭泣。

"我是罪人啊！我为嬴政吞并天下出谋划策。我是我祖黄帝的罪人，六国的罪人，普天下的罪人。我是为狼驱赶羊群的罪人！

"看哪，我亲爱的使者，当今世道，一个诸侯国亡了，天下增加的不是安宁和平，而是奴隶！不是成百上千的奴隶，而是整国整国的奴隶！

"看哪，我亲爱的使者，假如秦灭了六国，这天下便没有了一寸自由的土地，没有了一个自由的人。

"亲爱的使者，天下会是一个什么样子的天下？一个暴君、独裁者，和千千万万蚂蚁样的奴仆，如果秦王得志灭了六国，这天下便只有一个和无数个这两类人！

"亲爱的使者，请让我告诉您，当年尉缭之所以下定决心离开秦国，就是因为，我已经清楚地看出来了，秦王得天下之时，便是全天下为奴之日！我不能为这样的人所用啊！"

他两泪汪汪地看着使者，使者同情地抓住他的手，说："知错就改，善莫大焉！"

时近中午，他们来到了轩辕庙。

在秋日灿烂的阳光里，轩辕庙朴素庄重。从院落里可以看到不远处的湖泊，在秋日里发出湛蓝的光芒。周围的树木依然生机勃勃，绿蓝黄各种颜色的树叶争奇斗艳，在大山和湖泊的映衬下，大自然给人以生生不息和神圣庄严的感觉。轩辕庙的建筑资料以石头为主，木材为辅，并用了少量的竹子，看上去根基稳固，建筑宏伟、挺拔又十分和谐。大殿的中间是轩辕帝的石头塑像，足有两三人高，目光深邃，气质神态中流露出悲天悯人的情怀。他左臂弯中是一石条，上书道生法三个字；右臂则伸展出去，修长的手抓住一个车轮，那即是他发明的车轮，也是道行天下的法轮。四周的墙体上，雕刻精美的黄帝四经让人肃然起敬。两人拜谒完毕，使者仔细地欣赏观看墙体上的经文，连连称赞做得好做得好！并说：

"百经之首，万经之王！正如大自然是人的母亲，我祖黄帝四经则为华夏文明之父！普天之下，浩瀚文明，最灿烂的篇章！"

　　然后使者心怀敬意地问尉缭："请问先生，谁人刻写了这四经？"

　　尉缭鞠躬答曰："尉缭所为！"

　　使者双手扶起尉缭的肩膀，两人四目相对，使者诚恳地说："道哉道哉！仅此修为，即可免去你罪！"

　　尉缭再向使者鞠一躬，并告诉使者尉缭说，他还要将四经刻写在对面山坡上，就是两人上山时看到有人在那里凿石的山坡上，使上山问道者可以一路攀爬栈道，一路学习经文。

　　说话之间，两人来到院子里，尉缭指给使者看对面的山说：

　　"看哪，亲爱的使者，那一个缓慢的，山羊可以爬上去的山坡，整个浑然一体的石头山体，除去上面的杂草和碎石，便可作上等的竹简，刻写我祖的经文。

　　"瞅那左边！那里，已经刻上了经法。起首的文字是道生法三字，每个有一人那样大小，又漆成朱红色，从这里可以清楚地看到！"

　　使者循尉缭的指示望去，果然，在秋高气爽、蓝天白云的天体下，道生法三个大字发出令人炫目的光芒，似乎是从正午的阳光的瀑布里流泻而生，如同苍天的宣言，高高悬挂在天地人之间，向生存于大自然怀抱的万子万民宣告他伟大的思想！

　　"真是美妙的构思，雄浑的气势！"使者称赞道。

　　尉缭说："尉缭还有一个计划，要刻写三套四经，除保留一套在这里外，另外两套，要精心挑选两处中原轩辕庙，赠送给他们，希望他们保留下来，流传后世。"

"道哉道哉！"使者向尉缭谦恭地致意！

尉缭说："亲爱的使者，请听我说，打开我华夏文明宝库的钥匙就在这四经里头！我华夏文明那些彪炳史册的丰功伟绩，都是道生法这棵大树的果实！我华夏文明之所以能驯服四野教化天下，其精髓也在这四经当中。四经远远高于孔子、墨子，也是我教主老子思想的源头！黄老之学构成了我华夏文明最古老的道统！

"但是，这把钥匙现在却面临失传、被盗的危险！嬴政一旦灭了六国，不但天下人皆为其虏，就连我祖的黄帝四经，也将随同死人长眠于九泉之下，或是被流浪汉当作柴火烧汤煮饭！

"噢，会有这等事发生！"使者愕然。

"亲爱的使者，尉缭的嘴不是匕首，不是刺刀，但，尉缭的眼睛是毒刺！尉缭对于秦王得志于天下后要做什么，可以毫不夸张地说，多年前就洞察入微！他要让诸侯闭嘴，他要让大臣们闭嘴，他要让老百姓闭嘴，也要让古代的圣贤闭嘴。他要把那些思想高于他、境界高于他、功绩高于他的人，统统丢进火里，化为灰烬！"

"也包括黄帝我祖吗？"使者问。

"是的，也包括我祖黄帝！"尉缭说，"就是现在，嬴政已经在秦国销毁了黄帝四经，大臣们若有人议论朝政时说黄帝如何如何，便要严惩！秦国也禁止我轩辕教的传播，曾经将我数以千计的信众驱逐出境。

"亲爱的使者，您知道韩非子是如何死的吗？现在很多人都说是李斯害死了他。可其实，并不是李斯，而是秦王借李斯的手杀了韩非。"

"噢，请告之！"

"亲爱的使者大人，嬴政容不了任何比他高明的人，尤其是治理天下方面，他不能容忍任何人比他高明！而韩非，治国的雄才大略则在他之上！这是嬴政所不能容忍的。所以，他得死!至于怎么死，那只是小小的手段而已！"

使者点头说："感谢尉缭先生赐教，我明白了！"

尉缭先生赶忙说："使者大人过谦了！罪人只是直抒胸臆，把长久以来蓄积于心中的所思所想斗胆讲于您罢了，哪能谈得上赐教！"

使者说："道哉道哉！如果他拥有了天下，我祖黄帝的祭坛必然被打碎，被扔在火里，葬在死人的墓穴中。否则，人们会说，我祖黄帝都是道生法，何以到了你嬴政的手里便是王生法了？！何以你要以王的意志代替道的意志？！"

"那么，"使者加重语气说："他的统治合法性就不存在了！"

"使者所言极是！在天下人的心目中，黄帝乃我华夏始祖，华夏文明的开创者，无可争议的中华第一人，如果后来的君王，不遵循他所创立的道统，甚至彻底颠覆之，那天下人能接受他的统治吗？！"尉缭说。

"那是可想而知的！颠覆文化、颠覆文明，乃是断其根销其魂，悖逆之罪，莫大于此！"使者目光盯着远处，语气凝重地说。

尉缭眼望对面刻写黄帝四经的石坡说：

"是啊，他是颠覆者，他是华夏第一恶人，天下第一罪人。这不仅在于它颠覆了黄帝的道统，也在于他毁灭了周室同诸侯间的盟约，周天子正是因为谨守同诸侯的盟约，江山社稷千年不倒！

"再有，自东迁以来，周室式微，但诸侯间亦有大家订立并遵守的盟约！而秦人用他一次次背信弃义的行为打碎了诸侯间的盟约，打乱了天下的秩序，用一次次的挑衅和战争，破坏了诸侯共治的局面！

"看哪，我亲爱的使者，如今这天下的诸侯，今天，嬴政在酒席上与他们签订和平协约，可第二天早上，他们还在梦中的时候，那军队已经开到了门口，刀剑搁在脖子上了！

"我亲爱的使者大人啊，这天下，背信弃义如同家常便饭，始作俑者，其谁也？难道不正是秦人吗？而登峰造极者不正是嬴政吗？！秦人跟诸侯国订立了很多盟约，可他遵守了几次？"

尉缭看到使者表情十分痛苦，就继续说："秦人篡改了历史，要让人们以为，他们是顺应天下形势，以战止乱，给天下带来安宁！

"可其实，就是傻子也能搞明白的事实是，从春秋五霸到战国七雄，天下格局保持不变，诸侯们大多能够遵循他们之间的盟约，并不随意侵犯别人，我祖黄帝的道依然行得通，大家发展经济繁荣文化，天无饥荒人无饥馑可谓安居乐业，诸子百家学术争鸣成就天下文明奇观。诸侯之间虽有战争，但并不以消灭对方、吞并其国土为目的，期间被并吞的诸侯国也只有郑极少数。

"看哪，亲爱的使者，放眼春秋战国数百年的历史，只有秦国有觊觎周室天下、并吞诸侯、称霸天下的野心，所以，他们通过商鞅的手，把自己打造成一个侵略成性的战争机器。这个国家，没有文化、没有思想、没有平常百姓的世俗生活、失去了正常的人性和社会秩序，一切以战争以争夺天下为目标，一切以战场上的军功来论处，整个国家如同一座兵营，从而陷天下于战争的狼烟烽火之中，使天下生灵涂炭！这难道能被说成是以战止战吗？！"

"诚哉斯言！"使者痛心地说。

"亲爱的使者，尉缭在秦国期间曾做一梦，虽已过去多年，但这梦如同天空的阴云至今挥之不去。"尉缭停一停，看使者的反应。

"如果不介意的话，说来听听。"使者说。

"亲爱的使者，梦是这样的：我在黄河边散步，突然发现，黄河水那土地一样令人挚爱的颜色突然变得黑暗起来，泛起泡沫，令人联想到民间的故事中讲到的，似乎是从魔鬼的嘴里吐出的恶水！我大惊失色，预感到十分的不吉祥！我就逆流而上，想要找到恶水的源头，看看究竟是怎么回事！

"那清新的黄河水里那种清新的泥水味儿啊，曾经是我调养精神的灵丹妙药!可这会儿，我不得不捂住自己的鼻子，以阻止那魔鬼口水的恶臭，以免让我昏倒过去。

"我的步伐变得迟缓和沉重，那恶水发出野兽一样的咆哮。我的鞋子掉在了黑乎乎脏兮兮臭烘烘的烂泥里，我的脚溃烂了，骨头白生生地暴露出来，戳在泥水中，跟个竹竿似的。但我就是这样咬着牙坚持继续逆流而上，直到到达一座宫殿。

“这宫殿我那样眼熟，以至于我要喊出他的名字。可我似乎被人捂住了嘴巴，使出了吃奶的力气，可就是发不出声来。这时，我听见了有人狞笑，似乎在笑我！我转眼寻去，发现嬴政在宫殿的一角，一手牵狼，一手扶剑，得意扬扬地看着他的宫殿的铜柱，而我寻找的那股恶水，正从铜柱下汹涌流出！我使出吃奶的劲让自己的两根白骨向前奔去，骨头发出的喀嚓声惊动了嬴政，他怒目而视，抽出长剑，朝我刺来……那剑触到我的身体，发出毒蛇一样的呲呲声，我的白骨瞬间变成了恶臭的焦黑色！

“突然，我听到有人哭，似乎在哭我！那哭声开始像婴儿的哭声，然后就如同狼的嚎叫，那叫声如此凄厉，似乎是触到了世界末日的边缘……然后，我从悬崖上摔下来，被摔得遍体鳞伤，但却幸运地掉进了一池清澈的湖水里……

“从梦中想来，我坐在床边解这个梦……

“三日后，我乔装打扮成一个流浪汉，从秦王的宫殿逃出来，离开咸阳，一路辗转来到黄帝陵。

“亲爱的使者，在黄帝陵高大的坟墓旁，我坐下来哭泣！请原谅我的眼泪，这里的一草一木，一声鸟叫虫鸣，瞬间从眼前飞过的一缕光线，黄昏时的流云，夜里的露珠，都会令我突然间觉得眼泪爬上了我的眼帘！我一个人坐在角落里哭，躺在地上哭，趴在坟墓的墙边哭，梦中哭，吃着饭，吃着吃着就哭，然后到河边洗脸，可洗着洗着又忍不住在那里哭……天上下雨了，雨落在砂石路上，落在茂盛的树木和杂草上，就如同泪落在我心上……

"亲爱的使者啊，您可知道，那潜入我内心的是怎样的悲伤！

"这样过了数日，我静下来开始思考，我将何去何从。

"晚风沉寂了，暮色悄然无声！我在我祖高大的塑像前跪下来祈祷！我将心中的忧戚和悲伤，我的罪恶感一点一滴地吐露给我祖，请求我祖的救赎，期盼我祖的指引！

"'尉缭，尉缭！'突然，我听到个声音在空中叫我，伴随着那声音，一个像日光一样的圆圈从我祖陵墓中升起来。我赶紧匍匐在地，说，'我在这里，我在这里！'那声音又说，起来吧，我的孩子！到崆峒山去，那里有事等着你做。去，把你的故事讲给人们听，把你的思想讲给天下人听！

"我说，我祖啊，我哪里有什么思想啊，我连领悟你的经文都做不到！

"我祖用他历经沧桑的语气对我说，尉缭，不用担心，用你的心领悟，用你的心讲话，你嘴里出来的就是我的思想。我的思想存在于每个人心中，每个人所思所想也都在我的心里！我的思想就是他们的灵魂，只要有灵魂的人，他们都懂得我的思想！记住，我通过自然，把我的生气、活力、灵性，追求道的根性，坚守道的意志，还有道最大的法宝，就是自由，都赋予了你们！我所拥有的，你们都拥有，并且一样不少！

"我的孩子，尉缭，记住，用我内化于你心中的道，让他从你的嘴里发出语言，让你的脚印引导人们，让你的思想启迪人们，使他们感悟我的道，遵守我的道，坚守我的道！

"然后，我就看见这光环升到天空，进入了浩瀚星海，成为最明亮的那个！

"一种奇妙的感觉抓住了我。这是一种从未有过，以后也不曾再次出现的奇妙感觉！我脚下的土地立时变得坚实充满了活力，而我的双腿，那害了痨病和黑死病的双腿，那令人恶心的肮脏的流露出死亡气息的骨头，逐渐地也变成了有生命力的白色，并且越来越结实，充满了神奇的力量，把我托举到可以触摸到星辰的高度。云彩飘带一样围绕着我，而那华山泰山黄山举起自己高峰上的松柏和岩石似乎要把它们种植到我的手掌；黄河长江掀起巨浪发出狮吼，它们雪白的洪水腾起来，打湿了我的衣襟；黄土高原上成群结队的牛羊，仿佛尘沙一般散布在我脚下茂盛的牧草里……哎呀，真是美极了！

"这时，一个我从未敢有过的念头来到了我的头脑，并以那样强烈的力量激发了我的意识，我在战战兢兢中猛然醒悟：

"我成为了天地间顶天立地的人！

"喜悦充满了我，而惶惑也伴随着我！这个突然间的发现令我感到受到了巨大的冲击，似乎有个力大无穷的人从背后使出吃奶的力气给了我一掌一样，让我踉踉跄跄。

"这时候，我又听见天空中有个声音传来，依然是那样饱经沧桑和充满慈爱：尉缭，我的孩子，不要惊慌，相信你的眼睛，相信你的头脑，相信你的直觉，相信你的自我感觉。

这些，都在告诉你一个你清楚看到了的事实！

"尉缭，我的孩子，我的后人，看见了吗？天地之间，人为大！人为尊！我用十分直观的方式，展示给你看造化给你的定位，自然给你的位置！

"你要明白，这个定位不是人给你的，乃是天地，乃是自然法则给你的！

"但是，你也要记住，我是这个真理的启发者，解释者，揭示者！我把这个真理宣示给你！所以，你要爱我，遵循我的道，坚守我的道！

"我将继续启示你，启示你和你的同类，你和你的后人，使你们知道我的道在哪里，如何遵循我的道，如何在自然法则之下，在道的精神中，制订人的法则，使人与他的创造者，与他的同类和谐相处！"

我匍匐在地，哭泣着说，我祖黄帝，请相信，我将终生追寻我祖的足迹!

时间已近正午，阳光从天空直射下来，给秋高气爽的大自然注入令人温暖的活力。

"亲爱的使者，拜谒完我祖黄帝，尉缭便星夜兼程来到了崆峒山。这里的轩辕庙的主教在山下迎接了我。

"在这里，我整理和誊写黄帝四经，把它们分发给需要的信众，为他们讲授四经的道理，启发他们的思想，开启他们的智慧，使他们遵循我祖的道，成就天地间人之所以为人的事业！"

道哉我祖！道哉轩辕！使者说。他已充分知晓尉缭的心思，便告别了那个教士，直奔昆仑山去了。

而尉缭，在吃了午饭后，便到那石坡上，同石匠一起刻写经文，把他对黄帝我祖的挚爱，把他对黄帝我祖思想的领悟贯穿于一笔一画之中。

第六章 李斯笔记

序言

多年前，在一次天下闻名的考古行动中，台湾的学者发现了一些先秦的竹简，在湖南的马王堆。其中破破烂烂的一部分，上面的文字就像老鼠的脚印，辨认起来十分困难。这件事令我十分好奇。那些文字究竟写的是什么？荆轲的文章写到这里，我翻山越岭穿云驾雾到台湾找到那位学者，说明来意。那学者便慷慨地把竹简借于我用。我花费了巨大的精力心力来研究它，终于有大发现。原来这是关于一只老鼠的故事，也是关于秦朝大宰相李斯的故事。而奇妙之处在于，这两件事其实是一件事。参考对照太史公之千古绝唱，现整理编辑出如下三个小曲。其一，名曰上蔡鼠与上蔡人；其二，名曰上蔡鼠笔记，即二鼠笔记；其三，名曰上蔡人笔记，即李斯笔记。而这个故事，跟荆轲的故事居然有着深刻而奇妙的联系。所以，就让荆轲暂且在他的疯狂里游戏去吧，吃蛇吞象，随他的便，反正，不到秦王面前，他是死不了的，黄帝佬儿也不会派使者接他到昆仑山的。我们且转移注意力，把玩把玩上蔡鼠和上蔡人的故事，说不定，读者诸君会因此获益匪浅呢！

第一小节　上蔡鼠与上蔡人

李斯者，楚上蔡人也！仓鼠者，楚上蔡鼠也！

上蔡人李斯，当地乡郡之小官吏；上蔡鼠仓鼠，当地粮库之硕鼠。李斯之于硕鼠，可谓乡党也！

当是时，李斯乃一愣头青，衙门一跑腿的；仓鼠乃一楞头鼠，粮仓里鼠老大的小公子，风流倜傥，无鼠不爱！

那时候，李斯刚从外面办事回到衙门，屁股还没搭椅子边儿，便听见有声音喊，李斯小儿，把这个送给某某某；

可这会儿，李斯把某个东东送给了某某某，回到衙门，刚端起水要喝，有个声音从里屋传出，李斯小儿，给我到街上买份午餐，俺要加班加点干活儿，给上面报材料；

彼时，李斯乃一标准之菜鸟，嫩得跟六月家野地里的青树苗一样一样的，谁捏到手里都柔软舒适，不扎手不勒腕，就跟那鼠老大的小公子一个样儿，滑溜溜光兮兮，眼睛滴里嘟噜，腿脚还利索得了得；

彼时，尽管小衙役李斯年轻腿脚快捷灵巧，但却架不住谁都使唤，一天下来，也累得跟天天陪主人打猎的狗似的，所以，每每解手，他便在那衙门的公厕里多待上一小会儿，多喘几口粗气，尽管那里猫骚狗臭的味道令人不爽。

可就在李斯放松于公厕之时，看见了那里的老鼠，就是厕鼠，灰头土脸的，身上的尿渍，爪子上的臭屎，贼头贼脑地，嗅来嗅去，抢吃被扔在那里的残羹剩饭；每当有人上厕或路过这里，脚步声沙踏沙踏地，由远及近，或是有或大或小的狗狗，把它的鼻子一探一探伸进厕所，那厕鼠便惊慌得东躲西藏，唯恐被人一脚踩死或被狗狗一口吞下肚里。

上蔡人李斯，年轻轻的乡郡里的小官官，人人羡慕的公务员，一个饥荒之年阳光明媚的日子来到上蔡的粮仓，考察这里的贮备粮是否保存完好。

粮库门被轻轻打开了，以温柔的文雅的姿态迎接李斯的到来。旁边那管粮库的，弯着腰说，请大人查看。李斯便背着手进入粮仓。仓库里粮食已经不多了，大多已救济了乡里的百姓。

上蔡人李斯，郡小吏李斯，目光从库房的房顶上落下来，落到了粮仓，进入粮仓里的储粮，然后再落下来，就落到了粮仓下面的一个小洞上。

那个小洞圆溜溜的，光滑的麦粒从那里流出，然后就停留在那里。

上蔡鼠仓鼠，乡粮库之鼠老大之小公子，潇洒的上蔡鼠、饱吃饱喝的仓鼠，小胡须那样骄傲地自豪地翘起来，顽皮地打量一眼上蔡人李斯！

上蔡人李斯，上蔡鼠仓鼠，此时，两双眼睛相遇了，在上蔡乡衙门的粮库里！

上蔡鼠以它一贯的公子哥儿的习气，不把上蔡郡小吏放在眼里，依然在圆溜溜的有发红的麦粒流出的鼠洞前吃它的早餐，那气质是那样的悠闲和自如，仿佛就在自家的客厅里。

上蔡人李斯，被上蔡鼠惊呆了！

顿悟的时刻来到了！

这上蔡仓鼠，跟上蔡之厕鼠，同为上蔡鼠，可命运却如此迥然不同，何也？

似乎为响应上蔡人李斯的思想，上蔡鼠仓鼠发出吱吱的欢叫声，这叫声如同火焰，猛得一下点燃了上蔡人李斯的头脑，打开了那上蔡小吏的脑洞：

难道不就是因为他们所处的环境不同吗？！

脑洞大开的上蔡人李斯，头脑一片亮光的上蔡人李斯，惊讶中思考这个鼠生之大命题的李斯，蹑手蹑脚地来到了仓鼠跟前！

顿悟了的上蔡小吏李斯，轻轻地蹲下来，单膝跪地，把那仓鼠抓在手里，仔细端详！

顿悟了的上蔡小吏李斯，对那眼睛啼哩吐噜想要从他手中挣脱出去的仓鼠叹曰："仓鼠啊仓鼠，上蔡之仓鼠，教科书一般的仓鼠，启示录一般的仓鼠，贤哲一般的仓鼠！"

而那上蔡鼠仓鼠，依然高傲地翘自己的小胡须，在上蔡人李斯的手掌里迈开正步，抽出腰里的宝剑，在他手上写下几个歪歪扭扭的小字：丞相李斯！

李斯惊讶地不敢吱声，回头张望一下陪同进来的仓库管理员，看到那人正在隔壁收拾那里的木铲和扫把，说："请问是何方神圣？"

那仓鼠交叉两腿，一手撑剑，一手将须，居然说起了人话："天机不可泄露！"

然后，从李斯的手掌上蹦下来，直奔那堆满扫把和木铲的隔壁房间而去，留下惊讶得快掉了下巴的李斯，在那里若有所思地张望。

“官人！”

李斯听出来是那仓库的管理员在唤他，便回过神来与他寒暄几句，然后离开仓库回衙门去。

他一路走，一路回味刚才令人不可思议的奇妙一幕。一个从未有过的新观察新想法，以令他感到激动不已的力量清洗着他的头脑：

“一个人成功或失败，享受荣华富贵或是地位卑贱连肚子都吃不饱，难道不跟老鼠一样，决定命运的，难道不正是他们所处的环境嘛！身处厕所，便是厕鼠的命运，身处粮仓，便是仓鼠的命运！”

他朝自己的脑袋用力一拍：“啊呀，难道在这穷乡僻壤，一个小小的乡衙门，有我李斯想要的命运吗？这里不是粮仓，而是厕所啊！你弄明白没有啊，我的李斯大人！”

当天晚上，官人李斯一闭上眼睛，就看见那只仓鼠像皮影戏在眼前，自顾自地吃从那粮仓的小洞里流出来的麦粒，吃饱之后鼓鼓腮帮，拍拍圆鼓鼓的肚皮，对着李斯俏皮地挤眉弄眼一下，然后，跷起二郎腿，躺在麦粒中，从头顶抽出一本书，煞有介事地看起来。

眼前的景象太令人惊讶了。官人李斯睁大了眼睛，试图看个究竟。

原来这是一个梦！

官人李斯睁着眼睛躺在床上看房梁上的椽子。甜美的睡眠再次找上了他，把他的眼帘拉下来，让他进入了乌有之乡！

他在一片生长茂盛已经抽穗的麦地里饶有兴致地散步，

晨雨之后，万丈光芒从云层中钻出来，把眼前的麦地照得透亮，把李斯的心情也撩拨得欣欣然！他弯腰查看地里的麦子，麦行里的一个燕雀窝里，却悠然地躺着那只仓鼠，跷了二郎腿，兴趣盎然地看手中的书。

上蔡人李斯，官人李斯，想要看清仓鼠手中的书，是哪本经典，就弯腰去看。谁知，那仓鼠侧过身去，给官人李斯一个背影。李斯遂十分谨慎地趴下身子，从仓鼠的胳肢窝那里透视出去，看那书字里行间，歪歪扭扭地写这几个字：帝王术！

李斯愕然，待要仔细再看时，一用力，就醒了！

帝王术！上蔡人李斯，官人李斯，嘴里念叨着这几个字，从三更到黎明。黎明时分，睡眠再次爬上了上蔡乡郡小吏的眼帘，给他一个香甜无比的回笼觉！

他又看见了那只翘着胡须跷着二郎腿的小老鼠，手里捧着帝王术，在麦粒铺就的床上饶有兴致地观看。

这一回，那鼠也不再躲避他了，李斯便仔细看那扉页上的作者名，只见工工整整地写这两字：荀子！

然后，那书那鼠那梦都不见了。一阵急促的敲门声惊醒了李斯。进来乡衙门跑腿的说，快起来，粮库着火了！

李斯一骨碌爬起来，穿上衣服就朝粮库死命地跑啊，到了那里，就没命似地急冲冲加入救火的行列。

火很快就扑灭了。

救火者李斯，灰头土脸的李斯，站在粮仓里，目光四处搜寻。

粮库里一片狼藉，几乎所有的粮仓都殃及了。昨日李斯会见仓鼠的那粮仓，也焦糊糊黑黢黢的，那里的麦粒也没有了昨日的红润，一副灰头土脸火炉子里炭渣的样子；没有了那洞，没有了那窝，没有了跷着二郎腿的那鼠。

硕鼠硕鼠，无食我黍！李斯喃喃道。

李斯心里清楚，自己是想用这句古诗来掩饰没见到上蔡鼠的不安。正是这里的那只仓鼠，启迪了他，使他对境遇对人生的重要性有了一个觉悟性的认识。如果它死了，如果它死了，那么，这个认识就没有那么有说服力了，也就跟着灰飞烟灭，没有生命力了。

李斯感到有些丧气，下意识地用脚踢一下地上被烧得焦黑的麦粒，然后转身准备离开仓库。出门前，他抬头向门口上方的椽子扫了一眼，却惊讶地发现那只仓鼠在椽子上跷着二郎腿，捋着小胡子，打一个哈欠，钻进洞去。

瞬间，李斯的脑海似乎被这仓鼠的举动点燃了，一片透亮！

瞬间，他明白了，梦里出现的情景：帝王术，荀子；它们之间的关系以及它们的昭示！

难道不正是这样吗？仅仅生活在粮仓里是不够的！这是低层次的。有吃有喝有安全被人仰视，那你就得高处也有一套住房，一个窝！

又是一个不眠之夜！

伴随着深秋的夜风，李斯也下定了决心，按照上蔡鼠的启迪，学帝王术，拜荀子为师！

几天之后，他辞去了乡衙门的差事，背着一个简单的行囊，踌躇满志地朝兰陵方向出发。

青年英俊的李斯，路过徐州时，在花鸟市场见到一个蓄胡子的胡人，用胡桃木雕刻的生肖肖像，十分逼真可爱。那胡人看见青年英俊的李斯，举手示意。李斯也被眼前这人和他手中的生肖木雕吸引了目光。

那些雕像一字排开，鼠老大位置第一。胡人用手指着那些雕像，说，鼠大牛二虎三兔四，你看，一应俱全。先生，你是哪个属相啊？

自知晓自己的属相以来，李斯从未像今天这样对它感到一种莫名其妙的诧异和好感。他用手去摸那老鼠的雕像，手刚一接触到它的皮肤，一种特殊的感情油然而生，仿佛那是自己已经逝去多年的故人，而他们的灵魂，现在就生存于这个雕像里头。

先生属鼠？！那胡人问。

李斯点头。

先生好属相！十二生肖，老鼠为大，压牛一头！胡人说。

这些话都说到李斯的心坎里去了，尤其是后一句，压牛一头！这话是多麽切合李斯之心意啊，那胡人一看李斯的表情就知道自己的话说对了。

真货卖给实心人！说着，那胡人就将那只雕刻的十分精美的鼠雕递到了李斯手中。

李斯被这雕像的手工吸引住了。他仔细观看，跟珠宝商辨认贵妇人的手镯一样一样的，拿到眼前仔细辨别，然后又对着阳光认真查看，然后心满意足地点头。

然后，李斯问那胡人价钱，可没得到回答。再一细看，只看到那人的背影在远处的人流中，如同一条鱼儿消失在鱼群中。

李斯对着背影喊，给你钱！但那人似乎毫无反应，自顾自地大步流星地消失在了人群中。

第二小节　上蔡鼠笔记

　　各位看官，以上就是我，上蔡粮仓之仓鼠，同上蔡人李斯的相识过程。离奇也罢，平淡也罢，总之，李斯上路了，而我，我指的是我的灵魂，也已经来到了李斯身边。而聪明的看官，你也明白了，那是假胡人之手完成的华丽转身！

　　好了，不管怎样，事情就是这样的，尤其是在春秋战国这样一个伟大的时代！我说这是一个伟大的时代，可没有一星半点的夸张，对你们这号称华夏民族的这夯沓的天下人而言，尤其如此！如若不然，李斯能够撂下公务员不干，背一个干粮袋，就奔荀子来学帝王术了？想干啥就干啥，我仓鼠是可以的。但你们，我知道，所谓你们那夯沓的人类，是没有这个自由选择尺度的。我不说权力，因为，你们那夯沓的人对这个太过敏，无论当官的不当官的，对权力这个玩意儿都十分过敏！

　　总之，各位看官，我和李斯，从徐州出发，一路向东北进发，几天以后就到了兰陵。

　　荀子县令，我说的是曾经的荀子县令，现在当然是荀子老师了，看到我主人李斯的第一眼，就喜欢上了这小子了，知道是个可塑之才。

　　荀子啊荀子，贤哲啊贤哲，英雄所见略同，典出何处？不就是源自我俩看李斯的眼光嘛？！

　　先哲荀子，讲授帝王术的荀子，有深邃的目光，白色的长长的眉毛，同生长在深邃的秋水旁的秋天的芦苇一样高挑。

他说话是那样的温和，那样的语调悠长，就跟我们从徐州向这里来时的路上看见的一字排开的大雁，似乎你都能抓住那话的尾音。

那荀子用悠长的大雁雁阵一样的语调说，什么是帝王术呢？然后，他含笑地神秘兮兮地又略带几分戏谑地看李斯他们。那些黄口小儿，那些刚从窝里蹦出来的小麻雀，紧张兮兮地张大了嘴，就跟鸟巢里等待喂食的雏鸟一样一样的。

哲学家荀子，讲授帝王术的大师，像等待蛇出洞的扑蛇人一样，用目光牢牢盯住眼前的学子，看他们紧张地等待的模样，不禁好笑，但却忍住了，用悠扬的大雁雁阵一样的语调说，所谓帝王术，就是，你们首先要明白的是，你们生活在一个什么样的文化中，什么样的文明里，还有，生活在一个什么样的时代，那里的水流向何处！

哲学家荀子，讲授帝王术的荀子，看眼前的雏鸟们一个个愣头愣脑地，等待他把食物塞进他们的嘴巴里，为使结论更能敲击他们的大脑，这次把自己的胳膊在眼前用力一个回收，然后手臂上指天，说，知道吗？人类最永恒的问题是什么吗？人类最核心的关切是什么吗？

思想家荀子，讲授帝王术的荀子，深邃的眼神里发出痛彻的光，给他的弟子们抛出这个问题后，便看着身后的墙壁，那里有一条龙在图画里起伏着柔软而修长的身段，配合荀子的这个提问，显得十分的给力。

弟子们被荀子有力的提问拎长了脖子，也仿佛秋天高空的大雁，奋力向目的地展翅翱翔。

哲学家荀子，思想家荀子，看到弟子们的注意力被完全吸引住了，便诡秘地一笑，说，各位知道吗，我们的学问，这普天下的学问，都围绕哪个中心点来构建？

哲学家荀子，思想家荀子，像滔滔黄河水，一直以来都是节制的，但是，到了壶口那里，就再也不把那理性的节制当作一大美德了。他突然像庄子一样任由河水泛滥，汪洋恣肆，一泻千里！

先哲荀子，思想家荀子，教授帝王术的荀子，他激情四溢而又神秘莫测地说，是权力！明白吗，上面所有问题的答案只有一个，那就是权力！

贤哲荀子，教授帝王术的荀子，滔滔不绝地说，普天之下，所有的学问，都是围绕权力来构建！普天之下，最核心的关切无非是权力！我们的理论，它所有的零部件，都是围绕权力这个核心来构建来组装！

贤哲荀子，大师荀子，以透露天机一样神秘的语气说，知道吗，我亲爱的同学们，我们是为帝王谋！我们的目标明确具体，一切权力属于帝王！这是我们思想、构建理论、学习知识的关键，也是你应用这些东西的关键！

先哲荀子，大师荀子，智慧的眼睛闪烁着热烈的光芒，说，亲爱的同学们，掌握这一点，明白这一条，智慧的天眼，就怎么了？就被你打开了！

先哲荀子，他的河水来到了壶口处，问：亲爱的同学们，何谓思想上的成熟，又何谓智慧上的练达呢？当今天下人莫不讨厌天真鄙视幼稚，即使黄口小儿也做出高深莫测的模样，那么，真正的成熟与练达是什么呢？

听讲的学子们并不做声，只是屏住呼吸，静等大师那滔滔不绝的雄辩来给出答案。可这一回，那大师却闭住了嘴巴，有意要吊吊学子们的鱼，就只是用期待用热情的目光在他们的脸上来回转圈。

"那就是明白了这个真理：一切权力属于王，构成了我们学问、思想、行为的核心、准则！"一个瘦长个儿，说话有点口吃，但十分睿智的学子站起来这样回答大师的问题。

"好！这是韩非子的回答。"贤哲这样慢悠悠地说，"还有别的观点吗？"

并没有人再站起来表示自己的意见，大家齐声说，同意韩非子的观点，没有别的。

大师柔和地笑笑，然后说，看来大家都掌握了为师在这里给大家阐述的一个最基本最核心的思想：我们是为权力而学问，它指向哪里，我们的思想就跟随到哪里！

先哲荀子，大师荀子，教授帝王术的荀子，目光从想象中的天空回来，来到了眼前的课堂，以不容置疑的语气说：当今天下，诸侯争霸，延续了八百年之久的周王朝，就要和我们说再见了！那美好的分封制，就要永远跟我们说再见了！这是一个悲伤的时刻！这是一个令人无限惆怅的时刻！

贤哲荀子，大师荀子，问他的弟子们：你们明白吗？为什么我们要告别分封制，为什么我们将要迎来帝王制，将要迎来独裁制？

学子们默不作声。李斯站起来说，"因为王要拥有一切，王不愿意人来分享权力！"

先哲荀子，大师荀子，用手指一点李斯说，"王不愿诸侯分享权力，所以，分封制要结束了！"

大师深邃的目光似乎要穿透李斯的灵魂，继续打量着他说，"王和他的追随者，他们合谋打劫周王朝，要结束了权力分享！王和他的幕僚们，他们合谋打劫了先祖的传统，他们要成为主宰一切的王，把天下所有的权力据为己有！"

先哲荀子，大师荀子，突然悲哀地说，不是为师教导你们为虎作伥，而是，我大周朝的黄昏，惆怅的夕照爬上了独裁者的台阶！他们认为自己站在了时代的高处！可我们，可你们，我们这些以帝王学来构建自己人生的人，必须要认识到这一点！

先哲荀子，大师荀子，悲哀而又自鸣得意地说，识时务者为俊杰！时代需要强人来统治天下！王需要所有的权力把自己打造成强人，号令天下，拥有天下！

大师荀子，教授帝王术的荀子，说，"把诸侯的权拿来，交给王；把功臣的权拿来，交给王；把宰相大臣的权拿来，交给王；把贵族的权拿来，交给王；把士大夫的权拿来，交给王；把将军和士兵的权拿来，交给王；把经商的、种地的、打鱼的权拿来，把天下所有人的权拿来，交给王！我亲爱的弟子们，这就是帝王术！"

先哲荀子，大师荀子，把自己的讲坛放到了室外的一处瀑布旁，然后，气势恢宏地说，看哪，我年轻的孩子们，这瀑布从山的高处，倾泻而下，如果一只猴子，想要成为弄潮儿，它该怎么做呢？

它就该逆流而上！抓住悬崖峭壁，抓住悬崖峭壁上的树木，谨慎小心地，大胆无畏地，攀援而上！荀子最得意的弟子韩非子如是回答。

先哲荀子，大师荀子，讲授帝王术的荀子，问，那么，在人类社会，就我们研究的帝王术这个语境中，我是说，在王的世界里，如何成为弄潮儿呢？

他发问后便看着那飞流直下的瀑布，嘲弄的眼神看着他的幼稚的弟子们，并等待着他们中间有人证明他们并不是都很幼稚，经过了他老人家的一番教诲，他们中的人，至少有那么几个人已经脑洞开了。

"一是深知王的野心，二是洞悉王的戒心！"上帝啊，又是我的另一半，我那帅呆呆的老乡上蔡人李斯站了起来，他用十分肯定的语气如是说！

"我的孩子们，我告诉你们，人类社会，在家庭里，眼睛都是往下看的，但在社会上，眼睛都是往上看的。记住，这是人性的定律！"待李斯说完，荀子并不表态，似乎是漫无边际地如是说。

学生们做出一副颇有领会的神态。有人并琢磨着如何将这一定律和荀子前面的提问联系起来。

荀子也从那个似乎不着边际的定律中回到了他前面的问题中，询问其他人有没有不同的见解，能不能再提供不同的意见，看到并没有不同的观点提出来，他又问，那你们觉得李斯的看法怎么样呢？他的观察切中了要害吗？

大家都听到了瀑布的哗哗声。伴随着这哗哗声，荀子的学生中有人左顾右盼地说话，但那声音却被瀑布的哗哗声盖过了，就是这里的风儿也不知道都说了些啥子。

荀子请李斯坐下。然后说，李斯的观察是切中了要害的。知道王的野心，你就可以搭上他的船；而洞悉王的戒心呢，你就可以怎么的，王就会让你抓住他的手，你可以帮助他除掉他内心的隐患隐忧！明白吗？这是成为弄潮儿的要领！世间的是是非非，尤其是官场，所谓政治圈，绝不像我们在这里看到的瀑布这么直观简单！猴子都可以抓住树枝和岩石攀援而上，但是，政治，尤其是我们中国人的政治，就是地狱里的魔鬼也得提起了裤子鼓足了勇气瞪圆了眼睛，从朝夕不同日的天翻地覆的裂变中，以及千年万代就那九天孤月的僵化中洞察天下大势透悉世故人情，通过掌控自己从而找到掌控世事的道和术，从而能像飞鸟一样从瀑布的头顶飞跃而上。伴君如伴虎，我亲爱的同学们，你们得做好与魔鬼共舞的准备，火中取栗的打算，刀刃上起舞的本领，方可在中原逐鹿中赢得你们想要的功名利禄！事情是十分棘手和复杂的，但切记为师提醒你们的这两点，你们将可以在黄河里找到驾驭惊涛骇浪的桨，不被漩涡吞噬掉，不被抛下悬崖，搞得粉身碎骨，遗臭万年！同时，记住我说的那句话，眼睛永远向上看！这是社会眼睛的走向！

先哲荀子，大师荀子，教授帝王术的荀子，似乎是受到那哗哗哗的瀑布声的感染，以充满灵感的、不可置疑的雄辩说，自然界里，狼，奴役狼吗？不！狗奴役狗吗？不！但是，人奴役人！所以，我荀子说，人性恶！人类社会的恶，远甚于自然界的恶！

先哲荀子，大师荀子，教授帝王术的荀子，他沉痛地说，记住，人性恶，而王更恶！所以，帝王术还有一个要害，王要的不是天下，而是自己拥有天下。

先哲荀子，大师荀子，说，亲爱的孩子们，让我告诉你们吧，当他不能拥有时，他宁愿把它毁灭！在王的心目中，自己，王权，也就是说，自己拥有王权，是唯一的价值！

贤哲荀子，大师荀子，用力把手在空中劈下来，似乎一道闪电，说：所以说，权力的恶，是恶中之恶！是恶中的首恶！

先哲荀子，大师荀子，教授帝王术的荀子，语重心长地说，我的孩子们，你们是王的人，也是阎王的人！记住为师跟你们说的这句话，理解这句话，运用这句话，否则，死神的鞭子就会随时驱赶你们远赴黄泉！

此乃为师给诸位最后的忠告！

先哲荀子，大师荀子，絮絮叨叨的荀子！承蒙他的教导，不光李斯，就是我，李斯的老乡，上蔡鼠，也深受教益啊！当今天下，谁能把话讲到这样透彻的份儿上呢？！在这个吝啬得连一个发烧的小土方儿都不愿与人分享的时代，荀子却伉慨地教他的弟子们如何在帝王的粮里觅得饱满红润的麦粒，真真正正是伟大的导师，无私的贤哲啊！

不管怎样，李斯在那里求学三年，上蔡鼠我也是跟着听那老头嘚吧了三个春秋！孔夫子老人家只是把鲁国的编年史拿来改吧改吧，就成了千古经典！依我鼠辈的眼光，也就是把春秋那两字用活了，让人满以为春秋里有很多故事，如他所言真的是礼崩乐坏了，但其实，完全相反，依我鼠辈的眼光，倒是一个百花齐放百家争鸣的时代，岂是礼崩乐坏可以概括的！

好了，不管怎样，李斯在这里学到了他想要的帝王术。荀子大师也很欣赏他。当然，跟那个说话有点结巴的韩国公子韩非子比较起来，荀子老人家似乎更喜欢后者！

但是不管怎样吧，李斯也是挑在树梢上的那一颗！所以，我也是兴奋异常，走到哪里，都是吱吱吱的，像是唱歌似的。

毕业的时候，大家都是有心事似的，走路时沙踏沙踏地拖泥带水，但李斯和那韩非子却不同。韩非子深邃的眼光从遥远的天际探过来，同飞过人类头顶的鸟一样；而李斯，则步伐坚定，胸有成竹，目光跟天际线一样又遥远又清晰。

这天晚上，李斯踌躇满志地在院子里走来走去，手中握着我，也就是我的小雕像，和着习习微风这样说：亲爱的兄弟啊，我们的学业完成了。我想，楚王不值得我们去效力，他会将我们继续发配到上蔡管理粮仓；而六国呢，依然沉睡在各自的强国梦中，但实际上都是弱者，不是强者，没有可以依靠的肩膀。我思前想后，决定向西到秦国去。那里的王有着比天还大的胃口！跟天下其他的王不同，他的目标不是守住自己的二亩三分地，他想要天下！他想要吃了天下的王！

此话确然！尤其是秦王大胃口的话，我觉得说到了位！李斯啊，李斯，善学好悟的李斯，就凭这一点，我可以说，你把握住了时代发展的脉搏，牵住了社会进步的牛鼻子！可造之材啊，我怎能吝啬智慧鼠，不，我哲学鼠的智慧呢！

我跷起二郎腿，做认真思考状。我知道，作为他的启蒙老师，我得拿出一些足以使他肃然起敬的干货来！

是的，我说，你的见解是正确的。我的语气十分沉稳，透露出启蒙老师的深沉和智慧。

我说，六国人都在梦中，在两个梦中。其一，他们依然生活在梦幻中，在周王朝的梦幻中，就是说，他们依然认为自己是周王朝的臣民。岂不知，在理论上这似乎并没有错，但实际上，周王朝已经名存实亡了。秦已经将周室的祭坛打碎了！其二，他们虽然人人想做大，但不是取代周天子，只是要做得比别的诸侯大而已。在春秋，就是做个霸王，到战国呢，就是成为七雄中的一个，也就是更有实力的那个，但不是取代周天子的那个！他们并没有这样的野心！但实际上，秦王早已经为他们挖好了坟墓，只是等待合适的时机把它们一个接一个推下去罢了。可他们并没有切实地感受到、认识到这一点。他们的强国梦碰到秦王的强权梦，其结局便是梦碎一地！明白吗？

这天下想要取代周氏天下的只有秦人一家！其他人只是想把自己的城墙往外扩一扩，把别人家的珠宝和女人偷几个到自己家里，说穿了，就是干一些偷鸡摸狗的勾当而已，没有其他的了。我这样说，并且做出一副高深莫测的样子，因为，看到李斯惊讶地看我，就像初出茅庐的乡下穷光蛋来到咸阳的王宫一样。

李斯惊讶的眼神看着说，我的小老鼠，伟大的哲学家，你说得太是谱了。

我继续冷静地分析说，秦王抓住了这些家伙的心思，就放火在他们屁股上烧，把那些傻瓜烫得乱蹦乱跳，好像钻进火坑里的野牛，没命似的互相冲突，彼此厮杀。然后指责说，你们祸乱天下，我要以战止战，搞定你们，给天下安宁！

李斯的嘴角挂起一丝诡秘的笑。

我继续说，李斯啊，你是应运而生的人啊！秦王猎杀这些野牛，没有你这样的青年才俊，为他高擎火把，冲锋陷阵，彻底打碎周室的祭坛，秦王纵使有再大的野心也是枉然。

第二天我们坐在一辆牛车上，看着路边的小鸟展翅飞翔，啃着干粮，朝西秦出发。

我们到达秦国的时候，恰巧庄襄王去世，李斯就做了文信侯吕不韦丞相的家臣。文信侯认为李斯贤能，任用他做侍卫官。李斯乐此不疲。

一天晚上，李斯吃酒回来，得意洋洋地对我说，我的哲人啊，你知道吗，我今天有机会给文信侯祝酒啦！

我的鼻子里发出轻蔑的哼声。李斯愣住了，说，怎么回事，你不高兴吗？

高兴！高兴！我说，但我的语气却不是高兴的语气。

李斯诚恳地说，你不高兴你就说嘛！

我说，没有不高兴！我只是想，哪天你回来说，秦王跟你一起吃酒了，我该有多高兴！

李斯明白了我的意思，说：会有这一天的！相信我！

我说，假如有这么一天，你打算怎么做，只是敬酒给秦王吗？

李斯愣了一下，说：我想不到还要做什么？

我笑笑并和蔼地说：我的官人啊，你能天天跟秦王吃酒吗？

李斯答：不能！

这就对了！我说。

我明白了！李斯说，那我该跟他说什么呢？

我有些生气地说，我们到这里来干啥子来了？

李斯就是李斯！这次谈话后的一个晚上，他回来得很晚很晚，我听见院子里有力的脚步声突然变得邋遢起来，直觉告诉我，有重要的事情发生了。知道为什么吗？他的脚步声传达出了一种戏剧性。

人们说我们老鼠能预告地震，是的，不假，我们敏感纤细的神经跟天地的神经是一脉相通的，所以，可以说，我们老鼠是直觉的动物，跟你们人类这种情感类的动物是不一样的。我们有遗传上的优势！

看他进到屋里，我故意不说话，装作已经睡去。他则沉着脸，心事重重的样子来到我跟前，看到我并不理他，他有些不解地站在那里凝视我一小会儿。然后，他拔下一根头发，在我的脸上挠来挠去，直到我发出扑哧的笑声。

李斯也情不自禁地发出嗨嗨的笑声。

说吧，是神马事儿让你这般高兴！我说。

李斯脱下外套，扔到椅子上，说，去去去，你这鼠辈，不足与谋！

呵呵，这狗东西！我一生气，跳起来，一个猛子扎到他的脖子，挠他。

那李斯就躺在地上直打滚，求饶说，大师，大师，且莫高兴过头了。只是一次小小的谈话而已，在我们的预料中的谈话而已。

我站在他肩膀上，等喘息平静下来，说，请娓娓道来！

李斯打开米酒一瓶，倒一碗给自己，然后，拿一小盅，倒满了，放到我的眼前，那酒香气就飘进了我的鼻子，我的灵感也分外灵敏，两人之间趣味横生的谈话就这样活灵活现地开始了。

李斯一碗酒下肚，丢几个花生豆进肚，仰起头，突然向着空中的神开始祷告：无所不能的神啊，请听李斯的祷告，我愿一生侍奉在他的身边，侍奉在这个人世间的神明身边！

我瞥一眼李斯，如此虔诚的态度前所未有。我说，见着人间真神了！

李斯毕恭毕敬地说，尊敬的大师，李斯三生有幸，今天见着了人间真人，人间神人！

哈哈哈，我突然忍不住哈哈大笑起来！神人，真人，我祖祖辈辈在这个世界上混，从京城到乡下，从中原到四夷，别说神人真人，就是一老实人，说话不撒谎的，都没见着。比如说吧，如果我上蔡鼠迷了路，从路人那里打听，按照他们的指点走，你来到的一定是野狗出没的坟圈子。还真人神人！这李斯真是一个愣头青！不过，我赶紧打住，怕惹恼了他，打圆场说：哈哈，那真是人生之大幸！

李斯显然没有发觉我的嘲弄，一本正经地说，是的，人生之大幸！

然后，他从祷告的虔诚状中回过神来，神采飞扬地向我描述道:真是天子之威仪，王侯之神采啊！

我知道你说的是谁，不就是那个觊觎人家周天子龙椅的嬴政嘛！我跷着二郎腿说。

李斯看我一眼，并不接我的话茬，继续沿着他的叙事走：他是那样的威仪，如同昆仑上的太阳，君临大地，照耀万物，使他们神采焕发，生机勃勃！

我忍不住噗嗤一声。还昆仑山的太阳！那山上的黄帝佬儿，两人相见，恐怕非把对方吃掉不可呢。

李斯似乎不是对我，而是对着想象中的某个人在倾诉：那尉缭啊，所谓天下少见的聪明人，真是要笑死我了。好吧，我们废话少说，让我告诉你今天的历史性的会晤吧。

李斯喝一口米酒，挽起袖子，手拿一把扇子，说书一样：且说李斯今天有幸见到了秦王，在咸阳的王宫，秦王朝见群臣，高大的铜柱像大力士一样托举着气势恢宏的拱顶的王宫里，就秦王跟李斯两人。秦王批完奏折，正在那里凝神思考。那神态啊，只有神人才有！修长的眉毛下细长的眼睛，勃勃英气从那里气势威严地从容地流露出来，让你感觉到神一样通达的智慧活跃在那里，像生命力旺盛的鱼儿在深水里摇曳他的尾巴，展现无比快捷迅猛的驾驭水的能力一样。而一条龙，大师，确确实实的，我丝毫没有胡说，一条龙则围绕着他，像鱼儿围绕水里的礁石，那样从容自如，似乎一对恋人拥抱缠绵在那里。

我惊讶地看着眼前的景象，并以神不知鬼不觉的脚步准备退出大殿。

是李斯吗？一个龙一样的声音从龙椅那里像酒香一样飘过来。我赶紧恭敬无比地行礼，头脑里疯狂地旋转，以便筛选出一个得体的理由，说给伟大的秦王听。

爱卿李斯，请到朕这里来！

我的上帝啊，我感觉那龙尾像春风佛面，我的思想还没准备好，但我的双脚已经情不自禁地朝龙椅那边挪动了。我的上帝啊，我的本能是多麽地可爱，他又一次牵着我愚笨的手，领我到俺该去的地方。

大王，李斯在这里！我万分恭敬地说。我真希望我拥有除语言和身体之外的第三第四第五种甚至无数种表达方式，以使那龙椅上的人能够感知我对他的无比的万分的恭敬！

你有什么可以指教寡人的吗？龙椅上的声音那般谦和，简直令人不敢相信，我掐一掐自己的大腿根，感觉不是在梦境中，是在实实在在的现实环境里。

我再次向秦王恭敬地行礼。然后，我气沉丹田，头微微抬起，目不斜视地对着秦王，说：尊敬的大王，您所驾驭的历史的马车已经来到了人类文明的十字路口，来到了华夏文明需要进行抉择的分水岭上，您的所作所为将决定华夏文明的道路和走向，就同先帝大禹治水将决定黄河的走势一样!至尊的大王啊，天下之亘古未有之大变局，华夏人和华夏文明何去何从将由您的手为他指示方向明确路标！

说到这里，我情不自禁地匍匐身子，捧住龙手，情不自禁地叩头，叩得那地也发出彭彭的声音。

蛟龙发出轻微的龙吟，那是一声轻微到几乎听不见的似乎只在龙腹或是龙喉那里游走的声音，但是，我却听到了，而且十分清晰。我立马站起来，端直了身子，眼睛注视着龙椅上的蛟龙，继续说道：平庸的人之所以平庸，就因为他们在机会面前时，他们却突然失明了，像一个瞎子！那机会看他一眼，便拂袖而去！可是，能够成就大业的人，却能够像死神抓住掉进它万丈深渊的牛马的脖子一样抓住流星一样的机会，就因为他能够像太阳融化冰雪一样消融他的敌人，不给他们躲进阴暗角落的片刻须臾。从前，先祖穆工称霸的时候，却终究没有让他的马蹄踏上六国的土地，用长而犀利的马鞭抽打六国的脊梁，为什么呢？

龙椅那里轻微的呼吸声似乎也屏住了自己的律动。

我继续说，因为，当时的天下，诸侯就像春天的耕牛一般，多得不计其数；而周朝的德行和威望，虽然已经像初冬的太阳，热力大减但依然耀眼，还是能够为天下人晓谕子丑寅卯！所以，齐桓公、晋文公、秦穆公、宋襄公、楚庄王，这威震天下的五霸，像泰山、黄山、华山、昆仑山、祁连山，并让自己的旗帜高高飘扬在群山之巅，撑起了苍天无限的华盖！谁是苍天，周是也！正如天下河流无不为东方世界的海洋深深吸引一样，他们的指南针都朝向周天子的宫殿！五霸无不相继推尊东周王室为正尊！

我的声音温柔而又具有说服力，并继续吐出以下的言语：自从秦孝公以来，东周王室卑贱衰微，诸侯各国遂偷偷从怀中拿出自己的国旗插上城头，诸侯国相互兼并，函谷关以东形成了六国，而秦国则雄起于河西之地关中平原的肥田沃土，一锤一锤，石匠凿石一般敲打六国并使他们宾服于秦，至今大概已经有六个世代了。现在诸侯归服秦国，就好像郡县服从朝廷一样。

如同黄河从西北高原一路倾泻而下，跨过崇山峻岭，终于来到了壶口，壮观的奇异景象就在眼前。我说：凭秦国的强大，大王的贤明，就像扫除灶上的尘垢一样，完全可以消灭诸侯，成就帝王的大业，实现天下的统一，这是万世难逢的唯一时机呀！现在如果懈怠而不赶快着手，等到诸侯实力再度强盛起来，彼此互相联合订立合纵的盟约，那时即使有黄帝一样的贤能，也不能吞并他们了。

李斯说完了，大眼睛炯炯有神地看我，那眼光似乎是从遥远的天边，穿透了千山万水，从而汲取了宇宙万物之灵气，来到了你的面前，抓住了你的思想和精神。我以从未有过的深沉的气质，恭敬地向李斯行礼，然后冷静地说：

这就是帝王术！王，宇宙的核心，万物的灵魂！普天之下，只有王，率土之滨，只有王！王是天，王是地，王是万物，王是一切！我们只说王想听的，我们只做王想要的！王就是真理，王就是准绳！抓住这一点，我们就无往而不胜！

然后，我俩欢呼着跳跃起来，用胸膛互相撞击，用屁股互相撞击，李斯一边唱一边舞蹈：关关雎鸠，在河之洲，窈窕淑女，君子好逑！然后，我俩开怀畅饮，酒过三巡，李斯站起来，忼慨而歌：知我者谓我心忧，不知我者谓我何求！

然后就趴在地板上呼呼大睡，直到太阳从窗户里射进来，照在他的脸上，将他从美梦中弄醒。在那个梦中，他从高高的泰山之巅一跃飞起，穿越一层又一层厚云，同满天的繁星一起遨游太空。隐隐约约，他听见从一个星星那里有声音传来，呼唤着他的名字。他循声迅速攀升，到了伸手可以摸着天，侧耳可以听到仙人说话的高度，却看见一道刺目的光芒从天空的一个裂隙中出来，直奔他李斯的眼目而来，将他从睡梦中惊醒。

多么美妙的早晨啊！多么美妙的梦啊！他撑一撑懒腰，把上衣拿过来，穿戴整齐，准备上朝！

他的脚步是那样轻盈，活力十足，弹性十足，似乎他又回到了十来岁的年纪；他的心情是那样明朗清澈，似乎路边的露珠在太阳光里一样晶莹闪烁，他恍惚觉得，自己不是去到秦宫，这里不是人间，他是漫步在仙境，这里是神仙们居住生活的天堂。

今天的李斯，已经不是文信侯的家臣，秦王的侍卫官了。他被秦王任命为长史！

想知道这是个啥子官吗？请让本哲鼠告诉你，长史乃秦人首设，是个相当于后世的秘书长或幕僚长之类的官。这类官在你们的社会是个伺候主子的活儿，是主子的小脑瓜儿，但在当时，虽不是这样耀眼，但也是主子身边经常游走之人，替主子办一些棘手的事情！

秦王交给李斯三件事。其一，把轩辕教从秦国赶出去。其二，修改历史，重写历史，尤其是与秦有关的历史。其三，便是把那大梁人尉缭出的馊主意付诸实施。大梁人尉缭乃轩辕教中一大主教，曾在秦宫效劳，也出了不少馊主意，而最毒最狠的，被太史公记载在他那本叫史记的大书里，为增我文之权威性，现录于此：

大梁人尉缭来，说秦王曰：以秦之强，诸侯譬如郡县之君，臣但恐诸侯合纵，翕而出不意，此乃智伯、夫差、湣王

之所以亡也。**愿大王毋爱财物，赂其豪臣，以乱其谋，不过亡三十万金，则诸侯可尽。秦王从其计……卒用其计策，而李斯用事。**

最后两句话的意思就是说，用尉缭的计策，由李斯操作！

而李斯是怎么操作的呢？那个被称为太史公的这样写道：

阴遣谋士赍持金玉以游说诸侯，诸侯名士可以下财者，厚遗结之；不肯者，利剑刺之。离其君臣之计，秦王乃使其良将随其后。

亲爱的读者诸君，请让上蔡鼠，跟李斯一起学过帝王术的上蔡鼠，实际上，聪明人李斯则喊我哲鼠，我呢，自谦一下，自称天下第二鼠，因为，我想可能这世界上还是有比学过帝王术的上蔡鼠更加智慧的老鼠。我呢，简称二鼠，当然了，你要喊我二叔，我也不恼。有什么关系呢，前面有个哥有什么不好呢。

据李斯考察，这轩辕教乃华夏第一宗教。最早的，也是完全意义上诞生于华夏大地，萌芽于我祖黄宗，起步于西北黄土高原，沿黄河传播至中原及华夏全境的土生土长的宗教，经过几千年的传承，从夏，到殷商，至周时达到鼎盛。

周人自认为乃黄帝之后人，取得天下以后，为晓谕天下华夏正宗之所在，为晓谕朝野那轩辕他祖之所传，以匡辅政统，治国安邦，教化民众，使天下有所信奉和皈依，无论是武王，无论是周公，或是其他王公贵族，无不将轩辕教奉为国教。当是时，可谓，普天之下莫非王土，率土之滨莫非王臣；王土之上，处处可见轩辕教之踪影，王臣之中时时可闻吟诵教宗经文之声浪。就连我们鼠界，假如你不能大声地背诵黄帝佬儿道生法如何云云的，便会被看作无知的老鼠，不入流的动物。

但是，秦国由于其地理偏僻人文落后，历代君王眼界狭窄，眼中只有权力，胸中仅存利益，手中只玩诡计，跟我们鼠界一个德行，轩辕教的春风，虽然在天下吹得呼噜噜的，但仍然翻不过那里的沟沟坎坎，染不绿那里的弱杨细柳，直到秦穆公时，轩辕教诵经读文的声音，才开始在那蛮荒的土地上，驾着袅袅炊烟，和着民间小调飘过山梁，进入百姓人家，就像他们吃饭时小碟儿里的小咸菜一样，谁也离不了啦。

二鼠翻遍了秦国历史，说实话，就为这，我就给这位汉子竖个大拇指！爷们，有种！

这有种的爷们为什么为轩辕教打开国门，让华夏文明之正宗登堂入室，前有因后有果，让俺慢慢道来。

秦穆公十五年，秦晋战于韩原。两军对垒激战正酣，晋国国君的战马却陷于烂泥中，成为秦穆公狩猎的对象。秦军在穆公的率领下，剑锋直指晋国国君。可是，正如那些身强体健武艺高强的勇士一样，需要七八成的功力就可以搞定的事，却发了十分的力，结果不但没有捉到晋国国君，反而被晋军围困于一处狭小谷地，成了瓮中之鳖，那秦穆工也在战斗中被晋军勇士一刀下来，受了重伤。

形势是有点危急啊，秦穆公眼看就要被晋军活捉了去，秦军也要作鸟兽散了。可就在这时，神话诞生了。一批胡子拉碴袒胸露臂身强体壮勇敢无比的猛士从山岭上杀下来，将晋军包围圈冲得七零八落，在烂泥滩里扶起已经跌落马下的穆公。

这就是三百野人救穆公的传奇一幕。那这三百野人，山里的猛士们又是何来头呢？让二鼠告诉你吧！

我查阅了历史，而且是正史，就是那被称作史家之绝唱无韵之离骚的史记。它那上面说，多年以前，这些人，就是那三百勇士啦，在山里捉得秦穆公丢失的马儿一匹，司马迁说还是穆公的爱马呢，就不问青红皂白地将它宰了吃肉。官吏捉得他们，定然是要依法惩治。穆公知道了，却说，君子是不会因牲畜而伤害人的；吃了好马的肉却不喝酒，会伤人身体的，请赏酒给他们。并赦免了他们的罪过。

你看看，这样色儿的人儿，在我们鼠界是找不出第二个来的，在你们人界，不是小瞧，恐怕也是前无古人后无来者吧，至少，在秦国，俺翻遍了它的历史，这是个绝唱版本！

三百野人把秦穆公从晋军手里解救出来之后，鞠一躬打一个响鞭便扬长而去，给秦穆公等人留下了摇来晃去逐渐消失的野人头和野风吹拂的山梁，让那秦穆公产生了只有诗人才有的情怀，嘴里哼哼着秦地的民歌，念叨着战马，念叨着勇士，念叨着战友。这穆工也打一个响鞭，他的马儿便心知肚明，打着响鼻尾随那野人来到了他们的村庄。

我的天啊！当秦穆公第一眼看到山沟里的小村庄时，这身披铠甲的君王眼睛里闪烁出从未见过的光芒。这里生活着那三百野人和他们的父老乡亲。他们身强体壮，慷慨善良，质朴开朗，虽然是乡野山民，但却有秦国宫廷里出没的人都很少有的高贵气质，体现出良好的教养。

尤其是那些山民们，得知秦穆公到来，行之以主宾之礼，像流水一样自然，风儿一般舒畅，与其他地方的人见到王时惊恐得不知所措，不是磕头就是作揖，手脚不知放在何处的人相比，简直不是同一个人种。

他们请穆公和他的随从吃手抓羊肉，喝自酿的黄米老酒。

当柴火燃烧起来，羊油在火上被烧得滋滋作响时，山民们开始祷告。在首领的带领下，他们向轩辕黄帝祷告。

我祖轩辕啊，请来到你后人的家园，向我们伸出手，伸出你解放者的手……

然后，有人敲起鼓来，祷告完的他们就开始在火堆前唱歌跳舞。

关关雎鸠，在河之洲……

黄河流域，黄土地上，这首古老的歌谣跟黄河里的浪花一样为这块土地上的人们所喜爱。

秦穆公从首领的介绍中得知，他们是轩辕教的信众，从遥远的西域来到岐山下，在这里耕耘播种，诵读轩辕之经文，传播黄帝之教义。那首领还说，秦国虽然地处偏僻，但信众也像那牛羊，漫山遍野的。

秦穆公的心理受到了震撼！他的第一个反应是，我大秦的土地上，自然应该是先祖轩辕黄帝立足之地！他的思想，他的教义，理应在秦国的土地上生根开花！这轩辕黄帝，可不是来自遥远的未知的天国，蛮荒的西域，或是那自称文明世界的东方六国，而是来自这黄土高原，与秦国同根同种同文同地！秦国，比中原那帮以正宗自居自傲的什么晋国、齐国、燕国，难道不更配得上轩辕黄帝的传人嘛！

而最正宗的，难道不就是我秦穆公嘛！

他的另一个反应是，在秦国肥沃的土地上，在它高大的山岭和峡谷里，在他的权杖下，却有这样的地方，在这里，轩辕，黄帝佬儿，那个遥远的遥远的祖先，在民歌的调调里，在说唱艺人的调调里，在婚丧嫁娶的唢呐中鼓吹的白胡子老头儿，其影响力，居然在他威震四方的秦穆公之上！

秦穆公一路沉思着，那饱经沧桑的脸时不时流露出一丝神圣的光，倾听马踏大地发出的清晰的蹄音，就像二鼠我有时候听那阵阵雷雨从天边滚来，心里被震得咚咚响！

离开山野乡民的茅草屋，沉思中的秦穆公，被他的骏马和随从带到了巍峨的宫殿前。他将马鞭交给随从，一言不发地下马，然后，望着那雕梁画栋，飞檐走壁，以及在那里叽叽喳喳的小麻雀，心里不知何故，竟然感到如此亲切。这些小东西，它们活泼地跳跃着走路的姿态，使他猛然间似乎又看到了那在篝火上滴着油的烤肉，以及从山谷里吹来的含有青草味儿的风。他的头脑里又出现了他们跳舞的姿态，他们的酒香，他们的歌声，以及那些脸庞，尤其是他们祷告的声音。

太特别啦！他自言自语道。

当然，让秦穆公最终倒向黄帝佬儿怀抱的，不是这帮山民，而是他的两位信奉轩辕教的大臣，鼎鼎大名的百里奚和蹇叔。

这百里奚，据二鼠我了解，原是虞国的大夫，晋国的俘虏，乃是作为秦穆公夫人陪嫁的奴仆，跟随吱呀作响的破牛车来到秦国的。这百里奚一生颠沛流离，虽然智慧超人，但却怀才不遇，尾随在牛屁股后，看老牛用自己的长尾扫荡在屁眼那里闻臭的苍蝇，感觉自己这一生的命运就跟这苍蝇没啥两样，要多卑贱就有多卑贱！就在这样一些令人感觉生活之无聊生命之乏力命运之无奈的时候，就在这样的一个旅途中，大概是命运丢盹，赶车的人昏昏沉沉地在苍蝇的嗡嗡声中打起了瞌睡，这百里奚就撩起两条老腿逃跑到了楚国，被楚国巡逻的士兵捉到，扔到一间破屋里，跟我的一帮鼠侄鼠孙们厮混。我想，那百里奚虽属智多星之类的，但恐怕也是被破窗里的呼呼北风吹得眼屎混合着泪水一起流，悔不该当初一时冲动离开了那破牛车，落得个如今只能跟老鼠来做伴的下场。

有人告诉穆公，那逃跑了的百里奚乃一贤人，尽管已年老体衰，但脑瓜儿灵心眼儿亮，弄来了说不定可以试一试用一用，没准儿，成了大事也未尝可知。

然也！穆工说。

这穆公也是个机灵人，深知人心之诈，便谎称百里奚乃夫人的一老年奴仆，侍候了一生，不忍心看他客死异乡，问楚人可否用五张羊皮换之？楚人这些傻老帽，看那可怜兮兮不值一只麻雀的老东西，居然有人愿意出五张羊皮换他的命，也觉着做了一桩大买卖，便把老头从破屋里拎出来，扔给秦国的来人。

这哆哆嗦嗦畏畏缩缩的百里奚也像一张老羊皮，凑凑巴巴的，穆公与之交谈，关于治国理政以及天下大事，却是透亮得跟一张白纸，便委以重任。这老羊皮坐上秦国大臣的位子后，却没忘了自己的知己，患难之交，一个名叫蹇叔的。这号称蹇叔的也是一个老梆子，有一双从遥远的天际线上射过来的目光，洞察人心世事，几次帮助百里奚化险为夷，脱离灾难。百里奚说，那蹇叔的贤能远远在自己之上，就像树上的桃子必然在树根之上一样。于是，秦穆公，只是这次用的不是五张羊皮，而是派人用贵重的礼物迎请蹇叔，任用为上大夫。

而这百里奚和蹇叔，都是那轩辕教的信徒。

据二鼠我及后来的历史学家研究发现，百里奚和蹇叔，对秦国的政治经济文化进行了一系列的改革，其核心当然是奉行那教主黄帝佬儿道生法的思想。他们在秦国王道充斥的思想理念和制度建设中，融入了人道的思想，体现了人道的精神，而将王的椅子往后挪了挪，将王的意志弱化了弱化，正如黄老思想中那老子总念叨的那样，做到了治大国如烹小鲜，不瞎折腾，不自作聪明，不教农人怎么耕种，不教商人怎么经商，不教女人怎么生养，而是顺应自然，让人的天性发挥作用，让道发挥作用，天下万物各归其位，各显其能，各成其事。

其实，在我们鼠国，我们的王也是这样治理的。人道和鼠道都是一样一样的！

这些变革，在秦国广袤的大地上很快产生了惊人的效果。是的，我说是惊人的效果，是因为，由于制度契合了人道，天道地道人道道道相通道道相长，天下政通人和，风调雨顺，百姓安居乐业，国强民富，秦国成为春秋霸主。就连我们老鼠，也跟着受益啊。西秦大地，可谓千里粮仓啊！我们老鼠也是吃得膀大腰圆，一个个气宇轩昂，纷纷称赞生逢盛世啊！你看，这普天下，人道跟鼠道原来是相通的啊！对人好，对老鼠好！反过来，对老鼠好，也是对人好！我跟你说，这个可以作为观察世事的瞭望台，就是，当老鼠在这个世道上混得吃香的喝辣的时候，这人也就活得蛮滋润的。

百里奚和蹇叔的所作所为，自然被秦穆公看在眼里记在心上。尤其是当得知两人都是轩辕教信徒后，他也就成了轩辕教的信徒之一了。一时之间，轩辕教在八百里秦川如日中天，光照四野，牧养万众，秦国成为天下第一强国，连周天子也为他们站台背书。

第三小节　李斯笔记

也许有人已经搞明白了，为什么我要将一只小老鼠，还是一只木制的玩具小老鼠总是带在身边。是的，这是我李斯之所以为李斯的因由。我必须始终告诫自己，做一个彻头彻尾的现实主义者！这跟出身、经历、学识、职业等等的，看似直接相关，其实呢，并非如你们所推断的那样。我不得不说，你们的眼光是多麽的表面化呀！就我而言，它跟一种感觉有关。

每当我看到或摸到那小家伙儿浑圆而光滑的脑袋，我的心中便如此的平静，感觉自己的眼光要从眼窝深处发射出穿透力十足的光，把各种事物，人、社会、权力、欲望、成功、失败、命运等等这些高深的现象看得透穿！比如，当某人要说话时，他的语言还没有从他的嘴巴里吐出来，我已经知道那在他的肚子蠕动的是什么虫虫儿了。

这种感觉真是奇妙极了！我不知道是这鼠赋予了我神奇的功能，或是我天生的某种能力通过它获得了生命，至今，虽然我依然拥有惊人的洞察力，但，对自己身上的这个迹象却不能给以清晰的解读。

但这有什么关系呢？在无限的时空里，在太阳和月亮照耀的所有角落里，当我摸到那浑圆的脑袋，我的理智就会告诉我应该如何如何作为了。

就说这可恶的轩辕教吧！

在楚国上蔡，在荀子那里，轩辕教就像空气一样无处不在。那时的我，既没有感觉它有什么吸人之处，也不觉得它有啥可恶。信奉轩辕教的人，我见过一些正人君子，比如荀子；也见过一些鸡鸣狗盗之徒，比如，我在上蔡时的同事。我的态度，那时是，谁愿信谁去信好了，关我鸟事！在各诸侯国，无论是国君大臣士大夫，或是黎民百姓，信奉轩辕教的人，跟集市上赶集的人也一样多。黄帝嘛，我们的老祖宗嘛，谁不为他烧香向他祷告呢！周朝自建国以来，便将轩辕教奉为国教，因为，他是正统，道统，轩辕教传播的，跟他的周礼有很多是一脉相承的。周礼，所倡导的是秩序；轩辕教，宣扬的是道，万物运行之理，是规则是规律，是人之道；这两者，其精髓和要义是遥相呼应的。周天子每年最隆重的国礼之一便是祭祀轩辕黄帝，在轩辕庙烧香，祷告，祈求国泰民安风调雨顺。

而在秦，随着穆公的仙逝，轩辕教虽不像他在世时那么显赫，但依然很兴盛。长期偏居西域的秦，认为这是他们与东方诸侯们的文明步伐同调之所在；甚至，暗地里，他们认为，轩辕黄帝的龙脉兴起于西域，准确地说，兴起于西北高原，兴起于他们这片黄土地！他们，秦人，就是轩辕黄帝的直系后代，轩辕教的大旗本应该由他们高擎才是！

可是，这种情况到了商鞅手里，就发生了彻底改变！

轩辕教和王权，这一对相得益彰遥相呼应，就同太阳和月亮共同掌管上天下地的星宿一样的两兄弟，被商鞅一刀两断！轩辕教和他的信徒成为铁血清洗的对象，无数的轩辕教人，命丧黄泉。残余的轩辕教人，纷纷逃离秦国，或是被迫放弃他们的信仰，只在王权面前下跪，以苟延残喘！

秦国的王权之恶被商鞅唤醒了！王权面前，即使是轩辕黄帝，也必须让路！

不能不说，商鞅抢先了我李斯一步啊！唤醒王之为王的意识，在荀子那里求学帝王术时，我觉得这一历史责任是在我的肩膀上的，却被商鞅这厮拿了头功！

心怀这样一份不快，我无意中摸到了那上蔡鼠光滑圆融的小脑袋，刹那间，我的心中一道亮光闪起。我看见天下着大雨，而太阳却光芒万丈！这般辉煌壮丽的景象出现在我的眼前，我知道，商鞅只是站在舞台的一角，照耀他的是一盏小油灯，而我，在舞台的中央，最辉煌的业绩，最亮眼的光，是属于我的！

一切都是工具，除了王！

一切都是工具，除了我！

我要让轩辕教在全天下消失！我要让那嗡嗡嘤嘤如同蜜蜂一样的祷告声，不光在百八里秦川，我还要它，无论是黄河岸边，无论是江南江北，都不再听到那令人讨厌的、自以为是的所谓的黄帝的声音！

那假借黄帝的嘴说出的，那所谓的道生法，从第一次听到这三个字，一种被侵犯的感觉就击中了我。不光如此，似乎有人抓住了我的老二，连根拔起、贯穿骨髓的痛感几乎要使我发疯！

看哪，我的王！那些祷告者，他们的目光从天上仰望的姿态中下垂，然后，轻蔑地看天下的万物！我要打断这目光，征服这轻蔑！我要他们知道，普天之下，唯有王！

　　这事就从秦国做起，就从现在做起，从我李斯做起！

　　一个阴郁的下着小雨的早晨，我独自来到咸阳城的一家轩辕教的教堂。清冷的雨滴从屋檐上掉下来，砸在我的鼻梁上，那墙上的一只小麻雀看见了，叽叽喳喳个不停。愚蠢的小麻雀，可爱的小麻雀，赶紧到秦岭的崇山峻岭中去吧，离开这些祷告的声音，离开这些祷告的人群，这里的羊肉泡馍虽然好吃，但如果你有点灵性，你就会知道，山里的虫子更适合你的胃口！

　　我的嘴角流露出一丝只有执掌生杀大权者才有的微笑，给那些我看见和没看见的蛆虫一样蠕动在这里的人，以及那小麻雀一样的动物。

　　教堂里有人在祷告，是一个老者，头发花白，年纪看上去五十来岁，黄土地一样的脸，上面泛着红光，看上去有那么一些蛊惑人心的厚道感。他站在教堂中央的一个台子前，台下是一张张麻雀一样单纯的脸，瞪着圆眼听他讲道。

　　他在讲黄帝的道！

　　"何谓道？我祖黄宗说，一阴一阳谓之道！王为阴，民为阳！阴不犯阳，阳不侵阴，阴阳制衡阴阳互补，才能天下太平，繁荣昌盛！阴阳互犯，便天下失道！王犯民，即阴犯阳，则天下阴气当道，万物肃杀；而民犯王，即阳犯阴，则天下阳气横行，万物失序！

　　"从古至今，阴阳相互拱卫的道便是正义！便是正气！我祖黄宗说，气乃万物之主，气生万物！气正义正，便是道正！故，王以正义正气维护道，民亦以正义正气维护道！如此，王道与民道，一阴一阳，相互拱卫相互协调一致互补便能成就天下之正道！"

讲到这里，他稍作停顿，深沉的眼睛看着他的听众，然后，用十分平和的语气说："阴阳之道，平衡是要!既要平等，又要制衡!

"我祖黄宗还说，阴阳互根！何谓阴阳互根？阴为阳之根，阳为阴之根！民为王之根，王亦为民之根！"

他的道讲完了。

作为结束语，他说，道哉道哉！台下的人一起双手合十说，道哉道哉！

人们像早晨的星星一样从教堂里淡出，他们的神态似乎告诉你，就像他们耕种用的农具，经过了一番精心修理而焕然一新一样，他们的内心在聆听了台上教士的讲道后，也被梳理得妥妥帖帖的，就像刚耕种过的土地，流露出十分饱满的被赋予生命的踏实和释然！我不禁感到好笑，也许它也爬上了我的嘴角。但我知道，没有人能够解读出这种只有能够知道未来会发生什么，以及怎么发生的人才会流露出的笑，神秘的笑！

他讲的真好！我似乎喃喃自语，又似乎是对身旁的人说话。大家都十分虔诚地双手合十说，道哉道哉！

我说：道哉道哉！大清早，听这样的讲道，比呼吸田野里的新鲜空气，仰望初升的太阳，还要令人神往！

旁边一个秃顶的商人模样的家伙似乎被我的话吸引了，抬起头认真地看我，然后说：道生万物！再新鲜的空气，再温暖耀眼的太阳，也是从道而来，发射出来的是道的光芒，传播的是道的精神！

旁边一个瘦高瘦高的人走近并加入我们的谈话，说：而我轩辕黄帝，是天下离道最近的那个人！

他也是道的产物，或者说，他就是道本身！我说，不无得意地看他们对我这话的反应。

道哉道哉！然也然也！

那两人齐声说。

这时，讲道的花白头发的教士也来到了我们的跟前。我们都向他行礼说，道哉道哉！他向我们还礼，也说道哉道哉！谦恭而和蔼。

"道生万物，我们眼睛看到的，耳朵听到的，鼻子嗅到的，手脚触到的，心灵感知的，无不产生于道！"他的语气十分和蔼亲切，透露出一种令人信服的力量。

我们以聆听的姿态站在他的面前，用信任的目光关注着他的一举一动。

"道是什么？你们可能很想知道。我祖黄宗说，一阴一阳谓之道！这是什么意思呢？这是说，世间万物的生命力就是道！是的，道即生命力！假如这世间没有了生命力，天没有了生命力，地没有了生命力，何来大自然活泼泼的生命力！"

然也，然也！我们都不约而同地表示赞同。

他看我们都真诚地信服他的话，便更加亲切谦和地说："土地拥有生命力，所以，五谷丰登，为人类的生存也为一切动物的生存提供了粮食；人拥有生命力，能够繁衍生息，将文明的火炬世世代代传递下去。"

一只鸽子从我们头顶飞过，翅膀扇动空气的声音听上去十分清楚。

"让我们赞美道吧！听啊，这翅膀扇动的声音也是生命力！生命力，我祖轩辕通过道告诉我们的真理是，生命力是这个世界的主宰！不是帝王，不是鬼神，而是生命力，而是道！道最深刻、最坚强、最持久的载体，便是生命，便是生命力！离开了生命，离开了生命力，便无从谈道！"

是的，不得不说，这是一个十分深刻的观点，也是一个新颖的观点；不得不承认，眼前这个花白头发的教士，是一个高人，有能力传播黄帝佬儿的真经，不是跑江湖卖狗皮膏药的！我看一眼围绕着教士的几个人，那些像刚从地里挖出来的红薯一样的小商小贩，他们的五官跟红薯上面的窝窝坑坑，何其相似！

从他们激动的表情可以看出，他的话说到了他们的心坎上。

"各位教友，请记住，悟道便是感悟生命！理解道，要从理解生命着手，要抓住生命力这个要诀！"

"是的，我说的是要诀，但不是根本！那么道的根本是什么呢？"他这样问，大家并不回答，而是等待着他的进一步解读。

教士看大家一眼，微笑着说："根本在道尊老子的哲学里！"

大家提起神来，聆听他的进一步讲解。

"道尊老子说，人法地，地法天，天法道，道法自然！道的根本就在这几句话里。

“各位兄弟，可明白何谓道法自然吗？难道老子认为，道之上还有更高的存在吗？

是的，不光是他们，就是我李斯也被这个问题问茫然了！是的，既然道生万物，道之上就不应该再有其他的更高的存在了。道之上再无真理！难道不是这样吗？

这个问题像钉子一样把我们都钉在了原地，紧张而渴望地张嘴不说话，眼睛像挖矿人看矿床一样看他。

“是王吗？”突然一个脑袋不知从哪里冒出来，喊出这样一句话来。

人们都惊讶而疑惑地看他，然后看那教士。

教士温和地笑笑说，王是谁生的？他有父母吗？他的父母有父母吗？

周围的人哄堂大笑，但那憨人等大家不笑了，却是一副轻蔑样说，我只知天下有王，不知有黄帝！黄帝出自王之口！我听王说黄帝如何如何，却不听得黄帝说王何如何如！

周围的人又是哄堂大笑！

头发花白的教士温和地笑着说，道哉道哉！这位兄弟，王之上有黄帝，正如道之上有自然！道长，来日长，悟之亦长！

“道法自然，这自然，我想就不是我们眼看到的单纯的自然了！”我说。

“道哉道哉！这位兄弟高见！”那教士说，“请先生详述之！”

我讲了我对道法自然的理解。说实话，虽然熟读老子道德经，也可以将老子第二十五章倒背如流，但是，却从没思考过道法自然句子中道以及自然的具体含义，甚至想都没想过。道难道不是穷尽一切真理了吗？！

但是，花白头发的教士却对我的话很感兴趣。他认真听我讲，并若有所思地点头，等我讲完了，他说，兄弟实乃高人也，并暗示我留下来，请我和他一起喝早茶。

教士用本地人吃饭的碗，或者说，用吃饭的小碗来喝茶，那质地感觉就跟茶叶一样的质朴。

请，李斯先生！

请，土婴先生！

是的，他的教名叫土婴。他端坐那里，给人的感觉就跟大地一样令人信服，一样可靠。我们又探讨了黄帝四经、道德经、荀子以及孔子等等。不知不觉之间，一个上午就这样过去了。

"感谢先生光临我轩辕教教堂！"临别前，他握住我的手，跟我道别，那语气是那样的质朴和亲切，就跟农夫面对沃野肥田一样。

可惜啊，你我不是同道人，否则，我们一定是至交！

几天后，我再次来到了轩辕教咸阳的教堂。踏上那青石板的台阶，土婴讲道的声音从窗户里传出来。

我停留在青石板上，眼睛望着远处，听他讲道。早晨下了点小雨，清亮的雨滴从屋檐上掉下来，落在青石板上，溅出水花。土婴讲的是黄帝四经，具体是执道者以及执道者如何根据道的原理精神来制定法律。他的语气十分的舒缓，就像广袤的大地一样舒缓。但在我听上去，却像有人在地平线的远端，擂响战鼓一般。

执道者，执道者！执道者是谁，难道不是王吗？难道不应该是王吗？可是，这土婴的嘴巴里，这教士的脑袋里，却不是这样！听他的讲道，似乎，这执道者，就是思想家，哲学家，就是老子、孔子这些人。他们是执道者。他们，用他们智慧的大脑，深邃的思想，广博的知识，尤其是他们仁慈的心肠，制定法律，然后，王，帝王，帝王将相，依据这些所谓的执道者制订的律法来治理天下！

我的嘴角又流露出了一丝得意的笑！你终于亮出了你的底牌，我的大师！你们这些轩辕教的善男信女们，可能还没有搞明白，究竟谁是太阳，谁是月亮，谁是星星！不过，不用着急，我会让你们明白的。

我悄悄进入教堂，融入信众中。土婴大师的布道结束了。信众们饥渴的心灵得到了灌溉，心满意足地离开后，我站在原地，微笑着向大师致意。大师殷勤地招呼我，带我参观了这座咸阳城最大的轩辕庙。期间，大师跟我说，数日之后，他将启程到韩国，去为那里的信众传道讲经。

"是吗，土婴大师，你要到韩国去。"

"是的，我要到韩国去。"

"我有一件小事，想劳顿大师，不知可否？"

"先生有什么事，但说无妨。"

"有一封信，想带给我在韩国的兄弟，他想到秦国来做牛羊生意，我把这里的情况写封信给他。我那兄弟就在韩国的国都新郑的一个生意人居住的巷子里。"

"好的，我三日后启程，你可以在那天早晨交给我。"

三天以后，也就是土婴大师启程赴韩国讲道的那天早上，在咸阳轩辕教教堂门口我将给韩国兄弟的信交给了土婴大师。

这位秦国轩辕教的主教，在韩魏赵以及东方六国的轩辕教中地位举足轻重的人接过我的信，对我微微一笑，说，请先生放心，我到韩国后会尽快把它交到你弟弟手里。

"有劳大师了！"我深深鞠躬。

告别了土婴，我骑着马儿，沿黄河而下，然后取道来到了函关谷。这里的驻军将领，是白起将军的手下，一个典型的军人，只知道遵守命令，而不问是非曲直。他接到的命令是，有一个韩国的奸细，轩辕教的教士，在秦国宣扬轩辕教，实则是以此作为掩护，盗取秦国的军事和国家机密，然后送到韩国；近日，这名教士怀揣重要情报，取道函谷关去韩国，驻军守将务必将其抓获。一张土婴的画像也同时送到了这位将军的手里。

几天以后，土婴和他的随从终于出现在了函谷关。他那短而柔软的花白头发，厚实的脸，跟他的行囊一样蒙上了灰尘。那封我写给我那个根本不存在的兄弟的信，也在他的行囊里找到了。

守将：这个是啥，主教大人？

土婴：一个朋友带给他弟弟的信，将军！

守将打开了信，仔细阅读，脸色变得凝重起来。

守将：主教大人，我们这里的营房，也是上好的客房，天色已晚，您就在此歇息吧，明天再上路吧。

土婴：谢将军！我们就不打扰您了！您是军人，这里是军营，我们恐怕不太方便！

守将：主教大人见怪了！

守将点头示意，几个士兵就出现在了土婴和他的同行者面前。

士兵带着土婴三人离开了将军府，把他们安顿在一间营房里。

守将将那封信交给我。信上留下了土婴的汗渍，看上去仿佛血迹。

守将拿起土婴的画像说，一模一样，是这个人！

我说，一模一样，是这个人！

我仔细地又看了一遍我写给我那个表弟的信。问：这封信中透露的你这里的军事情报属实吗？

我的大人，我指天发誓，没有一星半点是真的！那将军信誓旦旦地说。

当然了，我心知肚明。真实的情报哪能交给一个教士带着满天下跑呢。

那其他的呢？其他的情报有价值吗？我又问。

有啥价值？！废纸一张！你看这地图，懂行的一看就知道，都是扯淡的玩意儿，一点用没有。韩国的将军要以此作战，只会是给我们送人头。将军答。

哼哼，将军可不能这么说。兴许你没有看明白其中的道道吧。我说。

不是我吹牛，大人，我这里的军事机密，这函谷关的所有的人，除我之外，连我的副将，他都不知道。他拍着胸脯说。

那就好！难道真是他说的在咸阳做生意的朋友捎带的一封信而已。我说。

我看也差不多！将军笑着说，这要作为军事情报那也太小儿科了。

我看将军一眼，沉吟一下，深谋远虑地说，军政大事，乃天下要务！最近，我们的许多机密都被韩国和其他国家窃取了，而且，大多是号称是轩辕教的人干的。

这个……这个……这些情况在下就不知道了。不过，我们军中也有一些信奉轩辕教的士兵。将军说。

噢，你的军营中也有信奉轩辕教的人？我问。

不但有，还不少呢。秦国信奉轩辕教已有很多年了，穆公时代就开始了。那将军说。

嗯，这个我知道。那他们表现怎么样？

很不错啊，他们往往是很优秀的士兵。将军说。

什么？我声音低沉，但我感受到的震惊还是从中传递了出去，那将军也是微微一颤。

那将军赶紧挺直了身板，说，大人，军中无戏言！末将长期观察，那些信奉轩辕教的士兵，勇敢、爱国、团结，是挺好的士兵！

我微微一笑，拍一下他的肩膀，说，士兵信奉轩辕教没错，但将军可不行！

那将军立正了，对我行军礼，说，大人放心，末将心中只有秦王！

这就对了！我微笑着说。

我告诉将军要好吃好喝伺候土婴他们。

我从旁边的阁楼上观看用餐的他们。

按照我的吩咐，将军晚饭后提审了土婴。

主教大人，您是哪国人？将军问。

韩国人，将军。

您哪年来的秦国？

五年前，将军。

贵干？

我是轩辕教的教士，应秦国轩辕教会的邀请，来这里传教讲经。

晚饭好吃吗？将军笑嘻嘻地问。

谢将军，很不错。土婴不动神色地答。

我是军人，说话向来直来直去，我有一个问题需要请教先生。

请讲吧，将军大人，我将尽我所能回答您！

先生，末将曾经师从孙子先生。在他那里读书时，我曾经接触过一些轩辕教的东西，也听先生跟我们讲解过它的教义，孙子先生说，轩辕教深明大义。我知道，轩辕教是一个包罗万象的宗教，无论政治军事文化，凡是人所面临的问题，轩辕教都涉及到了，所以，它的信众遍及天下，包括军营，不管是秦国的，或是其他六国的，据我了解，莫不如是。轩辕教的教士，更是受到天下人的敬重。

将军说到这里，停顿一下，递给土婴一杯茶。

请，先生！

土婴做一个手势，即是表示感谢，也是有请将军继续他的讲话。

亲爱的教士大人，据我所知，你们轩辕教是不参与政治，更不参与军事的。尤其是教会中的主要人物，你们一心侍奉的是轩辕黄帝，我们华夏的人文始祖。可是，十分不幸地是，我却在先生您的身上发现了一封信，这信的内容是关于我函谷关军事要塞的机密的。请您告诉我，我应该怎么办？我如何处理这件事为好？

将军摊开两手，那为难的表情似乎很真实。

很平静的是土婴的声音，似乎是温和的微风在成熟的麦田里徘徊，伴随着燕雀的飞翔和农民们那弯曲向大地的背影。那声音告诉将军说，尊敬的将军阁下，您知道，我有生以来第二次到您驻守的这个要塞。这里，即使善飞如老鹰，如果没有您的首肯，它也不可能从您函谷关的西墙翻越到东墙。东来西去的客人，在距离关口很远的地方就得下马下车，打开一切行囊，接受检查，然后，由您手提长枪的士兵护卫他们离开关口，一直到很远的地方，才打发他们离开。难道您认为您做得还不够好，不够严谨，有人从中可以乘机窃取您的军事机密，甚至是您要塞的构造并把它们描画下来吗？您认为人可以做到这一点吗？老鹰或是麻雀可以做到这一点吗？

将军被将军了！

但是，他的反应也很机敏。

我亲爱的先生，正是因为如此，末将才奇怪您是如何得到这一切的？

　　我是一个诚实的教士，从韩国到秦国，我从教二十多年，从没有干过您指责我所犯过的罪。是的，那是罪！但是，我的将军大人，我带的是一封信，秦国的一位朋友托我带给他兄弟的一封家信。据我那朋友讲，信的内容讲的是秦国的牛羊行情。将军您是不是误解了？

　　您看过这信吗？将军问。

　　没有，您知道，换了您，您也不会看的。您会看吗？

　　面对土婴温和的质问，将军说：那是当然。我们都是君子，怎么能做小人的事呢？我说的对吗，主教大人？

　　将军，我们轩辕教的教士足迹遍天下，也许有人并不喜欢我们，不喜欢我们的宗教，不喜欢我们的教义，不喜欢我们的思想，不喜欢我们的观点，不喜欢我们向一切宗教、思想、文明开放的态度，甚至不喜欢我们的一切，反感、仇恨所有跟我们轩辕教有关的人和事。所以，如果有人在您面前诋毁我们，我并不觉得奇怪。正如大雁南飞途径函谷关您都要抬头仰望，观察它们的阵型，数数它们有几只，所以，也请将军大人以军人的警觉对您听到的告密，对您从我身上拿去的信，予以明察，做出正确的判断，以彰显您作为将军的睿智和明达。土婴说。

　　哈哈，不愧是轩辕教的教士，话说得如此动听！请问教士先生，你们轩辕教都搞些啥名堂？请原谅我，不是我粗俗，我只是找不出合适的词来表达我的想法，我的意思是，为什么那么多的人都被你们吸引去了，成了你们的信徒？将军说。

　　将军大人，请听我说。轩辕教乃我人文始祖轩辕黄帝创立的宗教，在中华大地已经有千年历史，其信众从王公贵族到黎民百姓，无所不包无所不有。土婴说。

　　噢，原来如此！那他，那我们的老祖宗黄帝都讲些啥呢？那么的吸引人呢？

　　请让我告诉您，将军，我们的轩辕教，我们的轩辕黄帝，他讲了一个字，道！

　　土婴的声音平和、清澈又亮丽，如同夏天夜里悬在天空的星星。

　　将军咥其笑矣，说，道，这世上谁都在谈论道，从王公贵族到黎民百姓，人人都在谈论道；就连我兵营里的生瓜蛋子，也在被窝里念叨着道！道道道，可这道究竟是个啥呢？

　　将军，道可道，非常道！这是道尊老子的名言。是的，道不是几句话能讲清楚的，也不是几个时辰或是几天就能够悟到的。有人请教黄帝何谓道？我祖轩辕启发他说，道有两大奇观，从这两个奇观你可以反观道，从而省悟道！

　　土婴停顿一下，那将军笑笑说，请先生不吝赐教！

　　土婴微笑着，以十分亲切的语气说：

　　"这两大奇观，其一为生命，其二为自由的生命！我祖黄宗说，悟透了生命，悟透了自由的生命，道便会呈现在你的面前，就如日出一样！"

　　将军莫名其妙地微微一笑，说，示意土婴继续说下去，他在认真地听。

　　土婴接着说："诚如将军所言，普天之下，人人论道，可见如今天下，人人都在寻求道！易经说，一阴一阳谓之道！

孔子说，君君臣臣父父子子，秩序礼仪即为道；而在墨子那里，平等兼爱即为道，等等，诸子百家，每家对道都有各自的说法。

"我祖黄宗的道则涵盖了这一切，包容了这一切，统帅了这一切！在我祖黄宗那里，在道祖黄帝和道尊老子那里，以及其他轩辕教的思想家那里，道是创造万物的原始力量！"

土婴稍作停顿，观察一下将军的反应，然后说："是的，对我轩辕教的人而言，道，首先是创造了生命，创造了万物的原始力量！他是生命力，是生命力本身！"

"啊，您讲得越加奇妙了！但我听得懂！"

"是的，我祖轩辕的道平易近人，就像你脚下的路，你都意识不到他的存在，但他就在你的脚下！

"是的，我亲爱的将军，道就像你脚下的路，它的形态是自然而然的！你天天离不开它，但你却几乎意识不到它！你说神奇不神奇？"

"是的，确实很神奇！"将军附和说。

"道负载你，承运你，成就你，却不拥有你！它静静地躺在你的脚下，默默地为你的人生奉献它。将军，您看，道是多么地伟大啊！它成就万物而不拥有它，道路帮助你到你的目的地，到你的家，到你的田野，到你的将军府，到你的军营，但他不因此就认为它可以拥有你，就可以支配你，就可以控制你，你就应该唯它是从！在它那里，你永运是自由的！这就是人世间的奇迹！这就是道的奇观！难道不是吗？

"亲爱的将军，这就是道的精神！"

说完上面的话，土婴两手相交下垂于丹田处，微笑着注视将军。

"听上去很不错！这创造万物的原始力量，形态是自然，精神是自由，听上去很有趣！我的理解对吗？"将军谦虚地问。

土婴则微笑着点头，并行礼说，然也然也！

我的上蔡鼠啊，我的吉祥鼠，每当遇到难题，我的理智就会跟我的想象力一起自觉不自觉跑向你，跟你诉说，而我似乎在冥冥之中，就能听到你的声音，感到你的智慧的指点，从而调整自己的方向，跟在大海上的船只朝着苍天悬挂的星辰寻求方向一样。此时，虽然我没有告诉您李斯我身在何处，但机敏的你一定猜到了我在何处躲藏！我跟他们仅仅一帘之隔！他们的每一句话每一个表情都在我的眼皮底下，就跟水里的石子一样，虽不那么直接，有些摇曳，形态也略有变异，但它在你的眼里是透亮的，你清楚那些变异了形态的石子其原型是咋样的。

所以，当听到土婴的这句话时，我感到两人的谈话应该结束了。土婴已经开始把手伸向了我们的将军，他把守函谷关这一要塞。

我示意手下叫停了两人的谈话。将军从外面明亮的房屋来到里面，但有一线光亮从屋子的一角照在他的脸上。

"将军阁下，您看上去很高兴！"我说。

"哈哈，"将军兴奋地说，"那教士很有意思。函谷关这荒郊野外，乌鸦不过境，兔子不拉屎的地方，很少能碰到这样的文化人，今天也算是被文明的小风给吹拂了吹拂！"

"将军您可要小心了！轩辕教可是蛊惑人心的玩意儿，钓鱼的可别被鱼钓了去！今天他跟你说，道是一种原始的力量，明天他就会跟你说，道是一种原始的信念，他植根于你的身体，你的灵魂，你的内心，而他们，那些教士，轩辕教的人，其职责其使命，便是唤醒他们！"我半开玩笑半认真地对那将军说。

"哦，可是真如大人您所言？这么有毒性，我倒想试试我的抵抗力了！"

"这倒不是不可以。但是，我的将军大人，开弓没有回头箭，一旦上了贼船，恐怕你想要再洗白就没那么容易了，尽管您是我们大秦国函谷关的将军！"我哈哈笑着说。

"那就得交出手中的军令状，身披枷锁下大牢了！"将军也哈哈笑着说。

"玩笑归玩笑。您要知道，轩辕教的教义囊括了诸子百家，或者说，诸子百家无不是发端于轩辕黄帝！那黄帝佬儿是大树，诸子百家便是那树枝！所以，我理解将军的好奇心！如果不是公务在身，我李斯何不想尝尝毒蛇窝里的蜂蜜呢？"

我以狡黠的眼光看他一下，然后问："哎，你见过蜜蜂把窝搭在蛇巢里吗？"

"哦，这个嘛，实不相瞒，在下可是见过蛇将窝搭在蜜蜂巢跟前的事。这个算不算蜜蜂把窝搭在了蛇巢里呢？"将军如此揶揄地问我。

"谁能说那不是呢！"我毫不迟疑地回答。

我俩哈哈大笑。

"道可道，非常道！那你断定那教士就是奸细，替外国收集情报，将你函谷关的机密告密给韩国吗？"我拿起桌上的一颗苹果，咬一口。

"噢！我的大人，依在下看，他对那张图上的东西一无所知；来到这里之前，他都没有打开过。"将军双手捧起盆子里的水，一边往自己的脸上撩撩，一边对我说。

"那就是说，只要你指着那张图对他说，你看，这是我们要塞的门岗，这是我们的兵器仓库，这是我们的军营，如此等等，那么，他就无法反驳？！"我把嘴里的苹果吐出来说："这么酸，哪来的这么难吃的酸苹果，你不早说，我从咸阳给您带两筐来。把守函谷关的大将军，居然吃这样的酸果子！"

将军冷静地看我一眼，然后给我一个微笑说："是那么回事儿！但是……"

"但是什么?我的将军大人，在这里，难道不是您说了算?"我压低声调说，随手把苹果扔到门外。

"他在咸阳攻击秦王！他说秦王的所作所为违背了黄帝的教义！他在利用轩辕教试图颠覆秦国的政权！明白吗？但他是韩国人，一个知名的轩辕教教士，我们不能因为他说了几句刺耳的大不敬的话就治他的罪。虽然谁都知道，这些家伙拉大旗作虎皮，以轩辕黄帝的名义在各诸侯国说长论短，可谁也不能拿他怎么样，轩辕教在我们中国就是道统，就是一面不能碰的大旗，即使他们其实是一帮不知天高地厚不知敬畏的骗子！但这种情况不能再继续下去了，至少在我们秦国不能再容忍这样忤逆犯上的言行了！你明白吗？"说到这里，我以严肃甚至严厉的眼光审视那将军，那将军默然点头向我表示他对现实情况如我所愿地理解了。

我接着说："但他偷盗情报，他是奸细，我们就可以做了他，明白吗？"我以信任的、期待的目光看他。

"好吧，您是从朝廷来的，我这将军得听朝廷的。"他平静地事务性地说。

我把手放在他的肩膀上，眼睛微笑着看他说："朝廷会记住你的明智，还有将军大人的忠诚！"

土婴再次站在将军面前，两手交叉放在小腹部，粗麻布衣服上的汗渍和尘土将他的形象衬托地跟个村里邻居盖房子时你看到的木匠，嘴里含了绳子，正在用眼睛端详如何下线，以便把那木材取得笔直而又节省材料，为自己赢得名声，为房主节省材料。

"主教大人，本将军十分尊敬轩辕教，因为他们从不干不道义的事！可是，不幸地是，我却在你身上发现了不该发现的东西。您知道吗，您身上带的这张图，是我函谷关的军事设置图。"那将军边说边递给土婴一只苹果。

"将军，请想想，我为什么要那样做？其实，我并非韩国人，我是秦国人，我的父母家人都在秦国。我在韩国上无片瓦下无寸土，我为什么要那样？"土婴并没有接过将军手里的苹果，他摆摆手，轻声说，谢谢！

"是吗？可我得到的消息是，您是韩国人！而且，据我的线人报告，你要捎信给他的那个人，不是做牛羊生意的生意人，而是韩国的一个将军。"

　　将军掂量着手里的苹果，将它扔在桌上，然后转身背对着土婴，眼睛打量着那颗撞在了盘子上的苹果，等待着土婴的回答。

　　"将军，请您想想，我是轩辕教的教士，我教中恰好有人说他在韩国有亲人，而我恰好要去那里，他托我带一封信，我能够拒绝吗？我应该去调查那个人是不是奸细吗？"土婴以质问的语气说。

　　将军并不正面回答他，而是拿起那封信，用手指着其上的一处标记说："教士大人，您看，这是我函谷关的第一道关门，也就是第一道防线，这是士兵站岗的位置，这是旁边的值班营房；您再看，这是我的营房，我所有的士兵，包括我，都住在这里；这里是一条小道，通向地下栈道，我们伏击对手都是从这里通过。"

　　土婴的脸凝重起来，说："将军大人，我不知晓您这里的布放，我也不明白涂抹在这里的圈圈点点的意思，请听我说，我只是给人带个信！"

　　"信使！说的好！信使，我说的也正是这个！既然您承认了，我的询问也就结束了。信使大人，您可以回咸阳了。"将军如是说。

　　"将军大人，如果事情果真如您所说，是我被人利用了，而我并没有这样做的动机和必要，请明察！请您调查托我带信的人，请您让我离开，我有重要的事要到韩国。"土婴有些着急了。

　　"教士大人，一切都结束了，您和您的教会，都不能再给韩国的魏国的赵国的做牛羊生意的朋友通风报信了！我们已经捉住你们了！得换个新花样玩儿了！"将军说完示意卫兵将土婴带走了。

土婴被带走后我就来到了将军那里。

"两宗罪，我的将军，其一是向韩国人出卖军事机密，其二是蛊惑煽动我守关将士，这两条是不是够得上死罪啊！"我将随身佩戴的剑取下来，放在桌上，说："这还不够，应该有第三宗罪？是不是？"我对将军说。

"噢，那是您的事！我只管函谷关这里的事，其余的嘛，那是大人您的贵干了！"将军呵呵笑着说。

"这第三宗罪嘛，应该是谋反。您说是吗？利用轩辕教煽动谋反！"我哈哈笑着说。

将军并不看着我，从牙缝里呲出口水，同鸟拉屎一样，然后转过身用手搭在我的肩膀上，说："走，我的大人，我们去吃饭，看末将为李斯大人准备了啥好酒好肉！"

亲爱的小老鼠，我的偶像，有趣的事情一件接着一件地发生了，就像有人在冬天播下的种子，来年春天一个接一个地破土而出一样。就在土婴被从函谷关押往咸阳的途中，咸阳城发生了另一件令人发指的事。轩辕教一位终身不娶、不近女色的老光棍，把自己献给了至高无上的轩辕黄帝的教士，在咸阳后宫调戏宫女被抓了。

事情是这样的。那是一个薄雾缭绕的早晨，这位老教士一如既往地从他的家里出发，一如既往地从咸阳王宫高大的城墙外的马路上一如既往地迈着小碎步一如既往地奔他的目的地轩辕教堂而去。突然，他感觉自己把什么撞倒在地。他俯下身，看是一个青年女子，就顺手将她拖起来。那女子突然大叫一声，又扑倒在地。这位终身不娶的老教士贴近女子细看时，却被路过这里见义勇为的两个青年从肩膀上提溜起来。而宫廷的卫士，这时恰好从缭绕的薄雾中钻出来，将那女子和那教士一并带走。

咸阳轩辕教教会收到了官府的通知，那位终身不娶的教士，因为调戏宫女被拿下，人赃俱获，已经认罪，等待官府的审判。

亲爱的小老鼠，如果您觉得这件事不够有趣，那么，我可以告诉您另外一件。您还记得我头一次到轩辕教教堂时见到的一个流浪汉模样的信徒吗？如果您忘了，我可以告诉您，就是这个流浪汉模样的人，这个过河的卒子，推动我的步伐加快了不少。

话说这位伙计到一个村子里传教，晚上就睡在打谷场的麦垛里。半夜里，很不幸，麦垛着火了。而他被发现正在那里！轩辕教的人放火烧麦场，这可不是小罪名啊，何况今年的收成也不好！

亲爱的小老鼠，您体会过邪恶的乐趣吗？有人说这是狩猎的乐趣！很形象！但是，我却不这么看。在我看来，这就是学以致用！我们在荀子那里寒窗苦读，学习帝王术，关键在于活学活用。在王面前，帝王术是惟王是从，唯王是用；在下人面前，便是唯我是从，唯我是用！两者可活学活用，至于构思谋篇的技巧，则是可以互文见义的！总之，轩辕教企图颠覆政权的谋反罪名，道德败坏假道德假清高假仁义伤风败俗的罪名，以及破坏民生的罪名，就这样被准确无误地戴在了头上。

流浪汉被处死了，被愤怒的村民用石头打死了；终身不娶的教士被处死了，推至市场，被情绪激动的良家妇女良家男人打死了；土婴被处死了，信奉轩辕教和不信奉轩辕教的人，官人和百姓，都目睹了他被处死的悲惨一幕！

土婴一直没有承认自己的罪行，终身不娶的教士一直没有承认自己的罪行，流浪汉一直没有承认自己的罪行！但是，这有什么关系呢，夜里，当死亡之灯照耀着他们，上帝的星星掠过了我的苍空，也掠过了他们的苍空！上帝说什么就是什么，而我就是他们的上帝！

这不是邪恶的乐趣，这是生存的乐趣，斗争的乐趣，胜利的乐趣！一切都是假的，只有胜利是真的，成功是实的！为了取胜，为了成功，为了讨王欢喜，为了成为人上人，什么都可以做！

但我给了土婴一个明白，一个死的明白！送他上西天见他的轩辕黄帝前的晚上，外面的冷风嗖嗖的，我裹上一件长而又宽大的外衣，把头也包裹在其中。我在监狱长的房间里会见了我的老朋友土婴。不说假话，如果不是生在这样一个世道，也许我俩可以交朋友。从第一次见到他，我就有过这样的想法。

"明天您要上路了，先生，我来送您一程！"我将怀中的酒拿出来，放在桌上。

"您看，这月光很亮，我们不用点灯，不会喝到鼻孔里去的。"我开玩笑说。

也许你会说，我亲爱的小老鼠，听我说的话似乎明天不是他去死，不过是远航，去到一个遥远的地方，那里也是我的故乡一样。是的，我觉得十分的轻松，也不需要装出怜悯，我一切凭我的感觉来行事，因为，感觉告诉我，这个社会的逻辑就是，我是官人，具有生杀大权的官人，而他，将是我的刀下鬼。在这样的鬼面前，我不必要装灯，我就是我自己，我只需要尊重我自己的感觉就好。至于他的感受，如果他是聪明人，也就应该知道，我这样的状态意味着我并不仇恨他。

是的，我并不仇恨他！如果他迷途知返，放弃轩辕教，我可以保他不死，并且可以在宫中谋得一个与他的才智和品行相配的差事。只要他在已经草拟好的文告上写上他的名字，告诉他的教友抛弃他们的轩辕教，就像他们曾经一门心思信奉那个黄帝佬儿一样，把他们的金钱、信仰、生命等等这些曾经给黄帝的东西，毫不保留地奉献给王，奉献给天下的主人，奉献给现世的主人，奉献给嬴政！嬴政，只有嬴政，才是世界的主人，不管是天上的神，或是地上的人，在他的面前，都得让路，都得尊他为王，奉他为主！他是一切的统治者，他统治一切！不是嬴政需要天上的神，而是天上的神需要嬴政！不是嬴政需要神的保佑，而是神需要嬴政的保佑！

土婴拒绝了我的酒，拒绝了我的提议，拒绝了一个服务于王，替王办事，可以在王面前替他赎罪的人的一番好意！他用他平静地在我听上去那么虚伪的语气说话，我都几乎要忍不住大吼一声，脱去你的伪装，你的内心，就跟飓风携带着巨浪摔打岩石那样的不平静！你不过是用这种装出来的平静来反衬我，想要以此来刺痛我，将我的自尊戳穿，把我暴露在我的虚弱面前，暴露在你的高傲面前！

这着实令我十分气恼！

"难道你就不想知道跟你说话，站在你面前的这人是谁吗？"我尽管这时对这谢了顶却还不足五十岁的教士十分的厌烦了，但我却突发奇想采用了他的语气，十分平静，就像我投在地上的影子一样安静地这样发问。

"道哉道哉！"教士平静的语气中我明显听出了痛苦的音调，同孔子编纂的诗经中伤而不痛的那些民谣给人的感觉一样，又似乎进入了芦苇荡被划伤，但看到眼前如此美丽的风光，感觉那伤痛不是坚硬的刺痛的，而是跟那里的流水一样柔软的。

"道哉道哉！道生万物！万物之身，强壮的，脆弱的，美好的，丑陋的，无不承载着道！万物载道，如道载万物！大人如此，我如此！善恶相交，就如阴阳相容！对立即互补！阴阳互根，善恶谁又能说不是如此！天下皆知善之为善，斯不善已！知道吗？这是道尊老子的名言。明白吗？你用你的邪恶讲述恶道，讲述善道受到的伤害，如同我用我的善良讲述善道，讲述恶道受到的抑制！我们两人展示了善恶的较量，即向我祖轩辕，也向天下世人。所以，在我的眼里，你我在庞大的道场中，共同完成着道运作万事万物的事业！你也是我的事业的一部分，我的事业的推动者。人们从你的恶道认识到如何才能走上正道和善道！所以，我不会完全地鄙视你，相反，我从道的立场出发，同情你，怜悯你，甚至肯定你！"那土婴就像天女散花一样把他的那些无聊的说辞施舍给我。

我嗤笑一声，右手不自觉地伸到我的头巾上。按照来前的想法，我是要给他看看我是谁的。所以，本能在这个时候想要完成这个预先设定的动作。但是，我的自尊心不容许我这样做了。这土婴的意思他已经知道我是谁了，也知道我的意思了。

"谢谢！您这些不着边际的话可以继续讲一些给我听，免得它们在阴间憋死你！"我讥笑他说。

"轩辕我祖，我祖黄宗，道哉道哉！通向死亡的路也是道的一部分，而且是十分重要的一部分，就像生的路一样重要。道即生死！说到底，道所关心的主要是生和死！如何生，以及如何死！"土婴说。

这些大而无当的废话在我听来实在令人厌烦。假如在我的周围，有这样的人，比如同事，说出这样的话来，我一定将他打入冷宫。都是傻怂！但眼前这个人，我还不能这样。

我嗤笑着说，"这个我知道一些，我的教士大人，从娘胎里出来就叫生，到阎王爷那里就叫死！这个我知道一些，难道你们的轩辕黄帝，他那里不是这样吗？"

"我祖黄宗，道哉道哉！官人，轩辕黄帝，即是我们和我的轩辕黄帝，也是你们和你的轩辕黄帝！他是我们的老祖宗，我们今天所有的遵行的哲学、宗教、道德、律法典章都从他那里来！他是根源！"

"够了！你这顽固不化的可憎的糟老头子！轩辕黄帝是不是我们共同的始祖，这已经无济于事了。"我将酒洒在地上，笑笑说，"这地上的虫子也想尝尝醉酒的滋味，好二十年后投生时做个酒保！告诉我，教士大人，你这高傲而冥顽不灵的家伙，来生你想做个宦官吗？被人割了鸡巴，行尸走肉一般缠绵在宫女身边！"

土婴冷笑一声，说，"来生？我们轩辕教不讲来生，但我们讲生命形式的转化！知道什么是转化吗？"

我突然冷静下来，说，"好啊，你讲讲吧，啥子是个生命形式的转化？"

"比如，从恶转为善！从无道转化为有道！"土婴说。

我哈哈大笑，说，"比如，从善转化为恶！"

"还有，比如，从助纣为虐转化为不得好死或者死无葬身之地！"土婴紧随一句。

我们俩突然都僵持在那里，如同两只斗鸡，以仇恨的目光注视着对方。

然后，他在黑暗中开始祷告："我祖黄宗啊，我的主，请降临到这片被暴政和奴役糟践的土地，请来到被奴役的我们的庭院，请来到看不到希望的我们的田野，拯救我们脱离这苦海，拯救我们脱离暴君的刀，拯救我们脱离这暴政的剑，把我们从眼前的被奴役的状态中解救出来，使我们脱离没有尊严的生活状态！我祖黄宗啊，请给我们希望，用你无可比拟的道的力量，唤醒我们心中的力量，那个原始的力量，那个原始的信念，让你的道像光一样驾临这尘世，让我们得到自由和拯救！"

这是土婴此生所讲的最后一句话，也是最后的一次祷告！可是，除了我，我相信，没人听得见，即使他那个轩辕黄帝也没听到，我敢肯定，因为，第二天，他被推出城门斩首示众时，我没看到天空跟往常有什么不同！而我，不相信，那个轩辕黄帝，会对数百个主教被杀，数千信众被砍头，数万信众背井离乡，数不清的轩辕庙被毁这样的事竟然会无动于衷，如果他真的存在，不管是在天上，昆仑山上，或是人间的某个神庙里！可他连个屁都没放！这些妖言惑众的神神鬼鬼的东西，不把你们像砍门前那棵老榆树一样连根拔起，怎能凸显我大秦王朝的威力！

是的，土婴和他的所谓的我祖黄宗的轩辕教，就这样被从祭坛上一脚踹下来，破碎得像一只泥碗，连一口水也盛不了了！

土婴的尸体被抛弃在荒郊野外，朝廷有令，谁若为土婴收尸，视为同犯，处以同罪。几天后，几只野狼路过那里，他们享用了那轩辕教教士，将他的灵魂一并吃进了肚子里。

几天后，我驱马镐京，经过土婴被抛尸的山谷。几只乌鸦在那里啄食土婴被泥土弄得脏兮兮的尸骨，一男一女两个耄耋之年的老人，一瘸一拐地赶来驱赶乌鸦，然后一根一根地收集土婴的尸骨。

我问随从副官，这是什么人？怎敢违抗我大秦法令，为死刑犯收尸？

大人，我看那只是几根骨头，可能是被野狼吃剩的不知道啥动物的骨头吧？！那副官迟疑地回答。

把那俩老东西给我抓起来，就地处死！我命令随从卫士。

随从卫士毫不迟疑地遵守了我的命令。俩老家伙被一斧一刀送到了他祖黄宗那里。

那随行的副官，我则打发他回咸阳为我处理另一件事。

当我回到咸阳后，即启禀秦王，将他贬官为民，沦为黔首。

我驱马镐京。我的目的地是西周王室的博物馆和图书馆。我骑在马上，随从将公文交给博物馆和图书馆的小官吏。他们恭敬地迎候我。他们将馆门打开，一股腐朽的气息从里面飘出来。我背过身来，看见广场上的一座雕像，一只不知名的鸟儿正蹲在雕像的头上啄自己的脚丫子，不禁好笑起来。那图书馆的小官吏望望天空说，今天的天气真好，一大早，我就觉得今天一定是个好天气！

我又扑哧一笑说，好天气！

那人赶紧说，好天气，好天气！官人，请里面走！

我再看一眼那停在雕像上的鸟儿问，"那是谁的雕像？"

"老子的，是老子的雕像。他曾在我们这里为周王管理图书，他骑牛仙去之后，周王下令为他树立了这座雕像！"那馆长说。

"把它给我拆了！"我说话的声音很轻，但我的意思却是清楚无疑的！

那馆长慌张地望着我，然后，扬起他的长袖吽吽地冲着那雕像头上的鸟叫喊。我扑哧笑出声来。

我对随从做一个手势，那馆长又慌慌张张地望我，一副不得其解的令人又气又好笑的模样！

"把那雕像给我拆了！听见没有？"我骑在马上说。

那馆长吃惊地张大了口看我，似乎他听到了从远处滚滚而来的雷声！

"把那雕像给我拆了！还有那个什么孔子、孟子、庄子的，统统给我拆了！"我骑在马上对那似乎听见了天边滚雷声的馆吏说。

我从马上一跃而下，并不等那僵在原地的馆吏，用马鞭击打着自己的手掌，进入馆中。我两脚一叉，两手放在小腹部，凝视着馆中的藏物。

这里都收藏些什么呀？我的声音细长细长，跟我平时的声调完全两样，我想是我内心的某个声音在借用我的嗓子在说话，因为我李斯的说话是抑扬顿挫流畅清晰而有文采的。但这种细长的声音显然透露出的是一种戏谑，一种大象将自己的脚掌踩在蚂蚁身上的戏谑！

"是我大周朝八百年的历史！各种各样的典籍，史册，青铜器，以及各种艺术品！"那馆吏突然胆子大了，似乎这里黑黢黢的空间提供了他某种能量似的。但这种声调我却不怎么喜欢。

"好吧，把那周赫王八年到五十九年的历史记录拿给我看！"我轻声细语地说，这时候我明白了，我为什么不能像我平时那样说话，而应该用这种轻声细语跟他交谈了。我们两人难道不应该形成鲜明的对比吗？这种对比越是鲜明，我的内心就越是喜悦，越是平静，越是拥有力量感！

"那象征天下权力归属的九鼎呢？"我明知故问。

那馆吏扫我一眼，眼神中一丝得意和窃喜也是流星一般沉入心中，但激动的神态却是从他突然喘息一样的声调里听得出来。他指着前方那块空地说，那是存放九鼎的地方。他向那空地行大大的鞠躬，似乎那里长眠着他的祖宗。

"嗯，可这里却连一个鬼影子都没有！"我轻声细语道。

"官人，天下已经没有九鼎的身影了！九鼎已经去了昆仑山，到了黄帝那里！这天下没有人的德行能够继承九鼎所代表的一切了！"

我不再说话！我凝神注视那空地，注视那象征天下权力归属的九鼎曾经落脚的地方，注视着周王朝为彪炳自己的光辉业绩建造的这辉煌的藏馆，我自然而然地想起了我那灵性十足的上蔡鼠！它似乎灵性十足地蹲在那里，对着我心满意足地用爪子梳理早餐时留在胡须上的饭粒！我冲他微微一笑，我心里暗暗说，会有的，一切都会有的，九鼎会有的，天下会有的，一切权利属于秦王！你明白的！

馆吏按照我的吩咐，将周赧王年间的史册摆在我的眼前。

"史官先生，"我轻声细气地对他说，"下官是一个外行，但我想，历史是我们给后人的一个交代！这个交代必须是实事求是的，真实的，客观的，正确的，没有被篡改的，真实准确和全面地反映了历史事实的，您认为我的说法有错误吗？"

馆吏一本正经地说，"那是，官人的想法没错，历史，既要对今人负责，也要对后人负责。后人从前人的历史中学习前人，评价前人，汲取好的，摒弃坏的。历史如果假了，天下就乱套了，一切价值观都就乱套了。"

我将手中的马鞭轻轻地击我的左手掌，声音不大但却语气肯定地说："但是，现在各诸侯国却肆意篡改历史，歪曲历史，误导世人，误导后人，罪大恶极，若不惩罚，便是我们对不起前人，亦对不起后人了！"

那馆吏冷冷地瞅我一眼，并不说话，只是鼻子里哼出一个小到听不见的哼来。

"不知我们的周史如何呢？"我问。

"官人，依我之见，周朝的历史是经得住拷问的，是真实的，客观的，全面的，不避讳的。即使对周王室寿终正寝，它的记述也是客观的，不加粉饰的，表现了我们对于历史的忠实。"

"噢，是这样吗？"我挺直腰背，将那史册拿来观看。

馆吏将周本纪的后面几节竹简指给我看。

"只有短短几百字！"我边看边说。

"官人，文字虽少，但事实是清楚的，一目了然的。"馆吏迟疑一下，对我这么说。

"你看，它说，这里记载说，周赧王五十九年，秦欲攻取韩国的阳城等地，诸侯国恐惧，遂与天子之国的西周相约合纵抗秦，让秦军无法攻取阳城。秦昭王愤怒，遂发兵攻打西周，虏西周君至秦，叩头接受罪罚，献出土地三十六邑，人口三万。"

馆吏停下来，一副十分欣赏的姿态说，"李斯大人，是不是很客观啊？"

我不表态，只是说，继续！

"当年周赧王去世，秦王发兵东周，攻取洛邑，欲取九鼎，却不得。后七年，秦庄襄王灭亡了东、西周。东、西周的土地都并入秦国，周朝的国运已尽，无人主持祭祀了。"

馆吏读完了。

"无人主持祭祀了？"我的声音也许有点嘲讽，但也不失体面。

"无人主持祭祀了！"馆吏唏嘘一下说。

"我尊敬的博士先生，请听我说，这是被篡改的历史，不真实不客观的历史！"我突然提高了声调说。

那馆吏听我叫他博士，有些不大受用地看我看那竹简，心中盘算着说辞，但却并不表露出来的诡秘样子。

我笑一笑对他耐心地说，"你看，尤其是这里，关于九鼎的说法不但不符合事实，而且，十分荒诞！你看这里，咋说的呢，说，秦军攻取洛邑，欲取九鼎宝器。可是，当秦军来到珍藏九鼎宝器的府库，准备打开大门，天空突然雷声大作，一道闪电从天空下来，将秦军将士全部击杀，不留一个，却没有伤害一个百姓。随即，暴雨如注，那声音听起来就跟千军万马急行军一样，进入了收藏九鼎宝器的大殿。然后，那象征天下权力的九鼎，被那千军万马急行军的整齐而铿锵的声音从大殿里抬出来，在大殿上方绕行九圈，然后，扶摇直上，消失在天空！民间传言，秦不配拥有天下，秦王不配享有九鼎至尊，所以，轩辕黄帝派天兵天将将九鼎收归天国去了！"

那馆吏笑笑说，"官人大惊小怪了，这是传说，我们修史，民间各种故事传说也是历史的一个部分。再说了，那九鼎现在不知所踪，民间有这样的传说，修史的人为了给历史和后人一个交代，把它写进去，这是自然而然的做法，也为历代史家所沿用。"

我冷冷盯着他看，并不说话，示意随从从行囊里拿出几节竹简，然后，一字一句对那馆吏说："所以，我说了嘛，历史充满了谬误。现在，我们要把那颠倒了的重新颠倒过来！我们要重写历史，真实的历史，对后人负责任的历史！"

我将竹简打开摊开在一张石桌上，然后，不紧不慢地说，博士先生，您看，真实的历史是这样的。

那馆吏也冷冷看我一眼，然后，认真地看那竹简。

竹简是这样写的：

周赧王五十九年，韩魏赵联军攻打西周，欲置西周于死地。秦军应西周君之请，派精锐之师攻打韩国阳城，迫使韩魏赵联军放弃攻打西周。西周君感激秦王，亲赴咸阳叩头感恩，献出土地三十六邑，人口三万。

看完这竹简，那馆吏两手伏案，头下垂，肩膀和手臂十分用力地撑那石头桌的两端，似乎要把它掰碎一样。他脸色铁青，那眼睛中似乎有箭要射出来！我的上蔡鼠兄弟啊，不是我亲眼所见，我压根儿就不会相信一个人会为了几段跟自己毫无相干的文字记载而愤怒到如此的程度，好像你跟他有杀父之仇夺妻之恨似的！

但是，我的兄弟，这对我而言，就如同顽童撕碎蚂蚱的胳膊腿儿一样。我十分欣赏眼前的一幕！

我示意身边的随从，将另一节竹简，给那像打愣了的公鸡一样的馆吏看。

那段竹简是这样写的：

此后，韩赵魏数次攻打西周、东周，秦庄襄王遂数次应西周君、周赧王之请，发兵救援。周赧王去世前，认为秦一统天下将是大势所趋，遂将九鼎宝器献于秦庄襄王；西周、东周相继自愿归属秦国，称自己为秦人；东、西周的土地都并入秦国，周朝的国运已尽，再无人主持祭祀了，并入秦由秦代为祭祀了！

"我祖轩辕啊，我祖黄宗！"

那馆吏突然发出这样的感叹，声音又高又尖，声音撞击墙壁，发出回音，好像是深刻的绝望赐教他的内心，使他不发出那样的惊叹就无法平息内心感受到的撞击。

我示意随从将原先的竹简从线绳上割下来，然后，我从腰间抽出短剑，微笑着，将周史编年史中的那两节竹简劈为碎片，扔在地上，用力踩踏，并送给它一口唾沫。我将这些动作做得细致而缓慢，以使那馆吏好好观赏，并认真思考，明白我的旨意！

"嗯，明白吗？把颠倒了的重新颠倒过来！还历史以本来面目！"

我冷笑着对馆吏说。

"我给你三月时间，将周史中所有这样与历史事实严重不符的东西全部改正过来！嗯，怎么样？听明白了？博士大人！"

那馆吏并不说话，愤怒得像一只风箱呼哧呼哧直喘气！

"别那样，我的博士大人，气大伤身！你我都是明智的人，饱读圣贤书而又历经世事沧桑，应该明白一个颠扑不破的真理，无论你做什么说什么，都要记住，它对你来说是有利或是不利，这是我们行为的一切准则！因为我们是人，而人性的根本是利己！你的轩辕黄帝不也是如此说的，要顺应自然嘛！这难道不是顺应人性的自然吗？我的博士大人！”

我希望他从绝望中看到希望，从而与我合作，完成还历史以本来面目的工作。他冷漠的沉默使我相信，它正在将他的脚步移动向我所希望的方向，或者说，移动向一个普通人通常会选择的路径上来。

“相信我，我不会使你失望的。你是聪明人，我也是。我给你三百两黄金，五百两银子，以及你所需要的所有人手，以供你使唤，你只要给我将这件事完成就大功告成。以后，在朝廷，我李斯自然不会忘记你为我们大秦的所作所为，替你在大王面前献上美好的言辞！嗯？”

绝望的哀伤再次出现在他的脸上，他使劲抽搐几下他的鼻子，然后，视线落到那原先存放九鼎的圆形的大理石上，空洞地朝我望望。

我打量他一眼，露出微笑，说：“我们都是聪明人，我们始终关注的是眼下，是当前，是以后，是未来。好吧，我这里有几个原则，请你参考。

“第一，本着对历史负责，对未来负责的原则，客观实际地重修历史，还历史以本来面目；所有的历史记录，凡涉及秦国历史的，无论军事、政治、经济、社会、文化等任何方面，均以秦史记录为准；与秦史记录不一致的，一概视为谬误，一律删除之。

“第二，修正以周王室的视野为根据的历史观，树之以秦王观念为准绳的历史观；所有史实必须是秦官方记录的，所谓民间的记录传说，均不能进入历史记录；作为历史记录的一部分，这些虚言妄议，必须在我大秦的正史中消失；

"第三，所有的历史记录，必须以赞颂我大秦的丰功伟绩为主题，必须以赞颂秦王的伟大为纲要，必须以天下归顺大秦为统领；秦是天帝选定的天下的合法拥有者，天下必归顺秦王，秦王是天子！历史必须拥戴天子！历史必须以天子为最高瞻望！

"第四，天下只有在我大秦的刀剑下才能走向统一，我大秦为天下太平而战，我大秦进行的战争是正义的战争，而列国发动的战争则是扰乱天下秩序，致使生灵涂炭，我大秦只有用刀剑才能使列国走出战乱，归顺在秦的一统旗帜下，重建伟大的华夏！

"第五，大秦是轩辕黄帝的正宗继承者，大秦便是正统，便是道统！九鼎的正当继承者，大秦也！

"第六，一切唯我大秦马首是瞻！大秦即最后的真理！大秦乃所有问题的答案！"

那馆吏听了我无所不包的秦六条，痛苦地倚靠在身边的一根柱子上，似乎是对我，似乎是对自己，又似乎是对着看不见的某人，嘴里喃喃自语："大秦便是正统，大秦便是道统！"

"大秦便是正统，大秦便是道统！明白吗？"我轻蔑地对他说。

"天哪，我祖黄宗！大秦是正统，是道统！"那馆吏似哭似笑地说。

我明白他此刻的心情。我曾经也经历过这样的心情。我在上蔡做郡小吏时多次经历过这样的心情。

“尊敬的博士，我有一个问题想要请教您，您知道那九鼎上有铭文吗？”我语气十分温和地问他。

那馆吏哭丧着脸打量我很久，当然，他看到的是一张笑脸，一张胜利者的笑脸。

“我可以告诉你，那上面是有铭文的……”

“很好！那请您告诉我，那铭文刻的是什么呢？”

“李斯大人，我可以告诉你，不过，您听了会失望的。我觉得不告诉您为好！”

“六十岁的谷穗子是成熟的谷穗子！没关系的，您但说无妨！”

“知道吗，那铭文刻的是黄帝四经！”

“嗯，是这样吗？博士大人，我看到的可不是这样。”

“噢，那没有错，因为你看到的是假的！秦国宫殿里的那是假的，明白吗？秦为了证明自己乃正统，没有拿到真的，就造了假的。但他们不知道真正的九鼎什么模样，所以，当然便没有了黄帝四经！因为，他们不明白真正的传承是什么！”

我抓起手边的一颗葡萄丢进嘴里，说，“六十岁的谷穗子是成熟的谷穗子。但我看，您这谷穗子被秋天的霖雨给霖发霉了！昏头涨脑的家伙，我问你，那真正的传承是个啥子哦？”

“尊敬的李斯大人，请让我告诉你，那不关乎土地，不关乎宫殿，而关乎思想，关乎精神，关乎教义！”

我转身离开大殿，将那馆吏留在原处去咀嚼和品味自己的名言警句，这些可怜的穷酸文人，把自己抬举为士人，他们都有一个共同的嗜好，欣赏从自己肛门里挤出的臭屁！

当天晚上，风吹得窗外的树梢撞上墙壁，发出唰唰的响声，一阵敲门声将我从梦中惊醒。我打开门，几个卫兵将那馆吏推进来，扔在我的脚前。

"博士大人，请告诉我怎么回事，他们凭什么大半夜抓你？"我明知故问。

那馆吏被扔在地上时磕破了嘴皮，血水和着土从嘴上流下，他搽一下嘴上的血水和泥水，然后冰冷的目光看一眼我说："实话告诉你吧，我宁死也不做亏先人的事，也不会因为你的那点碎金碎银做亏良心的事。告诉你，我不做历史的罪人！"

"真是无稽之谈，你这愚不可及的傻瓜！"我从牙缝里挤出这几个字来。

"你这鼠辈！你这鸡鸣狗盗之徒，蝇营狗苟之辈！我是个士人，读书人，你想让我做历史的罪人，我告诉你，那是痴心妄想！"那馆吏站起身来，鄙视的目光冷冷地钉在我身上！

这狗日的，站到了鄙视链的上端！但我并不生气，相反，这话我听上去很受用，很舒服！我之所以今天能够站在你的对面，审讯你，正是因为鼠辈的启示！而你却不懂得我在鼠辈身上获得的启示。应该被鄙视的恰恰是你这榆木脑袋，被霖雨浇发霉了的谷穗子！

馆吏被打入大牢，罪名是篡改历史诬蔑我大秦，私藏四经妖言惑众，勾结轩辕教密谋造反。数日后，被狱中囚犯用乱棍打死。

我从咸阳抽调博士数人，组成写作班子，彻底贯彻六条，用数月时光，将被别有用心的人搞得乱七八糟面目狰狞的历史重新梳理一通，就像扶正油灯中的灯芯，使它的光得以放大，照亮整个屋子，以方便人们的行动。是的，我的上蔡鼠，我的亲爱的伙计，启蒙大师，我留给了世人清晰明了的大秦历史，以及华夏民族的历史，三皇五帝以及夏商周的历史，尤其是它们是怎样顺理成章地传承到了大秦的手里，以及主导这一切的背后的真理，那艘可以使我们穿越黄河的船，那根独一无二的木头--道！

亲爱的上蔡鼠，我的小木偶！搞定了轩辕教、历史以及九鼎的事，等于是清扫了战场，收拾好了舞台，接下来，要演戏了。这戏，即是灭掉六国，一统天下了。

我的小老鼠，亲爱的小伙伴，伟大的导师，令我欣喜若狂的是这样一种情形：除我大秦之外，这天下，尚无一人，我是说尚无一个国家，尚无一个君王，也怀有独霸天下的雄心壮志，就是说，除我大秦之外，其他的王侯将相，依然幻想一个若有若无的周天子，一群自由自在、自生自灭的诸侯国这样的天下格局。

我的小老鼠，亲爱的小伙伴，伟大的导师，也就是说，除了我大秦之外，所谓的春秋五霸战国七雄，其实都是些小富即安，守住自己的二亩三分地便心满意足的小地主小富农！他们根本没有统天下于一人，帅王侯于一朝的宏图大略。只要不火烧自己的眉毛，或自己的小伙伴被人踹屁股，他们是不会真刀真枪地跟你干的。所谓分封诸侯，这招在夏商周用了数千年的昏招，已经彻底让这些人的雄心壮志昏昏欲睡了！

诸侯国之间发生的战争，与其说是争霸天下，不如说是邻里之间为围墙东挪了七尺西迁了八丈而起的打斗，只是为了将自己的地盘扩大一些，人口众多增加一些，并不是想着要吃掉谁灭掉谁，要成为天下的主人！是的，我的亲爱的小老鼠，哲学大师，他们没有这个头脑，没有这份雄心，没有这份大志！他们就是你在大庭广众中司空见惯的那种臭手！成为天下的主人这等事在他们的眼里要流血要死人既辛苦又累人又不好玩，不如酒足饭饱屁股后面有奴仆怀里有女人来得更加惬意，更加合乎他们的脾性！即使喝高了不知天高地哼哼几句，那也只是给自己和同伙壮壮胆，就像有人走夜路吹口哨一个路数！

亲爱的小老鼠，你知道，我们的历史可是不能这么写的。

尽管，历史的实际发生的情况很清楚，即，如果，他们都像我大秦一样具有兼并天下的雄心，为何多是我大秦将仗打到他家门口，用剑指着他们的鼻子，指责他们背信弃义，撕毁盟约就像揪下一片树叶而不是相反呢？我告诉你，你可不要对别人说啊。事实就像秃子头上的虱子，所谓战争，就是，我大秦要东进，不愿意故步自封，不愿意偏居一隅，不愿意出不了海，不愿意只拥有这一片贫瘠的土地，所以，我大秦要战斗，谁手里有这些，我们就要从他手里拿来这些；所以，我们的铁蹄要东进，所以，凡是阻碍我大秦东进的，便要留下买路钱，便要交出他们的土地，金子银子，宫殿王冠，以及我们想要的一切！战争是我大秦的一面旗帜，两面写着不同的文字。一面是我要用战争制止战争，另一面是我要用战争夺取天下！

这就是我大秦！

为了实现我们的目标，有战争，我们就利用它，没战争，我们就发动它！战国战国，没有战，哪来的国?!

这就是真理！这就是道！

亲爱的小老鼠，你一定明白得很！

我们的第一个目标是韩，是东进中原的栈道，桥梁，云梯！拿下韩，我们的骑兵只需要用他的马鞭抽打嘶鸣的战马，就可以让中原的诸侯们发抖了！

当然，清除路障、构思谋篇的最考验智力的工作依然首先是由我来做。我亲爱的小老鼠，我们秦之所以强，就在于，诸侯们用刀剑开路，而我们，则是用智慧开道！在智慧的一番运作之后，我们的刀剑才从背后拔出来，给敌人以致命一击！

韩国有个叫腾的将军--我相信他会青史留名，驻守韩国要塞南阳，即秦国通向中原大地的交通要道，是一个非拔掉不可的钉子。此人个性刚直，能打善战，韩国之所以能够以那样微小的体量在中原立足并成为七雄之一，可以说就在于他的胳膊足够粗足够壮！如何拔掉这个钉子呢?!我派出多路探子到韩国打探他的情况，比如，他跟韩王的关系，他跟朝臣的关系，他的家庭，他的死党，尤其是他的致命弱点，以便找到下手的穴位！

由于此事重大，我随后也到了韩国，下榻在南阳的一家高级客栈，号称上蔡郎，做珠宝生意的商人。

滕将军当然是这个地方的神啦！没有人在他之上！但听

探子报告，他却十分低调，很少招摇过市，基本不跟商人来往，见不到他在南阳的哪个客栈酒店吃喝玩乐，平时都是在军营里，跟官兵们的关系处得很好，跟地方老百姓的关系处得也很好。

到达南阳的当天，我在街头散步。远处的夕阳吸引着我，让我自觉不自觉地循着它的余晖走去，尤其是那托起晚霞的袅袅炊烟，诱使我朝它升起的地方去看个究竟！

原来那是一片军营，军营周围是一片生活区，军人和百姓混合住在这里，混乱和谐身处一方。更微妙地是，在夕阳随炊烟来到空气中的还有戏班子的声音。我循声找去，来到一片军营营房和居民茅草屋比肩而立的房屋中间，在一块大空地上，有人正在戏台上唱戏，一大群军人和各色社会人在那里张大嘴看戏。

在那个收拾得整齐而干净的舞台上，一群军人正在表演，在吹拉弹唱！我听了听，那弹拨的乐器、吹奏的乐器，是琴是瑟，是鼓是锣，是唢呐是笛子，还有木橛子敲打木凳子的声音，都是十分欢快热闹，同时传达出一种爽朗和刚烈的气质。中间坐着的主唱，年纪稍大些，边弹琴边歌唱，每一句的结尾，则是大家一起合唱，十分起劲，可谓酣畅淋漓。我想起来了，我在黄河、渭河、洛河三河交界处的一处军营里曾经看到过类似的表演，当地人称之为老腔的是也，其唱腔的特点是，第一句就跟空中的闪电和炸雷似的，十分酣畅，十分刚烈，十分荡气回肠，十分释放，十分合乎这些出生入死的人唱。

尤其是一个拿木头敲木凳的人从后台蹦到前台，用木橛子猛力砸他的木凳，伴随着一阵风和土，台上台下的人无不欢欣鼓舞，开怀欢畅！

节目的最后，是一个击筑者的表演，当然主角是唱歌的人。筑，这个乐器，在我们楚国是十分流行的，我也是一个在上蔡郡有名气的筑手，曾经在楚国宫殿里为楚王击筑！我是那么上心地准备那次演奏，可是，当我情绪激昂地击筑，我的全身心随着筑声跌宕起伏时，突然看见楚王在王座上打个长长的呵欠。要知道我为什么离开楚国而来到秦国这个人生地不熟，跟楚国是死对头的国家吗？就是楚王的那个呵欠！

筑声逐渐激烈昂扬。那歌手的歌声也逐渐慷慨激昂起来。

江汉汤汤，武夫洸洸；经营四方，告成于王……

我听出来了，这是诗三百中的《江汉》，说的是周王令召虎率兵平定淮夷的故事。那唱歌的人显然演的是诗剧中的召虎！只见他器宇轩昂，开怀大唱，声音豪迈，而台上台下的戏中人和观众都随他的歌唱而齐声呐喊，阵势十分酣畅。

我啧啧称奇，然后说唱得真好！太给力了！看到身边有人注意到我的称赞，我便保持着我的惊讶，问他说，唱得这样好的人是谁啊？

身边那人是一个秃顶的胖子，油光锃亮的脸，圆圆的大眼睛，不是商人便是地主，对我神秘地说，你不知道啊？是滕将军！

滕将军！我惊讶地脱口而出！那人用胖手指着我讥讽地说，不知道吧？是他，是滕将军本人！

哦！真了不起！我举起大拇指说。那人一把抓住我的手说，精彩的还在后面呢！然后示意我不要再说话，俨然我是个外行，不懂得这里的规矩。

将军唱完歌，随着一片欢呼和掌声谢幕了。报幕的说，刚才为大家演奏和歌唱的是鼎鼎大名的高渐离和荆轲！

我知道这天下击筑的高手，最鼎鼎大名的是高渐离，而最鼎鼎大名的歌手则是一个叫荆轲的人。当然了，都未曾谋面，只是听说而已。难道真是二人？我疑惑地问那胖子，难道不是将军，真是燕国来的高渐离荆轲吗？

那家伙又用一通讥讽的笑回答我：看看，我一看你就是个外行嘛！那是什么荆轲高渐离？！不刚跟你说了吗，是我们这里的将军，滕将军，南阳守！那报幕的忽悠你呢！哈哈哈，一看就是个呆子！

那将军唱完了。那歌喉真是没得说。那声音传达出的不是歌声，而是生命的体验，跟一般歌手唱出的声音是截然不同的两码事，两种感觉，两种体验，我敢说，就听者或是就歌者而言，都是如此！

令我感到意外的不光如此！唱歌是开场白，是属于我大周朝礼乐文化常见的风气而已，令人更觉大开眼界和躁动的是他接下来的活动。一场哲学研讨会，一场军事哲学辩论会！

当歌声以及他带来的骚动平息以后，那将军开始向台下的士兵，或者说，台下那些士兵和百姓混在的人群提出问题：孙子兵法中说，上兵伐什么？

台下的士兵一起高声喊，谋！

将军的提问涉及的不仅是军事方面的，还包括了老子孔子荀子韩非子等人的哲学。这些学派都是当时的显学，无论是士人、官人，或是普通百姓，对他们的思想观点均有耳熟能详之人。军营里依然！

一位士兵站起来说，"老子和孔子谁伟大？"

"他们都很伟大！但黄帝，我们的人文始祖，则更加伟大！"将军十分自信地回答！

这就是我看到的南阳守滕将军的军营，给我留下的不是深刻的印象，而是深刻的震撼！回客栈的黑暗的路上，我回味着将军的歌声和他与士兵们互动讨论哲学的情景，不禁为自己生活在这样一个伟大的时代而流下了眼泪！

是的，这是一个伟大的时代，一个人人追求真理，个个寻找真知，处处有舞台，无处不机遇的时代！社会的上层和下层都在思考，王的头脑和农夫的脑瓜子，他们都在思想这个问题，天下的道究竟在何处？是哪样？天下应该遵循什么样的道，走什么样的路，打什么样的旗！这是一个思想大爆炸的时代！

是的，我是不同意孔夫子所谓这是一个礼崩乐坏的时代的看法的！我的眼前飘忽着他老人家眼泪鼻涕掉在胡子茬上的情景。我开始琢磨，他为什么会有如此的认知和体验？难道仅仅因为他曾经的贵族身份，而现在随风飘逝了？！

礼没有崩，乐没有坏！相反，社会走向开放，时代将无限的可能性延展在我们的脚下，自由来到了我们的眼前，平等走近我们的身边！否则，哪有我一个小小的上蔡郡的小吏在秦国的政治舞台上一展才能，在国际舞台上推动天下变局的事情发生！也哪有这南阳守同士兵们的哲学研讨会！这种在我求学时代还局限在学堂里名师前的学术讨论，居然也出现在堂庙之下的民间军营的戏台上！

天啊，我祖轩辕！不知不觉中我在星光中也从牙齿缝里露出这句话！我在去到荀子那里之前，就已经解决了这一认识问题：不是孔夫子，甚至不是老子，而是轩辕黄帝，他的思想才是开创性的，才是源泉，是根本，才更适合天下！那土婴所说的原始的力量，是来源于轩辕我祖的！但我最后之所以拜荀子为师，学习帝王术，自然是我将天下走势和各家各派综合考察之后做出的明智的现实的决定！因为，就解决目前天下遇到的难题而言，我坚定地认为，荀子的帝王术是正道！黄老之学轩辕之道，那是天下平定以后的事了！

执子之手！是的，这句诗跑到了我的嘴边！是的，就是这样，没有错！我需要一个周密的计划，需要一个能够执子之手的计划！

一个秋风呼啸的日子，我围绕军营散步，思考我的计划。一处民宅和营房中间的空地上，一个羊圈吸引了我的注意。我走近前去查看便知，这是一个被废弃的羊圈。我站在那里，回想起那天黄昏初到军营，我在炊烟袅袅中闻到了饭香，却没有嗅到肉的味道。

有了！我对自己说。

我安排随从人员迅速购进三百只羊，把它们圈养在那个废弃的羊圈里。几天后，南阳守军的一位副将带着几个士兵来到了羊圈。守军说这是军事要地，不能养羊，三日内搬走，否则充军。三日后，那三百只羊被守军没收，犒劳士兵了。

就在那三百只羊进了大兵狗肚子后的一个晚上，我出现在韩非子的客厅里。老同学相见，自然少不了一番热情的寒暄。在荀子那里我们曾经一同聆听贤哲的教诲，在参天古树下探讨帝王术，并一起游戏、郊游、吃烤肉喝烧酒、唱民歌，谈论邻居家的女孩子；我喜欢击筑，而韩非子却喜欢吹奏韩国的竹笛。是的，过去的岁月留下了一些足以回忆，见了面可以絮叨的往事，积累了一些我认为可以此刻敲开他的门，到他的客厅里享受贵客待遇的情谊！

"哈哈，那南阳守叫他的士兵把你的羊连同毛和骨头都吃了个精光？"韩非子为我和他斟上窖藏的韩国佳酿，忍俊不禁地问我。

"哈哈，他倒还有一点怜悯心，给我留了大概三五只！"我喝一口那韩国的美酒，也幽默一把，这样说。

"你不是在秦国替嬴政做事吗？怎么又做上了生意？"韩非插起一块烤肉，放到我的盘子里。

"是啊，我的兄弟，我们在荀子那里学习帝王术，是为了辅佐帝王成就大业，目的是替天行道，造福天下，光宗耀祖。可是，帝王需要的却不是这个。"我语气深沉地说，并态度谦恭地向老同学敬上一杯。

"噢，那么说，他需要的和你需要的不是一回事！"韩非喝了杯中酒，说声干，我应声将杯中酒一仰脖喝下肚去。

"是的，他需要的和我们从大师那里学到的不一致。他需要的帝王术是夺取天下造福自我荫及子孙的帝王术，是以帝王个人的意志利益为中心的帝王术，而不是我们从荀子那里学来的帝王术，替天行道以天下为己任的帝王术！"我诚恳的眼光停留在韩非子酒杯上的一只蜜蜂的扇动的翅膀上。

韩非子甩一下手赶走嗡嗡叫的蜜蜂，说："你想侍奉的是黄帝，结果却跪在了嬴政的脚下！"

他的话像烈酒一样刺激了我的喉咙，我猛烈地咳几下，放下手中的酒杯，若有所思地对他说："啊，谁人敢说天下第一才子韩公子说得不对呢？！"

我俩都哈哈大笑。韩非子补充一句："黄帝是解放者，而嬴政是征服者！如今天下，需要的是解放者，而不是征服者！"

"比如我的羊？"

"比如你的羊！"

我俩又哈哈大笑。

第二天，韩非在南阳设宴邀请南阳守，请南阳守抽出宝贵时间陪同他韩非子见一个老同学，而这个同学和南阳守一样精通老子孔子，甚至对黄帝也有很深研究。席间，我们上天下地，交谈甚欢。

这是一个大变革的时代，一个开放的时代，一个走向自由和平等的时代，我们可以放手一搏，我们应该携手奋进，历史等待我们来书写，我们可以青史留名！这是我们三人的共同认识！

我一生中又一次听到了可爱的说话结结巴巴但笛子吹得器宇轩昂荡气回肠的韩非子的演奏！那笛声力透纸背，深入人的内心，似乎在你的五脏六腑间穿梭往来，将它们关照得清晰透亮！

　　我可爱的韩非子，我的韩公子，我的老同学，我的大学问家大哲学家，但从你我的身上，我看出来了，人与人之间的区别，他们思想的分水岭，往往只在于那山峰上拔尖的树梢，吹拂它的是南风是北风。就是说，我们的思想在很多内容上是相同或相近的，但区别就在于统帅这些思想的那个理念是什么！我们都称道，我们都立法！信奉黄帝的人相信道生法，信奉嬴政的人相信王生法！我们都打击盗贼，抓捕贪污腐败的官吏，惩处暴民，但是，黄帝的道统从公正出发，嬴政的法律从王室的利益出发。这就是区别！这就是分水岭！

　　我的意思是说，黄帝的思想和嬴政的思想在很多内容上也是相近的，均渊源于华夏文明，而其中不同的那一个点，那一个执手他们思想的牛耳，那一个关键性的理念的区别，就决定了它们的本质！

　　好吧，我亲爱的上蔡鼠，我想这样表达：比如，你和我，一个人，一个老鼠，看似是完全不同的两个种类，但是，我们的人生和你们的鼠生却是在很多方面高度复合的。比如，我们都要吃喝拉撒睡，我们都要繁衍后代，我们都要争权夺利，我们都喜欢晒太阳呼吸新鲜空气，我们都以大自然为我们的母亲，我们都有语言，我们都建立了自己的居所，形成了自己的组织机构，产生了自己的君王，创造了自己的文化，我们都会生老病死，但是，你们鼠受本能控制，而我们人则是由理性来约束！我想，我们的子孙后代，也会研究证明，我们人类和你们鼠辈就像表兄弟，我们在遗传的方方面面都是高度一致的，差异就那一点点，因此，你成了鼠，我成了人。

是的，全部的不同，本质的差异，实际上就在那一个点上！我和你不是在绝大多数方面，而是在百分之一上，被造物主被大自然创造为完全不同的种类！

有人曾说，人与人的差距比狗跟人的差距还要大。但我认为，人跟人的差距就跟狗跟狗的差距一样小！李斯我上至王公贵族下至黎民百姓，可谓见得多了，我现在的看法是，人与人在绝大数方面是一个吊样，受共同的人性和欲望的操弄！比如，我和韩非，都有七情六欲，都要吃喝拉撒，都喜欢权力、财富、美女，都会生老病死，受大自然亘古不变的法则的支配。他是姓韩的狗，我是姓李的狗！我们都在追寻道，都在谈论德，都在寻找治理天下之道！一个信奉黄老，一个追随嬴政。黄老推崇的是执道者立法、道生法；嬴政，当然也包括我李斯，则高擎王生法、王即法！

明白吗？什么让我们分道扬镳？看见没有，不是别的，恰恰是信仰！所谓的差异，把我和韩非区分为不同的人的关键，就在于我们的信仰！韩非从黄老那里寻找路径，我则追随了嬴政！事情就是如此，历来如此，永远如此！所以，王要消灭黎民百姓的除王以外的其他偶像或者说其他信仰，消灭与王争夺信仰者的人，当然也包括神，使天下人眼里只有一个可以信仰的人，可以信奉的神，就是王本人！

我告诉南阳守，我很乐于分享那三百只羊给他和他的士兵，如果他需要，我可以再给他三百只。韩国是抵挡虎狼之秦侵入文明世界的第一道防线，南阳守则是前哨的前哨，我一个备受秦国侵犯的楚国商人，别的事做不了，为看守村口的将士们提供几百只羊，正是我尽绵薄之力的良好机遇啊！

"这些家伙，狗崽子，我恨死他们了！但是，设身处地想想，也不能单单责备他们偷吃老百姓的东西!我尊敬的李斯先生，您想想，这些狗崽子被我整天搞得一身汗一身泥，扛着几十斤上百斤的刀枪弓棒训练，又是十几二十郎当的年龄，狗肚子一个顶仨，给他们的那点粮饷哪能够啊！"将军两手一摊，做出一副无辜的样子！

谁能说这将军说的话有毛病呢？！我握着将军的手对他说我将为他的守军筹集一批粮草，以填饱这些狗崽子的狗肚子，守好文明世界的大门！在东方六国的眼里，那秦人就是西戎，虽然不是蛮族，但毫无疑问是野蛮人！

我将粮草送到南阳军营的当天晚上，将军为我举行了一个接风洗尘的晚宴！韩非子也兴高采烈地来到了军营。我们一起喝了士兵们敬的酒，喝了将军敬的酒，观看了士兵们表演的歌舞。将军演唱了当地的民歌，韩非子吹了笛子，我则击筑助兴，好不热闹！

当韩非子的笛声在夜空里流星一样闪烁其光时，我对将军说，"尊敬的将军大人，请允许我代秦王向您敬上一杯酒！"

"啥？你说啥？"那将军似乎没有听清楚我的话。实际上，他听得清楚了，但却不明白其中的意思，这是我们在日常生活中常常见到的情形，因为猛然听到一句超出了自己思想的话你必然会对它产生疑惑和紧张。我放低声音再次对他说："秦王让我代他向将军致敬！"我端起酒杯，眼睛直视着他微笑着说："将军请！"

南阳守腾十分惊讶和迟疑地看着我，将酒杯放到桌上。

我则一饮而尽，微笑着用十分温和但坚定的语气对将军说，"十分感谢您的赏光！我们以后合作的机会我想还会很多！时间会告诉将军秦王是一个多么贤能的君王，多么重用贤能的君王！如今天下，所谓男儿，莫过于追随秦王完成统一天下大业了！"

是的，我毫不犹豫地，就跟华山一样坚定地认为，当今天下，所谓的雄图大业舍此无他！我现在的任务就是将这个认识，坚定不移跟秦王走，做一番男儿的事业，做一个将军的事业，植根到这位不避讳在士兵面前吼两嗓子的将军头脑里！

韩非子的笛声在空气中如幽灵一般飘来飘去，在一阵低声吟咏之后，突然一个高音，如同庄子笔下逍遥游中的大鹏展翅，直冲云霄！这将军的手随那直上九天的鸟儿也轻微地颤抖了一下。我恭敬地把他的酒杯递到眼前，轻声说，将军，请！

我的请字刚说完，韩非的笛子演奏也结束了。将军接过酒杯，向我示意一下，就捧在了还陶醉在掌声中的韩非的面前！

"公子，请！"那将军说。

"谢将军！"韩非子微笑着接过酒杯，然后给我和将军满上，我们三人齐声说，请，然后在夜风吹拂中喝了这杯酒。

晚上，将军回到位于军营中的家里，就收到了我派人送给他的价值连城的金银财宝。太阳从地平线上升起的时候，将军也接到了探子的报告，秦国在秦韩边境增兵十万，虎狼之师的铁蹄已经将萧瑟秋风中的边境搞得杀气腾腾！

三天以后，我终于收到了将军送给我的一件礼物，一只楚国人造的筑！我立即修书一封，上书：

尊敬的将军大人：您的明智将使贵国和秦国避免一场危在旦夕的战争！我代表秦王向将军阁下致以崇高的敬礼！

当今天下，诸侯国相互倾轧，战争就像牛皮癣一样贴在我祖黄宗轩辕帝子孙后代的土地上，在他们种植的五谷杂粮成为他们餐桌上的美食之前，就被士兵的脚和战马的蹄糟蹋，也成为遮盖他们尸体的蒿草！

纵观当今天下，诸侯们披盔戴甲，冲锋陷阵，无不过是为了扩充自己的地盘，能够雄霸一方。长此以往，天下的伤痕只会更加深刻，而不能得到痊愈！故天下有识之士无不认为，父母失去儿子，妻子失去丈夫，以及兄弟前赴后继血洒疆场的人间悲剧到了必须结束的时刻！

而考察如今天下，能够征服诸侯，结束华夏长期的战乱，使天下统一于轩辕黄帝的大道，还百姓万民以及生生不息的大自然以应有的安宁和平，舍秦王便寻觅不得第二人！

唯秦王有统一天下的雄心壮志，唯秦王有兼并诸侯的实力！容在下不知深浅地修改一句诗以表达这一当今天下的基本态势。即所谓江汉汤汤武夫洸洸，在今天，则应改写为黄河滔滔秦王荡荡了！

将军今为南阳守，把守着秦王东进兼并诸侯的咽喉要道！如同我们的母亲河一样胸怀天下，敞开大门，协同秦王大军东进，扫平诸侯国之间的藩篱，使轩辕黄帝的子孙们重新亲如一家，这是我祖黄宗赐予将军您的莫大机遇！错失机遇，则将必然使千军万马毁于一旦，也将使将军的英名以及将军的生命承受万劫不复之灾！

尊敬的将军，将军同韩公子无不是旷世奇才。可在韩王眼里，那些谄媚之徒无能之辈却得到了更多的赏识，更多的信任，而这种状况且日益加深，并没有能够扭转的可能！

今天，我有幸为将军做出事关天下，以及将军身家性命的重大决定提供一点意见，为您做出的选择提供一些便利，深感荣幸，并视为黄帝我祖赋予我的莫大的造化！

我静候您的吩咐！您忠实的仆人李斯叩首！

翌日清晨，我将韩国南阳守腾弃暗投明的事情火速报告秦王。秦王命南阳守腾为秦韩南阳大将军，统帅韩国五万、秦国在韩秦边境的十万大军。南阳，这个昨天的文明之邦的前哨、门户，从此成为我秦国虎踞龙盘之地，挥师东进的桥头堡！

南阳守搞定了，等于搞定了韩国军队的精锐之师。接下来的事情是搞掉老同学韩非子了。亲爱的小老鼠，现实就是这样残酷！韩非子是韩国最坚定的抗秦派的代表人物，并且有能力有实力有主张推动韩国的变法，富国强兵，虽不能雄霸天下，但却能够七分天下有其一！

我从客栈搬到了南阳守的军营里。将军递给我一封信，是韩非写给将军的。其中，痛斥将军叛国投敌，将我描述为混世魔王，为虎作伥且不得善终的可怜而可悲的人！并且说，他在荀子那里学习时就已经看出我李斯不是一只好猫！谢谢老同学，尽管你早看出了李某，但您依然慷慨地帮助了我！

我授意将军给韩非回信，劝他认清形势，把握住千载难逢的可以顺应历史潮流从而有所作为的这个南阳守腾和已被你早已看透的老同学送到你眼前的机遇，离开昏聩无能的韩王，否则，就将他废了，当仁不让，自己做韩国的国君，跟秦国结为联盟，一起成就荡平诸侯，共同享受一统天下的荣耀！

我和这信一起离开军营，离开南阳，信去了韩非那里，我则回到了秦国，向秦王面呈南阳以及韩国的情况，并大量引用了韩非子著作中的许多论述。离开时我将随身携带的韩非子的文章孤愤、五蠹"遗忘"在了秦王那里！

"嗟乎，寡人得见此人与之游，死不恨矣！"秦王读完韩非后如此说。

秦王再次召见我。我告知秦王，文章作者乃韩国公子韩非子，是李斯求学荀子时的同窗，此次南阳之行韩非子也助了一臂之力！秦王听说，言曰：甚好甚好！看来他跟我们真是同道啊！

我告知秦王，韩非子在韩国不得重用，数次上书阐明治国强兵之道，却被韩王讥讽为公子哥儿说梦话，成为韩国君臣私下里取乐的笑料;他们模仿韩非口吃的样子说，大-大-王，请听-听-我-我-说-说-啊，那个啥--啊……

我认真且真诚地对秦王说，如果韩非子有朝一日得到重用，便是秦国的不幸；而如果能够使他为秦王所用，则是大秦之幸！

先生言之有理！如何办理，请先生思量！秦王对我说。

随即，我向韩国一个已被收买的大臣送去信息，韩非跟南阳守以及秦国大臣李斯暗中勾结，企图推翻韩王取而代之。同时，南阳守腾率领的几十万大军拔营出寨剑指韩国都城。韩王吓尿了裤子，急派使者到秦国议和。

秦王曰，寡人倾慕公子韩非久已，大王若遣他来秦国，能使我当面向他请教，那将是何等的美事啊！

韩非来到了秦国，即是和平的使者，也是韩国的人质，但不管怎样，初来乍到，秦王即与之抗礼，远非其他国家的人质所能比拟，甚至朝中老臣也不能享有这样的礼遇。

一日，中秋的晚上，秦王在宫里举行宴会，众群臣也一起赏月吟诗，欣赏宫女们的歌舞，韩非子则长笛一曲，令秦王激动不已，亲自为韩非斟酒，并赏赐他烤的焦黄的牛腿上的里脊肉。

我瞅准一个机会，来到韩非子的面前。他抬起头看见我，便十分冷静地看着我，侧身将口中的食杂吐出去。

韩非子和我，李斯，这是在南阳守腾那里之后第一次面对面，虽然，他在秦宫已有些日子了，但我们并没有见过面。

"尊敬的韩公子，您知道吗，我是多么急切地想要在这里，在秦国，在秦国王宫见到您！我又是多么热切地盼望您能够在秦王面前指点江山解析天下大事，成为秦王的左膀右臂！您可能想象不到，我是怎样地日夜盼望着追随秦王，跟随公子您，消灭好战而怯弱的诸侯，统一天下于大秦，奉秦王为天下之至尊！"

韩非子冷静地听我说完话，嘴角挂着讥讽的笑，将杯中酒向地下抛洒几滴。这是祭奠亡者的举动。

通常，这种情况下，祭奠者都会向身边的人做出相应的解释，这是礼仪。我等待着。

但韩非并没有做出解释。

"请问学兄？"我试探着问。

韩非子冷笑一声，说，"尊敬的李斯先生，不必大惊小怪，给那个可怜而可悲的南阳守腾几滴酒喝，您不反对吧？"

"他怎么了？他不活得好好的吗？"我惊讶道。

"是的，他活得好好的，我倒希望他死得好好的！"韩非子目光犀利，似乎要穿透我的灵魂。

"先生真逗！"我端起酒杯，准备一饮而尽。韩非子用手从杯中挑起酒，用手指弹向空中。这是北方蛮族的习惯，敬天；然后，他用手指蘸一点酒，抹在自己的额头上，说，"以此祭奠即将死去的，即将死在李斯大人之手的韩非先生！"

说完，便将酒杯摔在地上，转身离去。

亲爱的小老鼠，我的智囊上蔡鼠，你记得否，我等可从没吃过这样的眼前亏，被人这样子地糟践过。但我还是一仰脖将杯中酒灌下肚去，并重新斟上一杯，向李斯的背影再次举杯示意，眼睛传神，然后一饮而尽！

韩国人懦弱而幼稚，尤以韩王为甚！他没有看到，秦国的太阳已经进入极盛时期，照耀得九州大地都回避他的光芒。但那个三家分晋中产生的畸形的、病弱的韩国，那个不光彩的私生子一样的韩国，总幻想着大秦能够与他缔结和平之盟，就跟当时绝大多数诸侯国一样，以为秦王跟他们同出周门，所谓的战争，不过是兄弟之间的打打闹闹，抢夺些土地，掳掠些人口，摘一些树上的桃子，而已而已，并不是将对方连根拔掉。所以，只要秦国举起长枪，韩国佯攻几下，便喊话秦国议和，然后，应秦国的要求，割让土地，献上金银财宝和美人，便偃旗息鼓，重新过上了祥和的日子。由于南阳守腾弃暗投明，韩非子不在身边鼓吹变法，鼓吹抗秦，那韩王便在秦军东进的铁蹄声中向秦王俯首称臣，以期换得长久的和平！

朝廷上下无不为韩王向秦王俯首称臣拍手称快。我预料，秦王必定要与韩非来议此事，听取韩非子的高见。

记得这是一个朝会之后，众大臣散去后，秦王留下了韩非子以及李斯等少数几人。秦王看上去心情好极了。他温和而谦逊地对韩非子说："韩王深明大义，自觉将自己的命运融入我大秦的命运，愿同我一道完成兼并诸侯的壮举！此乃寡人之幸，韩王之幸，天下之幸呀！"

"尊敬的大王，英明的大王，兼并诸侯一统天下，替天行道，如此丰功伟业，黄帝之后，唯有大王您能够做到！"

韩非冷静、真诚谦和地说这番颂扬的话，口齿突然变得那么伶俐！秦王听得韩非如此礼赞，不禁喜上眉梢，热情的目光看住了眼前这个才华横溢的青年才俊，以便听取他接下来更令人喜悦更令人称道的言辞。

可是，正如俗话所说，起得早不见得身体好；开头好，不见得结尾好。我可爱的上蔡鼠，我的小偶像，那韩非说完这几句开场白，如同行云流水般的开场白，像夏天夜里水田里的小青蛙，呱呱地似乎天底下除了它没人会唱歌那般的感觉良好，可是，接下来，却突然像一只瘸腿野鸭在秋季收割后的稻田里对着南飞的大雁嘎嘎哀鸣一样，那韩非子，被荀子和同学们称作天下第一才子的韩非子，那恼人的口吃病又犯了，光一个我字就说了大半天，我们等待那个我之后的字，感觉从日出等到了日落那样漫长！

亲爱的上蔡鼠，我的小伙计，我绝非夸张，也不是幸灾乐祸或得意忘形，真的，那伟大的韩非在一个漂亮的开场白之后，就像英俊的骑士，骑一匹高头大马，跨过了一个个障碍，赢得了大家的阵阵喝彩，就在观众都期待他能一跃而起，腾地一下从眼前的那条河上飞跃过去的时候，那马却突然一个趔趄，倒在了河边的烂泥潭里！

总之吧，我可爱的小精灵，那聪明的韩非子是栽了！他连一句完整的话再也没说出来。秦王皱起了眉头，说，先生身体欠佳，请夏无且替先生把把脉，改日寡人再向先生请教。

韩非子和秦王正儿八经的第一次面谈就这样结束了。但大家并没有失望，秦王也没有失望，数日后，那天下第一才子定会给大家更大的惊喜！

我猜想也是如此啊！所以，我先韩非子找到夏无且，对他如此如此的交代一番，他心领神会！

一个早上，应该说是阳光明媚的早上，我记得树上的小鸟叫得喳喳的，早朝时，秦王再次当着文武百官的面向韩非子提出了同样的问题。

韩非子上前一步，行礼毕，便不卑不亢地说，尊敬的大王，英明的大王，兼并诸侯一统天下，替天行道，如此丰功伟业，黄帝之后，唯有大王您能够做到！

秦王微笑着点头，满朝文武无不为韩非子的开场白暗中叫好，并期待着更加令人印象深刻的大开脑洞的下文！

我可爱的上蔡鼠，我可爱的小精灵，就是刚才还万里晴空的艳阳天，突然有阴云到来，遮盖住了太阳，也没有人们在听到韩非接下来上气不接下气的讲话那样更感觉心里阴沉啦！那可怜的韩非子前言不搭后语，好像发热病人一样胡言乱语，不知所云！

满朝文武中那些修养不到家的人，开始在下面窃窃私语并且有讥笑的声音混在其中，就像你在大草原上欣赏风景，却突然听见一只老牛放了个屁一样，虽不刺耳，但也让人感觉空气有些不清爽了。

可爱的上蔡鼠，我可爱的小精灵，那伟大的秦王看上去小有不悦，皱皱眉头，说，先生身体有恙，请夏无且关照！

我亲爱的上蔡精灵，要说秦王惜才爱才，从他对待韩非子的态度上显现得不能再充分了，足以成为后世君王的典范。他亲自过问夏无且，夏对他说，韩非子只是脾胃虚寒，秦宫深宫大院，他那瘦弱的身体便觉寒凉，说话多了快了，便中气不够使，便结巴了，吃点草药，调剂调剂便好了。

我可爱的上蔡鼠，让我把故事讲完吧。几天后，吃了夏无且的草药后的几天，秦王又向韩非子讨教。这回，韩非子不慌不忙，从容而坦然的样子，给人感觉很得体，很合乎他的身份和学养！

可是，不幸的事情再一次发生了。在从容而坦然的开场白后，韩非子又变回了那只只知呱呱叫的田鸡，却说不出几句完整的话，表达不出一个完整的意思，更不要说高谈阔论他那些治国强军的骇世惊俗的理论了！

秦王再次无可奈何地抬起手，请先生休息，请无且再为先生诊治疾病，然后起身，留下呆若木鸡的韩非子在那里手足无措地不知如何是好！

韩非是天下奇才，秦王钟情于这一天下奇才，为得到这一天下奇才的指教，三番五次地当面请求指点，可是……

我对姚贾--秦王身边的一位大臣，身材高大眼目深邃，从不与人的目光正面相遇，在韩非子离开只剩我们两人时如此说，可是，可惜啊，韩非并不能理解大王的良苦用心。知道为什么吗？因为他是韩国人，即使他在韩国不受待见，可他毕竟是韩国的公子，他不愿大秦兼并韩国！

姚贾深沉地对我点头。

次日上朝，姚贾便对秦王说，韩非是韩国的贵族子弟。现在大王想吞并诸侯国，韩非始终会帮助韩国不帮助秦国，这是人之常情。现在大王不认用他，长久地留着他然后才让他回去，这是自己留下后患，不如假借罪名依法杀掉他！秦王认为姚贾之言然也，便下令官吏惩罚韩非，那些人给他的罪名为大不敬！

是的，大不敬！口虽祝福，心却诅咒！他在大王面前不知敬畏，说话有一搭没一搭，如同一个没有教养的痞子，故意用口吃来掩盖他不良的居心，外表谦恭歌颂大王雄才大略，但内心讥笑大王学识浅薄妄图称霸天下，实为大不敬！但念他是韩国公子，故大王法外施恩，不收监下狱，但监禁在家，面壁思过，直至大王满意。

　　韩非子几次要求再见秦王并且拒绝夏无且为他诊治，并诬陷夏无且加害于他，所吃之药，不但于病无益反倒加重了口吃，尤其是在秦宫大殿的一片阴冷肃杀之气中，说话用气就跟从下腹部抽气一般吃力！

　　游戏该结束了！我对看管他的官吏做了交代，并送给韩非子一些好酒吃！

　　"这是李斯大人送给先生的酒。"那看管的官吏对韩非说。

　　"李斯？就那个上蔡小吏李斯吗？"韩非问。

　　"是，先生！正是！"

　　韩非冷笑几声，说，"他想干什么？"

　　"李斯大人让我告诉先生，喝了这些酒，先生就可以上路了！"看管的对他说。

　　那看管的回来对我说，听到说这句话，韩非子突然受到重拳击打似地，头朝前一愣，脚步踉跄了一下，赶紧抓住屋里的柱子，长吁一声，然后说，谢谢你！请告退吧！我要休息一会儿！

　　数日之后，韩非子就离开了我们。我送给他的酒他喝了个精光！赏脸的老同学！

　　拔除了韩非，降服了南阳守腾，秦军于秦王政十六年至十七年兼并韩国。随后，我们！是的，我们！秦王，当然少不了我李斯，以及秦国的大军，以同样的手法，同样的策略，兼并了魏，兼并了楚。王政二十年，秦军屯兵二十万于燕国边境！

第七章 昆仑龟

我来是为了解放……

荆轲嘴唇嗫嚅着，说出了这样几个字。

大家悬着的心似乎一下子被这几个简单的字提到了嗓子眼，呼吸都要窒息了。他们面对这从死亡线上挣扎回来的人，似乎还不能确定他的状态，一时之间没有反应，只是呆望着他，希望他再表现出一些生命回转的迹象，以便他们能够从对他要么死亡要么疯狂的恐惧中清醒过来！

这一刻，他的嘴唇看上去是衰弱的，但已经从先前的僵硬甚至是僵死的状态中活脱了出来，干痂依然在，但也给人传递出活动着的生命的迹象；微微睁开的眼睛，那眼神似乎还没有苏醒，潜藏在眼窝里，但你可以感觉到它即将出来的气息了。

机灵的山杏儿在大家都瞅着荆轲的时候，赶紧将水送到了荆轲的嘴边。荆轲被狗屠轻轻扶抱起来，喝下了一口清水。

我忐忑不安的心，也随着这口水进到他的肚里而回到了原位！

荆轲没有死，他还活着！

亲爱的读者诸君，跟随荆轲西征赴秦，去完成他的天命的几个人里头，我是最为特殊的那个。我想，您应该已然猜出来了，这里跟您讲述这个故事的是谁！

是的，是我，来自诸神老巢的昆仑龟！由黄帝佬儿的书童从高耸入云的昆仑带来，同黄帝四经一同放在荆轲船上的那只龟！呵呵，不谦虚地说，是千年龟，神龟！

哈哈，当我说出这句话，您肯定要笑话我了，还神龟呢！你不跟山杏儿狗屠秦舞阳一样，几天来也不知道荆轲是死是活是疯是狂吗？！

是的，还真是如此！虽然，跟他们比起来，我有超越他们千万年的阅历，但当荆轲中了那厮的夺魂刀，我可真不知道他会死还是会活！因为，我并不是掌管生死的神明！

所以，当荆轲嘴巴蠕动，如同婴儿，那上面的干痂也随着他的气息动弹时，我也在等待着下文，以确证他活回来了！

那天中了布赫的夺魂刀后，我觉得，荆轲是疯了。凭我的胡须，哦，不，凭我的龟甲，这黄河之水无数次冲洗，黄土地里无数次摸爬滚打，漫漫黄沙里钻出钻进，被挟裹着跟无名尸骨一起在沙尘暴中漫天吼叫，周人还有那胡人的战马无数次践踏过，跟刻有黄帝四经铭文一样坚韧的青铜器一样的龟甲，在昆仑山的阳光雨露尤其是神明的关怀中得到了灵性的龟甲，是的，凭这些，我发誓，如若不疯，一个凡人，是做不出那些令人匪夷所思的奇葩事情，并且把自己从疯狂甚至是死亡的世界里捞回来的！

当然，他是不是果真把自己从疯狂中捞回来，能不能健康如初，在那个时刻，我们谁都不晓得。他们那几个凡人不晓得，我这个神龟也不晓得！那天，他们找到他时，他已经昏迷不醒，倒在一块石头旁，身子佝偻着，像一张弓，被武士仍在战场上的弓，凄惨样令人唏嘘。

他们将他抬回山洞，铺一张牛皮，让他躺在上面。当天的后半夜里，荆轲开始抽搐，大声喊叫，抱住那两匹马的脖子跟它们摔跤，甚至拿头往洞壁上撞，令人恐怖的歇斯底里。

山杏儿那孩子，痛苦地看着眼前的情景，悄悄在那里抹眼泪。

狗屠和秦舞阳，在荆轲的左右，使出浑身的力气来控制发疯了的荆轲。

可是，就算他俩使出了吃奶的力气，也难让荆轲安静下来。狗屠舞阳被折腾得精疲力尽，眼看就要撑不住了。我也开始担心起来，如果他们俩被荆轲搞得没了力气，任荆轲疯狂，那么，荆轲就完了，我们也完了！

我开始祈祷！向我祖轩辕祈祷！

我祖黄宗啊，我说，请不要遗弃我们，请看顾你的后人，请看顾他们的遭遇！我们遭遇了大不幸。我们需要你大力的手，我们需要你大能的手！

请把你大能的手放在我们的肩上，对我们说，我大力的手将会给你力量，使你能够战胜你遭遇的不幸！

奇妙的事情在我的祷告中发生了。荆轲不再歇斯底里，他开始大口地喘气，也能安静地躺在那里了；汗水从他的头上，脸上，身上，水一样流了下来，就像水手刚从海里钻出来那样子，一双眼睛也因为看到了陆地而发出光亮。

山洞里突然变得十分的安静，似乎没有发生过刚才的一幕。大家谁也不说话。可以听得见山洞里有流水的声音，有水滴从洞壁上滴下来落在水上落在石头上的声音。

突然，我似乎听到有人在唱歌。声音隐隐约约，似有似无，在黑黢黢的山洞里游丝一般飘动，和着还没有熄灭的篝火的火苗一闪一闪的。我感到一丝惊讶，难道真有人在这黑黢黢的山洞里唱起歌来了？我凝神聆听，是的，确凿无疑，是有人在轻声哼唱：天苍苍兮地莽莽……

是荆轲！

没错，是他，我听出来了，歌声就是从荆轲那里来的。借着跳动的篝火，我看见那张脸这会儿是疲倦的，但也是祥和的，依然可见汗水从脸上流下来，但给你的感觉不是虚弱，而是水手从大海的波涛中来到了陆地上的那种释然。

天苍苍兮地莽莽，

蛟龙起兮黄土地……

歌唱者发出了咳嗽，起初是轻微的，然后变大，然后变得不可抑制，然后哇地一声，吐出一大口东西来……

荆轲，你怎么了？要喝水吗？

是山杏儿的声音！

我，我，没事儿……是荆轲的声音，混合着抽泣和笑的声音……

我没事儿，我很好！荆轲说，然后用手轻轻拍地，用嘴亲吻地……我没事儿，我很好！

山杏儿给荆轲喝些水，然后让他重新躺下去，嘴里又开始哼唱起来：

天苍苍兮地莽莽，

黄土地上起蛟龙，

一道黄河贯天下，

轩辕我祖牧神州……

荆轲的歌声是如此轻柔，同山杏儿家那棵大树上的婵儿歇了嗓子，想要进入酣睡那样，跟他平日里的石破天惊的吼唱给人的感觉简直天壤之别！那声音也同下雨天大雨过后房檐上的雨滴滴在石板上的滴答声那样既清晰又温柔，也使我联想到有年春天，在一处草木茂密的原野里听到有人在大榆树下轻轻哭泣的声音！不知不觉，我的眼泪也来到了我的眼眶！

我被感动了！布赫的毒刀，自己的疯狂，已经蔓延到脖子的黄泉水，这些复杂的因素似乎都从他的歌声里出来了！

荆轲反复地哼唱，声音越发地轻柔！和着轻柔的歌声，我隐隐约约又听到了一个声音在啜泣。

那是山杏儿的声音！

狗屠和秦舞阳被荆轲折腾得精疲力尽依然在睡梦里释放他们的疲劳。我想，如果他们此刻醒来，他们所感到的疲乏，一定会很快从指尖消失！

水啊，水，
大自然的血液，
轩辕我祖的眼泪
……

荆轲哼唱起了这首歌曲，我从来没有听人唱过的。我想，这可能就是这天下第一歌手的土产品了！

他一边哭一边笑一边唱！

这歌声是那样的微弱，就如同你在沉睡的夜晚看见的村边的不知谁家的灯盏里摇曳的火苗！

三五遍后，他又开始哼唱另一首，同样是关于轩辕黄帝的。

> 远在天上的轩辕，
>
> 我祖黄宗啊，
>
> 我是你遗弃在人间的孩子
>
> ……

这歌的忧伤是那样真切，我感觉就像水手从海里上岸时的那身衣服，你拧一把，那水，那忧伤，就可以将脚下的石头浇湿了！

这时候，那个东胡人，就是被追杀的那个东胡人，也在黑黢黢的山洞里跟着荆轲哼唱起来。

他的声音是沙哑的，如同北方的沙土地。显然，这东胡人没死，他还活着。从他的声音我可以听出来，他已经脱离了危险，坚韧的生命又活跃在他的身体里了！

也许是听到了这唱和的声音，荆轲的声音停顿了一下，似乎是倾听一下，然后继续哼唱，但声音更加细微，若有似无，以至于终于跟夜色一样悄然无声……

这样，荆轲在沉睡中度过了一天一夜，安静得就像一个婴儿！直到今天早上醒来，朦朦胧胧中说出那几个字，让狗屠舞阳他们满脸困惑的话。

东胡人从地上站起来，微笑着向那几个示意，然后一瘸一拐地来到荆轲身边，抓住他的手，凝视着他的眼睛。

> 我来是为了解放，是为了唤醒……

那婴儿一样的人又嗫嚅着说！

狗屠他们互相看一眼，小心翼翼地凑上去，看那张说出这话的嘴。

不是为了征服……

那婴儿又说。

不是为了控制……

婴儿又吐出了上面几个字，然后，睁开了眼，借着篝火那里照过来的一点光，望望黑乎乎的岩洞，望望一张张呆望着他的脸。

荆轲……东胡人用他沙哑的声音叫。

大哥……山杏儿用小到几乎听不见的声音叫。

荆轲满脸是轻松的笑，就像顽皮的孩子潜水到很深很深的湖里，让岸边的人着急得大喊大叫，他则继续潜下去，直到岸上的人吓得不知所措时，他却突然钻出来，嬉笑着从脸上抹去从头发上下来的水，向他们做鬼脸。

他伸出手来，半握拳，东胡人用拳头碰一碰；狗屠、舞阳、山杏儿也都学样碰碰他手。

猜猜，我见到谁了？

荆轲的声音听上去那样欣慰。他接过东胡人递给他的水，喝一口，又说：你们猜猜，我见到谁了？

大家并不说话，只是等待着下文。

我见到了道祖，还见到了道尊！他兴奋地说。

大家都微笑着看他。

他举起手来，说，从来没有睡过这样好的觉！没来有做过这样好的梦！感谢轩辕，感谢我祖！

大家也都说：感谢轩辕，感谢我祖！

荆轲躺在那里，微笑着说他的梦：

我梦见我在荒漠上找不到水喝，口渴得死去活来，腿和胳膊上都是刀伤，我被强盗袭击了。我的两脚都是血泡，我从地上捡起一根尸骨，不知是动物的还是人的，我就把它当拐杖，继续找水喝。突然一条蛇从沙漠中窜出来，朝我袭来，我抡起那根骨头，朝它的头猛地一击，那蛇居然躲开了。我扬起一脚细沙，那蛇虽然被扬沙抑制住了那么一下，然后，昂着头继续朝我袭来，并且咬住了我的腿。我大吼一声，抓起它的头，咬断它的脖子，喝了它的血……可是，我的身体却抽搐得厉害，像得了羊角风。而那蛇的后面，还有一条巨大的蟒蛇正朝我爬来。我鼓起勇气跑啊跑啊。因为我的脑海里出现了一眼泉水，就在这不远的一个沙窝里，沙漠中一棵孤独的胡杨树跟前，那个地方即叫一棵树，又叫一眼泉，那泉就像长在沙漠里的一只眼睛，在我家乡很有名的。我拼命跑啊跑啊，眼看就要到一棵树一眼泉那里，可我的腿上的伤势越来越严重，我疼痛难忍，昏倒在地，不省人事……突然，我觉得眼前一片光明，似乎天庭打开，豁然开朗。我就听见，有声音说，我的孩子，我勇敢的孩子……然后，我感觉有一双大手放在了我的腿上，听见有人说，曾经多么健壮，就多么健壮，甚至更加健壮！我隐隐约约感到一种神奇的力量从我的腿上来到我的身体，来到我的心脏，来到我的五脏六腑。我是那样强壮和高大，从来没有过的高大和强壮。我信心满怀，我大吼一声，把一眼泉的水全喝了，把那棵树拔下来削一下当做我的投枪，对准朝我爬来的蟒蛇扔过去，正中他的命门，它疯狂地摔打着自己的身体，发出令人恐怖的叫声，释放出巨大的恶臭，像一股黑云，被深邃的天空吸收去。天空霎时间一片晴朗，能够听得见有欢乐的鸟儿在空中歌唱，是云雀的歌声，我听出来了，是云雀的歌声，真是太美妙了！

然后，我看见道祖、道尊驾祥云从昆仑山朝我这里来。我祖黄宗，轩辕啊，他是那么的慈祥，又是那样的悲悯；道尊驾祥云陪伴在他身旁，神秘的微笑挂在他的嘴角，一副欲言又止神秘莫测的可爱样。

我赶紧匍匐在地，磕头鞠躬！

他们在云头上，那云彩五彩缤纷，悲悯而慈祥的黄帝说，我的后人，天底下最勇敢的人，听我说，我来是为了解放，为了唤醒，不是为了征服，不是为了控制！

我哭泣着，我匍匐在地，我只能用这些来表达我的心意！

然后，我看见祥云驾着道祖道尊向遥远的天际向昆仑神山去了。一片祥和的光照耀在我的脸上，我就睁开了眼睛，我醒过来了，我看到了你们！

……

荆轲恢复得很快，超出了我们所有人的预期。他从那张牛皮褥子上爬起来，就去自己找东西吃找水喝，没出三天，给你的感觉是比以前更健壮更敏捷，头脑也更清醒更敏锐。

我们准备出发了！

我们从黄河北湾这里一路向西北方向进发。这回，我们的队伍里又多了一个人，就是那个东胡人，被追杀的那个，名叫腾格尔，是东胡国单于的大儿子，一个健壮的铁塔一样的驯马汉子。

不，说他是驯马汉子，不是说他不是王子，或者说，他不像个王子。事实是，他很像个驯马汉子，也很像个王子。狗屠秦舞阳几个在他面前就有天生的驯服感出来，而他在他们面前，尽管表现得彬彬有礼，那种无法掩饰的主人感依然会悄无声息地流露出来。当然，狗屠他们并不知道他就是东胡国的王子。他们只知道他是荆轲东胡国的朋友。

因为，他和荆轲说话，大多说的是胡人的语言，胡话，尤其是说一些只有两人间的私话时更是如此。但我，不管他说胡话燕话赵话秦话，或是其他的什么话，对我来说，跟我们乌龟的水语一样都是家乡话！虽然，我并不通晓天地之间所有的语言，人的，鸟的，马的，驴的，蛇的，天上飞翔的燕子的以及地里爬的蚯蚓的，但我通晓这黄土地上所有人的语言。他们的母语，也是我的母语。这语言含糊又清晰，好玩又笨拙，即抽象又形象，看起来像我们乌龟，有人说也像那蝌蚪，写起来像画画，奇妙，美妙！

我听昆仑山上的神仙们说，当初，黄帝让仓颉造字，这佬儿不知从何下手，坐在湖边往水里扔石子，看着小乌龟们在水里好不悠闲，不禁好生羡慕，便仔细看那龟，方方正正又圆又扁，背上的花纹那么美妙，跟个图画一样；然后，那龟似乎理解仓颉的心思，一点也不躲闪，竟游到了仓颉的眼前，那里，还有成群的小蝌蚪，摇着尾巴，似乎在招呼乌龟，看着这一幅乌龟蝌蚪的游戏图，仓颉突然来了灵感，那黄帝佬儿要造的字，不就在乌龟的背上，不就在小蝌蚪的身上吗？！那仓颉佬儿，就是这样造出了最早的文字。假如你足够细心，看看你家孙子刚学写字时写的字，你一定会很惊讶，怎么像乌龟啊！怎么像蝌蚪啊！

所以，从这个方面来说，我们，乌龟，也是你们人类的启蒙老师！

华夏人跟我们乌龟也有血缘上的关系。你们的图腾，龙，跟我们乌龟就是表亲！这一点，你们也是一直承认的，你们不是有句口头禅，龙龟嘛！说的就是这层意思！

至于胡人的语言文字，是不是受到了我们乌龟的启发，或是蝌蚪的点拨，如果你仔细研究了，也会惊讶地发现，不能排除这层关系！但不管怎样，胡人的话听上去很有乐感，比华夏人的话有调性，有歌唱感，尤其是从荆轲的嘴里出来，尤其是他拉长声调，把那卷舌音发得响亮一些的时候，更是如此。而那东胡王子腾格尔饱满的胸腔里出来的则简直就是戏腔，初听上去简直令人陶醉，可惜的是狗屠他们几个却听不懂，所以，只当唱歌欣赏了！

……荆轲有所待，欲与俱；其人居远未来，而为治行……仆所以留者，待吾客与俱……

记得这段话吗？秦军破赵，屯兵燕赵边境，剑指燕都，太子丹情急，催荆轲快速入秦，太史公史录荆轲为何尚未动身的缘由，说他在等待一个人，那个人，要和他同赴西秦。知道那客那人是谁吗?就是这个腾格尔，这个铁塔一样的胡人壮汉！

我们的马车在泥泞的道路上走得相当的艰难。马车动不动就陷进泥坑里。荆轲驾车，挥动长鞭，指挥着那两匹大诗人屈原送给他的骏马！他是那么地喜爱那两匹马，他挥动鞭儿，用亲切的语言，用口哨，用唱歌来驾驭它们，即使挥起鞭子，也不会落在它们身上，只是在空气中打一个响鞭，发出清脆的声音，惊动了树上草丛中田野里的小鸟，扇动翅膀，飞向高空；那马儿，似乎受到了飞翔的鸟儿的感染，能量满满，打着响鼻，将马车从泥泞中跩了出来。这时候，荆轲就会夸赞几句，并放声高唱：

> 走头头的那个马儿哟，
>
> 亮晶晶的那个眼，
>
> 黑黝黝的披肩发哟，
>
> 天下能有哪个比你壮，
>
> ……

　　荆轲任何时候都叫他的马"伙计"！他驾驭他们，他喂食他们，给他们喝水，给他们备鞍，为他们梳妆打扮，跟他们说话拉家常，他理解他们，更打心眼里珍视他们，把他们当做生活中不可或缺的伙计！所有跟他的马有关系的事，无论大小，都是他亲自来做，从不让别人代劳！他那两匹马，也是心领神会，完全听从他的驾驭，不遗余力！

　　尽管道路泥泞，由于荆轲驾驭有方，他那两匹马又是那么争气，所以，我们的行程并没有因为山洞里的停留而拖累多少。可以说，到目前为止，一切尽在掌握中！

　　腾格尔随我们一起出发。因为增加了一个人，车上坐不下，狗屠、秦舞阳需要轮流下车步行，后来荆轲也随他们轮班走路，健壮得跟他的马一样。但那胡人的大王子，却仍然需要拐杖。荆轲他们带他去看了郎中，喝了草药，服了治疗跌打损伤的药丸，但恢复得远没有荆轲快。

荆轲和腾格尔也讨论了这个问题。知道荆轲怎么说吗？

他对腾格尔说："你呢，是郎中为你治病；我呢，是大自然为我疗伤！郎中的手，是人的手；自然的手，则是神的手！所以，我就好得比你快！"

然后，他虔诚地用手指指天又指指地，说："人法地，地法天，天法道，道法自然！大自然是我们人类的母亲，也是我们的医生！他的手是神奇的，不可思议的！知道中了布赫的毒刀后，我就想，人没有办法，但大自然一定有办法。大自然母亲那里一定有可以治愈我的药，我所要做的就是找到它！我就拼命地到湖里河里草那里树那里飞鸟以及毒蛇那里去找大自然母亲深藏在其中的灵丹妙药！"

布赫双手合十，虔诚地说："道哉道哉！感谢自然神！感谢轩辕黄帝！"

在布赫家乡，也就是东胡国那里，人们都信奉自然神教。黄老也是他们尊奉的神人。当然啦，他们信奉的主神，则是一个力大无比的武士，他驾驭东胡的神马战胜了祸害草原、力大无比的大恶狼，拯救了东胡草原和它的人民！这是力量的象征！

华夏人信奉的黄老，则是智慧的化身！我们，请允许我在这里这样说，因为，虽然我是乌龟，属于不同的物种，但我是昆仑龟，我们的文化也是轩辕教的文化，跟你们华夏人是在同样的文明熏陶中长大的，呼吸的是同样的气息。

我们，我们崇尚的是思想，智慧，是道！我们自豪于用智慧驾驭力量，我们依道的原则治理黄河，我们不改变它的河道，我们不堵塞它的河道，我们疏导它，让它在自己的道上奔流，以它自己的脾性奔向大海！我们崇尚的是运用头脑的智慧，并且依据道的原则来治理天下，驾驭骏马，以及刀枪剑戟！

但轩辕教与自然神教，有一个十分共同的特点，那就是尊奉自然！尊奉大自然无可比拟的力量，尤其是她的养育万物的能力，视自然为神圣的，伟大的，有灵的，智慧的，甚至是理性的。作为轩辕教的信徒，荆轲对这一点更是深信不疑。

所以，当腾格尔说，这种以毒攻毒的险招，也只有你荆轲敢用时，荆轲这样回答他：

“大自然将我们生养出来，便给了我们生存的本能，也给了我们生存的智慧，或者说生存的理性！一开始，我们是凭本能行动的，或者说，我们凭大自然赋予我们的自然灵性行动的，我们不费多大力气就找到了食物，并且，没有任何人或神灵教导，凭借本能我们就学会了生殖繁衍！想想吧，这是何等了不起的神迹！这一切我们都做得自自然然！但是，有一天，我们的理性被唤醒了，他说，哎，我们何不运用我们的理性，将这些生存和繁衍的行为规范下来，形成一套套可以学习和操作的办法，保障我们人类的繁衍生息呢？！

“问题恰恰就在这时出现了。本来很自然而然就做得很好的事这个时候你就觉得不得要领了！比如，道德问题，伦理问题，社会问题，健康的问题等等都出现了。人的理性干扰了他的自然本能的运作，所以，以前可以凭本能自然做好的事，现在突然不会做了，或者做起来别别扭扭，没有了以前的流畅感了。

"你有过这样的体会吗？比如，你习武击剑，一个阶段，你觉得凭原始的本能这个动作你做得很好，你不知道这个动作是一个箭步上或是一个跳跃上，但你却做得得心应手，拈手就来，但当你要理性地寻求它的动作要领时，你却不得要领，甚至别扭到了不会做的程度！"

腾格尔将一根草叶子放在嘴里咀嚼，就像草原上的马儿一样，琢磨着荆轲的话，他点点头，表示认同。

"是这样吧?!在这里，自然的本能就被从头脑里冒出来的理性给搞乱了，找不准自己的感觉了！那么，怎么办呢？一是退回去，回到原始的自然的本能的状态，二是继续运用理性，直到找到自然的轨迹，把它理性化成一套完整系统的剑术！

"有很多人就退回去了！比如，那些狭隘地理解道尊思想的人。道尊的思想何其伟大，他从浩瀚宇宙的视角来理解认识并理性地规划人类的生存方式，期待他们从自然中获得启迪，学习自然的智慧，回归自我，回归自然，让人像大千世界中的所有生灵一样拥有自由的生活!可是你看，当今天下，却有那么多的人把我们道尊的思想理解为修仙成神，到深山老林中去，到荒无人烟的大漠中去，与世隔绝，寻求长生不老，这哪是我们道尊所倡导的道啊，这是离经叛道！

"我们要做的是，运用我们的理性，找到自然的原始的本能的那个动作的要领，将它理性化！就是说，我们要重新运用理性找到我们的自然天性，并且将自然的天性和理性在新的层面上结合起来！这样，我们的思想、生活以及人生就会进入更高的层次！

"道尊启示我们，用你成年人的智慧思想，找回你青少年甚至是童年的你，那个对世界好奇，对人生期待，对万物善良的心态！"

腾格尔从嘴里拿出那根冰草，心悦诚服地望着荆轲说："荆轲啊，我的兄弟，与君一席谈，胜读十年书啊！我也有过这样的体会，但就是不能像你一样，去琢磨去深究！这样吧，以后啊，我们定个日子，兄弟哥儿两个坐下来，坐而论道，让我也长进长进，不然，我怎么统治我那个东胡国啊！"

荆轲笑答："用你成年人的智慧，找回青少年的心态，对待你的草原，牛羊，当然还有你的人民！也要这样教育你的人民！"

腾格尔说："这话听上去是很有道理，但如何做到呢？"

荆轲这样回答他的问题："大周朝曾经是何等的强盛，普天之下莫非王土，率土之滨并莫非王臣！受到诸侯的拥戴，老百姓的爱戴，但是，到了今天却已经瓦解成碎片了，龟缩在角落里的东西周也不能在强秦的铁蹄下幸存！原因在哪里呢？我的王子殿下，你能告诉我吗？你思考过这个问题吗？"

腾格尔笑答："你就不要折磨我了吧！告诉我答案吧，你知道，我的思考能力差，但我的执行力却是杠杠的，要不你怎么选我当搭档呢！"

荆轲深沉的眼神望着腾格尔，认真诚恳地对未来的东胡单于、北方草原的王说："记住，道祖告诉我们，他来不是为了征服，不是为了控制。

"亲爱的朋友，我不能告诉你今后还会不会有大周朝这样走在我祖黄宗的大道上的国家，华夏文明能否回归他的正宗与正统，但有一点是可以肯定的，今后数千年里，不会再有一个华夏人建立的国家，是如此的接近于我祖黄宗的道统，接近于他那伟大的道生法的思想，接近于我来是为了解放、不是为了征服、不是为了控制的伟大境界！

"好吧，我给你做个对比，以便你能够轻松地理解他的思想。你看，当今天下，谁最强大？是秦国吧。他的治国思路是什么？严刑峻法！征服和控制！但是，你认为他能拥有天下吗？或许会，但一定跟商纣王一样，下场一定是短命的，前所未有的悲惨！

"亲爱的腾格尔，这不是危言耸听！听听道尊是怎么说的。他说，狂风不终日，骤雨不终朝！严刑峻法，其一是它违背了自然法则，违背了自然的道！这就是说，连大自然都没有能力将狂风吹上一天，暴雨下上一天，你人哪有能力永远对人实行强力统治呢?!其二是违背了人道！人不是用来征服和控制的！我祖轩辕说，天地之间人为尊！他不是征服的对象，不是控制的目标！他是什么？他是自然的精灵，天地的主人！人不是工具，人是目标，是根本！谁有资格说他是至高无上的存在，可以到这个世界上来，是为了征服人控制人的？

"没有人！就连黄帝都不认为自己有资格作为征服者和

控制者生活在这个世上，生活在人中间！他说，他来是为了解放，不是为了征服，不是为了控制！

"亲爱的腾格尔，这不是我的梦中话，这是我祖轩辕在他的四经中、道尊老子在他的道德经中这样告诉我们的！我轩辕教的教义以及我见到的轩辕教中修行高深的教士也这样告诉我。我在梦中梦见我祖轩辕亲口跟我说，我相信，我是受到了天启！今天，我要把这份光荣也传达给你，我的兄弟！"

腾格尔双手合十，虔诚地表示感谢！

"可是，秦王要做天下的征服者，要当天下的控制者！所以，他带来的不是人所需要的解放，而是严刑峻法构筑的牢狱！他把人看作他征服天下的工具，他将国家打造成战争机器，将秦国人打造成这个战争机器上的枪、剑、盾牌，以满足他征服天下的欲望。

"好，让我们暂且把那狂妄的秦王放到一边，回头来说说周朝吧。大周朝实行的是周礼。周礼是什么呢？说穿了，就是约束！周礼不是征服，不是控制，是约束！君王有君王之礼，诸侯有诸侯之礼，士大夫有士大夫之礼，黎民百姓有黎民百姓的礼，说穿了，就是个各有各的约束！在这种各自约束的道德规范下，大周朝繁衍生息了千年之久，上至王侯将相，下至黎民百姓莫不称赞周公教化天下的丰功伟绩！

"周朝够伟大了吧！可是，他的大礼帽却被狂风骤雨掀翻了！这就是孔夫子所谓的礼崩乐坏！为什么呢？大礼帽是为了约束人而设计的。那么，人是为了受约束来到世上的吗？显然不是！

"所以，这个时候，关于天下向何处去的问题就成为了一个天下人的问题！秦国人，法家，用的是征服，血腥的征服！儒家，则用的是控制！无所不在无所不包的控制！这都是违背了自然的道，违背了人的道的主张，虽然可以逞能于一时，但却不是解决问题的永久方案，更不是良好的方案！它们既违反自然之道，也违背人之道！

"但我祖轩辕的思想既不是征服，也不是控制，甚至连约束都不是！他是什么？是解放！是将人从残酷的统治者手中从被征服的命运中解放出来的道，是从帮凶手中从被控制的可怜境遇中解放出来的道！

"亲爱的腾格尔王子啊，如果你听为兄的话，谨记，要做解放者，不要做征服者，不要做控制者！普天下的人，已经被官府控制成驴子骡子了，甚至连它们都不如了！

"道祖轩辕和道尊老子都告诉我们，人性中最邪恶的莫过于老想要征服别人，总是试图控制别人，或者企图强加自己的意志于别人头上，做伟大的领袖，做你的救星，要天下人顶礼膜拜，山呼万岁！"

就这样，他们一路走来，一路上天下地，无所不谈，畅快极了，不知不觉，我们已经到达了黄河、洛河、渭河三河交界的地方。这里是原韩国的土地，现在它的主人则已经姓秦了。人们一副噤若寒蝉的模样，用冷漠而陌生的眼光打量你，似乎你是小偷或是强盗。

这里，就连街上的流浪狗，对人也充满了敌意！

我们沉默地走过这被强秦的铁骑践踏过的街道，来到一家毫不起眼的客栈，静悄悄地住下来。

我们要在这里休整几日。一来连续多日风里来雨里去，我们已经人困马乏；二来腾格尔的伤势恢复得很慢，荆轲要给他找个郎中看看；三来，是命运的手，牵扯了我们，让我们在这里停下来，以展示它的神秘莫测和深谋远虑！

趁这个机会，让我来给你介绍一下这腾格尔吧。

荆轲在卫国朝廷做官时，他是东胡质于卫的胡太子，两人交好成为挚友。腾格尔一直称呼荆轲为庆卿，就像当初他们在卫国时那样，这也是当时的卫国人对荆轲的尊称。那时，两人在一起习武论剑，把酒高歌；荆轲也给他讲解诸子百家，尤其是黄老学说。曾几何时，卫元君也想发愤图强，恢复卫国往日的辉煌。他向荆轲寻求振兴卫国使卫国重新变得强大的策略，荆轲便向他献上了黄老哲学。可是，卫元君并非雄才大略之人，根本理解不了黄老，更不用说以它治国理政了。其后秦伐魏，置东郡，徙卫元君之支属于野王，荆轲便离开卫国，周游天下，而腾格尔也回到了东胡。荆轲在周游列国多年之后，来到了燕国，遇到了高渐离、狗屠，还有那个燕国的节侠田光，以及燕太子，并有了西征刺秦的行动。他想，只有腾格尔才是最好的帮手，便决定要腾格尔和他联手西征刺秦，并捎信给腾格尔。

腾格尔接到荆轲的信息后便告知他的父亲，他要帮助他的朋友去完成一个大任务大使命！他担心父亲不准许他，所以，并没有告知具体的事情，只是说，就是他那个跟亲兄弟一样好的荆轲要去做一件大事，需要他的帮助，两人曾有盟誓，他不能弃挚友于不顾。他的父亲就这样答应了他。

当然了，荆轲并没有告知他具体的事情，那样做是不谨慎的，可能走漏风声的。但腾格尔猜，一定是非常重大的事情，否则，荆轲是不会向他伸出援手的，荆轲做事向来的风格更像是一个独行侠！

腾格尔带着两名随从踏上了奔赴燕国的道路。可是他不知道，他那同父异母的弟弟，比他更想做东胡国单于的二王子布赫，在腾格尔离开东胡国不久后也离开了东胡。他要演这么一出戏，哥哥离开家乡帮助朋友做一件大事，不幸的是，却没有再能回来，他客死异乡了！

东胡国进入燕国后有一个大峡谷，名曰鬼见愁。这里土匪强盗出没，过路人要么留下买路钱，要么留下小命。布赫买通了这里的强盗，要他们在腾格尔路过这里时杀掉他。但是，那些强盗收了布赫的钱，等到腾格尔来到时，他们却想要得到更多的钱，所以，让腾格尔他们留下随身携带的财物，然后就放他们走人了，并警告说，沿途豺狼出没，出门在外，可别大意啊！

布赫欲借他人之手杀掉腾格尔的计谋没有得逞，眼看距离燕都越来越近了，他决定铤而走险。就在距离土高山不远处的另一个峡谷那里，自己和几个手下扮作强盗，迎面杀向腾格尔。他们在空旷的峡谷里展开了厮杀、搏斗，布赫和他的同伙逐渐占了上风。腾格尔他们有三人，而布赫则有五个。腾格尔的一个随从被刺死。腾格尔看寡不敌众，就同另一个同伴逃离峡谷。不料，来到了黄河边，那里有一个羊皮筏子，两人跳了上去。布赫他们也赶到了，一箭射来，腾格尔的另一个随从也被射中，跌入河里。腾格尔奋力划桨，逃到对岸。

　　布赫他们也找到了一个羊皮筏子，几个人挤坐在一起，快到岸边时，羊皮筏子翻了，两个不会水的被淹死了，剩下了布赫和两个同伴，游上岸来，继续追杀腾格尔。

　　腾格尔上岸的那个地方就是北湾，林木覆盖的山区。腾格尔直奔山里来，跌跌撞撞地进了那个岩洞，并且遇见了我们。

　　所以，所有的问题都迎刃而解！

　　布赫和他的同伙死在了荆轲秦舞阳的剑下！而腾格尔获救了。

　　我昆仑龟见证了这一切！

　　可是，可是，我想，那个显而易见的问题已经爬上了你的大脑：铁塔一样的腾格尔，拄着拐杖的腾格尔，他能够跨过黄河，来到咸阳，来到秦王的宫殿，把他的利剑抵在秦王的下巴，喝令他从中原大地诸侯国的土地上后退，回到莽莽西北高原的山脉和丛林，回到他的巢穴，放下毒刀，不是用战争、战车、战士，而是脱下武夫僵硬的战袍，穿上学士柔软的长衫，用对文明的追求、对真理的寻求塑造对权力的病态的渴望、疯狂的攫取，用友善的表情取代粗暴的狰狞，向中原文明大国学习，从自己伟大的祖宗那里，从我祖黄宗那里，从周公那里，寻找到进入文明世界的钥匙吗？

　　是的，这是一个大大的疑问！而且，不光对于腾格尔，事实上，对荆轲，对我们，对这个他带领的团队，这都是一个大大的疑问！

　　因为，伟大的黄河，似乎对我们很不友好！

　　是的，不瞒您说，我们在这里搁浅了！我们无法渡过黄河！

不是土匪地痞流氓，不是险峻的高山，也不是泥泞的道路，疲惫的马儿以及快要散架的马车，而是那个奔流不息，被后世诗人称之为从天上来的、奔流到海不复回的黄河，挡住了我们的去路！

事情是这样的，在黄河、洛河、渭河交汇的那个地方，我们休整了几天以后，在荆轲和腾格尔密谈了数日之后，在他们达成新的默契以后，我们在一个朝气蓬勃的早上驾上马车，荆轲甩动着鞭儿，哼唱起那首比蒙古长调还要悠扬的歌儿：

> 走头头的那个马儿吆，
>
> ……
>
> 你若是我的妹妹吆，
> 你就冲我招一招手，
>
> ……

我们，腾格尔、秦舞阳、狗屠、山杏儿，当然，还有我，一起加入了合唱。

当是时，太阳从河对岸冉冉升起，像一个大火球，我可以看到那燃烧的火球的周边，有黑炭一样的东西掉下来；就在那个火球的更远更深处，昨晚的月球如同出阁的姑娘，披着一层似有似无的薄纱；周围的山川树木，郁郁葱葱，大自然的勃勃生机鼓舞着我们的歌喉，合着早上高唱晨曲的小鸟，一起飞翔在浩瀚的天宇！

一条大路蜿蜒在我们的脚下，那条大河奔腾在我们的眼前，那条昨晚预约好的木船就停靠在岸边，拴在一棵大树上，等待我们把它从树上解下来，放入水中，然后，把我们的马，还有我们，荆轲、腾格尔、秦舞阳、狗屠、山杏儿，以及我，昆仑神龟，送到河对岸，让我们的脚步踏上直达咸阳的通衢大道，让我们英武的勇士利剑在秦宫发出太阳一样炙热的光芒，燃烧在秦王眼前，让恐惧如同那火球周围的黑渣，掉入他被权力和贪婪搞得依然疯狂的内心，斩断那将天下搞得狼烟四起，将诸侯国拖入连年的战乱，将黎民百姓搞得家破人亡，将美丽的大自然搞得满目疮痍的天下第一恶人秦王面前！一个好好的天下，在他企图占有每一寸土地吞并大大小小的诸侯掌握天下所有的权力拥有天下的一切财富睡完地上所有的女人的宏图大略面前，支离破碎，分崩离析，陷入空前的苦难与不幸之中！天地为之悲悯，人鬼为之失魂落魄，神仙为之扼腕痛惜！

是的，现在，我们的荆轲，他即将越过黄河，将疯狂的秦王送上西天，把被他颠倒了的世界，重新颠倒过来！

怀着激动的心情，我用期待的心情瞅着荆轲，深沉英武的荆轲，从马车上跳下来，稳健的步子踏得脚下的石沙沙沙作响，向那棵拴着木船的老榆树大步走去。

只要跨过横亘在那里的一块大石头，他就可以伸手解下那条木船了。我心里默念道。

可是，轩辕我祖，我的上帝，下面的这一幕几乎让我怀疑我祖黄宗是否是我们的守护神，至少，这一刻，他是否把我们的安危放在了心上。

就在荆轲跃上那块大石头之际，突然，河里发出巨大的吼声，一个巨大的漩涡突然旋转着腾身而起，似乎就是庄子逍遥游里描写的鹏鸟，并且发出可怕的吼声，如同百年老树的树干被闪电从中间击中劈开，发出令人毛骨悚然的咔嚓声！

荆轲用他敏锐的目光迅速地观察眼前的一幕，试图找出这嘶吼和这浪的来头，但是，在这令人恐怖的黄河大浪面前，他那人类的感知力是不够用的。来自内心深处的震撼、惊悚、困惑使他僵化在那里，一动不动，而那猛兽一般的巨浪已经将那棵大树连根拔掉，而那条小木船瞬间也被它打得粉碎。

深刻的失望，我想，还有难以抑制的沮丧，以及恐惧，这一刻，成为这里谁也难以抗拒的情感。而这种情感又抑制了他们对眼前形势做出迅速应对的能力。

他们一个个呆若木鸡地僵在自己瑟瑟发抖的腿上。

虽然，荆轲凭借他天生的大心脏，凭借他那天地崩于前面不改色心不跳的强大个性，以及转瞬之间把握天地变化的本能，在对眼前发生的一幕企图做出判断做出应对，但是，古往今来，有几个人能够做到这一点呢？

致命的危险，就像一束闪电，已经高悬在荆轲头顶！

那猛兽一样的浪头粉碎了木船，把大树卷入漩涡之后，就在这些人以为它将顺流而下时，却突然再次团身发力，那水也突然从浑黄变成黑黄，嘶吼着，鬼魅一般嚣张地直冲依然僵在石头上的荆轲。

轩辕我祖啊，你是要终止我们的行程吗？让泥泞的河滩成为我们的葬身之地？

只见那浪头挟裹着泥沙，将荆轲缠绕起来，如同蟒蛇用它致命的缠绕降服反抗者，使它跟烂泥一样失去抵抗力。我想，那个鬼魅一般的浪正是抱着这样的想法，在荆轲身上施展着它的狂暴的力量。

而荆轲，也使出浑身的力气跟那缠绕着它的蟒蛇搏斗，如同一个摔跤手。而我看，那猛兽一样的浪，似乎并不是由水和泥沙组成，相反，他是有形的，是一个实实在在的东西，一个猛兽，或是一个人。

荆轲是如此矫健和敏捷，虽然，他没有巨浪的力量，但他却能够巧妙地避开它的打击，迅速地从它的死亡缠绕中脱身。

他们，荆轲和那黄河里飞身上岸的恶浪缠斗了几个回合，每次，那气势汹汹的浪头挟裹着他，把他从石头上拖下来拽向河里，而就在眼看就要得逞之时，荆轲却从浑浊的大浪中抽出一块烧焦的木板，朝浪头疯狂地劈去，似乎那浪里就有一个活的人或是野兽。木板碎成几瓣，而那浪头似乎也失去了狂暴的力量，变得软弱，荆轲则趁机迅速地爬回岸上！

而最令人难以置信的是，突然间，那气势汹汹的大浪继续嘶吼着，将那块大石头像端盘子一样托起，用它令人生畏的浪头把它掷向河里。而那荆轲，在石头上跟个晕船的水手一样，踉踉跄跄，又是呕吐又是跌倒，趴在石头边缘上，用力扣住石头。但是，他人的力量又怎能跟黄河巨浪的力量相抗衡。只见那巨浪使出浑身的解数，将石头打翻个个儿来，我们便眼睁睁看着那荆轲跌入河里被洪流卷走。

我又听到了有人哭泣的声音！我又何不是已被内心巨大的悲哀和伤痛所震慑，手足无措地在我的无以复加的沮丧中瘫坐在河滩上。

轩辕我祖啊，难道荆轲要葬身在这母亲河的汹涌波涛中吗？这母亲河竟成了障碍了吗？保护起暴君，淹杀了屠狼的英雄？

山杏儿的哭声听上去是从远古的某个时空里发出来的，似乎是从华夏人诞生的那一刻的洞穴中发出来的。那声音包含着无限的悲戚，被深刻的幽怨所充满，似乎是那初生的婴儿，幽怨他的父母将他生在了这样一个洞穴！

生为你的后人的悲哀啊，比时间还要令人绝望！

那荆轲从布赫的毒刀下夺回的性命，却要交给他祖祖辈辈繁衍生息的黄河了！有谁能说这不是宿命?!

可就在我体会山杏儿的哭声的时候，一件更令人意想不到的事情发生了！

荆轲的两匹爱马，诗人屈原送给他，他像自己的眼睛一样珍惜，拖着我们的木板车，和我们一同西征的那两匹骏马，从车辕上脱身而出，昂起头，发出激昂的吼叫，义无反顾地奔向黄河，扑向荆轲被河水卷下去的漩涡中。

轩辕我祖啊，请伸出你的大手，用你的大能，拯救这被黄河水吞没的黄河的儿子！

我这样祈祷，用我同时间一样古老沧桑的眼睛继续盯着那漩涡！

多年来，或者说，自从嬴政将他的利剑指向天下，欲取天下为己有的时候，我就经常听到有人在哭，无端地哭，久而久之，我也开始无端地哭，像山杏儿一样地哭，用自己的灵魂和生命哭，无端地哭，无奈地哭，无助地哭，绝望地哭！

我也开始叩问命运，为何将我生在了这样一片土地上？！

多年来，或者说，自从嬴政将他的铁蹄践踏在诸侯国的土地上，普天之下，狼烟四起，我就经常听到有人在笑，无耻地笑，在血流成河的战场上，在被毁灭的轩辕教堂，在被掳掠去修筑暴君、战争狂人陵墓的奴隶以及宫女的屋檐下，以及被摧毁的农舍和跟废弃的马厩一样沉寂的学堂里，有人发出豺狼面对猎物时的狰狞的笑；是啊，漫天遍野，我总是时不时听见，有人在放荡地笑，有人在淫邪地笑，有人在窃笑，这些笑声伴随着各种各样丑恶的形象出现，如同鬼魅，他们张着贪婪而虚伪的嘴，用各种声音说着不同的花言巧语，但你仔细听，或大或小，或儒雅如绅士或粗俗如屠夫，总之，各种人嘴、猪嘴、狗嘴里，吐出都是这几个字：

谁让你生在了这片土地上？！做奴隶那就叫活该，那就叫命运！

而在这所有的浪笑的背后，在所有哭泣的声音的深处，则是一张暴君的嘴脸，幽灵一样在乾坤里游荡，发出令人厌恶的胜利者的笑，令人仇恨的主宰者的笑！

他说，生在这片土地上，你就是奴隶，我就是主子！

我忧伤的内心常常合计，何时能够脱离这种命运？我的儿子，孙子，重孙子？不，是轩辕的儿子，孙子，重孙子……

漩涡吞没了两匹马健壮的身躯，吞没了它们脖子那里的修长的鬃毛，紧接着，漩涡吞噬了一切，用冷酷的静把我们锁死在泥泞中。把我锁死在我的思想和绝望里！锁死在我的祈祷里！

但是，世界绝不属于绝望！尽管，你常常会感到绝望！

这一次，打破这烂泥一样的使人寸步难行的静的，把我们从绝望中拯救出来的，是骏马的嘶鸣！

那声音就如同唱诗，从漩涡中腾起；两匹马，一匹驮着荆轲，另一匹则用嘴咬住荆轲后背的衣服，将荆轲稳稳地固定在马背上，从水中像退潮时的岩石一样显露出来，然后，奋力击水，奔赴河岸而来！

我们迈开两腿，在泥泞中向马奔去！马扬起高傲的脖子，发出扼住了命运咽喉的胜利者才有的声音，直到我们踉踉跄跄来到它们跟前，才温柔地低下头，卧在河滩上，让我们从马背上将荆轲放下来。

那几个呆鸟瞅着溺水的荆轲。腾格尔用手拍拍荆轲的脸，叫一声荆轲。可那人却没有一丝动静。

我跳上荆轲的胸膛，击打他的腹部，并示意腾格尔给荆轲做人工呼吸。

荆轲吐出一口浑浊的河水，然后又是两口，然后，咳嗽着，睁开了眼睛！

难言的失望和沮丧写在荆轲衰弱的脸上。他看一眼我们，长叹一声，然后，闭上眼睛，依稀可见的泪水从眼眶里出来，融入脸上污浊的泥水中，如同泾渭分明的两河水。

沉重的难以言表的同情在我的心中升起。也许，荆轲也在为自己令人悲悯的命运而落泪。

我们将荆轲抬上马车。

突然，疾风骤雨从天而降，黄河水掀起巨大的波浪，在我们的眼前以大自然那种神出鬼没、人力难以驾驭的姿态，展示出它无穷无尽的不可抵御的力量。

接下来的几天，天气又回到了我们出发时的那种模式：整日整日的秋雨，翻山越岭，腾云驾雾，潇潇洒洒，淅淅沥沥，比那黄帝老祖宗对他子孙后代的牵挂还要漫无边际，覆盖了所有的山川、平原、房屋、人以及各种飞禽走兽，把个天地裹挟在没日没夜的风雨如磐的状况中。

客栈的房屋潮湿而阴冷，小老鼠们半夜里成群结队跑出来，唧唧咋咋地，如同在很多个世纪以后，那些在这个星球上兴起的各种各样的党派的集会，被邪恶的野心、不可告人的动机，被权力、欲望和无群无尽的争斗搞得歇斯底里的人，用夸张的表情浅薄的语言，说着那些写在墙上、印刷在报纸上以及各种文件讲话中的骗人的鬼话，搅扰得本来就十分沮丧的我们，生出无端的仇恨来。狗屠和秦舞阳从被窝中爬起来，准备用诛杀暴君的利剑对付老鼠大军，直到搞得筋疲力尽，也没有追杀到几只老鼠，倒是让大家起初都在着意掩饰的沮丧爆发了出来。

腾格尔从被窝中腾地一声跳下地，一手抓住舞阳的手臂，一手夺下狗屠的剑，左右直拳，啪啪两下，两人就都倒在了地上。

大家谁也不再说话。老鼠们也早就不知去了哪里。沉重的压抑充塞在每个人的心里。屋外的天空电闪雷鸣，大雨倾盆，大家竖起耳朵，倾听外面世界的狂暴的动作，竭力回避一旦没有了外界风雨交加便同潮湿的雨气一起侵入房间的压抑、沮丧！

衰弱的荆轲依然躺在炕上，如同深秋水塘那里一根枯萎的芦苇，微风吹过，只有一丝些微的声响。

突然，套间里头山杏儿那里传来了细微的声音，同屋里摇曳的灯光一样似有若无。

声音渐渐清晰起来，是黑暗中的山杏儿用它稚嫩的嗓子在歌唱。听得出来，她的嗓子有些发紧，似乎多日没有喝水。

歌声飘荡起来，如同拴在岸边的小船，随着潮水的波动，摇晃着自己幼小的身躯。

> 谁谓河广？一苇杭之。
>
> 谁谓宋远？跂予望之。
>
> 谁谓河广？曾不容刀。
>
> 谁谓宋远？曾不崇朝。

这是诗三百卫风中那首叫做"河广"的短歌！

腾格尔坐在荆轲身旁，双手抱膝，也跟着哼唱起来。

> 谁谓河广？一苇杭之。
>
> 谁谓宋远？跂予望之。
>
> 谁谓河广？曾不容刀。
>
> 谁谓宋远？曾不崇朝。

荆轲一动不动，眼睛盯着屋顶，嘴唇蠕动着，似乎也在和而歌！

随后的几天里，我们三渡黄河。

我们早晨出发，沉睡了一夜的黄河安静得像个处女。我们放下木船，突然，那河水从对岸一波一波涌来，一浪高过一浪，直到我们绝望而沮丧地离开……

我们中午出发，河水从遥远的上游友好地流淌而来，如同一位和善的轩辕教教士，在阳光中絮絮叨叨，诵经祈祷，但是，当我们的船来到河中心，突然，一股阴风，从河里腾起，随后，似乎上游突发洪水，我们的船只被突如其来的洪水高举在浪头，颠簸着，像一个醉汉，被扔回原处……

荆轲兄，依我看，是有神明在跟我们作对。腾格尔对荆轲如是说。

荆轲默然点头，深邃的目光凝视着黄河。

黄河不是这么难渡，也不是这样任性乖张！一只羊皮筏子足矣！可是，你看，现在它就像故意跟我们作对，好好的平静的河面，当我们的船下到水里，突然间就风浪大作。腾格尔继续说。

荆轲：是啊，会是哪位神明，跟我们过意不去呢？

腾格尔：荆轲兄，我这样跟你说吧，不管是哪位神明，只要是神明，只要他跟你过意不去，你就甭想到达对岸！

荆轲：看来我们是遇到麻烦了！

腾格尔：兄弟，听我一句话，遥远的北方的我们的国家，我们国家的大王子，王位合法的继承人，我，腾格尔，向你发出请求：放弃你的想法，向大雁飞来的方向出发，到我们的国家去，你可以做我的大宰相！

荆轲：可是，你看到了吗？大雁正在向南方飞去。

腾格尔：如果你觉得大宰相不能达到你的满意，你我共同为王，共和制，我们的历史上就有过这样的先例，比你们华夏人的共和更像共和！

荆轲把目光从黄河那里收回来，双目热情而又冷静地注视着腾格尔。

荆轲说：我亲爱的腾格尔，东胡国的王子，我的兄弟，请听我说，在我的眼里，当今天下，只有一件事值得去做，只有一件事可以称之为事业，那就是推翻秦王的统治！

腾格尔严肃地看着荆轲，欲言又止。

荆轲握住他的手，说：亲爱的兄弟，不是我拒绝你的好意，而是，我的兄弟，只要秦王存在，只要他伸向天下的魔爪没有人出来收拾掉，不管你身处华夏，或是东胡，那魔鬼的凶残的爪子就会掐住你的脖子，直到把你弄死，直到他占有了你的国土，掠夺走你的财宝，抢走了你的女人，然后，把刀架在你的脖子上……

荆轲继续说：秦王征服了诸侯，占有了华夏，他就会剑指东胡！也许这都是高估了他的仁慈。我想，他吞并了燕国，顺道就将你东胡拿下！

腾格尔：苍天啊，他的野心这麼大吗？

荆轲：亲爱的王子，请让我告诉你，他的野心比这个还要大！知道吗，他要成为这大地上的神，这天下的神！所以，他要将我们轩辕教扼杀在摇篮中，他要将黄老缔造的大自然一样伟大、孕育着无限生机活力、无所不包而又个性十足的华夏文明彻底颠覆，用他垄断一切权力、占有所有的利益、控制每一个有生命和无生命的存在物的强权意志主导一切，把天下所有的人、所有的虫，所有的牛所有的羊，以及一切长在张家墙上的芨芨草，李家菜园子里的苦苦菜，北方的几乎干涸的溪流以及南方洪水滔滔的大河，都掌控在他的手中，成为他、他的三妻四妾，他的子子孙孙的私人财产！独霸天下为己有！占有一切，控制一切，享有一切，这就是秦王所要的。难道，曾有人，或有神，曾经要这样吗？

腾格尔：真是可恶之至！这样的混蛋，实为天下之大患！

荆轲：亲爱的兄弟，我的王子，我曾经为官卫国，求学稷下学宫，足迹踏遍诸侯国，我总算明白了一个道理，秦王不除，国将不国，人将不人，天下将为魔鬼所统治！我的国家，我的子子孙孙，逃脱不了这个命运，你的国家，你的子子孙孙，也逃脱不了这个命运，而且，永远不会改变！所以，我得出了这个结论：普天之下，唯有擒秦王以除之，才是我荆轲当做之事！

听了荆轲此番言论，腾格尔便不再提两人北上共治东胡国的事儿。

腾格尔：荆轲兄，知道吗，跟我们作对的，不是人，是神！是河伯！你夺了他的人，虽然，他不能将你置之死地，但他要阻挠你，让你的脚步无法跨越他的脊梁，使你无法完成你的事业！

荆轲默然点头。问：可有解法？

腾格尔：昨晚，我占了一卦。卦象说，你必须给河伯献上珍贵的礼物，他才有可能放你一马！

荆轲：珍贵的礼物？是何物？

腾格尔：诗人屈原送你的两匹马！

荆轲沉默良久，然后对着滔滔河水说：我夺了河伯的新娘，河伯便要夺了我最亲密的伙伴。

他抓住腾格尔的手，声音低沉到跟耳语一般：那就这样吧。请你告诉河伯，我答应他的要求。

荆轲是这样给河伯献祭他的两匹骏马的：他精心选择了一处河水湍急的转弯处，精心为它们梳洗，跟他们做长时间的交流……

然后，当大西北气势磅礴的傍晚从遥远的西天踏着漫天的乌云，伴着丝丝小雨来临时，荆轲在河边设下祭坛，向轩辕我祖祷告，向河伯祷告，然后，牵着他的两匹马，一步一步地向河水走去……

我们，腾格尔、秦舞阳、狗屠、山杏儿，还有我，以及大河两岸的群山，秋天的庄稼以及在风雨中摇摆的树木，看着荆轲牵着他的马，进入滔滔黄河……

荆轲为两马守灵一夜。他为它们击筑，为它们唱歌，为它们舞蹈，并为它们长时间祈祷，直到鸡叫三遍，晨光爬上阴云密布的天空！

我们，所有的其他人，也都和荆轲一起，为两马守灵，直到鸡叫三遍，晨光爬上阴云密布的天空！

荆轲精心准备了第三次渡河。他们一行人仔细分析研究和讨论了渡河的方案，花高价买来一条结实好用的新船，就在当天的傍晚时分开始了第三次渡河。根据腾格尔的八卦演绎，傍晚的天气是适合渡河的。

果然，傍晚时分，老天爷收敛了自己的雨水，给长时间隐居在云山雾海里的月亮一个露脸的时机。河水发出轰隆隆的声音，但在夜色中似乎是一条通天大道，向我们发出横渡的邀请。我们心里喜悦，急急忙忙下水划桨。

对岸，我们计划中登陆的河流转弯的那里，白天，我们观察过的，那里有几棵大柳树，由于河水漫延，它的半截身子站在河水中。只要我们的船来到树跟前，我们就可以蹚水上岸。

柳树的身姿在月光中逐渐显现，从一团迷雾状到可以看到它的轮廓，看到它的枝条。我们很快就可以来到柳树跟前，把我们的船拴在它的身上，然后，蹚水上岸了！

那条小狗，对了，我忘记告诉你们了，山杏儿在这里的街上捡到一条流浪狗，它就随我们一起西征了。

那条小狗先是发出吱吱的叫声，然后对着天空汪汪咬起来。山杏儿随着狗咬的方向望去，看到一个巨大的乌云团从对岸朝我们滚滚而来，气势凶悍，令人恐怖！

快看，那是什么？山杏儿指着远处的乌云团一样的东西大喊。

我们随着山杏儿的手指望去，那大山一样崩裂的乌云团发出山洪暴发的吼声，从对岸那几颗柳树的顶上朝我们碾压而来！

快趴下！荆轲大喊一声，用他有力的双手将身边的人摁到船里。

抓住船帮，不要松手！荆轲再次提醒同伴。

乌云团像一双魔掌，把我们攥在其中，把我们从眼看就要摸着它粗壮的树干的柳树旁一把揪起来，扔向一个漩涡……

轩辕我祖啊，我向你祈祷！请伸出大能的手，救我们脱离这魔鬼的漩涡！

我这样祈祷，看一眼荆轲，他的一手紧紧抓住船帮，一手死死抱住装有督亢地图和樊於期首级的匣子。

河面上狂风呼啸，奇怪的是并没有雨，也没有电闪雷鸣与之相伴。我们的船在漩涡中颠簸着，同样被卷入漩涡的动物的尸体、被大浪粉碎的羊皮筏子以及各种小船的残骸，还有那些被连根拔起的岸边的树木，敲打着我们的船帮，并随着河浪涌入我们的船里。

漩涡一会儿把我们拖上波浪的指尖，然后，连拖带拽，将我们再次塞进漩涡深处。我们就这样被折腾得死去活来，上吐下泻，逐渐失去了与之抵抗的能力，瘫软得倒在船舱里，任由漩涡摆弄。

河面上突然爆发出一阵狂笑。紧接着，我们再次从浪尖上跌下来，或者说，被扔下来。我们的船底朝天砸向河面，我们则从船上掉下来，如同被顽童抛下山崖的小土块。

伴随着又一声狂笑，那船在我们的头顶破裂了，船板砸向我们，随后一起被波涛带走。

这样汹涌如猛兽的黄河，数千年来，我从未见过。我也被船板砸得晕头转向。但我依然牢牢咬住荆轲的衣服，不让他沉入河底，成为河伯的囚徒。

可怕的黄河！令人恐怖的河水，这难道是荆轲所谓的大自然的血液，轩辕我祖的眼泪？！

我依然没有忘记祈祷！任何时候，我都不放弃祈祷！从绝望中看到希望，这才是我千年龟应有的素质！

可是，有一个浪头袭来，似乎是特意针对我而来。它在我的头顶团起身子，似乎拳手收紧小臂，然后用尽所有的力气朝我袭来。

我的意识出现短暂的模糊，牙齿一松劲，荆轲又被漩涡带走了。我想要追上去，可是，我却给河草缠住了，无法脱身。

我在河草里动弹不得。但我不忘记祈祷，当人的力量无济于事的时候，当我的力量无济于事的时候，我从来不怀疑神的力量，不怀疑轩辕我祖的力量！

第八章　荆轲书之一

荆轲，荆轲……

有人喊我的名字。我努力定睛看去，一棵被连根拔起的大树被旋涡挟裹着朝河里沉下去。有人紧紧抱住树干，随漩涡向河里沉下去。

抓住树干，不要松手。我喊道。

我的话还没有喊完，一波洪流汹涌而至。浑浊的河水灌进我的喉咙，双脚似乎被什么力量猛拽了一下，身体随着漩涡向河水的深处加速下沉。

轩辕我祖啊，你身在何处？请伸出你怜悯的手！

我这样祈祷！

但是，漩涡，这狂暴洪流的邪恶的手显然比我的祈祷和我的身体更有力量。它抓住我的头和肩膀，将我塞进漩涡的深处。

我努力保持清醒，努力用两耳倾听水中发出的声响，以辨别这漩涡并对它狂暴的力量做出应对。

黄河并不令我恐惧，即使深陷漩涡之中。我熟悉它的脾气。自我第一次一猛子扎进这故乡的河流，我就喜欢它的野性。可以说，跟喜欢那个在夕阳里温和宽厚得跟个老爷爷似的黄河并无两样。潜入水中，观察水中的鱼，倾听水流的声音，这是我在那些烧脑的工作之后的最爱。

但是，我从来没有看到它狂暴到这样，就像一个疯子，因为对自己的极端不满，做出各种伤害自己的举动，似乎只有毁灭了身边的一切，甚至是毁灭了自己，才能让他平静下来。

一块船板随着漩涡朝我冲来，重重地砸在我的头上。矫健的荆轲的力量从我的身体里消失了，强大的理性也从我的心中失散了……又一股洪流跟猛兽看到猎物一般爆发出全身的力量，将我带走……

上帝啊，轩辕我祖，难道……

然后，我就完全失去了理智。

不知过了多久，我感觉右边的太阳穴疼痛难忍。

正是这一阵猛烈的痛感，将我从昏睡中唤醒过来。

感谢轩辕，感谢我祖！

我睁开眼睛，眼前灰蒙蒙的。我艰难支撑起身体，朝周围望去。我又看到了那条浑浊的河流。不过，这一次，它在距离我很远的一段距离以外，似乎在我的脚下奔流。

我看到了树木，似乎还有坑坑洼洼的道路，以及被雨水浸泡得快要垮塌的土坯房……而我，正躺卧在河滩上烂泥中……

我并没有死！我还活着！

我祖黄宗倾听了我的祈祷，将我从漩涡的魔爪中拯救出来，送我来到了河滩。

我的浑身上下被污泥和各种各样的木屑杂草，甚至还有狗屎狼粪，像农夫用泥巴漫墙糊了个遍。原来，选我已经将我的衣服全剥了去，连内裤都没有留下。我的形象是这样的狼狈不堪！一丝深入骨髓的痛苦，一种似乎是失败者的感觉在我有生以来第一次进入我的意识。我的身体在这意识的影响下，似乎更加疲弱无力！

轩辕我祖啊，难道你要抛弃我吗？

我硬撑着从泥塘中爬起来，用意志的力量支撑住摇摇晃晃的身体，眼前出现了在晨光熹微中不舍昼夜的黄河。恍恍惚惚中，我清晰地看到这黄河水，流进了岸边农田里的玉米地，清晰地听到了玉米秆生长发出的嘎巴声！

我感觉呼吸通畅，大自然赐予我的口鼻又将生命的力量源源不断地注入我的身体，将轩辕我祖教养的感觉、理念、思想，重新唤醒！

我在一堆大浪冲到河滩的垃圾中发现了一块破布，我捡起来，拴在腰间，又从烂泥塘中捡起一根树枝，拿在手中，踩着脚下的烂泥，深一脚浅一脚地朝岸上去。

哈哈哈……

突然，我听到有人发出喷饭似的大笑。我环顾四周，看到几只飞鸟从前方的树枝上一跃而起，从河流的方向去了。

哈哈哈……

又是忍俊不禁的大笑！

一个人大笑，一群人紧接着一起大笑。

树上的鸟已经飞完了，树枝发出轻微的摇晃。

啪！

空气中传来一声清脆的马鞭声！然后，又是一声！

哗啦啦！哗啦啦！哗啦啦！

是一群人模仿流水的声音！

然后，一群人从陆地上奔跑过来，分列两排，手中摇晃着橘黄色的旗子，口中喊叫着独眼龙大王驾到，请路人伏地跪拜！

两个戴剑的武士冲我而来，将我冲倒在地，并且每人一只脚踩住我的肩膀！

一切权力属于独眼龙！与独眼龙为敌者只有死路一条！

众人高呼！

一个高大魁梧的人大笑着朝我走来！

真理就是独眼龙！独眼龙就是真理！

我挣扎着抬眼望去，看到了一张狮子脸！

当然是那种长在人脸上的狮子脸！相术上所谓的狮子脸！你在有权有势人的脸上经常可以看到的狮子脸！或者说，相面术称这种相貌为狮子脸！

这是荆轲吗？就是那个夺了河伯女人的大英雄吗？

独眼龙左右开弓，将两武士打倒在地！

蠢货！有眼无珠，如此对待天下第一勇士，该当何罪！拉下去给我斩了！那有狮子面相的人说！

一切权力属于独眼龙！独眼龙就是法！独眼龙就是最后的审判者，独眼龙就是最后的裁决！独眼龙就是神!独一无二的神！

列队里的人这样齐声唱喊！

有狮子面相的人将我搀扶起来，看我一眼，又发出喷饭的笑！

他的脸上只有一只眼，长在鼻梁的上面，两条剑眉的中间；那只眼睛似睡非睡，似醒非醒，但每一个被这个眼睛扫视过的人—这只眼睛不是看你瞅你望你，而是扫视—都会有一种特殊的感觉，都会有一阵寒颤爬上你的身体！

那是一种远古的扫视！是的，你会觉得，这种眼神，或者说，具有这种眼神的人，是从人类远古时期的某个洞穴中爬出来的，他的眼神跟那个洞穴一样的黑暗神秘并令人不寒而栗！

这种眼神似乎能够穿透你的身体，直达你的内心，他似乎告诉你，我掌握你的一切，我控制你的一切，我是你的主宰，我就是你的命运！

跪下吧，低头吧，承认你的卑微下贱吧，把你的一切交给我，我才是你人生的规划者，否则，我会像掐死一只虫子样弄死你！

他发出的喷饭似的笑，这笑声告诉你，这笑声的主人，不光主宰你的命运，连你脚下的这片土地，这里的每一根杂草，每一个爬虫，都在他的掌控中！

我努力克制自己的愤怒，忍受着这笑声像妓女的洗脚水那样泼洒到我的脸上！

我没有回答他的问话，冷静地打量他。

多么冷峻，多么英俊的一张脸！独眼龙抓住我的下巴，如同马贩子审视牲口那样，然后，呵呵笑着并回过头去，对骑在马上的人说，是荆轲吧，除了他，没有人会有这种气质，在我独眼龙看穿天地之心的眼光前如此镇静自若！

骑在马上的人是一个女人！

听到独眼龙的问话，她回答说，独具慧眼的龙王，洞察万世万事万物的龙王，没有人能欺骗得了你的龙眼！

这些话说得就跟唱得一样动听！不，这些话都是用流行于燕赵两国的民歌的曲调歌唱出来的。独眼龙说，龙王我虽然贵为地地道道的龙种，黄帝玄孙的第三代玄孙，具有一切龙王的神奇的功力，但说洞察万事万物，这可是我高祖黄帝独有的能力！

龙王过谦！我王独眼龙超越古往今来所有的神仙帝王，他是万王之王，群龙之首！

列队里的人齐声高唱！

他的功绩盖过了三皇五帝，他的能力超越后世所有的帝王！他为后世诸王之楷模！

独眼龙哈哈大笑，说，我就是黄帝派来造福于你们的，我掌管着你们的过去，现在，更掌控着你们的未来！有人说，我们这里是绝望岛，我看他们是瞎了眼啦！

列队齐声高喊：他们是瞎子，瘸子，臭要饭的，是垃圾！我们这里是未来岛！

独眼龙振臂一挥：是的，我们这里是未来岛！未来世界就是我们这个样！一个岛屿，一个帝王，一个信仰，一个思想，一个声音，一只眼睛！我们是未来六自一体社会的模板！

列队里乐声昂扬，歌声阵阵！

一阵慷慨激昂的颂歌之后，那个将独眼龙比喻为通晓万世万事万物的神明的女人，在马上高喊：一切权力属于龙王！

所有的人高喊：一切权力属于龙王！

那龙王突然鼻子一酸，用悲哀到几乎要哭泣的声音说，荆轲先生，您看，他们这是赶鸭子上架啊，我哪里能够担当普天之下的重任！只因为，我是黄帝的第十三代龙孙，我就不得不接受他们搁在我肩上的担子，我就不得不承担为天下人引路导航的担子，我就不得不把他们所有的一切都扛在肩上，为了让他们能够过上天下最幸福的生活，周公吐哺，寝食难安！他们这是活生生将一个普通的帝王逼迫成一代圣君的节奏啊！

我依然赤裸着身体，或者说，腰间只扎了一条遮羞的粗布。在黄帝第十三代玄孙面前，在他的谦卑面前，尤其是骑在马上的那个女人面前，我感到了有生以来从未有过的羞愧，从未有过的耻辱，从未有过的绝望。

我的上帝，轩辕我祖，那个女人不是别人，正是山杏儿；她胯下的那匹马，不是别的马，正是屈子送我的，昨天献祭给河伯的两匹马中那匹枣红色的马！

而另一匹，黝黑黝黑的那匹，刚才这独眼龙就骑在上面！

轩辕我祖，我的天帝，你这是要我失去对你的信仰吗？你这是要彻底颠覆我的认知，将我推入怀疑的深渊吗？我这样发问，我的胃部感到一种生理性的绞痛！

道可道，非常道！道尊的这句话将我从深刻的绝望中拉回来。我用力握一握发僵的两手，继续对自己说，道可道，非常道！

哈哈哈，亲爱的荆卿，伟大的荆卿，空前绝后的大英雄，天底下最勇敢的侠士，你看，河的对岸就是咸阳，你可以闻到那肮脏的城市里臭鱼烂虾的味儿，还有那秦王宫殿里女人的月经气，多么幸福的秦王啊，他远大的抱负里不过就是几堆黄土一堆臭鱼以及跟臭鱼烂虾一样多的女人，他管这叫为天下谋！

不屑从独眼龙的鼻子里随一个喷嚏蹦出来。他回过头，突然对着他的随从大发雷霆。

你们这帮混蛋，白痴，婆娘的臭屁熏大的脑残，难道你们都瞎了眼吗？看看你们眼前的这位大英雄，却赤手空拳，手里连一把短剑都没有，光着个膀子，露着个腚……噢，我可怜的荆卿，难道这是苍天给我一个机会，让我亲自把这把剑送到你的手里吗？

独眼龙从腰里取下一把长剑，塞到我的手里，立即，周围的人发出声嘶力竭的呐喊：

独眼龙拥有一切，独眼龙赐予一切！

一对男女手挽手出列，心神无限向往的表情，载歌载舞，周围的人高喊：独龙岛的人有福了！黄帝的直系血脉，我们的龙王，是真正的龙种，是唯一的龙种！他正在从事天底下最伟大的事业，将我们这泥土胚子，普通男女生养的贱种，改造成跟他一样的龙种！

载歌载舞中，独眼龙喜笑颜开，跨上那匹黝黑黝黑的马，我昨天献祭给河伯的马，天下人无不羡慕的屈子赠送给我的马，拉着我走遍天下，一路从易水来到这三河交汇处的那匹骏马！

独眼龙上马时，一个人跪在地上，独眼龙满是污泥的两脚踏在他的背上，那人发出受宠若惊的声音，周围听得，立即欢呼：

那些在独眼龙脚下的人有福了，因为，他感受到了神一样的独眼龙无处不在的恩惠！

那对男女再次出列，这样歌唱：

欢乐吧，你这人，歌唱吧，你这人，

多麼幸福，你这泥土胚子，

龙的脚踏在你的脊背，你泥土胚子

将从此脱离凡胎……

那歌唱的男女发疯般狂吻独眼龙留在那人身上的脚印，以及那些烂泥巴。

而那个刚才被独眼龙踩在脚下当马凳的，不是别人，正是狗屠。别人吻他背上的泥巴，他则跪在地上，谦卑虔诚地又吻又舔舐独眼龙的脚印！

我站在原地。莫大的耻辱和极度的羞辱令我浑身发冷。我感到浑身僵硬。我感到手脚有些哆嗦。我努力控制住自己。我感到他们所有的人，独眼龙以及独眼龙所有的龙种，以及山杏儿、狗屠，他们的眼光都在捕捉我的眼神。我似乎看到他们在嘲笑我！

我的眼前晃晃悠悠出现了盖聂。

周游列国途径榆次，去拜访这当地的名人，击剑高手，并与之论剑。谈话之间，因为观点不和，因为他不同意我关于击剑的某些看法，遂对我怒目而视，用他自己的话说，便是目摄之！我不再与他论剑，起身离开盖聂府邸，驾着我的马车离开榆次。

我的眼前也出现了鲁勾践！

游于邯郸时，鲁勾践跟我博戏，争执博局的路数，鲁勾践发怒呵斥，目露凶光，我默无声息地逃走了，并不再与之见面。

盖聂和鲁勾践的怒目，被天下人传为我荆轲胆小怕事的例证，也被司马迁写在那篇关于我的文章中。是的，在这些或大或小的屈辱面前，我选择了沉默，我选择了不与之争！

我将继续沉默！我将继续不与之争！

独眼龙跨上马，气宇轩昂地环顾四周，然后，用马鞭指指另一匹马上的山杏儿，说：

亲爱的荆卿，河伯将他的女人交给我了！河伯也将黄河交给我了！他不配做黄河的大神！我赐给他一条小河流，同易水一样的小河，那个更适合他！

一切权力属于独眼龙！独眼龙是黄河的主人，独眼龙是所有女人男人的主人！独眼龙主宰一切，独眼龙掌控一切！

冷傲的山杏儿在马上随同其他人一起呼喊，谦卑的狗屠在泥潭里随同其他人一起呼喊！

一个只有一只眼睛，另一只眼睛已经瞎了的干瘪的老头，从人群里跪着爬到独眼龙的马前，俯伏在地，吻一下独眼龙的脚印，说：请问龙王，时辰已到，可以为大英雄荆轲洗礼了吗？

独眼龙右手挽缰，左手指向前方，说：为大英雄荆轲洗礼！

几个披头散发的女人从后面跑出来，站在我的两旁。她们的打扮告诉我，她们都是巫女。

干瘪的瞎了一只眼的头发白得雪一样的老头站到我的眼前，目光似乎在看我，又似乎在看天，他说：

荆轲，天下大英雄，请让我告诉你，你来到的这块大陆，是天外飞地，是天上的神，为地上的人，创造的一块飞地！神的目的是告诉人，这里就是人间天堂！数百年数千年以后，人类最美好的生存模式，就是你来到的这块土地的模式！

荆轲，天下大英雄，请让我告诉你，这块土地的主人，他的统治者，拥有者，就是黄帝的第三十代玄孙，天下最纯正的龙种，独眼龙！

众人齐声高呼：天地有福了，因为，独眼龙来到了这里！人和天上地下的万物福有了，因为，独眼龙主宰他们！

干瘪的头发雪白的老头等呼声渐消，接着说：独眼龙是最完美的人，无限接近神的人，事实上，他就是人间的神！他龙眼独具，洞察天上地下的一切；他龙眼独具，为有生命和无生命的万物的命运做出安排；他是主宰者，他是神，他是黄帝的龙种，受黄帝的委派来统治我们造福我们！

说到这里，脖子上挂一串石头项链的胖老头来到我们跟前，对我说：

荆轲，尊敬的天下大英雄，经过我们几代科学家的研究考证，黄帝造人，最初都是独眼！一只眼才可以做到慧眼独具，一只眼才能洞察入微，一只眼才能高瞻远瞩！一只眼，才是完美的人，才是神创造的人！

这脖子上挂石头项链的，指着头发雪白的老头说：你眼前的这位通晓天地机密，比你们周公，甚至连伏羲都望尘莫及的人，在两只眼的时候，他愚笨得就跟一头猪，只知道吃了睡睡了吃，并且十分荒唐的是，他认为这就是人应该有的样子。但是，当他来到我们未来岛，当他接受了未来岛的洗礼，当他改变了观念，变换了思想，认识到独眼龙才是完美的人，当他决心用实际行动表达向完美人靠近的时候，他将自己的一只眼睛熏瞎了，成为了慧眼独具的人。观察天象，预言未来，以及其他种种神奇的能力源源不断地来到他的身上！他现在掌管着我们未来岛所有的宗教事务，直接与鬼通话，把完美人独眼龙的旨意告诉天上的神明和地下的鬼怪！

独眼龙才是完美的人，独眼龙才是真正的龙种，独眼龙才是黄帝最初创造人！周围的人齐声大喊，山杏儿和狗屠也举着拳头发出声嘶力竭的叫喊！

脖子上挂石头项链的老头突然哭泣起来，悲声如同狼嚎。他说：命运多么不公啊，我的右眼也熏瞎了，但是，它却残留了一点视力，看上去依然像跟那些不完美人的一样！所以，我的心愚钝得依然跟普通人一样！多一丝一毫的视力，就是多了一丝一毫的不完美，就是跟完美人拉开了天大的距离，这是神在惩罚我啊！

他将脖子上的项链扯下来，扔到脚下的污泥中，用脚死命地踩，并突然从怀中掏出一把短剑，朝自己那只没有完全熏瞎的眼睛剜去。只听一声惨叫，鲜血从他的眼窝里流出来，那只眼睛被他一把揪出来，扔向远处。

独眼龙万岁！独眼龙就是神！众人齐声高呼！

队伍中出来几个膀大腰圆的壮汉，将那剜了眼睛的老头高举起来，在河滩上旋转；一群女子围绕着载歌载舞！

自豪吧，骄傲吧，幸福吧，那完成了从普通人向完美人进化的人!从此，他的心将不再迷茫，他的心明亮得就跟太阳一样，因为真理的光芒扎根在了他的心里，他的内心将只听从来自独眼龙那里的真理的呼唤，无论刀山无论火海，他的脚都不会迷失方向，也不会惧怕妖魔鬼怪，他视他们如同无物，因为，独眼龙注入他内心的真理，那力量是天底下最强大的力量！

头发雪白早已瞎了眼的老头，那个男巫师，高声宣唱道。他唱完了，对我说，荆轲，大英雄哦，你距离完美人比我距离我祖黄宗还遥远，你不知道你是多么可怜多么可悲吗？

周围的人发出阵阵悲戚之声！

他手中拿着一把刀，向我的眼睛慢慢逼近来。

荆轲成了独眼侠，他将是多么俊美呀，天底下不会再有第二个了！他将成为与完美人你独眼龙相媲美的存在！

山杏儿这样对独眼龙说。

独眼龙突然大手一挥说：完美人的路道阻且长！

周围立时鸦雀无声！人群立即僵化得跟一群拙劣的石雕，只做作出一丝虚假的生气，就跟内心充满了恐惧的人努力控制自己的身体言语，生怕流露出蛛丝马迹，被那个令人恐惧的人看见，招致难以预料的灾难！

让他继续在通向完美的道路上做个苦行生吧！这个荣耀的时刻让他在期望中一步一步地到来吧！

独眼龙声音低沉，是那些掌控生杀大权的人的那种深沉和低沉，但却让你感觉如此掷地有声，如同从地上隆隆而来的响雷！

我，黄帝的第十三代玄孙，是开明的！我不是河对岸的那个暴君，那个养马人的后代，欲夺天下权利为己有，见不得别人哪怕是想拥有两只眼睛的权利！他仇恨他们，比魔鬼蚩尤仇恨黄帝还要猛烈！谁要是有一星半点这样的想法，说他要跟普通人一样拥有两只眼睛，那养马人的后人，那个暴君--你们知道我说的是谁—会怎么样呢？你们知道的！

大家发出山呼海啸般的呐喊：死，死，死！

独眼龙对大家的响应满意地点头，然后继续说：

是的，那马屁股后面的小丑，便认为这人动机不纯，是觊觎他养马人的羊皮袄，想要将他从马背上推倒下来。所以，他给他们的出路只有一条—死！

所有的人都向地上吐唾沫，做出十万分不齿的举动！

独眼龙滔滔不绝，用马鞭指指河对岸，继续慷慨激昂地说：

他，欲霸占周公天下为己有！却视那些保家卫国的诸侯为分裂天下的人！却将安分守己在自家封地上播种耕耘的贵族当做居心叵测想要做大做强图谋篡夺天下者！就连那些四处混饭吃的士人，比如什么春秋或是战国的四君子门客之类的，甚至大英雄荆轲这样的才智卓著的士人，搞一些著书立说这样鸡毛蒜皮的出点小名的事，也要被扣上妖言惑众、散布异端邪说、图谋颠覆天下的帽子！

人群中发出呜呜呜的莫名其妙的声音，似乎是对牧马人，似乎是针对我！

独眼龙狠狠摔一下鞭子，鞭哨在清冷的空气中啪啪作响：是的，养马人最仇恨别人跟他分享权利，尤其是权力！凡是那些跟他要权要钱的人，尤其是要权的人，养马人一定像弄死蛆虫一样弄死他！

一切权力属于独眼龙！

人群高呼！

独眼龙收起鞭子，声音低沉得如同通天晓地的圣哲一样：

但我容得下两只眼的凡人，容得下他们跟我在这未来岛上散步，看夕阳西下，听蝉鸣蛙叫，思念我祖黄宗！

人群爆发出山呼海啸般的呐喊！他们载歌载舞，歌唱伟大的、普施恩惠于天下的独眼龙！

独眼龙：给大英雄荆轲的洗礼正式开始！

女巫列队在我眼前做法！她们口中念念有词，手里拿着燃烧的火把，是用艾灸草做成的火把，燃烧以后发出阵阵沉郁的香气；并不时从胸前的口袋里掏出一把粉末，洒向我的头顶。这时，周围的人群便一起高喊：让独眼龙的声音充满你的心灵，让独眼龙的思想成为你的思想，这样你的心思永远不会迷失方向；倾听独眼龙的教诲，真理的光辉就会照耀你的心灵，真正有用毫无瑕疵的知识会像空气一样进入你的头脑，你会成为独眼龙最忠诚的勇士，心甘情愿地为他奉献自己的所有！

幸福吧，你这受到独眼龙钦点的人！感恩吧，你这愚钝的人，你这被愚蠢自私的念头堵塞了心灵的人，此时此刻，你的内心将被独眼龙伟大的思想主宰！你将超越低俗平庸无所作为，成为一个有希望有未来的人，成为独眼龙拯救天下的伟大事业中的伟大战士！

女巫们说说唱唱唱唱跳跳，她们用一些奇特的颜料涂在脸上、身上，和艾灸以及那些撒在我头上的粉末发出奇异的味道，使人神志昏迷。她们围绕我不断地做法，歌唱舞蹈，情绪越来越激昂，周围的群众随着她们的歌舞说唱，情绪也越来越激动。独眼龙用马鞭轻轻抽打了人群中一个年轻的女孩子，只见她激动得哭泣起来，狂吻鞭梢抽打过的衣服，其他人也立即围绕着她，发疯一般抢着狂吻她。

她挣脱人群，一副受到诸神宠幸的神态，热泪流淌，口中喃喃自语：伟大的独眼龙，我是你的人，我是你的女人！然后，一把抓住独眼龙的踏在马镫上脚，无限深情地将那上面的泥巴舔干净！然后，发疯一般奔向黄河，纵身一跃，跳入汹涌而浑浊的河流！

众人发出惊恐的呼喊！

那主持给我洗礼的干瘪的老男巫大声说：那跳入河里的女子有福了，因为，她死在了独眼龙巨大无比的恩惠中！独眼龙比天大比地大的恩情使她激动地无以复加，她知道，只有一死，才能永远保有这种恩情、幸福，尤其是这份幸运！欢呼吧，跳跃吧，你们，为她，也为你们，为那同时间一样永恒的救恩！

人群中发出无限热烈的欢呼！女巫们齐声歌唱：

被独眼龙鞭打的人有福了，你从此脱离平凡，你从此成为被神悦纳的人，你这小女子！欢呼吧，人们，独眼龙的救恩正在等待你们，等待你们从自己的愚昧中醒来，用独眼龙的眼光，神一样的视野，用独眼龙的思想，天地一样伟大的独一无二的真主义，拯救你们被邪教，被邪恶极端的思想蛊惑的人心；独眼龙是唯一的神，独眼龙的教义是唯一伟大的教义，独眼龙教是天下唯一的真正的宗教!他将你们从愚昧、贫穷、落后、无休无止的战乱中拯救出来！他不是月亮，不是太阳，他是天，他是地!他比天地还要伟大……

女巫们的做法结束了！整个过程，我微闭眼睛，不断告诉自己，清醒清醒，不要被女巫迷迷糊糊的做法，不要被她们的歌舞以及各种各样的气味，更不要被周围的人群毫无理性的情绪迷糊了你的神志。我知道，如若发生那样的事，我一定被独眼龙耻笑！他会说，你们看吧，这就是荆轲，那个所谓的大英雄，那个正要去做前无古人后无来者之大事的荆轲！而他那些女巫、男巫以及那些庸众，他们无不高呼：独眼龙法力无边，独眼龙征服一切！

随着女巫们退出前场，一个干瘦如同秋天摘了头的向日葵杆子那样的老头从人群的背后摇晃着走到我的跟前。

他干枯的眼神望向独眼龙，独眼龙将马鞭轻轻扬起，那男巫便高声宣唱：

请安静，未来岛的腹语专家，通晓人鬼神语言的腹语大师，人称鬼谷子的伟大的独眼龙的御用腹语大师婴儿魂登场了！

人群失去了噪音，如同秋天的向日葵，在夜风中瑟瑟发抖，寒冷和死亡的冷手抓住了他们的身体！他们努力控制自己的身体和表情，以免这种情绪流露出来，被别人发现，所以，个个僵硬在那里，如同被拆毁的建筑里的那些破烂的椽子、墙头以及破烂的家具。

男巫对我说：荆轲，伟大的独眼龙对你的洗礼结束了。你感恩吗？

腹语大师用他那只还没有弄瞎的眼睛审视着我。

我感恩。

又问：你承认独眼龙为黄帝在世上独一无二的龙种，黄帝的真正传人吗？

我承认。

你承认独眼龙发现了天下最伟大的真理，他的思想穷尽了宇宙的真理，他的思想就是人类的最高真理吗？

我承认！

你承认独眼龙就是神，从今天起，你将用毕生的精力，用你全部的热情和爱，用你的虔诚，实践独眼龙的教义，努力做一个完全人；坚决彻底地放弃鼓吹道生法、执道者立法、道法自然这样异端邪说的轩辕教，坚决彻底地信奉独眼龙教，坚决彻底地相信独眼龙大于一切，坚决彻底地相信独眼龙就是法；普天之下率土之滨，独眼龙法主宰一切；浩瀚宇宙永恒时间，独眼龙教是唯一由神传给人的宗教。从古至今从无到有，独眼龙教对宇宙对社会对人生的教义是唯一正确的教义，而你呢，坚信这一切，并且立志做独眼龙的最虔诚的信徒吗？

我沉默了一下，我想说，轩辕教信奉的也是轩辕黄帝我祖黄宗啊！但我知道这是幼稚的也是天真的，甚至是可笑的愚蠢的。

我说，是的，我将这样！

你承认一切权力属于独眼龙，独眼龙是黄帝赐予我们的恩惠，他离开了我祖黄宗，受我祖黄宗的委派，来到这个世上，做我们的统治者，唯一正统的统治者！

我承认！

你发誓，你会将自己所有的一切都奉献给独眼龙，并且为独眼龙最后统治全天下心甘情愿地献出自己的生命，直到流尽最后一滴血！

我发誓！

请跟我说，生为独眼龙的人，死为独眼龙的鬼！

生为独眼龙的人，死为独眼龙的鬼！

男巫退后一步，向伟大的独眼龙行三叩九拜大礼，然后请腹语专家上前，说：请伟大的独眼龙的腹语专家审查洗礼取得的丰硕成果！

腹语专家向伟大的独眼龙行三拜九叩大礼，然后用那只还没有弄瞎的眼睛打量我的脸，俯身于我的肚子，倾听我的腹语。

他如此反复做了三次，那男巫和所有围观的人都紧张地、十分期待地等待腹语专家的结论！

大师，老专家遇到新问题了？

极其复杂的问题！腹语专家说。

请运用伟大的独眼龙的思想做腹语研究的指导思想，那样，就是天大的秘密也会迎刃而解！男说，人群爆发出响应的呼声。

腹语专家用手掌掌一下自己那只已经瞎了但可能并没有完全瞎的眼睛，说，都是这只该死的眼睛扰乱了我的视线！独眼龙关于腹语的伟大指示，请向太阳一样照耀我黑暗的内心世界吧！

腹语专家虔诚地向独眼龙再行三跪九拜大礼，然后，似乎独眼龙关于腹语的伟大指示瞬间照亮了他黑暗的内心，他一跃而起，说：

口虽祝福，心却诅咒！嘴里流蜜，腹中藏刀！

人群中爆发出一阵压抑很久的欢呼。那种压在他们每人心头的恐惧突然消失了，被释放了，找到了承载它的物体—那就是我！

众人群情激昂地高喊：反贼，反贼！该死，该死！

好吧，那就请他到我们的法眼室清醒清醒放松放松吧！独眼龙玩弄着手中的马鞭，不屑地说。

我赤裸着双脚，不，我赤裸着身体—腰间只缠了一块破布--，手里提一把独眼龙赏赐的长剑，跟在独眼龙的两个要员身后，被带领着到未来岛的法眼室去放松和清醒头脑。来到法眼室的大门前，门口的卫兵看到我的模样，忍俊不禁。那两要员中的一个大声呵斥，士兵，这是神圣的法眼堂，请自重!另一个则敲敲我的肩膀，说，大英雄荆轲，我们的规矩是，进入法眼堂，除了我们伟大的独眼龙大王，任何人都不能带武器进殿！

他看我一眼，满脸的不屑不加掩饰，荒诞地朝我微笑着说，请大英雄荆轲大侠将独眼龙王赐予你的宝剑暂存在门口的传达室吧！

我被领去冲了个冷水澡，身体涂上了能够使人变得纯洁的香油，穿上了独眼龙赏赐的土色衣服，他们说这可以使我这个凡人也感受一下龙种的荣耀，并因此抛弃普通人动辄怨天尤人的劣根性，从而对未来充满热切的希望，献身于独眼龙创造伟大未来的伟大事业，并因此成为一个超越了普通和平凡的人，实现一个小写的人到大写的人的根本性转变！

法眼室沉重的石板门上刻画着一只大眼睛，我猜想这只能是独眼龙的眼睛。那只独眼之下，是一轮冉冉升起的太阳。在独眼龙眼睛注视下升起的那个太阳，形状也类似于独眼龙的那只独眼！

那些人行三拜九叩之礼。幸运的是，他们并没有要求我也这样做。旁边的士兵大概看出了我的心思，便说你还不够格，与另一个士兵对视一下，轻蔑地撇撇嘴唇。

法眼堂是一间在大石头中开凿的大房子，被认为是未来岛建筑的一大奇迹，证明未来岛在建筑方面，不，在塑造未来世界方面所具有的无与伦比的能力。据说比秦王嬴政的咸阳宫大出好几倍，而且中间没有一根立柱。

空旷的房间的中央，是一张石桌和三把石头椅子，桌上有一只碗，他们往里面放了一些树叶一样的东西，倒上水，推到我的眼前，说，请喝吧，大英雄荆轲。

我笑笑说，我独自一人喝，这多不好意思！

我的话音未落，两要员站起身来，用手指着我的鼻子大声呵斥：你这冒菜，请注意自己的身份，用独这个字，你还不够格！

看到我满眼蒙顿，其中的一个向空中行一个大礼，无限崇敬地说：只有我独眼龙大王可以用这个独字，其他任何东东，天上飞的地上跑的，有生命的无生命的，都不能用这神圣的独字，懂吗？！

我坐下来，品一口那碗里的水。除了河水，我已经有一两天滴水未进了。

那两人朝我诡秘地一笑，看我的眼光转向他们，便立即收敛的笑，一本正经地跟石头一样。

我看一眼法眼堂的四周，发现全是独眼龙的眼睛，一个接一个，一排接一排，个个都盯着你看，似乎要看穿你的身体，看穿你的灵魂。

要员们对独眼龙法典行三拜九叩之礼。我本能地站起来。

要员中那个年纪较大，看上去地位也更高的那个对我耻笑说：如果你是我们未来岛的人，面对独眼龙法典，必须要行三跪九拜之礼！遗憾的是，你不是！你没有资格行三拜九叩之礼！

那个年轻的以自豪和骄傲的表情看地位更高的那个一眼，心怀感激的样子，并向他耳语几句。地位更高者点点头，一副深思熟虑的模样。

两人跪拜完，年纪轻者开始向我宣读独眼龙法典。他的声音高亢，激情洋溢，有一种全世界的真理都包含在独眼龙法典中，而他，现在宣读它，天地之间，悠悠万事，还有比这个更荣耀的事嘛！

地位更高者笔直地站在那里，似乎天地向他打开了大门，让他一睹它的终极秘密，这秘密就藏在独眼龙法典的字里行间。我看到一滴眼泪从那枯竭的眼窝里爬出来，让人联想到一条小虫子从秋天的大白菜里钻出来的模样。

法眼堂屋顶四壁，是一只只眼睛，盘旋在我头顶的，对我似乎视而不见，又似乎居高临下审视我；而在四周的，则冷漠的，同样视而不见地看着我；在我脚下的，则露出一丝僵硬的笑。

但它们都有一种不言而喻的表情，嘲弄你的表情，蔑视你的表情，大象将蚂蚁踩在脚下的表情！

年纪轻者宣读完毕，地位更高者说：荆轲，你听明白了吗？

我沉吟着，我在思考如何回答他的问话时，他说：

听好了，大英雄荆轲，独眼龙法典的精髓是，一切权力属于独眼龙!这是永恒真理中的第一个！第二个是，独眼龙的权力来自我祖黄宗，同天地一样久远，同时间一样永恒，同神明一样神圣！任何人任何时候任何情况下都不能质疑独眼龙权力的权威性合法性永恒性，谁要是有一丝一毫的质疑，他就是我们的敌人，我们就要将他彻底消灭!永恒真理之第三条，独眼龙就是真理，独眼龙就是法！天地以独眼龙的法则运行，人间以独眼龙的法则运行，这是天地间永远颠扑不破的真理！独眼龙法典就是天地万物存在的真理和根本！

宣讲完毕，地位更高者说：

荆轲，你听明白了吗？

我听明白了！

地位更高者：可是难道没有醍醐灌顶五雷轰顶肝肠寸断洗心革面重新做人的神圣冲动从你那可怜的内心蓬勃而出吗？

我说：怎么能说没有呢？我的内心跟官人您一样！

年纪轻者给泡了树叶的碗里再次倒满了水。地位更高者说：请喝吧，荆卿，这水可以使你头脑清醒，思维敏捷，尤其是会使你肠胃清爽，心思纯正！

他突然又俯伏在地，哭泣着说，伟大的独眼龙啊，你教给我们做人的真理，就是要心思纯正！今天，我用这从伟大的您那里教诲而来的真理，教诲这愚钝的、有反骨的荆轲，我的内心是这样的被感动，我不知道如何表达我对您的感激了。

他孩子一样哭泣着，鼻涕眼泪任其肆虐，说：我不知道如何感恩戴德！如果我的儿子也跟我一样得到您的恩宠，我会把我的心脏挖出来献给伟大的独眼龙，使您的恩宠在我祖祖辈辈的头顶像太阳一样荣耀！

地位更高者的话音刚落地，对面墙上的一只眼睛合上了。不，不是一只眼睛合上了，是那里打开了一扇门，有人推进来一张桌子，上面放着一把刀子。

地位更高者对着那桌子三叩九拜，然后，接过递过来的刀子，喊一声，独眼龙，我永远的主子，我在九泉之下的法眼堂地宫里为您伟大的统治而祈祷！

地位更高者将匕首捅进了心脏。法眼堂四周响起了歌声：这样的人有福了，他用自己的心脏为独眼龙的伟大谱写了不朽的赞歌！这样的人有福了，为了独眼龙伟大的事业，献了终身献子孙，他的子孙将世世代代享受独眼龙赐予的荣华富贵，在这个世上做人上人！

地位更高者被抬出了法眼堂。一个年纪轻轻的人进入了法眼堂，并且拿起了刚才在地位更高者手里的那个法槌。

这年轻人就是刚才地位更高者的儿子！

他厉声呵斥我：荆轲，对于法眼堂和独眼龙法典揭示的伟大真理，你认可吗？

他厉声呵斥我：荆轲，对于法眼堂和独眼龙法典昭示的伟大真理，你心悦诚服地认可并接受吗？

是的，官人！

这年轻人突然掩面而泣，说，我慈祥的父亲，我无与伦比的父亲，我唯一的父亲……哦，不，我唯一的生身父亲，我精神、心灵、信仰的父亲则是伟大的神一样统治我们的伟大的独眼龙……为了你这个忤逆的人，牺牲了自己，用刀子将自己的心脏挖出来，以表他对独眼龙神一样统治的忠心，并给你这个反贼一个跟我会面的机会！感恩吧，你这无耻的人，没有他的牺牲，哪有你今天跟我见面的机会。而我，将为你进一步昭示独眼龙法典的永恒真理！

他的双手高高举起，说：伟大的独眼龙啊，我代表所有的贵族、所有的平民，所有天上飞的地上跑的，向您发出无比诚恳的请求，请您，请伟大的独眼龙，请像神一样地统治我们！让你的精神思想，春风化雨般滋润我们这些三月里的禾苗，使我们茁壮成长；让你的闪耀着神一样光辉的眼睛，像神看护他的信徒一样看护我们!请不要离弃我们!我们此生唯一的心愿，唯一的向往，便是在您神一样的统治下幸福地生活!请接收我们无比真诚无比谦卑的请求吧!

然后又是三叩九拜！那跟他刚死的父亲一起进来的年轻人也想要跟他一起行大礼，但被他狠狠地踹了一脚，知趣地躲到角落去了。

荆轲，请问你明白什么是神一样的统治吗？他这样问。

不明白。我说。

神一样的统治，就是说，第一，他是神；第二他还是神；第三，他是唯一的神；一句话，他应该随心所欲，为所欲为，控制一切，无所不能，就像伟大的神明一样！懂吗？

懂！

他呲牙咧嘴地冲我一笑，然后，背对我，冲着法眼堂中间那个最大的眼睛再次行三拜九叩之礼！并大声说：伟大的独眼龙啊，您无与伦比的感召力，已经使大英雄荆轲冥顽不灵的灵魂发生了石破天惊的变化，他用他大无畏的心灵深处的声音告诉我，他跟未来岛所有的贵族、平民，天上飞的，地上跑的，拥有同样的梦想，请求您实行神一样的统治！

法眼堂的四周再次响起了歌声：看吧，那将成为独眼龙的人的人……看吧，他喜笑颜开的样子，他偷着乐的模样……他将成为有主子的人，被主子恩泽泽被的人……

歌声刚歇下来，他用十分宏亮十分欢欣鼓舞十分幸福的语感大声叫喊：天地日月，幸运吧，因为，独眼龙的光辉照耀了你们！山川河流，感恩吧，因为，独眼龙的恩泽养育了你们！人鬼神啊，知足吧，当独眼龙统治你们的时候，因为，天上地下，没有王能像他一样实行神一样的统治！

喊叫毕，他转向我，厉声呵斥：荆轲，反贼，你承认独眼龙是天上地下最伟大的神一样的统治者吗？

是！

你愿意永永远远被他统治，做他的好侠士吗？

愿意！

法眼堂的一只眼睛合上了，不，是一扇门打开了，从里面出来一个穿黄袍马褂的人，神气飞扬地大声宣唱：神一样的统治者独眼龙颁布神谕，为表彰刀次郎—就是我眼前这个人—子承父业，并且在审判荆轲的事业中更优异突出的表现，现嘉奖他官升一级财进八斗！钦此！

刀次郎趴在地上三拜九叩，感激得涕泪横流！

刀次郎再次用他的长衣袖拭去涕泪。用十分沉稳的语气说：法眼堂对荆轲的审判宣告结束。现将大英雄荆轲送到地宫休息，择日再审！

刀次郎对着满屋子的眼睛再次三叩九拜。而我，则被两名士兵蒙上眼睛，其中的一个命令我将那碗树叶水喝干净，然后，刀次郎在我后脑勺猛击一家伙，我失去了知觉，倒在法眼堂的某一只眼睛上，然后不省人事。

……我感觉我来到了老子所言道生一一生二二生三三生万物那样的亘古时光……我感觉我不是从我父母处来，而是从时空隧道的深处，从时间空间诞生的那一刻，甚至在无生有的那个混沌世界里就感觉到了刀次郎在我后脑勺上的一击！我带着这种感觉向死亡的深渊沉下去，沉下去……

我不死，谁死？这是未来岛对我的审判，是独眼龙对我的审判，是刀次郎对我的审判！

死亡并不可怕。我从来没有害怕过死亡！当然，我不是没有恐惧！我恐惧未来岛，恐惧独眼龙，恐惧刀次郎！我恐惧这种恐惧！

在向死亡的深渊沉下去的时候，我又一次流泪了。我的泪就跟秋天的雨一样！我恨我的眼泪，就像我喜爱我的眼泪一样!眼泪使我感知到我依然是一个有感觉的人,一个尚在喘息的人!一个活物!是的,一个活物!不是垃圾,破布条,一把被折断的刀剑!也许是跟猫狗一样的活物,但毕竟是一个活物!

当然,我并不以此为傲!深沉的耻辱感是我这样的生命状态与生俱来的挥之不去的内伤!

是的,内伤!来自生命诞生之初,甚至更早的时候!这是亘古的忧伤,亘古的耻辱!

我的一生所有的行为,都是为了对抗这种亘古的忧伤,亘古的耻辱!包括我这次西行刺秦!或者,准确地说,刺秦就是为了对抗这种耻辱,消除这种耻辱!

我,沉下去,沉下去,在向死亡沉下去的过程中,我感觉到了些许的快感,摆脱了耻辱、忧伤的快感!我似乎与它们无关了,我独立于那从生命诞生之初就如影随形的耻辱和忧伤,也许,还有悲怆!是的,到未来岛后,深沉的悲怆又来蚕食我的灵魂了!现在,我似乎可以说,它们正在离我而去!它们正在剥离我的肉体、思想、灵魂,尤其是令我疯狂的愤怒!

愤怒正在离我而去,我已经感觉不到他的力量了!也许,正如未来岛的岛民所言,你够格吗!你有资格愤怒吗?你有资格咆哮吗?难道你不应该跟一条虫子一样死得无声无息吗?在法眼堂对你宣判之后,你应该清楚地知道,你什么都不是,那些所谓的英雄大英雄天下第一大英雄伟大独眼龙的最勇敢的大侠士等等,不过是他们用来标榜自己高大上的噱头而已,就是戏子穿的戏服罢了!说穿了,就是,给你戴上一项高帽子，然后推出去菜市场杀头示众好吸引惊讶的目光而已！这样，看戏的会说，瞅瞅，多么的不知好歹，该死该杀！生活在独眼龙浩大无边的恩宠中，不知报恩，却要当英雄去做逆天叛道的事！这样的狗日的，该死万万遍！

这就是你的命运！我似乎能够看见未来岛的那些要员们心里都在笑，这一个耍枪弄棒的，也想跟我们共享独眼龙的恩宠！他们对独眼龙说，这小狗日的，不知天高地厚的浪荡侠客而已，竟然想跟黄帝的龙种您共享天下分享权力！这样的反贼，就该下地狱！就该不得轮回转世，从人道中彻底抛弃！

我知道，在我受命运的捉弄来到的这个未来岛上，在伟大的独眼龙的王国里，最致命的危险，莫过于被认为你要跟独眼龙他们分享权力。你可以跟他们要饭吃，要酒喝，但你不能跟他们要那个。一旦他们发现你有这种要求，或者，一旦他们认为你有这种要求，那么，致命的毒蜘蛛就会从你的被窝里钻进去，从你的屁眼里钻进去，把它的毒液倾泻到你的血液中。

事实上，我既没有跟他们要求什么权力，也没有留在这里的意思，但他们认为，我这样一个刺客，企图对秦王嬴政动手的刺客，是对权力者的致命威胁，是对他们的致命威胁。这就是他们对我狠下毒手的原因，尽管我很配合他们，努力使他们明白，我并没有任何企图，但这无济于事。他们坚信，每个人都是贪恋权力的，凡是不跟他们一个道的，对他们的权力都构成了威胁，都必须铲除。

　　我失算了。他们的警惕，他们的过敏，远远超出了我的想象。法眼堂的眼睛蔑视地尾随我，一直到我触碰到了某种坚硬的东西。黑暗中，我用手触摸它，是冰冷光滑甚至油腻的感觉。借助从某个缝隙里来的光，我发现自己落在了一堆骷髅上面。

　　法眼堂的地宫原来是个巨大的坟墓。我踉跄地从这个角落跑到那个角落，又从这边的墙壁跌跌撞撞地摸索到那边的墙壁，我绝望地发现，这里全是死人，早死的，新死的，一排排，一摞摞，其状惨不忍睹，其景令人毛骨悚然。

　　我绝望地趴在累累白骨上，嘴里喃喃道：轩辕我祖啊，你有吗，在吗？

　　说实话，在我的一生中，很少感觉到恐惧，也很少感觉到孤独。我既不恐惧也不孤独。但我经常陷入绝望。这一刻，那种没有救恩存在的绝望感又紧紧抓住了我，攥小鸡一样把我攥在它的手里。

　　似乎天空中没有了太阳，没有了地平线，没有了空气，生命无法继续下去的绝望，生命完全被虚无吞噬的绝望感，让我的血液失去了流动。

　　我被这种虚无感吞噬得浑身无力，只是流着口水，嘴里喃喃自语：轩辕我祖，你有吗？在吗？

　　我听到我虚弱的声音。随同这虚弱的声音在未来岛的地宫里飘荡的，还有那些已经变成累累白骨的阴魂。

　　这一刻，我感到我跟这些鬼魅是那样的亲近，我似乎能够感觉到它们的肌肤，冰冷光滑油腻，正在潜入我的灵魂，唤醒我的同情心，把它们视作我的同类。

轩辕我祖，你有吗？在吗？

你是谁？

我隐隐约约听到一个声音。

是我，我是荆轲。

荆轲？

那个声音听上去很遥远，似乎黄河水漫过秋天的原野发出的那种宏大、低沉但不失清晰的声音。

是我，我是荆轲。轩辕我祖啊，请告诉你，你是人还是鬼？

荆轲？卫人荆轲？！

我又听到了那个遥远的声音，黄河水漫过秋天的原野时发出的那种宏大低沉的声音。

是的，我是荆轲，卫人荆轲。

没有回答。那个声音沉默了。

我从尸骨堆里站起身来，轻声说：无论是人是鬼，请你现身，请你来到我的面前，我需要你，我需要你勇敢地以你的真面目示我！

哈哈！卫人荆轲，耐心一些，再勇敢一些，既然敢为天下人之不敢为，又何惧这未来岛地宫的白骨？他们伤害不了你！除非你害怕了！嘻嘻……

那好吧，既然你要保持你的神秘，那就请你离开！

嗯，好，这样就好。这是我希望看到的你！

我沉默一下，然后微笑着说:听你的话，似乎你早就知道我。

那飘忽的声音：哈哈！笑话，天下人谁人不识君！鼎鼎大名的荆轲，不但人知，就连神也晓得！

我：惭愧惭愧，荆轲不过区区士人，浑浑噩噩，一事无成，无所作为，人知神晓，令我汗颜！

那飘忽的声音：你正在从浑浑噩噩中醒来，正在从无所作为一事无成中走出来！荆轲，你正在做一件前无古人后无来者的事！

我：可我现在却落入未来岛地宫的累累白骨中，性命难保，如何成事？

那飘忽的声音：绝望，陷入绝望，从绝望中起来，这才是真勇士！让我告诉你吧，荆轲，知道自己身陷逆境，这说明你头脑依然清楚，沮丧和绝望并没有使你心智昏乱！

我：失去了勇气我就退无可退了。对我而言，勇气就是悬崖，是我最后的依靠，在那里我才感到安全！轩辕我祖和我敬畏的神明就居住在我勇气的城堡里！

那飘忽的声音：说得好！荆轲，这是我想从你嘴里听到的。你知道我是谁吗？

我：你是人，也是神！

那飘忽的声音：哈哈！你不但勇气可嘉，也是睿智过人！我问你，你有朋友名叫尉缭吗？

我：魏人尉缭吗？

那飘忽的声音：是。

我：是的，我认识他。他是我的朋友。他在秦国嬴政手下做事，为嬴政出谋划策，但后来发现嬴政乃豺狼之人，欲弃秦王而去，但不得志。后在愚人的帮助下出逃秦国，到崆峒山，成为轩辕教的教士。

那飘忽的声音：荆轲啊荆轲！你知道吗，不久前，我在崆峒山见过尉缭！

我：噢！真羡慕啊！你知道吗，像他那样潜心悟道，安静地守候在轩辕我祖的身边，让自己的思想和灵魂不断靠近神明，那才是我真正想要的生活。

那飘忽的声音：看来你动摇了，后悔了！

我：那倒不是。我今天这样做，是希望有一天能够像他那样安静地、心安理得地为我祖轩辕服务，向天下人宣扬他的道！

那飘忽的声音：荆轲先生，你看，这地宫里只有你我和这累累白骨。你想知道我是谁吗？

我：是的，我很想知道！

那飘忽的声音：好吧，我会告诉你的。我想我们有时间了解一下彼此。这里，我有几个问题，望不吝赐教！

我：先生，请！

飘忽的声音：据我所知，荆轲，你的祖先为齐人，后迁徙到卫国，卫国人称你为庆卿。后来你到了燕国，燕国人称你为荆卿。你喜欢读书、击剑，曾以黄老之道游说卫元君，但卫元君没有理解黄老的慧根，也没有重用你。后来，秦国讨伐魏国，在魏国设置了东郡，将卫元君的旁支亲属迁徙到了野王。也就是说，卫国被秦国吞并了。你认为这跟卫元君没有用黄老之道治国，没有重用你有关吗？

我：是的，有关。我认为，黄老之道，而且，请听我说，我不知道你是鬼是人，但请听我说，黄老之道，是这片土地上最合乎道的治国之道！请让我直白地告诉你吧，普天之下，并没有几个人真正理解这一点，包括我们的国君，他们不具备理解黄老的睿智、慧根！

飘忽的声音：所以，失望之余，你踏上了周游列国的路途。就跟那个周游列国的孔夫子一样。不过，孔子，有他的弟子陪伴，而你是独自驾着你的马车。

我：是的，我独自一人。请你理解我的沮丧！我也是惶惶如丧家之犬！

飘忽的声音：那么你首先去了哪里呢？

我：我来到了齐国，稷下学宫！

飘忽的声音：听上去像是游学。

我：是的，我首先要清理一下我的思想，检视一下我的内心。

飘忽的声音：你在这里遇到什么有趣的人和事了吗？

我：是的！我在这里遇到了一些有趣的人和事。比如，韩非子，还有李斯。

飘忽的声音：噢，他们可都是鼎鼎大名！不过，他们并不是黄老学派，他们是荀子的弟子，是法家学派的。

我：是的！他们在那里只停留了数月，便走了，到荀子那里去了。当时，荀子也在齐国开班讲学，教授帝王术。有趣的是，我们正好走了相反的路线。

飘忽的声音：噢，此话怎讲？

我：是这样，你这神秘的鬼人！请原谅我这么称呼你！

飘忽的声音：鬼人？好，很好！我觉得很合适，是我得到的最有意思的绰号。

我：到稷下学宫之前，我曾在荀子那里求学。不过，没多久，我就离开了荀子。

飘忽的声音：为什么呢？荀子可不是随便收什么人就做弟子的。

我：荀子教授的是帝王术。可是，这并不合乎我的想法。如果要说帝王术，黄老之道才是真正的帝王术，而，荀子的帝王术，我认为，是权谋术。

飘忽的声音：所以，你就弃荀子而去了？

我：是的！然后我就来到了稷下学宫，不久，那两人也来了，但他们觉得这里研讨的黄老之学不是他们所要的，就走了。你看，有意思吧。

第九章　荆轲书之二

我想，人们很容易理解，在未来岛法眼堂的地宫里，在那样一个阴暗的鬼屋里，我为什么对那个被我称之为鬼人的家伙像对待老朋友一样地敞开心扉。

我站在死神的面前，我最想要的是表达的自由。所以，我几乎回答了他所有那些高大上以及土得掉渣的问题。我似乎不是在面临死亡威胁的恐惧面前，而是，向面对知音一样将我的思想倾泻给他听。

我给他讲了我和韩非子李斯的邂逅，讲了我们思想的不同，甚至，我给他讲了我如何认识道、自然、自由三位一体，从而对我祖黄宗以及黄老学说顿悟的过程。

我对他讲，不管你是鬼，是人，请听我说，我从卫国来到齐国，从稷下学宫出来，我花去了长达十年的时间，游历诸侯各国，广交天下之名仕，探讨黄老之学，省悟天下之道，我认为，我可以在这里，在你的面前将我的思想讲给你听。

不管你是鬼是人，请听我说，在我游历天下的每一天，不管是在欣赏大自然，还是在深自内省，我都在思索着道祖道尊学说。我在思索四经，我在思索道德经，我在思考着天下，我在思考人，我在思考命运。

请让我从四经说起吧。这是黄帝留给他的子孙后代的醒世恒言。他在这里开宗明义说：道生法。法者，引得失以绳，而明曲直者也。故执道者，生法而弗敢犯也，故法立而弗敢废也。故能自引以绳，然后见指天下而不惑矣。

然后，在经法明理中说：道者，神明之原也。

然后，在经法论中说：理之所在谓之道。

黄帝在这里告诉我们，创造万物者，非神也，乃道也！故，道亦在神之上。道乃神之原，是谓源，是谓神明亦出自于道，神明亦乃因道而存在！神明因道而在！

最高存在非一物一人一神一鬼！最高存在其存在方式必然与世间所见之物之人之神之鬼大不同。道无常形，道无常态，道无常貌，是故，道可道，非常道，名可名，非常名。道乃人类迄今为止尚未探明其真实面貌，深藏于事物其中的那个生命的创造者，大千世界宇宙万象的创造者！道乃创造者！

那么，道这个创造者创造大千世界宇宙万物又以何者为圭臬？

那么，道这个神秘的创造者创造大千世界宇宙万物又以哪个精灵为其理念？

那么，道这个创造了一的创造者，其执手又是哪个呢？

就是说，道这个创造者创造大千世界宇宙万物有没有法呢？有没有一个范式呢？有没有一个形象呢？

就是说，他依据什么来创造他的那些无穷无尽的创造物呢？

就是说，道的手里有没有一根弦，头脑里有没有那个激情，眼中有没有谱子，来演奏他的创造之歌呢？

我们没有人能够证明他没有！因为，这大千世界宇宙万物被创造得如此和谐，如此美好，如此理性，河流灌溉山川良田，阳光照耀大地万物生机勃发，黑夜沉沉万物沉睡如婴生命之光却像满天星斗闪烁在浩瀚宇宙，生命之光无处不在无处不有无处不灵，哪个颟顸无知者也不敢造次说这一切之所在存在，纯属偶然，不是被创造，而是像地下的喷泉，恰巧就那个山窝窝里喷出来了！

我们就要问一下了，那个喷泉后面，坚硬的岩石的深处，是什么存在呢？有没有因呢？你看到了果，因在何处呢？

显然，因是存在的，是显而易见的！因来自那个人人看得见，摸得着，却无法清楚述说形象描摹的喷泉的遥远的故乡！

是的，喷泉的故乡，就是那个因！就是道引而不发的故乡。当然了，这只是一个比喻。

我们在这里着重要讨论的是，我在这里要说的话是，那个创造者让他的创造之泉流淌出来呈现在我们眼前的是水，是大自然的血液，而我们要追究的是这血液里面所蕴含的精神，即，创造者博大胸怀中的那个创造万物的伟大神圣的理念是什么？他赋予万物以使命，他赋予生命以各种各样的形态，那些千变万化的形态里都秉承了他怎样的理念，他将什么给了生命，以至于生命可以自豪地说，是道，是神圣的道，创造了我们？是什么使我们这些可怜的人，或者说，道，给我们这些可怜的人给了什么，以至于可以使我们对我们，对这个世界，说，我们是由道而来，由道而生！

就是说，是什么在我们卑微的生命和至高无上的道之间建立了联系，建立了血肉联系，建立了骨肉亲情？

就是说，是什么把我们的生存提升到了道的高度，是什么可以使我们站在宇宙的高处，俯瞰大地，说，我的存在就是道的存在！道在我这里完全呈现出他理想的状态！

道曾经在这里哭泣，道曾经在那一刻拥抱我，把泪水蹭在我的脸上，说，你就是我的活化身！你就是我！我依照道的理想形态创造了你！

轩辕我祖啊，我的上帝啊，道竟然说他依道的理想形态创造了我！

可我，却对他的理想形态如同婴孩对莽莽宇宙一片混沌！

但是，我祖黄宗，轩辕啊，你这难道不是启示我说，我就是那根绳，可以引导自己走出神秘宇宙的重重迷宫的那个线索吗？

你这不是明明白白告诉我，答案就在你自己身上吗？！

从我身上找到道，找到道的理想形态，这是多令人狂热的思想啊！

我感到身体有些发热，头脑也是一阵清醒一阵发热！

我感到些许的卑微！

道，潜藏在我的身上，如同潜藏在老子的身上，潜藏在我祖黄宗的身上，这令人激动，令人不可思议！

我得仔细想想！我告诉自己，我得仔细想想！眼前的景象如此壮阔，怎能不令人心跳加速？！

道者，神明之原也！

我行走在九州大地，我喃喃自语！

我把自己浸泡在滔滔黄河中，滔滔黄河里我从源头游走到河尾，我喃喃自语，道者，神明之原也！

我突然大吃一惊，我呆若木鸡地、赤身裸体地站在黄河里，我对自己的顿悟感到难以置信！我半信半疑地对自己说，这难道不是说，神明也是道的孩子，道的泥人吗？

我对着夕阳，抹去自己脸上的流水，这难道不是说，这夕阳，这河流，这河水中的鱼虾，我眼里所看到的一切，不正是神明创造嘛！

是的，这一切，你眼中看到的，耳里听到的，不是神明的杰作！

是的，不是，都不是！

不但都不是，而且，听好了，连神明，我们以为创造了这一切的神明，都是被创造的！

是的，连神明，都是被创造的！

是被道创造的！

道，创造了神明！如同他创造了人，创造了猪，创造了风，创造了太阳，创造了这黄河！

神明之上，是道！

道注视着神明，如同注视着我们人类，如同注视着这滔滔黄河！

神明，请退后吧，当道莅临！请将您的椅子从讲台上挪下来，那里，将作为道场，坐在那里的，将是道！至高无上的创造者，独一无二的创造者！

曾经至高无上的神明，被自命为天之子的帝王，被他们的随从，被他们的仆人，奉为创造者的神明，被那些人说成是阴阳两极世间万物大千世界的创造者，请恭敬地坐在台下，把你们的眼睛和面孔，朝向道！是的，朝向道，找准你们的位置，然后，洗耳恭听吧！洗耳恭听道，洗耳恭听道讲道！

这不是我荆轲的发明，这是伟大的黄河文明的始祖，这是轩辕教的教主，我祖黄宗的伟大发现！

他手扶华山，足濯黄河，目光穿过浩瀚天宇，怜悯这广阔的黄土地上的众多生灵，向他们揭示他发现的伟大真理，至高无上的道。

他说，道者，神明之原也！

这不是我荆轲的发明，白纸黑字，这是伟大的道尊，悟透了天机的空前绝后的伟大哲人，轩辕教最伟大的思想家老子，白纸黑字，刻在横空出世的、一览众山小的道德经里面的！

他说，人法地，地法天，天法道……

看啦，我亲爱的来自黄帝身边的你，他说，人法地，地法天，天法道……

告诉我吧，我亲爱的来自黄帝身边的人，这难道不是说，神明，那些我们认为生活在天宫的神明，在道那里难道不就是儿子吗？！

我没有说错吧，亲爱的使者大人！神明才有资格称自己为天的儿子！殷商，当然还有我们大周的帝王，那些自命为天子的人，其实，他们最多就是个孙子啊！

哈哈，哈哈！黄帝的使者大笑。

是个龟孙子！他边笑边说。

荆轲会意，继续说：我没有说错吧？！道尊就是这样揭示的。我们应该这样去认识。不过，亲爱的使者，这并不是问题的最后答案！黄帝，我们的人文始祖，我们将他封在了天宇，成为了神明！这是我们对文明的敬奉！他活在了我们神话里，活在了我们的轩辕教中，他活在了神明里！他就是道的儿子！

是的，黄帝就是道的儿子！他从不认为自己高出了道！他不说自己是天之子，他说自己是婴孩，是道的婴孩，是道的儿子!他同你我一样生于道，养于道，长于道，成于道，最终归于道！

可是，这并不是最后的答案!我祖黄宗，伟大的轩辕，我祖道尊，伟大的老子，在他们的哲学里，发现了更高的存在，更伟大的精神，更伟大的创造者！

噢，那是什么？使者惊讶地问。

亲爱的使者，请听我说，我们常常会忽视我们耳熟能详的东西。请听我讲这么一件小事。我在稷下学宫时，一天，我接待了两位从荀子那里来的学士，他们一个叫李斯，一个叫韩非；一个长得高高大大，一个长得结结实实，那高的叫韩非，结实的是李斯。他们情同手足。他们对我讲，帝王，帝王的权力意志，强权，控制一切掌控所有的强权，而不是道，才是解决当前天下乱局的答案。他们说，将所有的权力，统统归于帝王，集权，高度地集权，完全彻底地集权，是解决目前天下乱局的最终答案。我问他们，何为乱？当今天下，这乱，出自哪里？他们说，出自衰弱的周？出自周的控制能力日渐衰落！我又问，周的控制能力如何逐渐衰弱？他们说，周室的后裔不如他的先祖，周室同诸侯的血脉随着时间的流逝逐渐变成了流水。我说，是啊，当周的后裔不如其先祖，当血脉相连变成了流水人家，难道这不是道在起作用吗？世间的道不就是这样演进的吗？道难道不是流变着吗？难道这种顺应道的演进就是应该被摧毁的吗？道衰弱了，难道强权霸道就应该成为正统？就应该上位？就应该是理所应该取而代之吗？强权霸道是对道的颠覆，难道，道在运行中出现了一些问题就应该被颠覆吗？他们问我，那你说该怎么办？我说，怎么办？拱卫道！拱卫周！他们哑然！我接着说，依我看，不是周室衰微天下失去了控制，而是：有诸侯想取周而代之始其乱，有王想坐上周天子的龙椅始其乱；比如秦！而是：有诸侯将天下的契约当做束缚自己马脚的障碍故而断其绳，是为乱；有诸侯将诸侯间的盟约视为自己吞噬他国领土的战壕故而毁其约，是为乱；比如秦！

我说，道有强势，亦有弱时；周天下有兴旺之时，亦有力薄之际，但周，却始终不违天道。周不巧取豪夺诸侯的人口，周不依据天子身份或使用武力征服他国霸占人家的土地掳掠别人的妻女。但是，秦，却经常这样！周的天下，诸侯大夫各在其位，黎民百姓安居乐业，万事万物顺其自然。但是，秦呢，他要把所有的人，所有的物，不要说人的生儿育女，即使田野里的母牛下崽，也要掌控在他的手里。这难道不是违反天道人伦吗？这难道不是反自然吗？

我说，那自然又为何物？两人我了一大堆。我说，请问两位，道尊老子说，人法地，地法天，天法道，道法自然！这，道法自然的自然，是何神圣，居然在创造万物的道之上？

两人面面相觑。我从他们的表情看出来了，他们并没有思考过这个问题。我知道他们都知道这句话，但他们没有思考过它！

我说，请听我说，我亲爱的大学士，道尊老子在他无与伦比的道德经中提到自然这个概念，不过三五次，但是，他却说，道法自然！这是何其崇高的地位！道之上的自然！

老子的自然，经过多年来长久的深入思考，我认为，含义有三层：其一，具象的自然，我们人类眼里看到的浩瀚宇宙大千世界形形色色的万事万物。其二，自然而然，这是道运行的基理，基本的道理，基本的法则，就像黄河流淌在它自己的河床上，经过千山万水，跨过无数国家，夜以继日，最终奔流到大海里；这个过程，就是自然而然!在人类社会，则意味着，人按照自然赋予的天性，并顺应它，结婚生子、建立国家，不泯灭它，不压抑它，让人像大自然中的万物一样，在阳光雨露中享受生命赐予他们的一切！其三，我认为，老子在思考这样一个问题，道创造浩瀚宇宙万事万物，道依据的是什么法则呢？道创造了这一切，道又赋予他们什么样的秉性，使他们能够如此和谐地生活在这个大千世界，如此生机勃勃，如此生生不息呢？而且，道创造万有的法则和道赋予万有的一个共同天性是同一个东西！就是说，道创造的万有，它们的天性同道创造万有依据的法则是同一个思想，同一个理念，同一个精灵！

但我并不能确切地告诉自己，道法自然中的这个自然究竟指什么！

我经常徘徊在乡间小路，思考这个命题!就像一句歌词一样经常自然而然地来到我的嘴边，我的大脑！我苦思冥想，忽然间，我似乎找到了它，但仔细斟酌，又恍然所失，不得要领；然后，在早春的布谷鸟的叫声中，我似乎又听到了老子启迪我的声音，也在易水河的流水中听到了它引而不发的喃喃自语……我感觉我距离它越来越近，越来越近！

我问自己，世间万有，当它们具有了什么样的秉性，才能够焕发出勃勃生机，而又能和谐相处？

我在黄老之间荡秋千，从黄帝跳到老子，从老子悠到黄帝，鼓励自己如同黄老一样放飞想象，与天地同构，做到"观天于上，视地于下，而稽之男女！"

我问自己，它们是自然吗？它们是道尊所谓的自然吗？如果它们都是自然，那么，显然的，我也是自然！

是的，我是自然！这是无意间的一个发现，这个小小的发现使我感到一时的莫名惊诧！我从父母之外的存在，我从轩辕我祖之外，发现了又一个归处，又一个源泉，又一个背景！

不，不光如此，我自问，难道这不就是与天地同构？

然后，我试着，我尝试在想象中我已经与天地同构，我去感觉，我去发现，或者说，我想象自然的精神进入了我的身体，我的思想，我的意识，我的身体的血液中也流淌着自然的精髓！是的，是伟大的想象力撑起它的翅膀为我导航！

在无数个时光的片段里，那些时光闪烁在我生命苏醒时的多个角落里。但我依然没有找到那个最高存在，那个道法自然的自然！

我回到黄老那里。我在老子那里寻找所有的"自然"，发现它并不多，老子"希言自然！"

我想，这正是他所谓的道可道非常到了！

就像我经常所做的那样，我将自己的脚步踏进大自然，踏进天地之间，踏进男女之间！我不得不说，我并没有直接从大自然领悟到如此深刻真理的能力！

但我并没有失望。我依然告诫自己，与天地同构！观天于上，视地于下，而稽之男女！

但我依然拥有解读经典，参悟自然的能力！我将自己的思想再次投注在道祖道尊那里！他们不会没有阐明，更不会没有教导他的后人。他们知道，他的后人需要他们的牵手，才能找到埋藏在深山老林里的宝藏！

道祖道尊的大手在哪里？我自言自语。我需要牵引，我需要道祖道尊的牵引！把你的手给我，请用你大能的手，点拨我，使我幡然醒悟，使我茅塞顿开！

我在伟大的道经中寻找自然！道尊首提自然，是在第十七章中，他给我们揭示最好的世代、最好的统治者是个什么样子的时候，说："功成事遂，百姓皆谓我自然！"

道尊如此说："太上，下知有之；其次，亲而誉之；其次，畏之；其次，辱之。信不足焉，有不信焉！"

然后，他说："悠兮其贵言。功成事遂，百姓皆谓：我自然。"

亲爱的使者大人，这里的自然，依荆轲粗浅的理解，其一，是说，功成事遂，在百姓的眼里，这是他们的功劳，工是他们做的，劳是他们付出的，结果就是这么来的。我自然，便是说，这功绩是我们做成的。请注意，亲爱的大师，这里的我，是推动者，是功成事遂的核心力，是百姓。其二，则是如众学者所言，我们本来是这样子的。这是前言不搭后语的。这是一个不能令人信服的解读。但依随他们的解读，可以将这里的我自然解读为我的个性本来就是这样子的。哪样子的呢？就是能够成事的那样子，或者说，是在功成事遂后，百姓们说，我们的身上本来就存在那些能够城市的品质，这并不是你教化的结果，而是它就存在于我们的体内，某些人不要贪天之功为己有。其三，从其二中引申而来，则是说，功成事遂，百姓依然故我，他们不会因此改变他们的天性，他们依然如故，如同他们本来的那样！这就是说，功成事遂，他们依然自性，依然不改自性，自性，这是他们认为高于功成事遂之上的存在！

我祖黄宗，轩辕帝啊，当我的思考来到这里的时候，我的心中暗暗悸动！难道不是吗？天下人谁不认为功成事遂是无可争议的成功，人生最靓状态，但是，在道尊那里，或者说，道尊却敏锐地发现，并向我们揭示，实际上，百姓并不这么认为，他们的眼里，我自然，则是高于功成事遂的。功成事遂我自然，这才是他们的追求！功成事遂，我却不自然了，这不是他们心目中理想的状态！这也不是他们所要的。

亲爱的使者，道祖道尊向我们昭示的真理难道不是显而易见的吗？请问，如果您以及那些将军、士兵，随同黄帝，我们的始祖，降服了炎帝，铲除了蚩尤，功成事遂，您以及那些将军、士兵，却愿意成为黄帝的奴隶吗？这是你们追随黄帝所愿意得到的结果吗？难道你们要的不是完全相反的走势吗？功成事遂，我却不自然了，这是悲剧，这是背叛，这是离经叛道，这是悖逆人道！

继续在道尊的汪洋大海中下潜，又无数次来到最激动人心的高挂天际的飞瀑，道德经第二十五章。这里，道尊以她无与伦比的一语道破天机的顿悟说："人法地，地法天，天法道，道然自然！"

这条来自天际的飞瀑，轰轰烈烈，响声震天，水雾弥漫，映照出彩虹无限，将道和宇宙、将道和自然的魅力以及奥秘一次又一次地冲我启示。我吟诵着这美妙无比的经句，感奋于他伟大的思想，探索他揭示的深刻真理！我忽而感觉触到了龙脉，忽而感觉又恍然所失……不是几天几夜，甚至不是几年，道尊这一揭示天机的思想，从我开始学习道祖道尊的经籍，思考人生，它就融入了我的血脉，伴随着我生命的进程，不时地掀起思想的巨浪！

我隐隐约约看到了地平线朝我走来，恍恍惚惚看到了落日余晖里道祖道尊巨大的身影，在宇宙磅礴的气势中向我昭示！

亲爱的使者，我在这里看到了道祖道尊向我们昭示的伟大真理的影子！是的，我说是影子，我从地平线上朝我走来的那神圣伟大的道祖道尊的影像中，从那影像的磅礴的气势中，我似乎听见他们对我如此说，但我觉得，并没有完全触及他们的手，并没有真正抓住那手，以便使其释然，将秘籍完全展示于我！

我在黄河岸边徘徊，像一只不知疲倦的飞鸟。我酌饮它满身的泥土味儿，观察它滔滔不绝不知疲倦的奔流状。我脚下的泥土发出喜悦的咯吱咯吱的声音，如同受孕的母胎悸动！

五十一章。这里，道尊说，道生之，德蓄之，物形之，势成之。是以万物莫不尊道而贵德。道之尊，德之贵，夫莫之命而常自然！

我坐下来，倾听黄河在飞鸟的鸣叫中发出的类似混沌的声音。道德之尊贵，在于莫之命而常自然！在于生而不有为而不持！这是一种什么样的境界！

难道这不是父母对已经长达成人的孩子说，我的孩子，请听我说，你已经长大成人，你当自立自强；而我，却不能再对你指手画脚，对你说，你要如何如何，你要这样那样！

我看到地平线那里道祖道尊在类似混沌世界里朝我走来，一言不发，两眼深邃，充满期待！

我感觉我的手，从这个简单直观到被我们经常视而不见听而不闻，认为是简单到不能再简单，朴素到不能再朴素的常识中，看到了道祖道尊向我宣示的真理的影子！

是的，依然是影子!我看到的都是事物的影子，而非本质，是阳光下的投影，而不是那棵大树本身！虽然，我的手似乎已经触及到了大树，但我的手所能及，是它的叶片，而不是树枝、树干，不是树本身！

我继续行向莽莽昆仑！我穿山越岭，我步履蹒跚，我口干舌燥，我望眼欲穿。我折下身旁的红柳，我拄着它继续我的路程。我心想，道祖道尊会看见我，他们会被我感动，他们会在某个山头，或是溪流处，让我从大自然，或从某个陌生人的脸上，看到把影子投向大地的树木！然后，让我的手，触及它，抚摸它，参悟它！

有那么一天，我不知道是哪一天，那一天又是一个什么样的天气，大自然是在阳光赐予的晴朗中，或是在最近这样的阴雨连绵中，总之，有那么一天，在毫无朕兆中，我突然自言自语：这自然，难道不就是自由吗？道祖道尊在他们所有的典籍中，在他们向我们揭示的真理中，难道不都是如此说的吗？为什么我们却对此视而不见，避而不谈？

我没有发现真理时的兴奋。相反，我感到疲惫。我坐下来，坐在黄河的泥潭里，让我的身体在黄河一言不发的新鲜的泥土里……我也感到不解，为什么我没有发现大树，触摸到它的身体时的喜悦。

我却是感到如此沉重！感觉到天地，感觉到道祖道尊将一个沉重的担子压到了我的肩上！

我也明白了，道祖道尊为什么总是引而不发，话说到嘴边就缩了回去，将剩下的寓意等待人的自我发现！

是啊，道祖道尊启示了我们观察发现真理的途径，揭示了真理出现的形象，但却对真理背后的那只看不见的手，并不明确地昭示给我们。

他说，我住在昆仑。

又说，这天下，这宇宙，就是昆仑！

是的，道祖道尊就是这样的对我们说！

他回避直截了当地跟我们谈论思想，昭示真理！他就像村里那些已经活了百八十年的老人，说，娃啊，山后有山，山里有狼，进山打柴，你可要当心了，小心被狼吃了！

他难道担心的是我们害怕？！我自问！我从泥沼中掬起混合着泥土砂砾和鸟粪的河水，喝下去。

这混合着泥土砂砾鸟粪的河水呀，我从早晨喝到黄昏，我从夜晚喝到白天……喝得我跑肚拉稀，喝得我头昏眼花，喝得我上气不接下气，喝得我涕泪纵横……我捶胸顿足，我气息奄奄，我质问自己，我质问道祖道尊，难道，我是如此懦弱，以至于，道祖道尊，不愿将道理为我说清楚讲明白！以至于，我听见，那天际线下面的声音说，你这懦弱的人啊，我怕真理的分量，真相的自重，太沉重了，你担不动……

是的，道祖道尊担心我们害怕，担心我们的肩膀，他怕我们的小心脏和窄肩膀承受不了真相的面目，他怕我们的小心脏和窄肩膀承受不了自由这副承重的担子！

他说，一旦当你看到事物坚硬的真相，真理并不美丽的面貌，我担心你会说，难道这是真相？难道这是真理？如此平凡而又普通，不，不是平凡而普通，而是有着如此一张阴郁、坚硬、胡子拉碴、不修边幅而又不善解人意不讨好人心的形象，你会离他而去，嘴里说，这哪是真相这哪是真理，纯属江湖骗子的狗皮膏药，赶快扔掉它！

他担心你因此更远离他的道，所以，他在引蛇出洞时，忧虑再三，最后决定还是引而不发地好，就让蛇在洞门口游弋，等待那疾病缠身，需要蛇毒来解毒的人寻找它，这样，对疾病的担忧对死亡的恐惧对生命的留恋会使他鼓起勇气，抓住那蛇，取来那对他而言可以疗疾救命的蛇毒！

我感到羞愧正如蛇毒一样毒害着我的灵魂！

我行走在黄河两岸，飞鸟和流水，以及脚下的泥浆，似乎并不理解我的羞愧，它们依然欢腾，依然沉默。

道祖道尊啊，我最怕的是沉默，不说话，没表示！我感到那是巨大的漠视，那是无边的轻视，那是认为我不足以引起重视！

羞愧和愤怒不断毒害我！我低着头，思想在高飞！我说，我是如此高贵，可你，为何面对我却选择了沉默？！

我感到前所未有的耻辱！在道祖道尊的无言中感到的耻辱！道祖道尊那言而未尽引而不发的模样，我似乎读出来，他们说，娃啊，还是先去清除你灵魂里的懦弱吧，否则，道，真相，真理，尤其是自由，对你而言比如蛇毒，比如华山！你无法承受它带来的剧痛，压力！

我似乎听见道祖道尊在遥远的天际线上喃喃低语，懦弱啊，这可怕的敌人，你像毒蛇一样毒害着我后人的心灵！

我听见你隐隐啜泣，偶尔歌唱说，我拿什么拯救，当我的后人，当他们的勇气覆水难收？

我试着从黄河的泥塘中站起来，我试着从草根中站起来……我努力感受力量从两腿起来的感觉！我对自己说，你本来并不这么羸弱，你本来并不这么不可救药，你的勇气并非覆水难收！

当勇气逐渐来到我的内心，我的肉体亦感到了巨大的力量源源不断地进入我的骨骼、经络、血脉以及肌肉中！

这时候，我听见遥远的地平线的尽头，道祖道尊喃喃低语，混合着啜泣，歌唱说，人之勇气，乃我所赐之我可替代的高贵品格！勇气乃万德之德！勇气是人接近我之大道的灵魂，是谓玄德！

我的头脑在这之后逐渐的清醒了！我可以清晰地思考，

我可以不被各种各样的流言蜚语所蛊惑，我感到我站在了山顶，就像巨人来到了小人国，居高临下地观察人，思考人的问题，我知道，我距离道祖道尊指示给我的道越来越近了！

是的，当我获得观察的高度，思考的自信时，我也很快就触摸到了道祖道尊那言而不语引而不发的默然背后的语言、预言、寓言！

我的眼前一片开阔，我的心胸一日豁然开朗于一日！我的耳边如同战鼓一样擂响地是道祖道尊向我启示的永恒真理！

我听见，道祖道尊在说，人法地，地法天，天法道，道法自然！这自然，便是自由！道是自由，自然是自由！自由是宇宙万物存在的最高真理！

我听见了道祖道尊毫不含糊的声音：自由之上，再无真理！

我听见，道祖道尊在说，大道之上，是大自由！

我听见，道祖道尊在说，我的后人，这是我给你的启示录，那里面说，人世间，最大的真相即你是自由的！人世间最高的真理即你是自由的！

我懂得，道祖道尊说，我的后人，你要勇敢，你要敢于面对这真相，你要敢于面对这真理！

你要敢于承认这真相，你要敢于承认这真理！

如此，我的后人，你才配得上做我的子孙！

我看见，道尊从遥远的天际线向我走来，对我说，华夏文明，道祖所开创的文明，我所阐释的道，其精髓，就包含在道生法这三个字里面，就包含在道法自然这四个字里面！就包含在道祖道尊的这两句话七个字里面！

娃啊，我的后人，你当铭记，道之精髓，她之所法，她之所育，即在于自然，即在于自由！你当铭记，自然即自由！这是我向你宣示的最高真理！这是我向你宣示的最后真相！

我听见地平线上的声音说，人子啊，请听我言，离开了自然，道一无所有，离开了自然，人一无所有。人所有的知识、思想，无不来源于自然的启示。道生万物，所以，道的表象是自然，道的精髓则是自由。道通过自由这只看不见的手，来运化自然！所以说，道法自然！自然与自由，这是互文见义，这是表里！

我听见地平线上的声音说，道是自然启示给我的宇宙的真理；而德，则是我教导人，如何运用道的法则，维护人的自然，实现人的自然，说白了，就是维护人的自由，实现人的自由！

我听见地平线上的声音如此说，人子啊，道理难道不是显而易见的嘛？！

我的内心被醒悟的激动所充满。我依稀听见，那声音还在继续说，孩子，如果你还不明白我的话，请你将道生法、将道法自然，请你将它们贯通一气来思考、推理，难道结论不是显而易见的吗？

是的，当你将道祖道尊这两个伟大的思想进行一个系统性的思考，所谓互文见义，那个观点就会自然而然跳出来，如同鱼儿从水中跃起，太阳从地平线上升起。

这个从地平线上升起的太阳便是，法即自由！

　　道、自然、法，这三者，其精髓，其本质，皆为自由！它们是贯通一气的，它们共同呼吸的空气名字就叫自由！

　　亲爱的使者，你要知道，当我进行这样一个简单直观的推理，或者说，当我的思考来到这里的时候，我是多么的兴奋！是的，这颠覆了我多年来的认知！

　　我记得，当我在卫国为官，以前或以后的很多日子里，我都跟绝大多数为官的、为士的以及普通人一样，认为，这法的精神，它呼吸的空气，哪能跟自然同自由一脉相承呢？法难道不是为了控制、约束、治理和硬性规范吗？它难道同自然同自由不是个性迥异的两匹烈马吗？

　　这是一个令我自己惊讶不已的发现！

　　我坐下来，在沉默的黄河的岸边坐下来，遥想它川流不息的源头，它的上游的风景。

　　这难道不是显而易见的事情吗？黄河巍峨陡峭的崖岸，难道不正是河水自然流淌的护壁吗？法难道不正是自由的保障吗？法的精神不正是自由？！

　　法法道，法法自然，法法自由！

　　我站立在黄河岸边。我的脚下是黄土地和黄河水混合而成的泥土。我感到这里面有某些玄机，蕴藏着生命力和真理力的玄机！

　　是以圣人欲不欲，不贵难得之货；教不教，复众人之所过，以辅万物之自然而不敢为！我默念道。

　　是啊，以辅万物之自然而不敢为！

　　我全然明白了。我感到了一种通透的豁然！

我全然明白了，当道尊说，为无为时，他是说，辅万物之自然而不敢为！维护万物之自由而不敢横加干涉！

我低头弯腰，在岸边的沙土中继续前行，心中的喜悦不言而喻！何谓无为？何谓为无为？这似乎同河水的呢喃以及飞行在它混沌的河面上的鸟的叫声一样难解其意的圣人之谓，难道不是直观地同岸边的杨柳一样吗？

以辅万物之自然而不敢为！这就是无为！这就是在万物的自由面前谨小慎微，不自大，不横加干涉，不胡乱作为！因为，他们是自然的，他们是自由的！

第十章　荆轲书之三

我在未来岛法眼堂的地宫里洋洋洒洒的演讲结束了。我感到一丝释然。我在向这个鬼魂，也在向我眼前的这些白骨和死魂灵演讲。悲哀、虚无，以及释然，都在我的内心中翻腾。

那个鬼魂一样的家伙为我鼓掌！

讲得好，荆轲！真不愧我黄帝勇敢而智慧的后人！他说。

我一直在努力，目的是让我从思想上配得上我祖黄宗！我说。

我不想再谦虚了。我觉得谦虚已经没有任何意义了。我想说尽我心中的一切、所有，不管有没有人听，也不管有没有人欣赏！我知道，在眼下这样的生存状态下，死神的呼吸已经触及到我的鼻息的时候，我不想对眼前这个不知是鬼是人的存在物遮遮掩掩了。

愿听者，皆知音也！

在死神看不见的手里，我也有这样的侥幸：也许，道祖道尊能够听到我的声音，听到我微弱的若有若无的祈祷！听到我对道祖道尊思想的领悟，听到我在默诵经文和祈祷时哭泣的声音。

我继续说：但是，李斯、韩非并不同意我的观点。他们不认为法法自然、法法自由、法法道！我说，法是自由的象征，是道、自然、自由的卫道士！他们呢，他们认为法是帝王意志的象征，是帝王手中的工具，是惩罚、强制，是帝王力量、意志的体现。其他的学员们也都参与了我们的辩论。大家因此分为了不同的派别。一方以我为代表，一方以李斯何韩非为代表。越来越多的人倾向于我们。李斯恼羞成怒，要比剑见高低。可他没有想到的是，这正是我的长项。我跟李斯他们击剑，高渐离击筑助兴。我战无不胜！李斯认输，随后离开稷下学宫。韩非倒跟我成了莫逆之交。但他的思想依然跟我南辕北辙。后来，他也离开了稷下学宫，到荀子那里学习帝王术了。我在稷下学宫先后三年多的时间。然后，我离开稷下学宫，驾着我的马车，周游列国，齐楚燕韩赵魏秦，等等。这期间，我加入了轩辕教。引领我进入轩辕教的是我轩辕教的教士，名叫土婴的，也叫土婴。他被李斯设计谋害。我没有能够营救他出逃秦国，至今感到内心针刺一样的痛苦。当时我也在秦国。我设法将他的尸体搞到并安葬了他。然后，和大批轩辕教信众一起离开秦国，辗转来到了燕国。

不知是鬼是人的家伙：听上去好像还挺坎坷的。

我：当然，在你听来，这算不上艰难困苦的旅程。我也这么认为。你看，稷下学宫、各国诸侯，尤其是进入了轩辕教的大门，成为我祖黄宗的信徒，这是何等的幸运！但我也很快明白，刚刚打开的大门正在被嬴政关上。我已经失去了故土家国，卫国的袅袅炊烟，已经不再姓卫，而改姓秦了。而，轩辕教，这苦苦寻觅得来的精神的家园，嬴政的狼牙已经咬住了它的门闩。他将破门而入，他要彻底毁灭之。

不知是人是鬼的家伙：听上去，勇敢的荆轲倒是被鬼敲门的危机感搞得寝食难安。

　　我：不是鬼来敲门了，先生！你这在黑暗中，不知是人是鬼的朋友，让我告诉你吧，魔鬼登堂入室了。它比豺狼虎豹更凶残，更可怕。

　　不知是人是鬼的家伙：所以，你要杀了他！

　　我：你这不知是人是鬼的家伙，请听我说，我祖黄宗开创的道统，我大周朝的礼乐制度，他们赋予天下的贵族、士人以及所有人的自由，就是道尊所谓功成事遂百姓皆谓我自然的那种生活，就要被独夫嬴政的暴政，被他的严刑峻法，被他的大一统终结了。如果你问我荆轲高渐离为何在燕国的都市上相拥而泣，我可以告诉你，你这不知是人是鬼的家伙，这就是原因。我并不为此感到羞愧。无法抑制的悲哀，经常会像黄河的浪潮一样吞没我。你没有这样过吗？

　　不知是人是鬼的家伙：荆卿啊，荆卿，天下苦秦久矣！可是，你知道吗？人们说，你之所以走上刺秦之路是因为你吃了太子肉喝了太子丹的酒睡了太子丹的女人，你无可回报，便答应他铤而走险，去刺杀他的仇敌，所谓士为知己者死。

　　我：我是卫国的士大夫，我现在依然过着上等人的生活。我有自己的车马，我有钱，我年轻英俊，我不愁没有女人，这一切我应有尽有。我不羡慕太子丹的东西，我也不留恋他给我的那些酒肉以及女人。这一切我都有，我一样不缺少。如果你想知道究竟，你这不知是人是鬼的家伙，你今天很幸运，可以听荆轲亲口告诉你。

　　不知是人是鬼的家伙：亲爱的荆卿，请接受我的鞠躬致敬！真是三生有幸！天下人都知道，荆轲为人深沉稳重，知书达理；他游历各诸侯国，所结交的都是当地德高望重的名士。你到达燕国以后，燕国有名的节侠、隐士田光先生也友好地接待你，知道你并不是一个普通人。

我笑了。我第一次感觉到眼前这个不知是人是鬼的家伙，似乎可能是个血肉之躯。

我：风冲华山来，浪自黄河起。先生已经为我点明了说话的路径了。那就让我们从这里开始吧。

不知是人是鬼的家伙：请，荆卿。

我：请听我说。到达燕国不久，恰好遇到在秦国做人质的燕太子丹逃回燕国。燕国的太子丹，过去曾经在赵国做人质，而秦王嬴政在赵国出生，他少年时与燕国的太子丹十分要好。等到嬴政政即位当上了秦王后，太子丹又到秦国做人质。秦王对燕国的太子丹不友好，因此太子丹十分怨恨而逃回了燕国。回到燕国以后，太子丹四处寻找报复秦王的办法，燕国弱小，力不能及。后来，秦国经常出兵到崤山以东的地区来攻击齐国、楚国和三晋，像蚕吃桑叶一样渐渐将诸侯国的土地吞并，就快轮到燕国了。燕国的君臣都十分担心灾祸来临。太子丹担心这件事，向他的老师鞠武询问。鞠武回答说："秦国的领土遍布天下，对韩国、魏国、赵国都是一个威胁，北有甘泉、谷口这样坚固险要的关塞，南有泾河、渭河流域肥沃的原野，占据富饶的巴郡、汉中郡，右边有陇、蜀这样的高山险阻，左边有函谷关、崤山这样的天险，国内百姓众多而兵士勇猛，武器装备充足。假如它有向外扩张的意图，那么长城以南、易水以北的地方就都没有办法保全了。您怎么能因为自己被欺侮了就心生怨恨，想要去触碰秦王的逆鳞呢！"太子丹说："既然如此，那我们该怎么办呢？"鞠武回答说："请允许我进一步考虑这件事。"

过了不长时间，秦将樊於期得罪了秦王，逃到燕国，太子丹接纳他并让他在燕国住了下来。鞠武劝阻太子说："不能这样做。秦王本来就很暴虐，对燕国也有积怨，已经足够让人胆战心惊了，更何况他听说樊将军被收留在燕国之后呢？这就是'把肉扔在饿虎经过的路上'啊，灾祸一定无法幸免了！就算是有管仲、晏婴这样的贤臣在，也不能替您想到解决的办法了。恳请太子速速将樊将军送到匈奴去，以此来消除秦国发兵的借口。建议向西结交三晋，向南联合齐国、楚国，向北与匈奴单于讲和，然后才能够想出办法对付秦国。"太子说："老师的计划，需要花费太长时间了，我现在心烦意乱，恐怕连片刻也无法等待了。况且并非单单因为这个缘故，樊将军在天下无处容身的时候投奔到我这来，我始终不能因为强秦的逼迫而抛弃我所同情的朋友，将他遣送到匈奴，应当在我生命完结的时刻。希望老师重新考虑。"鞠武说："行动危险却想要求得平安，制造祸端却想要谋求福祉，计谋短浅而结怨颇深，为了结交一个新朋友而不顾国家的大灾祸，这就是所说的'积蓄怨恨而资助灾祸'了。将那鸿毛放在一个正在燃烧着的炉炭上，鸿毛当然很快就烧完了。至于秦国，正如那雕鸷一样凶猛，一旦秦国向燕国发泄仇恨凶暴的威怒，后果还用得着说吗！

不知是人是鬼的家伙：这鞠武倒是很清楚。

我：是的。这鞠武跟田光是古交。所以，鞠武便说："这燕国有一位田光先生，此人深谋远虑，而且勇敢沉着，可以跟他商量对策。"太子说："希望通过老师与田光先生结识，可以吗？"鞠武说："遵命。"鞠武便出去与田先生见面，说"太子想要跟先生共商国家大事"。田光说："我会非常恭敬地向太子领教。"于是就前去拜访太子。

太子上前去迎接田光，倒退着走路为田光引路，接着又跪下来为田光拂去座席上的灰尘。田光坐定以后，左右没人，太子就离开座席，向田光请教道："燕国和秦国势不两立，希望先生多加留意。"田光说："我听说骏马正值强壮的时候，一天能奔驰上千里；等到它衰老的时候，就算是一匹劣马也能够跑到它的前面。现在太子听说的只是我强壮时的情况，并不知道如今我的精力已经全部耗尽了。"

不知是人是鬼的家伙：英雄暮年啊！

我：田光说："虽然如此，我不敢冒昧地图谋国家大事，但我的好朋友荆轲可以听从太子派遣。"太子说："希望能够通过先生跟荆轲结交，可以吗？"田光说："遵命。"接着站起身，快步走了出去。太子送田光到门口，告诫田光说："我跟先生说的，以及先生所说的，都是国家大事，希望先生不要泄露出去！"田光俯身行礼笑着说："是。"

不知是人是鬼的家伙：就这么简单？！

我：就这么简单！田光弯着腰来与我见面，说："我和你私交甚好，燕国人没有不知道的。现在太子听他人说我壮年时候的情况，却不了解现在我的身体已经大不如前了，承蒙太子教导我说'燕国和秦国势不两立，希望先生多加留意'。我私下不敢将自己置身事外，已经跟太子提到你了，希望你能到宫中去拜访太子。"我说："遵命。"田光说："我听说，年长的人做事，不能让其他人怀疑自己。今天太子告诉我说'所说的都是国家大事，希望先生不要泄露出去'，这是太子在怀疑我啊。行事引起他人的猜忌，这个人就不是一个品节高尚、讲义气的人。"田光用诚恳热切的目光看着我，并说："希望您速速前去拜访太子，告诉太子田光已经死了，表明我不会泄露秘密。"然后，他就拔剑自刎而死。

不知是人是鬼的家伙：噢，真是决绝!可这又是为何呢？不明白。

我：他想用自杀的方式来激励我！

不知是人是鬼的家伙：节侠田光！那他为何要将你推荐给太子丹呢？你并不是燕国人。

我：我记得我第一次见到田光先生，我觉得他就像大海一样沉静。他说话做事的风格就像大海一样大气，蕴藏着深沉的力量。他坐在那里，并不多说话，只是用大海一样沉静的眼睛看你。不用他启发，你就会自觉不自觉地将你的心思向他和盘托出。我自然而然地将我的经历、思想事无巨细地向他倾诉了。是的，我用的词是倾诉。毫无疑问，我觉得遇到了知音。我将我对独夫嬴政的痛恨，对于嬴政独霸天下野心的痛恨，对于他颠覆天下大统的痛恨，尤其是对我轩辕教不择手段打压的痛恨，都倾诉给了他。

不知是人是鬼的家伙：所以，这大海一样沉静的人，在他年老体衰，不能亲自横刀马下的时候，将你推向了前台！

我：田光，高渐离，我，我们曾经多次探讨如何斩断嬴政伸向天下的魔爪！诸侯结盟是失败了，合纵的策略不行了。但是，我们可以杀掉他，或者，像曹沫将刀架在他的脖子上，逼迫他鉴定和约归还诸侯的土地。我们也一直在等待和盼望这个机会的到来！

不知是人是鬼的家伙：我明白了！所以，你们跟太子丹一拍即合！

我：是这样！你说得没错！

不知是人是鬼的家伙：于是，你就去见太子，告诉太子田光已经死了。并说，田光先生要你去见他。

我：是的。我告诉了他田光对我所说那些话。

不知是人是鬼的家伙：那太子丹如何反应？

我：太子丹拜了两拜，跪着前行，痛哭流泪，过了一会儿才说：“我之所以告诫田先生不要泄密，因为那是想要完成大事的谋划啊。现在田先生用死来向我表明不会泄密，可这怎么会是我的本意呢？！”我坐定以后，太子起身离开座席向我叩头说：“田先生不知道我是个不成器的人，使我能够来到您的面前，大胆向您陈述，这是上天怜悯燕国，不忍心舍弃我。现在秦王有贪图利益的野心，并且这野心是无法满足的。如果不将全天下的土地吞并，如果不让各国的君王都对他俯首称臣，他的野心是不会得到满足的。现在秦国已经将韩王俘虏，占领了韩国的全部土地。又向南发兵攻打楚国，向北发兵进逼赵国；王翦率领的几十万大军已经到达漳河、邺城，李信的军队从太原、云中两地出兵。假如赵国无法抵挡秦国大军，势必会向秦国俯首称臣，赵国称臣以后，那么祸患自然殃及到燕国了。燕国国小势弱，先后多次被战祸困扰，现在估计就算发动全国的兵力，也没有办法抵挡秦军。各国都臣服于秦国，没有哪个诸侯国敢合纵抗秦。我个人有一个愚昧的办法，认为果真能得到天下间最勇敢的勇士，派遣他出使秦国，用重大的利益诱惑秦王；秦王贪图利益，我们的目的就一定能达到。果真能够劫持秦王，让他全部归还所侵占的各诸侯国的土地，像曹沫挟持齐桓公那样，那就太好了；如果这个方法行不通，就找机会刺杀秦王。秦国的大将现在都在外领兵作战，而国内又发生动乱，这样一来，君臣就会相互猜疑，趁这个机会，诸侯各国就能够联合起来反秦，一定能够打败秦国。这是我这一生最大的希望，但是不知道将这个重担委托给谁才好，希望荆卿留心这件事。"

不知是人是鬼的家伙：太子丹这番话讲得头头是道嘛！

我：是的，他并不是一个水货。他的头脑并不昏聩。他了解秦王嬴政，知道他的人，知道他的心，知道他要干什么。所以，他被深沉的恐惧感搞得心神不宁！

不知是人是鬼的家伙：那你当时是怎么想的呢？见到了这样一个跟你的策略可以对上调的太子，你认为机会来了吗？

我：我也在问我这个问题！这是个可以合作的人吗？考虑再三，我说："这是国家大事，我资质愚钝，恐怕无法担此重任。"

不知是人是鬼的家伙：那太子丹听后如何反应？

我：太子上前叩头，一再请求我不要推辞。

不知是人是鬼的家伙：那么你为什么最后答应了太子丹

呢？

　　我：这时候，我看到田光先生来到了我的眼前。我清清楚楚地看到了他。看到了大海一样沉静的他。但，瞬间即逝。

　　不知是人是鬼的家伙：噢，人是有灵魂的。他会在思念他的人眼前出现。

　　我：不过，那大海一样的表情很快消逝。就在我要抓住他的表情，试图与他对话之际，他整个人变得九曲黄河一样，痛苦地抽搐在黄土地上，嘴大张着，似乎要对我说什么，却说不出……巨大的悲哀弥漫在黄河上，我听见他同黄河一起哽咽着，泪水也是黄河的颜色……随后，他完全是一把泥土，被河水带走了……

　　不知是人是鬼的家伙：听上去很煽情。所以，你答应了。

　　我：是的，我想起了那些黑漆漆的夜晚，我们在黑漆漆的岩石上，谈论的那些黑漆漆的话题。无论我们谈论什么，最后的归结点总是一个：秦王不灭，大道必死；嬴政不除，轩辕无道！这是一个机会，我们应该抓住它！

　　不知是人是鬼的家伙：于是荆轲被太子丹尊为上卿，让他住在上等的公馆中。太子每天都来到荆轲所住的公馆门前，给荆轲提供丰盛的饮食，不时进献给荆轲奇珍异宝，车马、美女任凭荆轲享用，以此来顺应荆轲的心意。

　　我：与其说是顺应我的心意，倒不如说是为了顺应他自己的心意。他跟我寸步不离，当然，他要将他在宫廷里的生活完全移植过来。还有，他这样想：我要跟荆轲日夜相随，我要用这些来让荆轲感恩。知道吗，这是他们这种人常用的伎俩。

不知是人是鬼的家伙：那就大煞风景了！我明白，你答应刺秦在前，他酒肉美女伺候在后，他的目的是抓住你，使他生活在你的恩惠中，这样他好使唤你。荆轲先生，我们不必在意那些小人们说你吃了人家的喝了人家的睡了人家的，无以回报，便答应人家铤而走险刺秦的说辞。那么接下来又发生了哪些事呢？

我：我在等待机会。这不是儿戏，不是去赶集。虽然过了很久，但我并没有看到成熟的时机，所以没有行动。秦国的大将王翦攻破了赵国国都，活捉了赵王，赵国的土地已经完全被秦国占领，王翦又带领军队向北进军，一直来到燕国的南部边界。

不知是人是鬼的家伙：机会来了。

我：是的。机会终于来了。

不知是人是鬼的家伙：你考虑动身了吗？

我：太子丹十分惊恐，这样对我说："秦军早晚都会渡过易水，这样一来就算是我想要长久地侍奉您，难道可以办得到吗？！"

我：我对他说，就算太子没有说这番话，我也准备去拜见您了。

不知是人是鬼的家伙：那你打算怎么去见秦王呢？

我：是的，这是我考虑再三的事情。我对太子说，现在去秦国，如果没有什么信物，那是没有办法接近秦王的。那樊将军，秦王用千斤黄金、万户封邑的赏赐来求得他的头。假如我能带着樊将军的头颅和燕地督亢的地图，将它们进献给秦王，秦王一定会高兴地接见我，我就能有机会实现我们的预设。”太子说：“樊将军在穷途末路的时候前来投靠我，我不忍心因为一己之私而让这位长者伤心，恳请您重新考虑这件事！”

我：我明白太子丹不忍心杀死樊将军，于是私下去见樊於期，对他说：“秦国对待将军您，可以说是太狠毒了！您的父母和族人，或者被秦王杀害，或者被收为奴婢。现在我听说秦国又要用千斤黄金和万户封邑的赏赐来寻求将军的人头，您打算怎么办呢？”樊於期仰天长叹，流着眼泪说：“每当我想到这些事情的时候，经常痛入骨髓，只是想不出有什么报仇的办法！”荆轲说：“今天我有一句话，说出来可以解除燕国的忧患，同时又能为将军报仇雪恨，将军觉得怎么样？”樊於期上前说：“有什么办法呢？”荆轲说：“我希望能够得到将军的头颅，进献给秦王，秦王一定高兴，进而接见我，我用左手抓住他的衣袖，右手拿着匕首刺穿他的胸膛，这样一来，樊将军的仇恨得以洗雪了，燕国被欺凌的耻辱也可以消除了。将军难道没有这个心思吗？”樊於期袒露一边肩膀，一只手紧紧地握住另一只手腕，走到我面前说：“这正是我日思夜想切齿痛心想要做的事情啊，今天终于得到您的指教！”樊於期便自刎了。

不知是人是鬼的家伙：又是一个血性十足的男儿！那太子丹如何反应呢？

我：太子丹听到这个消息，驾着车疾驰前往，伏在樊将军的尸体上痛哭起来，十分悲伤。但既然已经没有办法挽回了，就把樊於期的头颅装入匣子中密封起来。

　　那个时候，太子已经预先在全天下寻求最锋利的匕首，得到了赵国徐夫人的匕首，太子丹花了百金买下它，命令工匠将匕首烧红，浸入毒液，用人试验，只要见一点血丝，人没有不立即死亡的。于是我准备行装，安排起程。燕国有个名叫秦舞阳的勇士，他在十三岁的时候曾经杀过人，人们都不敢正面与他对视。太子便任命秦舞阳做我的助手。这是我不乐意的。

　　不知是人是鬼的家伙：你并不了解他。

　　我：是的，如此重大的行动，让一个你并不了解的人做你的助手，仅仅因为他杀过人，这是不够慎重的。

　　不知是人是鬼的家伙：那你有人选吗？

　　我：有。找樊於期之前，我就捎信给他了。他远在塞外，是东胡国的王子，我要和他一起去见秦王。我为他收拾好了行装，只等他来到便出发。可是不知为什么，他没有在我预期的日子到来。我想我必须等他来，所以，一直没有出发。太子觉得我太迟缓了，怀疑我反悔，于是这样对我说："到时间了，荆卿难道还有其他心思吗？请允许我派遣秦舞阳先行。"

　　不知是人是鬼的家伙：用上激将法了。

　　我：是的。我生气了，斥责太子说："太子为什么要如此派遣？只顾前往，而不想着完成使命回来，是无能的小子！何况携带一把匕首，进入难以预测的强大的秦国，我之所以仍然逗留在这里，是因为要等我的朋友，同他一起去。现在太子认为我行动太迟缓，那就告辞诀别吧！"

　　不知是人是鬼的家伙：看来一向沉稳的荆轲也让太子的疑心搞冲动了。于是，就有了易水河边高渐离击筑荆轲慷慨高歌的一幕。"风萧萧兮易水寒，壮士一去兮不复还！"于是，就车而去，终已不顾。

　　我：是的，行程艰难，但一切按预设而行。

　　不知是人是鬼的家伙：直到落入独眼龙的未来岛，直到陷入法眼堂的地宫里。

　　我：是的！

第十一章 荆轲书之四

轩辕上帝，我祖黄宗！你在吗？有吗？

我感到绝望再一次毒蛇一样纠缠住了我。巨大的悲哀如同黄河壶口瀑布一样掩埋了我。

我喃喃自语：我祖黄宗啊，轩辕我祖啊，在吗？有吗？

我感到一只手放在了我的肩头。我回过头去，看到了一个影影绰绰的高大的人的模样的家伙。

我听到他说：荆轲，怀疑是必要的，是你理性成熟的表现，即使对轩辕我祖的怀疑也不是多余的。理性的怀疑和怀疑的理性正是一个人成熟的标志。

请不要说这些不痛不痒的话。我需要我祖轩辕的救助！我说。

救助就在你的身边！那个虚幻的高大的影像这样对我说，声音听上去似乎来自于遥远的黄河的源头，来自昆仑。

轩辕我祖啊，我陷入了人力无法自拔的境地，我陷入了未来岛法眼堂的地宫里。我悲观地说。

那个影像抚摸一下我的头颅，说：荆轲，请听我说，你有三条路可供选择。要我讲给你听吗？

要！请讲吧，你这不知是人是鬼的家伙！我说。

呵呵，这是一个听上去不错的称呼！在未来岛法眼堂的地宫里尤其显得幽默。听好了，千古英雄，你这名叫荆轲的人，请听我说，你有三条路可供选择：其一，要知道，独眼龙对你所做的一切，意在考验你；如果，你经受住了他所有的折磨，他就会打开这里的大门，迎接你，你就可以成为他身边的重臣，跟他共享荣华富贵。其二，请让我告诉你，我来自昆仑，你可以跟随我离开这里，过上神仙一样的日子。其三，继续你的征程，完成你的使命！路的尽头等待你的是阎王的地府！

我沉默许久。黑暗中那人的眼神在审视我。我又嗅到了黄河水浑浊的泥土味儿，钻入我的鼻腔，进入我的肺里。

我说，你如何证明你来自昆仑，来自我祖黄宗的故乡？！

他说：我已经为你讲了很多。崆峒山的尉缭，厚土，就是你叫土婴的那人，其实，那些都是他的化名，他的真名叫德瑞！见完尉缭回到昆仑后，我对我祖黄宗说，嬴政，他将毁掉你的宗庙打碎你的祭坛颠覆你的道统，他正在华夏大地塑造神权教，他正在将他自己将权力打造为世间唯一的宗教。如果，你继续视若无睹，你的后人，将成为神权教的走狗，在强权的欺凌侮辱中失去尊严，成为猪狗虫豸；他们的眼里不再有你黄帝，除了嬴政，除了权利。嬴政将掌控一切。人性中最大的恶，对别人的控制欲，将别人的生命和自由攥在自己手中的欲望，将使嬴政成为空前绝后的暴君、独夫！嬴政的思想是，控制一切，尤其是控制人的一切，无论是吃喝拉撒睡，还是所思所想所做。而这，正是如今天下战火四起的缘故！嬴政为了实现自己独霸天下的野心，点燃天下的战火，然后对天下人说，他要用以战止乱！他必须死！否则，天无宁日，地无宁日，人无宁日，神无宁日，道无宁日！黄帝听我说完，转过身去，面对苍茫大地上，被不知什么巨大的力量，用藤条抽打，痛苦地抽搐着的苍龙一样的黄河说：黄河水要泛滥了，倒流了，那个自称是我后人的独眼龙从地府上来，兴风作浪了。我说，邪恶的力量正在汇聚起来，正在将你的力量压制下去。你得出手了！黄帝说，邪恶的世界威势了，他们将展示他们的力量，展示他们无所不在的恶！他们正行走在他们的运数上！我说，你得结束他们。黄帝怜悯地看着我说，我的孩子，无论善恶，皆出于道。道生善，道亦生恶！无论神、人，也无论善恶，都得服从于道的运化。不要跟我争辩了，你去泛滥的黄河看看，也许在那里你会看到一些意想不到的事。

我便离开了昆仑山，来到了这里。

这未来岛从何而来？我问。

他说：请让我告诉你吧，荆轲，人们说，黄河不会倒流。可是我告诉你，黄河会倒流。你恰好遇上了黄河倒流。这就是你为何三番五次过不了黄河的原因。未来岛通常潜藏在地府，但当人间的邪恶得势时，它便从地府冒上来，危害人间，黄河水就会倒流！

我惊讶地看他，说，你所言，正好印证了我的观察。河伯强迫我用我的马祭祀他时，我就感觉黄河脱离了正常的轨道，横行霸道了。

黑暗中的那人说：黄河水倒流的第一个征兆便是将屈子这样的人和他的马他的诗一起埋葬！

我似乎听到黄河在哭，又听到黄河在狂笑，如此分裂，令我不解。我请问那黑暗中的人，他说，黄河自从她顺应道统，流淌在苍茫大地，滋润华夏的沃土肥田，养育天下苍生，她就是这样精神分裂！

我沉默了。那黑暗中的人，将他巨大的手掌放在我肩上，说，你还没有做出选择，给我回答呢。

我轻轻挪开巨大的手，淡定地说：继续我的征程，完成我的使命！

那黑暗中的不知是人是鬼的家伙说，可你没法走出这里！

我信心十足地对那黑暗中的影子说：你会帮助我离开这里的！我确信！我相信你，就如同我相信道，相信我祖黄宗为我们昭示的道。我确信，我祖黄宗将道义的种子植入我们的心中，就是为了让我们在绝望中看到希望！难道不是吗，我深陷绝境，可你却是从我祖黄宗那里来的！

荆轲，请听我说，这世上最沉重的担子，莫过于替天行道！既然你选择了将它挑在自己的肩上，作为我祖黄宗轩辕的人，我也是没有理由拒绝你！好吧，我会帮助你从这里离开。他这样说。

随着他那黄河水一样沉静的声音，我看到了一个如同神话中一样的人。他说：知道吗，荆轲，你可是多少年来唯一从未来岛法眼堂的地宫里活着出去的人。

感谢轩辕我祖！我也向那神话中的人物鞠躬致意！

那神话中的人物又用黄河水一样沉稳缓慢散发出泥土味的语气这样说：了不起的荆轲，你是轩辕教的骄傲！你很好地解读了道祖轩辕和道尊老子留给他们的子孙后代的道义！你将道、自然、自由，这些神藏在经文中的道义用你的心智融会贯通。你打开了它们之间的隔阂，这是了不起的顿悟！道、自然、自由，这是三位一体的真理！是道祖道尊给他的子孙后代最意味深长的启迪！

他面向昆仑的方向，深深鞠躬，嘴里念念有词。然后，他说，我要将你送出这地宫，使你成为我黄帝后人中的火种！请听我说，苍茫的黄土地，保留这火种吧！请听我说，痛苦的黄河，保留这火种！

他向我详细描述了未来岛的地形地貌，指出了我如何离开的路径和方法。然后，他举手向天，开始祷告！

刹那间，一道炫目的光使我睁不开眼睛。然后，我听见飓风咆哮巨浪冲击悬崖的轰隆隆的宏大的声音。地宫的墙壁裂开一个洞，他将我一把从洞中推出，然后，便消失不见。

我的眼前一片黑暗！这外面的世界似乎比地宫里面还要黑暗，尤其是十分空洞。头顶没有星星，眼前没有月光，更别说太阳了。我在一片比死亡还要凝重的寂静中驻足倾听。我感到这寂静跟大石头一样压向我的胸膛。我大声呐喊，但我的声音却出不了嗓子。

我冷静下来。根据神话中人物的说法，我现在来的这个地方叫圣贤岭，位置在未来岛的东北方，紧邻法眼堂的地宫。这里我将遇见几位被未来岛奉为圣贤的人。

我用力踩踩脚下的土地。我听见碎石分散的声音。我捡起一块石子，向空中掷去。我听见了它落入水中发出的响声。我的内心感到瞬间被激活了。轩辕我祖，请伸出你大能的手，指引我！

我听见了风吹过山岭时撩动树梢发出的声音。我定睛再望。我看到了天空中的星星，还有一轮满月正高悬浩瀚天空。

我又听到了不知名的鸟在沉沉黑夜中发出的叫声。我看到我脚下是一条蜿蜒的羊肠小道，干净的路面上有一只青蛙蹲在那里，发出令人荡气回肠的欢叫。

感谢我祖，感谢大自然!我说。

顺着羊肠小道，我向山顶攀爬。我刚要跨过一条小河，一股恶臭袭来，几乎令我窒息。小河对面的石壁上，突然被什么凿开了一个黑洞，浑浊的恶水正从那里冒出来。那恶水流经之处，无论是植物、土地或是石头，都被瞬间腐蚀，燃烧起来，发出魔鬼狂欢般的叫声。

轩辕啊，我猛然间醒悟，我在这里将要遭遇的是圣贤谷的管仲，那个名闻遐迩鼎鼎大名的宰相，所谓利出一孔理论的发明者。

我必须在他的恶水冲入河流，在他从那个恶水洞里爬出来之前，跨过那个小桥，站在他的头顶，否则，那恶水变成的火焰，会将我化作灰烬！

我拔腿就跑，冲上那小桥。可就在我刚要过了那桥时，脚下的木头发出咔嚓的声音。桥断了。我顾不得多想，我借那正在从我脚下垮塌的朽木，纵身一跃，一头栽倒在一个水坑里。

我的心中一慌。莫非我跌入了河中？我不顾一切地从水中起身。我的脚后跟刚离开那水，看见管仲锥子一样的脑袋正从那洞里钻出来。我的轩辕啊，他看上去那么地慈爱，又那么地邪恶，迷人的微笑挂在他的嘴边，似乎在向你说着动人而甜蜜的话语。我定神一看，瞬间，看到那迷人的微笑后面蛇蝎一样的表情。他发现暴露了自己的真相，然后，冷静地像飓风下面的岩石，纹丝不动。

　　瞬间，山谷里充满了鲜花的香气。它直入你的心扉，令你不由自主地嗅着它的气息，被鼻子牵着走。我心甘情愿地朝管仲那里走去。

　　一群群一队队的鬼魂，可不是一般的鬼魂，而是古往今来，以及未来世界的帝王将相们的鬼魂，成群结队地或谄媚或诡诈或奴颜或虚伪或张狂或自卑地，总之，各怀鬼胎的模样飞蛾扑火一般钻进管仲建造的狭窄龌龊肮脏流着奶与蜜油和酒的，那个所谓利出一孔的猪圈一样又有一副宫殿模样金碧辉煌的通向大山深处的黑洞里。

　　长久以来在思索道、思索自然、思索自由中培养出来的洞察力和直觉拯救了我！这些鬼魅身上散发的死亡的气息，是的，不管他们是曾经的帝王将相，或是以后的王公侯孙，他们的身上无不散发出一种死亡和腐朽的气息。这与我身上自然的气息，活的气息，自由的气息，格格不入。我尾随他们一段路，就在要进入管仲的那个孔里时，洞口的管仲的形象，表面上那么慈祥亲切可爱的笑的背后，我又看见了豺狼一样的邪恶！我知道如果我跟随这帮鬼魅进入管仲的孔里，我所追随的道，我所寻求的自然，我所向往的自由，便一概被那无往而不胜的利出一孔俘虏了。

　　尽管我已经打算离开这群人，但是，我的腿脚却不听使唤了。我感觉自己似乎很急切地想要加入那群鬼魅，进入满地猪粪但又金碧辉煌的宫殿。

　　轩辕我祖啊，你在吗，有吗？我不由自主地喃喃自语。

我听到一个声音，遥远但清晰，这样说：荆轲，我有，我在！相信者必得拯救！

轩辕我祖再次拯救了我！我感觉到了一股巨大的力量在我的心中生成，它们也来到了我的肩膀、胸膛以及两腿。我从地上捡起一块石头，对它说，以我祖轩辕的力量，以道德力量，以自然的力量，摧毁他们。

石头朝管仲身居的洞穴里飞去。可是，它刚飞到洞口，一群飞蛾，漂亮而又散发着香臭混合气味的各色飞蛾，将那石头粉碎在了洞口，并朝我飞扑过来。

轩辕我祖啊，我忘记了从你身边来的那个救我脱离地宫的不知是人是鬼的家伙告诫我的话，切莫在管仲那里缠斗，否则，便是死路一条！在没有惊动他，以及那些在他的脚下匍匐的帝王将相以及他们的孝子贤孙之前，离开他们便是皈依道统！

我从身边的柳树上折下一根树枝，朝着飞来的蛾子一顿猛抽。那蛾子吃得肥肥胖胖，被树枝抽打破裂，热乎乎的血溅到脸上，就像刀割一般疼痛。我摘下帽子，搽一把，然后用上了吃奶的劲从一块石头跳到另一块石头，在管仲那里的恶水扑向我的双脚之前终于站在了洞口的上方。

感谢轩辕，感谢我祖！这千古名相的杀伤力真是名不虚传。他没有出面，没有出手，就已经使我疲于奔命了。一种抽筋扒皮的感觉使我几乎喘不上气来。幸运啊，我没有被这绞肉机一样的黑洞吞噬。管仲门前，看似风平浪静，来去自如，可实际，却是实实在在的绞肉机，粉身碎骨了，你还觉得自己勇立潮头，大战正酣呢！

再见了，你这恶魔！所有的狗屎都是从你的屁眼里拉出来的。天下人无不将你的狗屎当做香饽饽连吃带啃数千年。在我的眼里，你，你那利出一孔的狗屎主张，正是天下人势利功利唯利是图的祖师爷!你倾倒在黄河里的这杯毒酒，至今没有几个人能够解得了它的毒性！黄河水变得浑浊污秽，黄河文明变得庸俗世俗，千古名相管仲，你功不可没！利出一孔，使所有的美食都变成了猪食，变成了狗屎！

我不能在这里继续发牢骚了。我得让我的思想服从于眼前的现实，从危机四伏的圣贤谷逃出去。但我和高渐离关于管仲的利出一孔一旦和嬴政的暴政结合为一体，那么，天下就彻底玩儿完了的讨论却又来到了我的脑海。钻心的痛苦潜入我的脉搏，我感到被人掐死脖子的窒息。管仲的塞满狗屎的下水道一样的宫殿只是圣贤谷的谷底。前面的山路，盘旋而上，险恶异常，更加要命。我能够成功逃离吗？

考验立马就来到了。我听见一声惨叫，从我的侧上方发出。逃命的欲望使我的肉体很快充满了力量，我几步从岩石上攀登上去。我看见一块开阔地上，一个人正在被五马分尸。

这是商鞅，我的卫国的乡党，大名人大学士大官僚。骏马被长鞭鞭策着，拼命奔跑。商鞅的身体被分裂为五大块。他的头颅被撕扯下来，眼睛大睁着，刚才发出惨叫的嘴巴这会儿已经痛苦地扭曲着，像一条正在失去生命的毒蛇，委顿下来。

我的可怜的同乡啊！如果你知道正是秦灭了你的国，将你的祖宗的寺庙夷为平地，你还会为了个人的荣辱、士人的前途，为秦人的崛起，为秦王一人的野心、利益出谋划策吗？兜售自己的学说主张，只为买家负责，只求自己的功名利禄，罔顾道，罔顾德，罔顾祖宗社稷，你得到了你应该得到的一切！

我那可怜的乡党被五马分尸以后，像森林里在雨后冒出野蘑菇一样，地上也突然钻出许多的野狗来，围着商鞅的尸体汪汪叫，然后分成了五伙儿抢食那人的肥乎乎的肉。可就在眼疾脚快的狗儿叼了一两块开始吞食时，天空发出一阵马车散架时的响动。我看见独眼龙横空出世，愤怒的眼睛眼里冒着杀气，用他狗鞭一样的长臂，一顿猛抽，直抽得那些狗在地上打滚，将吃下去的商鞅的肉吐出来，然后惨叫着逃跑了。一群巫师出现了。在独眼龙的主持下，他们为商鞅招魂，给他建立坟墓，树立高大的墓碑，行三叩九拜之礼，然后哭丧着离开了。

我长出一口气。独眼龙没有发现我，商鞅也已经被埋葬，我想我可以轻松地离开了。我不无得意地向商鞅行同乡之礼，准备继续朝圣贤岭出发。

可是，突然间，我看见，商鞅的尸体从独眼龙为他建造的坟墓里蹦出来了，依然分成六大块，一个似有似无似死似活的鬼魅一样的家伙火急火燎地将那几块肥肉往一起凑。两腿被安装上了，两手也被安装上了。那个鬼魅狞笑着将商鞅在地上流血的头颅拾起来，拍一拍，从地上捡起一把谷草，擦拭上面的血污。然后，他仰天长啸，将还在滴血的头颅往商鞅的身子上安装。咔嚓一声，那头颅被安装到位，但地上的商鞅依然僵尸一般，纹丝不动。那鬼魅又仰天长啸，然后，俯下身子，钻进商鞅的尸体。

这令人毛骨悚然的情景突然使我想起昆仑客的告诫。我赶紧卧倒在地，用嘴啃地上的土，让大地的气息进入我的内脏，以抵御那人鬼合一后的魔鬼将我的灵魂攫取了去。

但是，轩辕我祖啊，观察现实探索究竟的冲动总是使我陷于被动。那人鬼合一的魔鬼行动之快岂是我等源于泥土归于泥土之人所能比拟的。就在我感觉身旁的大地被地狱之火燃烧一样地烧灼之时，那魔鬼已经在我的头顶上方将他的狞笑肆无忌惮地暴露给我看。

我感觉那魔鬼的力量已经将我死死地摁在地上起不来了。我玩儿完了。我的眼前出现了无数张狞笑的面孔。他们都在嘲笑我。

就在我感觉漫天遍野的鄙视，随着这鄙视而来的魔鬼的利爪将我从地上拎起来，像顽童掐死地上的一只虫子，或者如某个知名的大人物所言，跟大象踩死一只蚂蚁一样踩死我时，我却看见那人鬼合一的魔鬼正在失去力量。他的四肢抽搐着，嘴角流下了鲜血，眼神呆滞乏力。

然后，然后，那商鞅整个人又突然散架，成为被五马分尸后的惨状！然后，然后，独眼龙出现了，巫师出现了，前面上演的一幕再演了一遍。

我用手使劲拍打一下自己的脸。

我双手合十，向着昆仑的方向，说，轩辕我祖啊，我的上帝，我不是做噩梦吧？！

商鞅的诅咒！我曾经听田光说，这就是商鞅的诅咒！

我向我那乡党抛出一根树枝，算是对它所受惩罚的某种同情。罪与罚是有因果关系的。

好吧，继续上演你那为了一王之利而祸害天下人的惨剧吧。

轩辕我祖，我知道你深沉的悲哀，普天之下，华夏大地，商鞅是杀不尽死不绝的。

这样的土地盛产这样的豪杰！

圣贤谷的风景逐渐变得奇诡起来。一道瀑布挂前川，一片孤城万仞山！更让我震惊到七窍生烟的是，那一片孤城中，那一道瀑布前，独钓寒江雪的，竟是我的好友，韩非子是也！

请想象一下吧！瀑布、悬崖以及悬崖上的孤城古城、一条奔流不息的大河被白雪覆盖，韩非子在那里像只猴子一样一会儿抓着瀑布旁的树根攀上爬下，一会儿在古城中引吭高歌，一会儿坐在一条旧船上独孤垂钓，高举酒杯，欲饮还休，仰天长叹，涕泗涟涟！

轩辕我祖啊，你广大无边深厚无比的同情心激发了我对韩非子的似乎已被忘怀的往日情谊！可是，这仍然不能消除我看到他举起酒杯，环顾四周，生怕被人发现，那种偷偷摸摸的表情，所激发的我的内心对他的莫名其妙的复杂情绪。我昔日的友情，我过去的挚友，你端起的那是李斯送给你的毒酒吧！你的耻辱就是因为这杯毒酒而引起吧！堂堂韩国的大公子，嬴政钦点的韩国大使，古往今来难得的人才，鼎鼎大名的法家的思想家，死在昔日同窗的手下，死在若能够见一面死不足惜的秦王的监牢中，这天下如此波诡云谲的悲剧还有几出？！

就像那些得了奇诡的心理疾病的人，韩非子高举酒杯，呼唤天上的飞鸟，到这美不胜收的瀑布下，到这有琴声悠扬的像韩非手中的酒杯一样被高高举起的悬崖绝壁上的古城，到这覆盖着一层梦幻般白雪的江上，和他共享这秦王赐予他的美酒！

可是，天上的飞鸟不解人间韩非的心结!它们翱翔在天际，享受着自然赐予它们的自由！尤其令这公子不爽的是，它们嘎嘎地叫，屁股那里还洒下它们从自然界吃到肚子里的被消化掉的虫子！

这是何其的苦涩啊！对于这天下的文人而言，连一个本以为可以诉说愁肠的鸟儿都要拉屎在你的酒杯里！这岂止是耻辱！

我的眼睛也被同情弄湿了。我的内心涌起想要救助这可怜老友的冲动。我对着韩非喊叫，说，韩公子，请不要怕，是我，我来了。

突然，我眼前的一切消失了。只有一堆乱坟岗在我的前方，在怪石嶙峋的山崖上。一只老狐狸带领一群小狐狸在那里觅食，看见了我，龇牙咧嘴地笑。

我定睛一瞅，它们围成一圈的中间，一块石头上放一酒杯，那杯上依稀看见的是一些血丝和泪痕。狐狸们看见我凝视的眼神在那酒杯上，便发出狐臭一般的叫，警告我勿要靠近！

它们怕我拿走它，或是踏碎它？

可是，我怎么能抑制这种冲动呢？！我大喊一声，拿起地上的石头，朝那群狐狸扔过去，然后，折断一根粗壮的树枝，挥舞着，我朝那群狐狸冲过去。我感到愤怒和同情给了我很大的力量，使我可以赶走这些鼻子尖尖像锥子一样令人讨厌的动物。我的大棒每到之处，只听得狐狸发出尖叫，鲜血淋漓，然后四散逃离，只剩下韩非的酒杯端坐在石头上。我拿起那酒杯，端详一下，只见它突然变成一只独眼龙的眼睛，绝望地、凶狠地瞅着我，想要用那眼神将我杀死一样。

我祖黄宗啊，我突然感到骨头都冰冷了！眼前发生的这一切，就跟梦魇一样既真实又玄幻，令人难以置信这是现实或是魔幻。

轩辕我祖啊，难道现实世界和魔幻世界可以重合？！如若不然，我遭遇的这一切又如何解释？我来到了这个远古神话、历史传说、真实现实和鬼魅世界重叠混杂的世界？

我的豪情突然冷峻下来。我凝视这眼睛，用我的藐视，用我的骄傲，就像当初我曾经偶尔对韩非子有意无意地流露过的--当然，每次，我们都会在友情和思想辩论的高处再次取得谅解！

我在内心里平静地说，我可怜的老友，你这可悲的人，用你的旷古奇才，为嬴政这样的暴君著书立说，为独夫提供学术武器！而他们，则要灭了你！知道为什么吗？因为你洞察了他们的内心！那里比阎王的阴曹地府还要黑暗、邪恶！他们不能忍受有人看透了他们的底牌！所以，我可怜的大才子啊，这杯毒酒，你不喝，谁喝？

我似乎听见了山谷里刮起了风，而韩非子在风中悲戚。我向着风中哭泣的韩非子说，我的心也在为你哭泣，我可爱的朋友伟大的韩非子，我会向黄帝祈祷，让他拯救你苦痛的灵魂，洗刷你的耻辱，还你大公子大学士的风采！

离开了韩非岭--他们，管仲、商鞅、韩非，每人据守圣贤谷一个山头，而后一个山头比前一个要高上那么一些，形成层层叠叠向天升起的形状，而最高头的，则是孔子，道尊的大弟子！

天边的启明星已经冉冉升起。刚才还沉重如山的两腿，这会儿，似乎听话了很多，当我发出向上攀登的信号时，它们竟然很好使，好像我已经丧失的那两匹骏马，稳健地朝山头开路。

道路拐一个小弯，我的眼睛已经可以看见孔夫子端坐其上的那个山头了。他的脚下是一片开阔地，被分割为两块儿。一边是惶惶如丧家之犬的孔子，以及尾随他的弟子；他们驾车周游列国，被挡在城门外，饥肠辘辘，十分颓丧。另一边则是，与其说是后世的人，不如说是后世的帝王将相，为孔夫子修建的各类庙宇，雕塑的各种神像。

孔子则百无聊赖地端坐山头，不时用马尾辫驱赶一下打扰他美梦的苍蝇蚊子，然后，头也不抬，继续呼呼酣睡。

我轻轻向他身边走去。这可爱的老头，跟我一样为周天子分崩离析的天下而痛心疾首的老头，我看见一滴老泪正从他的眼角渗出！

我们痛惜的都是已经逝去的伟大的周朝，一轮已经走下昆仑的太阳!我知道，他所有的感叹，几乎都是因为这种忧伤！

对当今的天下世道，我们感同身受！我们是同道！不同的是，在做一个怎样的卫道士方面，我们则选择了不同的路径！

我道尊的大弟子啊，当年，你向我道尊求学问道，回来后跟你的学生说，见到了老子，你便知道了龙何形何态。

但我道尊，怎么说呢，有人说，我道尊很看不上你啊老夫子。

我不知究竟！

我道尊说，对帝王将相说，把你的手拿开，让天下人自然自由地活！功成事遂，百姓皆谓我自然！

可你呢？

我突然看见了夫子身旁的尚书，就是那原名为书，后被他删减并被命名为尚书的那个，摆放在他眼前的案头上。

我看一眼尚书，看一眼夫子。夫子依然正襟危坐。而当我的眼光再回到那本书上逗留时，老夫子的衣襟动了动，我随之看下去。

轩辕我祖啊，你猜我看到了什么？

那是车载斗量的竹简，幽灵一样闪烁着光芒，在那光芒的中心，一个声音在哀痛地说，我是书，我是那本还没有被这老夫子编辑删减被他肢解的完整的书，就要被一把大火烧了。

随即，那车载斗量的竹简化为了灰烬。老夫子脸有羞惭，说，为了教化的功用，我删去了那些无用的东西。

我再看他身体的另一边，脚下，一篇篇的诗像一节节被折断的树枝，散乱一地。原来，老先生将书肢解为尚书后，正在将古人留下的千余首诗肢解为后人所谓的诗三百。

老夫子的手，因为这份辛苦的工作，上面出现了许多的血痂。

他有一些无法掩饰的窘迫。我能够看到，也能够感知到。

这一刻，我平静地站在那里。眼前发生的这些，其实，我何不是早有耳闻，就在稷下学宫时，我们也讨论过老夫子如此作为的是与非功与过。

是啊，我的老夫子，华夏民族的文脉被肢解，谁能说不是从将"书"变成"尚书"开始的呢？

我祖黄宗后人逐渐失去活力与血气，谁能说不是从删减诗三千为诗三百发端的呢？

这些事的后面，站着的难道不都是你吗？！

我在心里这样发问。而老夫子似乎听到了我的心声，轻声说，民可使由之，不可使知之！

大道之行也，天下为公！他又说。

我伟大的夫子啊，这是你最荡气回肠的一句话了。可是，你所谓的大道，指的是什么？你所谓的公又是什么？

我多么喜欢你这句话啊！可是，我却从未在这大地上找到它！

而我得到的道是，大道之行也，天下自然！大道之行也，天下自由！功成事遂，百姓皆谓我自然！这便是大道，这便是公！

没有自然，没有自由，何来大道，何来公？！

我站在那里，这样静静地思考。我的内心再次被对道祖道尊的敬仰和尊崇所充满！

道祖道尊，道耶道耶！

我能够感知到，老夫子用力洞察我的内心。

我祖轩辕啊，黄帝啊，这就是那个将要在后世取代你的地位而立的人吗？

我必须离开了！我有更重要的现实的事情需要做。

能婴儿乎？！他，那个似人似鬼非人非鬼，来自昆仑去过崆峒山的人告诉我，在老夫子这里，就默念道尊的这句话。然后，悄然离开，赶自己的路。

圣贤谷的顶峰是一座石头和木头建造的庙宇，肃杀的气氛从每一块石头每一根木头每一个窗口每一扇门里渗透出来。里面的塑像，则有一种令人难以捉摸的奇诡表象。你站在门口，他在微笑，而当你来到窗口，他却满脸愤怒，似乎在咒你……而更令人印象深刻的是，庙宇的四周耸立着的四根石柱，虽然不高，给人的感觉却犹如插入苍天心脏的利剑！

站在这里，回望一眼圣贤谷，极大的悲悯攫住了我的内心！

我听见有人哭，在我内心哭，无端地哭！

我放眼遥望，滔滔黄河苍茫黄土地，周天子分封的诸侯国分崩离析的惨状历历在目！赵魏韩的都城被夷为平地，燕国门前秦国的大军枕戈待旦，就连周天子也没有了偏居一隅的安然，在虎狼之秦的战火里被烧得像一节烂木头。

天下的苍茫众生，犹如一群群的绵羊，在满嘴流着哈喇子的狼爪子前吓得浑身发抖。而荆轲高渐离这样的士人，个个如丧家之犬，不知何处可以安生，哪里可以藏经！

可突然，我又听到了高渐离的筑声，为变徵之声，从那四根石柱上方弥漫而来。筑声的悲哀，平复了我内心的悲哀。

瞬间，高渐离的筑复为羽声慷慨！

这次是从遥远的天际而来！

是从昆仑的方向翻山越岭而来！

我感到了前所未有的力量正从我的内心升腾起来，充满了我的心肺和四肢。我感觉自己前所未有的高大。我向着昆仑的方向，道祖道尊所在的方向，喃喃自语，倾诉，祈祷！

我感到从未有过的强大！黄河在我的脚下犹如一条飘带，从遥远的昆仑飘向苍茫大海。

而我似乎看到，道祖道尊也以悲悯的眼神看我！

而对岸，嬴政的咸阳宫，犹如麦田里的燕雀窝，就在我的脚下。

一个声音不断在我的脑子搅动：这个世界的秩序被彻底搞乱了。恶魔正试图统治这世界，彻底而完全地掌控这世界，企图让这世界按照他的节奏癫狂，而不是让这世界运行在道上！

我祖黄宗的道，轩辕教的教义，道祖道尊的道义，正在遭受前所未有的戕害，彻底的颠覆！

恶魔的魔爪肆无忌惮地伸向我祖轩辕的宗庙、教堂，将狼烟烧遍轩辕黄帝道祖道尊的教义营养了数千年的土地。

而我，我所熟悉所热爱的一切，正在被逐渐消失或即将被消失，连同我的肉体，连同我的信仰，连同我的国家，连同我的宗庙社稷，连同我的语言我的文字以及我所热爱的文章歌舞，连同故乡的山川河流，连同那里的麦田以及耕牛遍地的原野！

这一切灾难的背后，站着的那个鬼魅，便是嬴政！

嬴政是所有这些灾难的制造者！

匡正天下秩序，恢复轩辕黄帝的道义，张扬道祖道尊的教义，不拿掉嬴政，不粉碎他独霸天下的野心，便都是妄想！

必须斩断嬴政伸向天下的魔爪！

必须打断嬴政踏向诸侯的铁蹄！

孔德之容，惟道是从！

而这副重担，今天，落到了我的肩上，荆轲的肩上！

那么，就让我来吧！就让我来干这一票吧！

替天行道，死而后已！

前有曹沫，今有荆轲！

嬴政，我来了！

我看到了脚下的黄河，嗅到了它经久不息的泥土气息。莫名的兴奋和力量充满了我的内心！

天已经朦朦亮了。听得见未来岛的公鸡发出了天亮前的叫喊。按照昆仑客的指点，我必须在天亮前离开未来岛。

这未来岛将在今天的太阳出来前，再次回到地下，潜入黄河像昆仑山一样深厚的泥沙中，等待下一个黄河倒流的时机。

我必须在它沉入数千里深的地底下前离开这里。遵照昆仑客的指点，我在身上披一张狗皮，混在天亮前到黄河岸边觅食的流浪狗中，躲过未来岛无处不有的连夜里都不眨一下的独眼龙的眼睛，在一颗被大风连根拔掉的大树的后面，潜入黄河，踏上对岸的土地。

　　我这样做了。当我来到那棵大树下，庞大的树梢下藏着一根粗壮的树干，有一人那么长。我跳上去，坐稳了，便奋力向对岸划去。

　　快到对岸时，突然天色阴暗，狂风暴雨将黄河攥在手里，像巨蟒抓住小蛇，肆意摔打。但幸运的是，一个浪头将我扔向高空，下落时，我却落在了岸边的一个水洼里，同眼前脱缰野马似的黄河分道扬镳了。

　　也就在我惊魂甫定之时，一声石破天惊的巨响之后，天空湛蓝，黄河平静，未来岛消失。直觉告诉我灾难已经结束。我从泥泞中爬起来，抬头前望，看到了从人类头顶飞过的麻雀，也看到了一块巨大的岩石，而腾格尔和秦舞阳在那岩石的后面，向黄河的方向望眼欲穿地地张望！

　　我抬起双腿，朝他们走去，我想我必须跟他们开个玩笑，否则，他们看到我会惊掉下巴。

　　我捡起泥泞中活蹦乱跳的鱼，朝他们扔过去。他们惊惶地跳起来，然后，嘴巴张大得可以进去头牛，呆呆地看我。

　　在经历了噩梦般的一段时光之后，我们在黄河西岸相会了！他们告诉我，已经在这里守候三天三夜了。那天，黄河突然作妖，巨浪将我们的渡船连同我和狗屠山杏儿吃下肚里，他俩则很幸运地被一排树木带到了对岸。

　　一起顺利渡河的还有我们离开燕国时随身携带的物品，燕国的督亢地图，以及装有樊於期头颅的匣子。

　　但是，昆仑神龟和黄帝四经却不见了。

　　我万分惋惜地看着远去的黄河，我想它们也许被黄河带入了黄海，几千年后才能重见天日。

但我也对着滔滔黄河喃喃自语地说，会回来的，四经！会回来的，神龟！你们会回到这黄土地上的！请相信我！

他俩对狗屠山杏儿的遭遇十分同情，唏嘘不已！

我问他们，你们看到那个岛屿了吗？就是我所说的那个未来岛。腾格尔说看到了，他当时就跟秦舞阳说了的。但秦舞阳说，没有看见。他只看见滔天巨浪以及阴沉沉的天空和被飓风折断的树木以及从上游漂浮下来的人的动物的尸体。

我们商议一番，决定在这里的小镇上稍作休整。我跟他们讲了我在未来岛的奇遇，他们半信半疑地听，但并不说我扯谎。是啊，假如换了我，我想我也很难相信那是真的。

恰好，东胡国迎接腾格尔的人马也来到了这里。腾格尔的腿尚有一点余伤，他执意要我和秦舞阳出发后再走。我们在小镇的边上告别。他拥抱我，久久不愿放开。我救过他的命，两次。他却不能随我而去，做一件惊天动地的事，做一件与朋友生死与共的事，做一件替天行道的事，他的内心是十分自责的。但我安慰他，事成之后，我会到东胡国去帮他打理朝政，在那里，我们重新将我大周的共和制昌兴天下，让诸侯和天下黎民，将轩辕黄帝的道生法付诸实施，并像我道尊所说的那样，功成事遂之后，让百姓皆谓我自然！我自然！他向我点头，眼中有泪水。我们相视而笑。

轩辕我祖，道耶道耶！我说。

轩辕我祖，道耶道耶！他说。

我们告别了。

我转身奔赴我的路程！

　　下了一路的秋雨也歇息了。冷风从西北方向吹来，刮在脸上，生疼生疼，但却也令人格外提神。数日后，我们就来到了咸阳！

第十二章 太史公如是说

太史公啊，请告诉我，荆轲在告别腾格尔后，如何一路坦途，几日后便到达了咸阳，又是如何展示了他作为一个练达的外交官的才智以及过人的勇气，在嬴政的宫殿里上演了一场前无古人后无来者的千古传奇，令数千年来的文人墨客歌颂赞叹，使后世的暴君独夫闻风色变。捧读太史公史家之绝唱，洋洋洒洒几十万言，慷慨激越悲壮河山如史诗一般气势恢宏者莫过于荆轲刺秦也！

太史公啊，你一定是听到了我的呼唤，我的祷告，因为，我听到从大地的每个角落，天空的丝丝雨滴，以及阳光下啼哭的婴儿的声音里，你是如此慷慨激昂地向黄帝的后人，向道祖道尊的信徒，向生生不息的华夏儿女，如泣如诉地讲述荆轲那令人惊魂而又扼腕的故事：

荆轲到达秦国后，就拿着价值千金的厚礼，将它们全部进献给秦王的宠臣中庶子蒙嘉。于是蒙嘉替荆轲向秦王禀报说："燕王真的非常畏惧大王的声威，不敢发兵与大王的军队抗衡，希望带领全国上下的人一起成为秦国的臣子，比照其他诸侯国排列其中，向秦国交纳贡物和赋税，就如同秦国下属的郡县一样，只求能够保全先王的宗庙。因为内心的恐惧，不敢亲自前来向秦王陈述，为表诚意，特地砍下樊於期的头，并向秦王进献燕地督亢的地图，全部用匣子封存好，燕王在朝廷上举行了拜送仪式，派使者将情况禀告大王，只等候大王差遣。"秦王听了，十分高兴，于是穿上上朝时候的礼服，安排了九位司仪迎宾的隆重仪式，在咸阳宫接待燕国使者。荆轲手里捧着盛放着樊於期头颅的匣子，秦舞阳手捧着装有燕国地图的匣子，按次序向前走去。走到宫殿前台阶下，秦舞阳突然脸色骤变，十分恐慌，秦国的大臣们感到很奇怪。荆轲回过头来对秦舞阳笑了一下，然后上前谢罪说："这是北方偏远蛮夷地区的人，从来没有见过真正的天子，因此感到震惊恐慌。恳请大王能够宽容他一些，让他能在大王面前完成自己的使命。"秦王对荆轲说："把秦舞阳所带的地图呈上来。"荆轲拿过地图呈献给秦王，为秦王打开地图，地图展到尽头后，藏在里面的匕首露了出来。荆轲趁势左手抓住秦王衣袖，右手拿起匕首直接刺向秦王。匕首没有刺到秦王身上，秦王大惊，后退跳起，衣袖被荆轲扯断。秦王起身抽剑，因为剑太长，只是一手抓住了剑鞘。当时情况惊慌紧急，剑又被剑鞘套得太紧，没办法立即拔出来。荆轲追逐秦王，秦王绕着咸阳宫的柱子跑。大臣们都十分惊愕，突然发生意外事变，都失去常度。按照秦国法令，进入宫殿的大臣不可以携带任何武器；而那些拿着武器的侍卫都排列在殿下，没有皇上的诏令不可以上殿。此刻正是十分紧急的时候，秦王来不及召唤殿下的守卫，所以荆轲才可以在宫殿中追逐秦王。仓皇失措的时候，大家因为没有武器击打荆轲，只好空手上前打他。这个时候，侍从医官夏无且将自己手中所捧的药袋子扔向荆轲。秦王正绕着柱子跑，仓皇失措，不知道该如何是好，左右的人就说："大王，把剑推到背后！"秦王就将剑推到背上，这才拔出剑来击杀荆轲，砍断了荆轲的左腿。荆轲残废了，举起匕首向秦王投去，没有击中秦王，只是击中了铜柱。秦王继续攻击荆轲，荆轲被刺伤八处。荆轲知道大事不能成功了，便靠在铜柱上大笑起来，两脚向前岔开像畚箕一样坐在地上道："事情之所以不能成功，是因为我想要生擒你，一定要让你立下契约将侵占诸侯的土地全部归还，还天下安宁，以报太子。"这时，秦王左右的人一起上前杀死荆轲，秦王不高兴了很长时间。后来评论群臣功过，赏赐群臣和惩办官员都各有差别，并赏赐给夏无且二百镒黄金，秦王说："夏无且护我心切，才想起拿药袋子投击荆轲。"

太史公啊，这段流传千古的文字里，你知道，缺少了一段对话。那段荆轲和嬴政之间的对话。那是"始公季攻、董生与夏无且游，具知其事，为余道之"。

荆轲被刺伤八处，秦王惊魂甫定，遂喝问荆轲：荆轲，如此大胆行刺寡人，罪诛九族！

荆轲冷笑道：嬴政，你想知道我的胆量从何而来吗？

嬴政冷笑道：荆轲，你背后站着的不就是那个缩头乌龟太子丹吗？不敢自己前来挑战，就派你这样个亡命徒来行刺寡人。

荆轲冷笑道：嬴政，你错了！我身后站着的不是太子丹，我身后站着的是轩辕黄帝，是我轩辕教的道祖道尊！

秦王发出歇斯底里的喊叫，长剑刺向荆轲的心脏！

这段对话，呈武帝阅时，被删除了。

太史公啊，对于荆轲为何失手，夏无且有独到的观察。他说，荆轲用匕首刺秦王，虽不中，但秦王那样子的惊慌失措，使荆轲心生藐视。故，未有抓住时机，从背后给秦王以致命一击，而是尾随追逐，以生擒之，逼其签订合约，如曹沫那样。其二，对于生命的眷恋，即使在荆轲这样的侠士的内心，在作出刺秦这样的决断后，也难以完全彻底地割舍。虽然，荆轲从始至终明白，秦王死，荆轲死！荆轲死，秦王死！但是，当看到秦王如此狼狈时，看到秦王这不可一世的人也就这个怂样子的时候，对生命的留恋窜出来扰乱了他用生命的代价，用死亡来完成使命的决心！

我祖黄宗啊，瞬间的人性的弱点的出现，使我们的大英雄功败垂成！令无数饱受暴君糟蹋的人扼腕！

锋利的匕首从荆轲的手里飞出去了，刺进了秦王宫殿的铜柱，牢牢地将自己戳进了铜柱，以致后来秦人想要从中拔出，却不得逞。据说，那匕首直到项羽灭了秦，力拔山兮气盖世的项羽，才从那铜柱中拔出，并随身携带，直到死去。然后，一把大火烧了咸阳宫。

这是后话。

太史公啊，请你告诉我，那荆轲被秦王和他的武士们随后用刀剑剁成碎块时，却发生了另一件使他们终生不敢回想的事情。

民间是这样传说的：秦王和他的随从武士们浑身鲜血，因愤怒和恐惧惊魂甫定时，突然天空电闪雷鸣，暴雨如注，一阵风携带着强烈的雨雾进入秦咸阳宫，绕柱三匝，然后来到荆轲的跟前，如妇女捧起鲜花样捧起荆轲散落于地的尸骨，在又一次的电闪雷鸣中，在秦王和群臣惊恐万状中，悄然升天，朝昆仑而去。

黄帝在昆仑山厚葬了他的勇敢的后人，轩辕教的烈士，荆轲！

并且说，拯救在我，惩罚在道！

墓碑上镌刻的字是:轩辕教教士荆轲！

另一面则镌刻着道尊的名言：道法自然！

我尊敬的太史公，据说，您在伟大的史记里记载了这个传说，却被后来的董仲舒之流删除了。

因为恐惧！

复为羽声忼慨

第二部 高渐离　报黄帝书

复为羽声忼慨

序

　　……高渐离变名姓为人庸保，匿作于宋子。久之，作苦，闻其家堂上客击筑，彷徨不能去。每出言曰："彼有善有不善。"从者以告其主，曰："彼佣乃知音，窃言是非。"家丈人召使前击筑，一坐称善，赐酒。而高渐离念久隐畏约无穷时，乃退，出其装匣中筑与其善衣，更容貌而前。举座客皆惊，下与之抗礼，以为上客。使击筑而歌，客无不流涕而去者。宋子传客之，闻于秦始皇。秦始皇召见……使击筑，未尝不称善。稍益近之，高渐离乃以铅置筑中，复进得近，举筑朴秦皇帝……

第一章

不要舍弃我，不要遗忘我，轩辕黄帝！

看哪，那个骆驼草一样在黄土地上滚来滚去，赤脚在黄河岸边，在偏远乡村杂草丛生的小路上，泥泞中点缀着猪粪鸡屎的农舍前歇脚的人，就是我，就是你的后人，就是你的信徒……

黄帝啊，我轩辕教的教主！你听得到我快要窒息的喉咙里发出的呼救吗？

那个吃百家饭的，那个穿百家衣的，那个身后总跟着一群流浪狗的人……还有，那个在破碎的轩辕庙前，那里寂静的就跟墓穴一样，那里，那个哀伤痛苦地跟寒号鸟一样的人……就是我……

……就是我祖黄宗的信徒，轩辕教的教士，就是高渐离！

伟大的轩辕黄帝，我是高渐离，我向你祈祷！我向你诉说！

荆轲死后，嬴政将燕王双手奉上的太子丹的首级喂狗吃以后，诸侯国的社稷和宗庙先后被秦军摧毁，嬴政登基更名号为皇帝，称呼为朕以后，我，高渐离，已经幽灵一样在华夏大地游荡了许久！

我祖黄宗，我，高渐离，幽灵一样游荡在黄土地上！

我的人头，被嬴政重金悬赏。他要我的人头！

我，幽灵一样游走在天下。

我披头散发，我形容憔悴，我一个三十郎当的人，却被喊爷爷，七老八十的人询问我，你五十了六十了甚至七十了……

我的家没有了，它消失在秦军的大火中……我的家人死在了秦军的刀下……还有狗屠的家，他的家人…还有秦舞阳的家，他的家人…田光的家，他的家人…

我祖黄宗啊，秦王消灭了诸侯，一统天下，可是，我却无家可归，成为了你大地上的一个鬼魂一样的幽灵！

在这个大一统的大诸侯国里！是的，我称秦王兼并了诸侯霸占了的天下为大诸侯国，因为，在我的眼里，所谓秦王统一天下是历史上最为可笑的大笑话！

轩辕黄帝呢?夏商周的王呢?他们拥有的难道不是一个统一了的天下?分封诸侯就不是统一的天下?

还有，我之所以称他为诸侯王，其最核心的意思是，秦王，大一统的大秦，其实，它并没有变大，而是，变小了！

在他大一统的格局里，我，高渐离，轩辕教的教士，诗人，音乐家，找不到一个狗窝以安其身！

兼并天下以前，秦王就已经到处追杀我了。可是，我可以不去秦国，我可以离开懦弱而残忍的燕王，我可以来到齐国，齐国不接纳，我可以转道楚国…诸侯国的城墙，为我提供了逃避秦王追杀的空间和自由！

可是，这个大一统的秦王的大诸侯国，却使我丧失了它！

黄帝我祖，秦王兼并了诸侯，一统天下，从此，我便失去了自由！

是啊，轩辕我主，对我而言，这大秦国，就是一座巨大的监狱！

不，可悲的是，不光对我而言如此，对天下无数人来说，都是一座大监狱！

　　数不清的天下人背井离乡、流离失所、妻离子散、家破人亡……这就是秦王兼并诸侯私有天下之后的现实！

　　我说，秦王不是一统天下而是私有天下！

　　曾经为周天子拥有，诸侯拥有的天下，如今霸主只有一人，那就是秦王！

　　这就是私有！

　　秦王拥有了天下，却不为天下人谋，他只为他一家，他只为他一人，谋！

　　这就是私有！

　　这就是独有！

　　这就是这里人说的，吃独食！

　　是的，他拥有天下，却是一个吃独食的！

　　道祖轩辕，请听我说，秦王私有天下以后，天下的人，比如说原诸侯国的富贵人家，他们被迫离开故土迁徙到咸阳，在秦王高大巍峨的宫殿的边缘处，修建一座小里小气的民家住宅，以衬托秦王宫的气势恢宏，在那里忍气吞声地感受失去家国的痛苦;同时，时时处处蛰伏在秦王强大势力的淫威之下，在秦王居高临下尽收眼底的鹰眼下战战兢兢如履薄冰度日如年……

　　而他们的嫔妃，以及那些跟早春的花儿一样多的宫女们，也从六国的原野上，挪到颠簸的马车里，摇摇晃晃眼泪叭嚓地来到了咸阳…

　　但是，她们却不再是诸侯王，也不再是贵族的女人了…她们，跟她们祖国的土地，跟她们老祖宗深埋地下的财宝，都姓了秦!

轩辕黄帝，请听我说，秦王每破诸侯国，便写放其宫室，在咸阳原模原样的修建一座那国的宫殿，将其原有的金银珠宝，并将其所有的美女，就是原先那个国家的王公贵族的女人们，羊倌赶羊一样统统吆喝进了咸阳的宫门……

她们在失去国家之后，也失去了自己的丈夫，男人…从今往后，她们只供秦王一人享用……

而天下的男人呢?

那些在秦王登基，在秦王不再称呼自己为王，在更名号以宣示成功，改名号为皇帝后，那些被赐予黔首称谓的人，就是黑面孔的家伙们，他们都怎么样了?

道祖轩辕，请让我告诉你，你的千千万万个后人，他们在嬴政一私天下后，遭遇了什么样的命运。

首先，让我说说那些士兵们吧。

那些在战火中被烧得柴棍一样的士兵，侥幸捡得一条命的，也被派往北方胡人那里，继续与胡人厮杀;或是，从阳光灿烂的北方被遣往阴雨连绵的南国，将南越人从他们的土地上赶走…或是，星夜兼程，赶往诸侯国，去平息那里的叛乱…

他们，那些为秦王抛头颅洒热血的士兵，并没有因为嬴政拥有了天下，就可以解甲归田，回到父母妻儿的身边……不是说，他又能够钻进了茂密的农田，和多年不见的孩子玩捉迷藏的游戏…战场依然是他们的家，而战争，这只破碗，依然盛满了他们模糊的血肉……

而有七十万的黔首，背井离乡，不远万里，汇聚咸阳，为秦王修建王陵……

　　还有七十万的黔首，抛家舍业，没有来得及收割眼看就要熟了的麦子，赤脚到咸阳，为秦王修建各种各样的宫殿……

　　还有数不清的人，比如刚刚成为新郎的小伙子，比如孟姜女的丈夫，不得不离开孟姜女，到风沙弥漫的塞北，为秦王修建长城……比如，山杏儿的哥哥，那个也被抓去当了兵的小伙子，断了一条腿，回到家不多日，就因为有一手好木匠活儿，被抓去给秦始皇修陵墓去了……而他的父亲，战乱中破败的房屋来不及修一修，就被迫和村里一大批老少爷们北上，为大秦国修筑长城，以防备胡人的铁骑踏破他们低矮的院墙……

　　更有数不清的人，因为秦王的苛捐杂税，因为秦王的严刑峻法，或背井离乡，成为乞丐，或铤而走险，犯下罪行，或在逃亡的路上，或在监狱中服刑……

　　我祖黄宗，秦王兼并诸侯，一统天下，从此，我失去了自由。从此，天下无数人，你的子孙后代，失去了自由！

　　如今的秦王，正应了尉缭所言，得势了，拥有天下了，天下人皆成奴了！

第二章

我就这样来到了咸阳！

我就这样来到了土婴曾经布道的地方！

我就这样在曾经经声悠扬，如今只有几节断墙，几只麻雀蹦蹦跳跳的地方...我就这样出吾装匣中筑与吾善衣，更容貌而前...

我就这样开始击筑歌唱：

我走遍了风沙弥漫的黄土路

我望断了自天而来的黄河水

多少的悲痛堪重诉

轩辕我祖

你呀，你在何处

……

一黔首...两黔首...三黔首...

我就依然这样击筑歌唱：

何处是缺了胳膊少了腿的

士兵最后的归宿

是故乡的麦浪滚滚的田园

或是这巍峨秦岭的山间丛林

……

一群黔首...两群黔首...三群黔首...

我就依然这样击筑，我就依然这样歌唱：

我将由不识者的手

凄寂地埋在荒州

或是躺在河水泛滥

尸体被浸泡腐烂的战友的身边

……

一声抽泣…两声抽泣…三声抽泣…

我就依然这样击筑，我就依然这样歌唱：

但是，有什么关系呢

夜里，当死之灯照耀着我

我祖轩辕，黄帝的

星星掠过我的苍空

……

一个人在哭…两个人在哭…三个人在哭…

我就这样来到了咸阳，来到了土婴曾经布道的地方，在那里的断垣残壁处，我就这样出吾装匣中筑与吾善衣，更容貌而前…我就依然这样击筑，这样歌唱！

一个接一个的人来看我击筑，一群又一群的人来听我歌唱…

他们在清冷的露珠还披挂在娃娃脸一样稚嫩的草上时，

他们在正午的烈日烤得庄稼汉混合着泥土的汗水从脸上流到脖子流到裤腰上时，

他们在月亮惨白如同一张失去了丈夫的少妇的脸一样的时候…

他们，他们，在我的筑声里流泪，在我的歌声中哭泣，嘴里喃喃道，我祖黄宗啊，我祖黄宗……

黔首们放声悲歌...

黔首们捶胸顿足...

黔首们像秋天的红高粱在风雨中低着头垂着手痛哭流

涕...

我就这样击筑，我就这样歌唱：

你牵引我越过沂水，渡过黄河

穿越崇山峻岭丛林密布的秦岭

你牵引我来到渭水河畔，来到

咸阳巍峨的宫殿...

我却在它熙熙攘攘的街头

找不到了你的双手......

我祖黄宗啊，我亲爱的教主

我失去了你的眷顾

我没有了你的垂怜

我听不到了你的教诲......

第三章

我就那样在咸阳轩辕庙的废墟上击筑，我就那样在咸阳轩辕庙的废墟上歌唱。

他们，一个又一个的黔首，一群又一群的黔首，像极了关中平原广袤的麦田，那茂盛的麦子在我的筑声中渭河水似的浑身颤抖，发出微波拍岸的喧嚣与骚动！

就这样，在咸阳翱翔的乌鸦也发出惊人的叫喊的傍晚，在一群黔首的中间，我发现了一双眼睛，如同河西走廊一般狭长的眼睛，那里，胡人纵马驰骋时射出的利箭，其锐利也不及这双眼睛的一半；那里，祁连山的冰雪覆盖的山峦，其冷峻深邃，雄霸天下的肃杀之气，也不及这双眼睛的一半。

在他的身旁，是四条精壮的关中大汉，跟石头雕塑一般英朗，其面貌力道十足，黑中染红，敏捷如同猎豹。

他们远远地站在那里，冷冷地看着我们！我，和我的筑！以及那些个黔首！

我依然就那样击我的筑，我依然就这样唱我的歌。

那面貌力道十足有如猎豹的脸上，逐渐逐渐地，也同那里的黔首，有了类似的感情。那河西走廊一样狭长的眼睛，看不到风暴来袭的模样，他对音乐的喜好，从那比胡人的利箭还要锋利上一倍的眼睛里流露了出来，跟祁连山深处的泉水一模一样的清澈冷峻，但那下面的石头虽然如同珍珠，你却不敢伸手去摸。

轩辕我祖啊，对我而言，这些都是人的表情。

就这样，数日后，我就这样离开了土婴曾经布道的轩辕庙，我说的是那轩辕教堂的遗址，来到了秦王的宫殿！

我便在秦王巍峨的宫殿里，为那个拥有河西走廊一样狭长的眼睛的主人，也是如今天下的主人，秦王，击筑，唱歌。

他眼睛里胡人利箭一般的锐利浮上来一层冬日里的阳光的暖色。他问我，请问先生高姓大名？

我就这样回答说:回禀陛下，我叫黄土婴。黄土地的黄，土地的土，婴儿的婴。

冷峻的秦王面孔上出现一丝英俊的笑，慢声细气若有所思地说:好名字，好名字!大地之子。我喜欢这名字。

他的下巴中间那条清晰可见的小沟沟，让我想起黄土高原上季节河的流痕，有些许的杂草，有些许的石子，点缀其中，力道也有不容置疑的雕刻感。

他莞尔一笑，说，字无为了？

我暗暗吃惊，击一下筑，表示认可。

嬴政用锐利的眼睛打量我，那眼神的意思是，笃定是了!我看得明白。我莞尔一笑，我再击筑一声。

嬴政仰起头来，不看我。但我还是捕捉到了那稍纵即逝的表情，他何不是也暗暗吃了一惊。

嬴政说：语言的尽头是思想，思想的尽头是文字，文字的尽头是音乐!上帝的启示，天父的教诲，你知道在哪里吗？

我说，土婴愚钝。

就在天地的音乐里。嬴政声调变得细长，跟他的眼睛一样细长，再重复一次说，就在天地的音乐里!

我怎么从天地的音乐听取上帝启示，天父的教诲呢？他仰头看天，似乎是喃喃自语，又似乎是与我聊天。

他自问自答：我在所有的人都睡了，我在所有的狗都睡了，上帝和天父驾着星星巡游上天下地的时候，倾听上帝和天父的音乐。土婴啊，上帝和天父，驾风驭星，上帝的启示，天父的教诲，便从星光里流露出来，从吹过秦岭的风中到达我的耳边。

我不接他的话。我猛然击筑，我用筑声描述秦王听到上帝的启示，天父的教诲时的心情。

秦王大悦，连声称善。

土婴，请告诉我，你知道我为什么能够听到上帝和天父的音乐，而你，却听不到吗？

我依然击筑。我并不正面回应。

我的筑声低沉，悠长，夹杂着各种各样的跳跃的音符，表达出道尊所谓道出现之前的混沌状态。

秦王轻轻摇头，怜悯地看我说，不是这样，不是这样！让我告诉你吧，爱卿土婴，真正的原因是，你是地的儿子，我是天的儿子。地子与天子！所以，天子是统治者，地子是被统治者！所以，尽管天下没有人比你更懂得音乐，更懂得思想的尽头的那音乐，但你依然听不到更听不懂上帝和天父通过他们的音乐，闪烁的星星，吹过秦岭的风，给我的启示和教诲。这天下，只有我是跟上帝和天父可以说话，可以交流思想。懂吗？

我重重地击筑，一个表示高度认同的音符奔涌而出。

秦王悦，继续说，所以，明白吗？从我嘴里出来的便是上帝的思想天父的教诲，是天意！

我依然击筑。

就这样，我和嬴政的交流便成了这样，或者说大多是，嬴政用嘴，我用筑。

上帝的思想天父的教诲，是天意！

我依然击筑。

就这样，我和嬴政的交流便成了这样，或者说大多是，嬴政用嘴，我用筑。

第四章

就这样，我成了秦王的宫廷乐师。宫廷第一乐师。我为秦王击筑，我为秦王的女人击筑，为他的公子公主击筑，也为他的文武百官击筑。我在他重大的祭祀活动中击筑，我在他和他的女人寻欢作乐时击筑，我也在他和文武百官议事的朝堂上击筑……这一切，全凭他一人的兴趣喜好，就是说，只要他需要，只要他乐意……

我的演奏他无不称善。而在演奏前，他总是若有所思，如同精明地道的古董商把玩天下无双的和田玉，热情的眼光扫视一下我，说我的名字起的好。

他这样说：土婴，土婴，土地的儿子！与自己的身份地位很是相匹配嘛！很有自尊嘛！

他似乎是自言自语，又似乎语重心长。

就在这样一个早朝，就在他龙椅的侧下方，一张木桌一张木凳，我就那样开始演奏。

这时候，我又看到了前几次演奏时看到的那张面孔，白白净净，十分灵巧。

那张脸灵巧的五官穿过一排排文武官员排成的树林，途经层层叠叠的衣服冠带，穿过一个胖子绕过一个瘦子，从这人的头上和那人的腋下，如同游走的光线，直达一张木桌一张木凳上击筑的我。

我祖黄宗，请听我说，这是嬴政二十六年的一个早朝。

我以一个十分轻盈的音符结束了我的演奏。

秦王面露悦色，早晨的阳光穿过窗棂，照在他的龙椅上，也照在那张独霸天下的丑陋而器宇轩昂的脸上。

他若有所思。他的目光越过朝臣的头顶，穿越了雕梁画栋，与早晨的朝阳在巍峨的秦岭相会。他以君临天下的语态如是说：

寡人以眇眇之身，兴兵诛暴乱，赖宗庙之灵，六王咸伏其辜，天下大定。今名号不更，无以称成功，传后世。其议帝号！

他将河西走廊一样狭长的眼睛微微关闭，继续若有所思地说：我们需要一个跟我们的伟大功业相匹配的名号，否则，如何彰显寡人和诸位爱卿所取得的伟大成就，并将它传之后世？王，属于诸侯。它已经不能昭示给天下我们所取得的成就，我们需要新的名号，我们需要帝号！

我祖黄宗，他要与你比肩，与你并驾齐驱！

丞相、御史大夫，以及一众大臣说：古代有天皇、地皇、泰皇三种尊贵的称号，三个名号里又以泰皇最为尊贵，所以，臣等冒死呈上尊号，王应称为泰皇！

秦王的眼睛从河西走廊回到了咸阳的宫殿，那里，满朝文武正等待着他对这一名号点头称许。

秦王的头微微侧向我一方，但目光依然在群臣的头顶，他说：除去泰字，留用皇字，再采用上古帝位的称号，尊号就叫做皇帝！

群臣们无不欢欣鼓舞，齐声呐喊：皇帝万岁万万岁！

我祖黄宗，那有着灵鼠一样五官的人，从人丛中闪身出来，鞠躬颂曰：德胜三皇，功盖五帝，尊号皇帝！万岁万岁万万岁！

听到德胜三皇功盖五帝几个字，嬴政微笑着，鸡胸高挺，一团和气而又威严十足地看他的满朝文武，然后，狭长的眼神飘向他们的头顶，跟窗外的阳光会合！

这皇不是那黄！他说。

他的眼神虽没有回来，但他的声音，那掌控生杀大权者特有的低沉和志得意满的悠然，从他的豺声里出来，别有一番震撼人心的力道。

大家便似乎被揪住了耳朵一般耸立在那里。

这皇不是土婴那个黄，也不是黄帝的黄，黄昏的黄！

他那低沉的豺声，志得意满的豺声，似乎是自言自语，又似乎是说给人听。

但当那声音像蝴蝶收起翅膀，栖于绿草上时，满朝文武爆发出哄堂大笑，其开心得意爆发出的力量，也使帷幄之上的尘土飞溅起来，落到了我的筑上！

我祖黄宗啊，他不是要与你比肩，与你并驾齐驱，他要凌驾于你之上！凌驾于三皇五帝之上！

这就是秦王！

陶醉在德胜三皇功盖五帝的喜悦中的秦王，眼睛中满是阳光，但那光，就跟祁连山的冰雪覆盖的山头，闪烁的太阳的反光一样刺眼。

满朝文武的笑声平息了，像极了九月里刮过秦岭的山风，那风的尾巴挂在山尖尖上的一颗枣树上，摇动着几片还在树上的叶子和残余的几只小枣，给人盛夏已逝，冷秋莅临的感觉。

你会猛然惊诧，除了风的哀鸣，死一样的寂静在你的眼前像一堵推不动的墙！

我看着我的筑。我在那里发愣。我祖黄宗，成为了嘲笑的对象；黄，这天下的最高姓，成为了嘲笑的对象！

我在爆笑声后的寂静里窘迫得如同一只蚯蚓。

但，秦王，似乎也受不了这爆笑后的寂静。这寂静有一种无声也无形的力量，使这位德胜三皇功盖五帝的人，感到不适。

轩辕道祖，秦王容不了空白。

这空白，他是无法抓住的，也是无法掌控的。

这个世上，如果有了秦王无法掌控的东西，空白，一旦有了他无法攥在手心里的东西，恐惧，也会爬上他的眉头，在那里把他的心思暴露出来。

那张精灵鼠一样的面孔，似乎一轮明月，从满朝文武一码色儿的黑色中飘逸出来，水鸟一般动人的嗓子，可着劲儿喊：吾皇万岁万万岁！

秦王悦！

满朝文武齐喊:皇帝万岁万万岁！

秦王甚悦！

第五章

我那轩辕教的兄弟尉缭啊，你知道吗，嬴政现在蓄上了小胡子。在河西走廊一样狭长的眼睛下，似飞翔着苍鹰的翅膀，神气活现。嬴政很懂得美，很懂得用小胡须将人们的眼光从他的鸡胸，从他的鹰钩鼻，从他的狭长的眼睛，以及戈壁滩一样冷漠的眼神，就是我说的这些个地方，吸引过来，关注他那英气勃发的胡须。

他的胡须是无与伦比的，如同他这个人，已经登上了无人能够企及的高度。他也是不能评论的，就跟他的胡须，满朝文武皆谓之天下第一须！但是，自古以来，华夏人的传统是要给帝王们追加谥号的。秦王就跟忍受不了有人在他的胡须上吹毛求疵一样，自然不能接受他的臣民，以及他的子孙后代在他的头上动土，说长道短。

这天，在文武大臣山呼海啸般皇帝万岁万万岁的呐喊后，秦王，舒展龙臂，捋一下苍鹰展翅般的胡子，说：

我听说远古时代有名号而没有谥号，中古时代有名号，死后根据他生前的行为追加谥号。像这样，就是儿子议论父亲，大臣议论君主，很没有意义，我不采取这种做法。

他的眼睛闪现出些许懒散的神态，目光从大臣们的头顶瞄向遥远的秦岭在天空隐隐约约的身姿，继续说：从现在开始，废除追加谥号的做法。我是始皇帝，后世用数字计算，二世、三世一直到万世，永远传承下去。

满朝文武齐呐喊：吾皇英明！皇帝万岁万万岁！

嬴政一统天下，统一了文字，统一了度量衡，统一天下人的称谓皆谓黔首，就是黑面孔；今天，他要统一天下的嘴，他要天下人在他面前统统闭嘴！

朕德胜三皇功盖五帝，何人有资格哪人有能耐评价朕！

朕乃人类文明的顶峰，朕乃独一无二的天子朕乃空前绝后的天子！

嬴政说，朕血管里流淌的血是蓝色的，天父的颜色。而你们，则是红色的，人的颜色。知道吗？！闭上你们的嘴巴，不知天高地厚的愚昧的黔首，蝇营狗苟的大臣，满地像老鼠一样跑来跑去的官吏们，闭上你们的臭嘴巴，除非你想死！

如果屈原活在今天，活在血管里流淌着蓝色血液的嬴政的治下，他就不能写"朕皇考曰伯庸"了！轩辕黄帝啊，这全天下，不管是王侯将相，或是黎民百姓，自你开创华夏文明以来，属于你的子孙后代每一个人的自我称谓，这读起来堂堂正正，听上去音律优美的"朕"，从此成为了秦皇帝一人的专属称谓，成为了他的私有财产，跟他的女人，同他的皇权，不可触碰！

血管里流淌着蓝色血液的嬴政是独一无二的，给人的感觉便是那华山顶上栉风沐雨，历经千年沧桑的岩石，其刚毅坚韧，即使坐在那里一动不动，也是令人暗暗惊讶。不光如此，他有着旺盛的精力，如同秦岭里的豺狼，强悍凶狠而又精力旺盛。他早起晚睡，与鸡俱兴；每天晚上阅读大量的公文，直至天下所有的人，包括地洞里的老鼠，山谷小溪里的蝌蚪，都酣睡了，他才将他天才的身躯钻进某个妃子的肉体里，放松他强壮的身体以及他焦灼的灵魂。

今天这个朝会，他从太阳抬头开到了夕阳西下。

丞相王绾等人进言："诸侯刚被消灭，燕、齐、楚等地非常偏远，如果不在那里设置藩王，就无法安定当地民众。请求立皇子为王，希望皇帝能够批准。"

秦王请群臣商议，群臣都觉得很适当。嬴政苍鹰一样的眉毛这会儿变得跟秋天戈壁上的红柳一般硬撅撅的。

奉行轩辕教的大周朝，以金木水火土五德中之火德为自己的吉祥。

嬴政推算，水，则必然为秦人应有之德。水灭火嘛！所以，秦人自谓运行的乃是水德，并将黄河改名为德水。但衣服、旌旗、符节的色彩却是没有取水的蓝色，而要了夜晚的颜色，黑色。

在嬴政的朝堂上，放眼看去，总是黑压压一片，如同那一年，邻居家老人去世时，我在墓地上看到的满眼满地的乌鸦。

我祖黄宗，这时候，那个白白净净机灵如老鼠的面孔从这一片墨黑的朝臣中飘逸出来。

请允许我老用这样的比喻，我不是有意为之。但是，这些比喻却像越过秦岭的风，天意一样就跑到了我的嘴里。所以，我还是要说，这使我想起了几年前，惶惶如丧家之犬，流浪天下，在秦岭脚下的一个村子里，遇到的一件事。

那里，一对中年夫妻，失去了他们儿子。他是一个刚刚出道但很出色的木匠，被征召到骊山为秦王修建陵墓，不幸死于陵墓塌方。他的母亲思念成疾。这丈夫便请了招魂的来。

这招魂的，便是我流浪期间认识的风水先生。他拿一只大黑碗，弄半碗水，弄两根筷子，烧几个树叶，然后口中念念有词，不一会儿，那水中便有一小人从碗底缓慢地飘上来。看到那小人儿，他们儿子的魂魄，这失去儿子的妇人便失声痛哭并伸手去碗里抓。

我祖黄宗，我看到那灵鼠，我便想到了这一幕。我便想到了那张已经死亡，他的魂魄从一只黑瓷碗里飘上来的没有血色的面孔。从这张面孔我推测，他血管里流淌的不是蓝色也不是红色，而是白色的血液！

这人便是李斯，便是廷尉李斯。

谋杀了我轩辕教教士土婴，摧毁了我轩辕教教堂，使我轩辕教在天下无立足之地的李斯！

我在稷下学宫时有过短暂交集的上蔡仓鼠李斯！

他有着他那地方人特有的柔和的口音，即使杀人这样的字眼，从他的嘴里出来，似乎又柔和又理性。

他如此这样说：周文王和武王所分封的同姓子弟非常多，可是后代血缘关系变得疏远，彼此攻击好像仇敌，诸侯相互征战，周天子没有办法制止。现在四海之内仰赖陛下的神武威灵得以统一，都设置为郡县，皇子和功臣用国家的赋税来施以重赏，局面很容易控制。天下人没有二心，这就是使国家安定的办法。分封诸侯不妥当。

他的话说完了，跟那个其母奋力去抓，却小虾米一般飘摇着消逝的魂魄样退到黑色的人群中，黑色乌鸦阵中。

黑压压的乌鸦阵就跟废弃的马厩一般沉寂。大家都在等待正襟危坐的始皇帝说话。

秦皇帝将徘徊在秦岭山峰的目光收回来，那冷峻的眼神似乎受到了秦岭茂盛山水靓丽阳光的感染，里面增添了一些暖意。

始皇说：天下人都为战乱不止而苦恼，就是因为有诸侯的缘故。仰赖祖先的保佑，我刚刚平定天下，如果再去创建诸侯国，这是给自己树敌，再想要求得安宁，岂不是很难做到吗？！廷尉的建议是正确的。

轩辕黄帝啊，嬴政与李斯，狼道与鼠道，已经多次交媾多次合体了，已经在人间做了无数的恶，行了无数的凶！每当他们合体交媾，一定产生令人憎恶的杂种，祸乱人世间的恶魔，以及一系列的恶果！

这杂种是文明的杀手，黔首的敌人，轩辕教的绊脚石。

轩辕黄帝啊，你所创立，完善于大周朝的封建制，这个延续了数千年之久，创造出灿烂辉煌的华夏文明的伟大制度，这个秉承了道之本质—自由—的制度，在它自由的活力十足的空气和土地上，诞生了道尊老子以及诸子百家，诞生了屈原这样伟大的诗人，诞生了荆轲、土婴、尉缭等等这样伟大的为道而献身的烈士！这个不论王侯将相，或是黎民百姓，都享有自由的伟大制度，在嬴政的狼道和李斯的鼠道合体后，便惨遭腰斩，在他的青年时期便很快走进了坟墓！

从此，天下人失去了自由迁徙的权利，说话的权利，以及立志成为道尊那样的思想家，追随轩辕我祖，皈依轩辕教的自由和权利！

秦皇帝拿走了这一切！

他的儿子，从他的身体的精液里流出来的，秉承了他的血性和能耐的生命体，不能成为王，不能与他分享权力；那些出生入死为他拼下江山的人，不能成为王，不得与他分享权力；更不用说那些六国的王侯将相，更不用说那些黔首，他们，统统靠边站，统统鼠辈，统统田野里打洞的干活！

这就是狼道和鼠道杂交后产生的新的怪胎，大一统！

所谓大一统，就是一人统治！一人所有，一人享有！

除了皇帝，只有皇帝！任何人不得和他，和皇帝，分享权力！

我祖黄宗啊，秦皇帝在封了天下人的嘴巴后，也封了全天下人的权力梦！他刚毅的脸上毫不掩饰的表情告诉他的诸公子，以及他那些功绩显赫的文臣武将，拿俸禄吧，有吃有喝有女人，就行了，别想多了！想多了，便，风来了，雨来了，命没了！

我祖黄宗啊，这便是狼道鼠道杂交后推出来的所谓的郡县制，只看一张嘴巴，只听一人号令，只有一个体统！

嬴政河西走廊一样的眼睛轻蔑地从咸阳宫殿的朝堂上，望向遥远的九州大地，吐一口唾沫，对那些企图分享他的权利，麻雀一样唧唧咋咋的，青蛙一样跳来跳去的，他的公子，朝臣，以及那些千千万万的黔首，心里轻蔑地说，小样儿，还想跟我争！看我不弄死你！

而没了诸侯王以及贵族，天下千千万万的黔首，那些以前躲在王公贵族身后的平民、奴隶，现在，他们便完全暴露在嬴政暴政的烈日之下了。

自我轩辕黄帝以来，天下之争，都在诸侯以及王公贵族之间，但从此以后，便演变成为了以嬴政为首的统治集团与天下老百姓之间的斗争。

不，便演变为以嬴政为首的社会上层对下层老百姓的统治！

不，便演变成以嬴政为首的统治者对黎民百姓的巧取豪夺！

我祖黄宗啊，社会的平衡，王与王之间的制衡，天子与诸侯之间的制衡，随着嬴政一统天下，便永久地消失了！天下人也因此被分为两类：拿鞭子的，和，挨鞭子的！

我祖黄宗啊，你所创立的封建，以及封建带来的和谐，便永久地消失了！

长太息以掩涕兮，哀民生之多艰！

我听见屈子在汨罗江里哀哭！

普天之下率土之滨，无数的人，王公贵族，士人商人，以及耕牛一样的农夫，以及低眉顺眼的奴仆，回想起他们之前的日子，为失去的家园，逝去的日子，无不心生忧戚！

第六章

　　轩辕黄帝啊，道祖，我和荆轲有约，他若有失，便由我来！我们，我和荆轲，我们曾经歃血为盟：不干掉秦王，不完成使命，不达到目的，事情不会结束！

　　太阳星星不会因为嬴政夺去了天下就销声匿迹。同样，我不会因为荆轲倒在了秦王的剑下，嬴政已经一统天下，便放弃了我们的誓约。

　　现在，眼下，今天，我比任何时候都坚定而深刻地狠下断言：灭了嬴政，轩辕黄帝的旗帜，我祖黄宗的教义，才能重新跟春天一起回到华夏大地！

　　除掉嬴政，天下才有皈依道统，走上正轨的可能！

　　就在这样一个星光黯淡的踱步于秦咸阳宫的深夜里，我突然听到了一声凄厉的呐喊，将我从沉思中一把拽到眼前的雕梁画栋衬托下的影影绰绰似鬼魅的世界里。

　　一声凄厉的呐喊……我听，难道是秦岭的豺狼深夜潜入了秦宫？

　　又是一声……似乎豺狼在痛哭……它已被猎人或是武士的剑刺伤？

　　咚咚……

　　有人敲门。一个彪形大汉站在我的门口。是秦王的四大贴身侍卫之一，平日里十分喜爱听我击筑唱歌。

　　他向我行一礼，对我说，皇帝召见先生！

　　我带上筑，随这侍卫来到了某个宫殿前。我说，某个，是因为，我说过，秦王每拿下一个诸侯王，便写放其宫室，将其珠宝美人悉数纳入其中，以供他享用；另外，这些宫室之间以空中的悬梯相连接，不要说我从来没有踏足这里，恐怕这侍卫也未必知其道路。果然，在一个悬梯处，一个宦官和宫女拦住了那武士，只带我一人，且蒙上了我的眼睛，牵着我手，将我带到了一个房间。

秦王穿一身白衣，站在那里，两手下垂，伸长脖子，似乎是对着窗外影影绰绰的秦岭的深处，惊恐地浑身颤抖着，发出凄厉的狼嚎声！

他一副孤立无助的样子，似乎脚下是华山顶上的万丈深渊，而他，站在那里的一块悬石上，而那石头，不是烧得烫脚，就是冰冷得你无法想象，总之，只要你的脚，在上面继续停留片刻，跌倒，跌下万丈深渊，就是命中定数！

我猛烈击筑！第一个音符，便是高亢激扬的羽声。

伴随着我的高亢激扬的筑声，嬴政更加歇斯底里地呐喊，豺狼一样地呐喊！

我祖黄宗啊，如果你听到了，我想，你会在昆仑山上，为你的后人中的这位，这个名叫嬴政，或者皇帝的人，动了你的恻隐之心！你会呼唤那创造万物的道，不要给你的子孙后代带去这种灾难，痛苦！

在我的筑声中，在羽声忼慨中，嬴政豺狼一样的呐喊渐渐没了力气，变成有气无力的哀嚎。

我的筑声随之低沉下来，低沉下来……深沉下来，深沉下来……如同嬴政本人的深沉……就是他站在万丈深渊前的那种深沉……

　　嬴政满头大汗，倒在他寝宫的地上，那里泥土的芬芳进入他的鼻孔，进入他那挺拔的鹰钩鼻，进入他的五脏六腑，将我祖黄宗的安息，将天道地道的呼吸，带给他焦灼的心灵！

　　我右手的墙上，悬挂着一把长剑。我站起来，就可以将它拿下来，就可以戳进嬴政的身体，就可以将他送到阴曹地府。

　　这里只有我和嬴政。宦官和宫女都在隔壁房间里听候使唤。

　　我站起来。长剑就在我的眼前，我似乎都能听得见它的呼吸，听得见它刺进人的肉体发出的刺刺声。

　　我的手伸向那把长剑。我想，这也许就是砍杀了荆轲的那把长剑。荆轲的血在它的身体里这会儿发出了呐喊，向我发出呐喊！

　　我将那把长剑拿到了手中。我的眼睛停留在嬴政的脸上。我的脸上露出了笑。

　　嬴政的鸡胸一起一伏，均匀的呼吸从他的鹰钩鼻里出来，他的鼻翼一张一弛……他酣睡的姿态如同婴儿……

　　……赵姬那放荡的女子，富甲一方的吕不韦在儒雅的热情中骑在上面……

　　他那刚毅如同石雕的嘴唇，嗫嚅着，似乎婴儿在寻找他母亲的乳房，那里，甜蜜的乳汁正在等待饥渴的黄口小儿的吸吮……

　　……他母亲那放荡的子宫，孕育了这欲壑难填杀戮成性嗜权如命的暴君……

能婴儿乎?我突然想到了道尊的问话……能婴儿乎……

……嫪毐,那西北高原上的老叫驴,他那不知廉耻的母亲,一对狗男女,放荡……放荡……岂止是放荡……跟他儿子一样欲壑难填的女人,老叫驴嫪毐……在自己的欲望里……操……他妈的……乱了朝纲也使天下所有贞洁的女人蒙羞……

秦人膨胀的野心,嬴政家祖祖辈辈遗传下来的强悍的陇东高原野马一样的家伙什儿……他父亲那秦岭野马一样的家伙什儿……钻进赵姬的身体里操下来的这个男人……

……这就是嬴政,这就是嬴政和他的母亲!这就是他们垂范天下的方式!

能婴儿乎?道尊的话这时又晚祷的钟声一样在我的耳边响起。

我将手中的长剑放回原处。

嬴政的脸上闪现出难得一见的奇诡的表情,似乎是恶意,似乎是善意,又似乎什么都没有,就像河西走廊的戈壁滩,寸草不生。

宦官和宫女将嬴政搀扶进寝宫。

能婴儿乎……我从嬴政写放六国宫室的迷宫一样的通廊里回到我的房间。

第二天,嬴政依然出现在早朝,依然刚毅,依然强悍,依然深沉。

这是一个晚饭的炊烟,飘荡在村头麻雀集会,并晚祷歌唱的黄昏。嬴政的那个华山石条一样的侍卫,又来到了我跟前,传达了秦皇帝的旨意。

我在黄河壶口瀑布附近的行宫里见到了嬴政。那里的一个高台，可以观赏壶口瀑布，听到黄河水奔向大海时，发出令人想到骏马奔驰时却受到缰绳的羁绊，从胸腔里爆发出来的声嘶力竭的呐喊！

嬴政坐在龙椅上。他的对面，一张木桌，一张木凳。我在那里落座。

我开始击筑。

是我轩辕教主所作的名为《道》的一首古曲。道生万物，生而不有，为而不持。我用一些轻盈、细微、若有似无的声音表现道这种博大的气质，以及造物主独有的襟怀。

嬴政悠闲地品酒，并将一颗花生豆扔进自己的嘴里。然后，饶有兴致地看我一眼。

我继续击筑！

《黄帝悟道》。轩辕教主在昆仑山上的一棵大树下苦苦思索……他聪慧的头脑驾着想象的翅膀，飞翔在浩瀚的宇宙，观察思考道所创造的万事万物的生老病死以及运行轨迹……他似乎已经有些精疲力竭了……他似乎要绝望了……身体和心理的能量似乎要全部从他那里离开，就像太阳从白天离开，让位于浓重的黑夜，承认自己的能量不能将宇宙运行的全过程，都照耀在自己的光里……我祖轩辕，因为不能悟道而自责，羞愧的泪水从他那热情如太阳的眼睛里流出来，洒向人间大地……万物顿时生机盎然河流奔腾群山叠翠五谷丰登牛羊遍地骏马驰骋……而人，那千千万万在大地上辛苦耕作的人，从渺小的虫豸像在夜晚水地里拔节的玉米，在他的注视下叭叭地发出响声，形象也发生变化，完全跟他一模一样，成长为顶天立地的，宇宙之中浩瀚天宇下广袤大地上，形象最好气质最佳神一样的存在！

人！这一刻，我祖轩辕突然悟道，幡然醒悟，这道，难道不就是人的生命力吗?这道，难道不就是宇宙的生命力吗?

生命力，这存在于宇宙万事万物身上的生命力，难道不正是道嘛?这存在于人身上的生命力，难道不正是道嘛！

我祖黄宗，他在这一刻，呼唤他智慧思想的化身，就是那个我们尊称为道尊的老子，并对他说:你看，天下最智慧最有思想的人，你看:道大，天大，地大，人亦大！

道尊老子匍匐于地，感激轩辕教主发现了道，并将这道点悟于他，昭示于他！

我的演奏在轻柔如薄雾又凝重似岩石的几个音符中结束了。嬴政似有悟又无悟地冲我点头称善，并对身边的宦官说:赐酒！

我并不立即喝酒！我依然击筑，我继续击筑！

《黄帝布道》！轩辕教主得道后，便带领几个弟子从昆仑山蜿蜒曲折的山路上一路走来，来到人间，给人世间传经送道。他给乏力的以力量，给病患以健康，给愚昧的以启迪。他赐予众生以智慧以思想，使他们明辨是非；他赐予众生以道德，使他们借此天梯无限接近神明，无限接近教主；他赐予他们由此及彼由表及里的思维能力，使他们能够认识宇宙万物运行之规律，他教育他们依此制订法律，指导他们的人生，治理自己的国家。道行天下，太阳之下，大地之上，生机盎然，和谐美好！

秦皇帝狡黠的眼神在河西走廊遥远的西端沙漠那里瞭望。但他依然称善！

我依然击筑！我愈加高亢地击筑！

黄帝一路走来，双脚踏着砂石铺满荆棘丛生的羊肠小道，智慧的脑门在太阳的暴晒下如同一抹朝霞。他向人们说，道生万物，生而不有，为而不持，道赐予万物以自由！

是的，是我祖黄宗发现了道最伟大的玄机！

是的，是我轩辕教主发现了道赐予宇宙万物的最伟大的礼物！

是的，是我轩辕黄帝发现了道赐予人的最伟大的恩惠！

那就是自由！

这就是我创作的《道的恩赐（上）》！

轩辕教主并对普天下的人说，首先是启迪老子说，道大，天大，地大，人亦大！这是宇宙间的四大！人位列其中！道为首，道开门，人镇后，人收关！

道赐予万物生而自由！

道赐予人生而自由！

人，与道，人，与天，人，与地，同样伟大！

人，与道，人，与天，人，与地，他们处于平等的位置！

道赐予万物生而以平等！

道赐予人生而平等！与道与天与地平等！人与人生而平等！

此乃道之恩赐！

是为《道的恩赐（下）》，是为高渐离，是为黄土婴所作！

我用许许多多短暂的、笛子那样清脆的同时又用手指快速拨动筑之弦发出的声音来表现道的恩赐，似乎是早晨听到的婴儿嗷嗷待哺的声音。

华山脚下八百里秦川包括秦皇帝的老家陇东高原甚至整个西北高原，那里的人演唱粗犷而抒怀的秦腔，演到尽兴处，听到尽兴时，台上台下的便一起拍大腿捶桌子砸板凳，野马野驴野狗野猫一般嚎叫，煞是酣畅淋漓！

这赢政，听到喜悦处，便也拍大腿擂桌子捶椅子，地地道道一个老秦人。

今天，我又看到了这一幕！我微笑着看这只豺狼闪现出的那一丝人性的光，我沉默地体会他那邪恶的内心这一刻朴素的喜悦。我祖黄宗啊，如果你看到了，你会作何感想？

赢政举杯，我亦举杯。他在龙椅中陷下去，陷下去，深沉沉默又舒缓自如地如同流淌在这地上的大气和这河里的流水！

《道的愤怒》在我双手疾风暴雨似的演奏中喷涌而出，随后，又压抑痛苦地如同扁鹊刀下生命垂危的病患，只剩下一丝呼吸，以向上苍祈祷！道遭遇了一系列的摧残蹂躏。人的，暴政的，暴君的，以及所有那些你的想象力无法企及的背叛、诋毁、打击以及羞辱、焚烧、禁止信仰以及从人间做手术切割似的背弃！道的命运遭遇前所未见的恶运厄运背运！

但是，夜里，死亡的灯火照耀着我，道的星星闪烁在我的头顶，闪烁在宇宙大地！道将希望的光芒，通过牺牲，通过荆轲、田光、土婴、尉缭以及等等这样的烈士的牺牲，将它的希望之光布撒在人间！

如同被践踏的小草，它在岩石的缝隙，它在刀光剑影的沙场上的那个寒冷的春天，也像怯生生的小鸟，从可以使他粉身碎骨的高处探出稚嫩的脑袋，并在道赐予他的生命力中坚韧地成长！

这是《道的信仰》表达的思想。我用低沉的变徵之声来表现他，我用高亢的羽声来表现他，我用我全部的精神和艺术天赋来表现他！我用我的生命来演绎他！

而黄河，也用它永不枯竭的雄浑的呐喊应和我的筑！

而嬴政，这音乐天赋极高的秦皇帝，他拍大腿，擂桌子，捶龙椅，他喝酒，他吃肉，他骚情地掐他的女人的丰乳肥臀，和她们玩猫抓老鼠的游戏。

宦官为我敬上嬴政的赐酒。

这里的烈酒有一种黄土高原大汉的强悍，一口下去似乎被老拳击中，要使你趔趄倒地。但，接着痛饮，却如这里的小女子，口味质朴而优美，如同这秦岭下炊烟袅袅小路弯弯的村庄，令人遐想，令人向往。

嬴政放下手中的酒杯，拍一下眼前那个丰满而油腻的宫女的屁股，对他那些个不知来自哪个诸侯国的美人说，回去了，婆姨们，夹着你们的小肉肉，回到你们的房间去！朕要和土婴先生炖砂锅了！

炖砂锅，是秦人的一道菜，是将白菜、土豆、海带等各种蔬菜以及各种肉食放在砂锅里用柴火煮熟了吃。秦人也用它作比喻，意味着无所不谈开怀畅谈。

我做好了准备。

土婴先生，今儿扬得展得很们！

嬴政看下人们都离开了，眼睛里有热情之光地看我一眼如是说。

今儿扬得展得很们！这是地道的老秦人的土话，意思是，你今天放得展得很！是说，你今天的演奏很好，你今天的发挥很尽兴，你今天的演奏充分发挥了你的水平，最好的或是最高的水平。

但是，当说你扬得展得很的时候，其中也暗含了讽刺的意味，是说，好得有些过头了！

这就是老秦人的土话，看似一个简单的句子，再加上他们那唱歌似的语调，可以表达出十分丰富的语义。

我喝了嬴政的赐酒，便接他的话说：请赐教，陛下！

嬴政呵呵笑着说，无为而不为！这是你道尊的话？

我颔首示意，陛下说的没错。

道生法，这是你道祖说的？

我再次颔首示意陛下说的都对。

你知道吗，土婴先生，朕在登基之前，朕在吕不韦那里，朕熟读诸子百家，尤其是黄老之学。老子五千言，朕可以倒背如流。了不起啊，了不起，伟大的老子，朕的青年时期，就是在老子的经卷中翻过来的。后来，寡人看到了韩非子。

侃侃而谈的嬴政停下来，仔细打量我，说：他们两人有何区别？

我说，他们两人有天壤之别！

嬴政：爱卿所言极是！老子发现了天地的奥秘和玄机，

而韩非子……

说到这里，他向天空行拱手礼！

嬴政继续说：而韩非子，却发现了人的奥秘和玄机！韩非子，透彻深刻地揭示了人性！你不认为是这样吗？

我说，陛下言之有理！

嬴政：但是，朕以老子为体，朕以韩非子为用！

嬴政河西走廊一样狭长的眼睛里闪耀着冰雪那样靓丽的光彩，使我联想到早晨徘徊在村头的那只狼眼睛里的光彩。

我说，陛下具有非凡的驾驭能力。

嬴政笑了，看一眼我，然后继续他的演讲。

这就是我的道!这就是秦始皇的道！朕，无为而无不为！无为而无不为！知道朕之所指吗？

请赐教！

夏商周的王，他们用刀杀人。他们最后失去了江山。他们是失败者！朕，无为而无不为！朕，用空气杀人！

听到嬴政的这句话，我端在手里的酒杯也停留在了空中，停留在了空气中。

嬴政轻蔑地笑看我，说：道祖，朕说的是黄帝，开篇就说，道生法！朕却说，法生道！明白啥叫个法生道吗？

看我僵持在那里一副懵懂样，嬴政毫不掩饰自己轻蔑的笑，并慢条斯理地说：就像那黔首耕地，知道吗，用铁犁犁出一条沟来，这不就是法生道嘛！晓得没？

陛下好生动的一比，土婴怎能愚钝到依然不解？！我说。

用严刑峻法，这是铁犁，在地上，在人间，耕种，晓得不，就是用铁犁，用严刑峻法，弄出个井田来，弄出个阡陌纵横，弄出个道道，怎么耕种，啥时候耕种，叫人们一目了然。这里的关键，是个啥，你知道不？

嬴政的语气咄咄逼人，嬴政的眼神则像飞翔在秦岭山上的老鹰，瞄准了地上的猎物，随时准备俯冲下来，将其擒获。

铁犁！我说，关键是铁犁！

秦皇帝说：对，关键是铁犁！关键是严刑峻法！只有铁犁头，只有严刑峻法，才能将荒野犁成种庄稼的土地，只有严刑峻法才能将黔首制服，使他们心甘情愿地为你种粮食。

秦皇帝喝下一口酒，也示意我喝。

我明白，秦皇帝要表明，他是一个懂得礼仪的人，或者说，我是一个不用铁犁，可以与之抗礼之人，就像他当初对待尉缭。

我饮酒，我在心里暗暗佩服尉缭，我祖黄宗给了他洞穿人心的眼光……我本布衣……秦王居约……与之抗礼……

尉缭先生啊，将事情颠倒过来看，这世上，恐怕你是第一个这样的高人！

谢陛下！我说。

秦皇帝也观察到了我的心思短暂地飞扬了出去。他有些恼怒地说，知道什么是用空气杀人吗？什么是无为吗？

请赐教，陛下！

朕用刀杀人。朕用刀杀了六国的诸侯，用刀杀了逆臣贼子，以及一切与朕为敌的人！但是，这不是朕最终的目的！朕，最终的目的是，天下的人，因为担心背叛朕，不忠诚效忠朕，违反朕的律法，而被杀，所以，不敢越雷池半步，守法如命。朕，用刀的目的，用铁犁的目的，就是为了形成这样的气候，使天下人处处能够嗅到这种空气，就像他们呼吸的这大地上的空气一样的，因此，在他们有了违法犯罪的念头的时候，当他们呼吸的时候，就感到了恐惧，因此，放弃违法犯罪的念头！

嬴政笑呵呵地看我，如同盘旋在秦岭高空的鹰用它锐利的眼睛看地上草丛里的鼠！

此乃为无为也！

嬴政如此说。深沉的声音从他那高挺的鸡胸里发出来，以一种不可置疑的意味发出来。

我依然击筑。我以一个十分强悍的音符回应嬴政的话。嬴政笑而不语，一只脚悬在那里，一只脚踩在地上。

我以十分沉稳的姿态击筑。我让我的筑，演奏出那种，只有你在大山深处听到过的，瀑布从山崖上俯冲下来时发出的雄浑而深沉的音乐！我的脑海里浮现出道祖道尊的光辉的形象，在巍峨入云的昆仑山上，他们慈悲的眼睛看着我，看着天下苍生！

我尽情地演奏我创作的《道生法》。有生以来，我对道祖道尊思想的认知理解感悟全部包含在了其中。我的乐曲里，最原始的创造者，道，对他创造的万有说，我道创造的一切都是自由的。我用我从道那里获得的精髓，我用这精髓制订的法，我用这法保护你们的自由，保护道所创造的万有的自由！

汗珠从我的头发里渗透出来。我看到道祖为我围上了我轩辕教黄土地黄河一样颜色的头巾。

这是我眼中的，正在演奏《道生法》的我的幻像。我看着这受到了道的精髓启迪，并如同受到了道祖道尊点化而神采奕奕的幻象，尽情地将道的伟大精神，演奏给在我眼前的事物，以及不在我眼前的所有的人，所有的动物，所有的植物，所有的河流，所有的高山，所有的土地，所有土地上的道路，以及行走在道路上的狼，酣睡的猛虎狮子，以及土壤里休眠的虫豸听。

我要告诉他们一个真理，我轩辕教的教主，伟大的黄帝，我轩辕教之道尊，伟大的老子，向他们揭示的真理，道所创造的法，不是用来镇压，不是用来惩罚，不是用来杀戮，不是用来毁灭，而是用来保护，用来保护人的自由，维护人在社会以及自然界的尊严！

我要告诉他们，道祖道尊的宣言：道大，天大，地大，人亦大！

我要告诉他们，在道那里，所有的人，不管是帝王或是黔首，他们，都是道的孩子，他们都是平等的。道赐予人自由，道赐予人平等，道用依道而生的法保护他们的自由，以及平等！

我祖黄宗啊，我把这当做启示录，用我的筑，演奏给秦皇帝听，以启迪他被野蛮的豺狼之心所窒息的心智！

我不知道他听懂没有。我知道，他不可能全听懂，正如他不可能全听不懂！但这是我，一个轩辕教的教士，受到道祖道尊启迪点化的人，一个士，一个音乐家，所要在这个暴君面前表达的态度！

我用这个方式告诉他，我不怕你！

离开嬴政，在走廊的一个拐角处，我遇到了李斯，那只上蔡鼠李斯！我并不掩饰我的蔑视，我像岩石一样冷峻地从他眼前走过。

可是，李斯，上蔡鼠李斯，却也岩石一样挡住了我的去路。

他的目光直视着我，跟那盗墓贼直视着坟墓上的空洞一个表情。

我并不说话。我侧向一步，欲要摆脱他继续走我的路。

上蔡鼠蹦地一跳，又挡在了我的前面。

我站定下来，冷静下来，我说，李斯大人，请赐教！

李斯狡黠的脸上露出一丝狰狞的笑，说，土婴先生，您知道吗？在下是何等地喜欢你的音乐，想要找机会跟您讨教您那些美妙无比的音乐的内涵。

我讥讽地说，都老同学了，都朝廷命官了，区区小曲，何足挂齿？！

不，高渐离先生，您的音乐同别人的不同。您的音乐有思想。上蔡鼠小声小气地说，但眼光充满杀机，盯视着我。

我上前一步，用筑顶在上蔡鼠的脖子上，目光盯视着他，说：告诉你吧，李斯大人，站在你面前的，可不是韩非子！

我用膝盖顶在他的身体下部，说，知道韩非子怎么死的吗？知道皇帝赐他的酒为何变成了毒药吗？

冷汗从仓鼠李斯的脸上滚下来，这厮颤抖着说：高渐离先生，不，黄土婴先生，这事天知地知你知我知！

我冷笑一声，说，仓鼠啊，仓鼠，李斯啊，李斯，你是一个明白人！

　　然后，我转身离开。就在我将顶在李斯脖子上的筑拿下来，抬头的一瞬间，我看到楼上的一扇窗户那里有人迅速地闪开，留下一个剪影在我的脑海里。

第七章

我的眼睛瞎了！

我祖黄宗，我再也不能捧读您的四经了！我只能在心里默读，我只能在夜深人静时默读你了，我的教主！

我的眼睛已经瞎了！

我被嬴政弄瞎了眼睛。

四条大汉将我摁在那里，然后，那嬴政的御医，也是一只眼睛瞎了的老汉，一口关中腔，喊叫他的手下拿艾灸来，然后，他们点着了它，他们便将这燃烧着火苗冒着浓烟的艾灸戳在我的脸上，戳在我的眼睛的上面和下面，左面和右面。他们用艾灸的火用艾灸的烟将我的眼睛熏瞎，使我不能再用我的眼睛观看道所创造的这生机勃勃的世界！

从此，我只能触摸，却再也看到我的筑，看到那上面的弦，那筑身的颜色，那上面磨得光秃秃的木材做的基座，以及落在它上面的树叶以及我吃馍时掉的馍渣了……

这一切我再也看不到了！我的眼睛被嬴政弄瞎了！

我的眼睛干枯，就像戈壁滩上没有水的井，那里牧人不再驻足，不再将他们的水桶放下去，那里，那里不再有清澈甘冽的泉水打上来。那里，只有过去的水波，荡漾在记忆里！

我祖黄宗啊，悲哀充满我心，即使道，即使你的教诲，也难以抚平它噬人心肺的痛！

我躺卧在那里。我如同武士扔在泥潭中的一把生了锈的剑。我的事情还没有干成，我的眼睛却已经瞎了。我如何观察我的目标，如何接近我的目标，我如何击杀我的目标……我祖黄宗啊，轩辕教主，这一切，现在都变得更加艰难了！

那是一个风和日丽的日子，那是一个该诅咒的日子，嬴政率领满朝文武，他们兴高采烈趾高气扬地登上泰山，在泰山之巅封禅祭祀。他们向上天宣告，他，嬴政，一统天下，他现在是天子，他现在向天父禀报他的伟大功业！

我在那里击筑。宫廷的乐队在那里歌唱，宫廷的宫女们在那里舞蹈：

皇帝临位，作制明法，臣下修饬……

治道运行，诸产得宜，皆有法式……

此时艳阳高照，和煦之风从山谷吹来，从天上吹来，落在嬴政的两撇鹰翅一样的胡须上，满朝文武高呼，皇帝万岁万万岁！

山里的鸟雀纷纷展翅飞翔，用它们稚嫩的喉咙发出叫喊，应和这呼天唤地，应和这高歌劲弦烈舞称颂人皇的盛景！

心满意足的嬴政，志得意满的秦始皇，从泰山上下来了。他踏着云步，从高耸入云的泰山之巅下来了，下到人间来了，带着从天父那里得到的对他统治天下的任允下来了。微笑挂在他的嘴角，他那胡须，他那鹰翅一样的小胡须，也似乎要展翅飞翔。那河西走廊一样狭长深邃的眼睛里，祁连山上冰冷的雪峰那里也是阳光照耀，喜气洋洋。

可是，突然间，不知从哪里飞来的乌云，铁锅一样罩在我们的头上，大秦满朝文武的头上，大秦德胜三皇功盖五帝的秦皇帝的头上，就在他们眺望那铁锅的模样的眼睛还没有来得及收回来，风雨暴至！

巴掌一般大小的雨点扇在大秦封禅泰山的所有人的脸上、头上以及身体上。狂暴的大风将他们的官帽扯下来，卷上天空，然后又像恶作剧的小孩子蹂躏树叶并将它们扔下悬崖。

封禅的满朝文武乱作一团，但不敢轻举妄动，都死死地钉在原地。秦皇帝嬴政则闪身躲在身边一个扇状的大树下，躲避狂风暴雨的袭击。

我的眼睛和躲在大树下的秦皇帝嬴政的目光相遇了。我以一个微笑给这位刚刚封禅的天子。

风雨暴至，风雨暴走！

李斯来到树下的秦皇帝跟前请安，并说这棵大树是天父几百年前亲手种的一株小树苗。天父在几百年前，就知道，他的儿子会在这样一个时候来祭祀他，会遇到这样一场突如其来的暴风雨。他将这棵小树苗种植在这里，让他长成这样的伞状，给他的天子避雨，就是要让他知道，他在几百年前，就知道他要成为天子，并在他成为天子后，来这里祭祀他在天的父！

始皇帝龙颜大悦。他以他帝王特有的深沉向这棵他天父种植特地长成伞样特地为他祭祀天父时躲避暴风雨的大树行注目礼。满朝文武目光紧随皇帝向天帝种植的伞样大树行注目礼，并一齐高呼：皇帝万岁万万岁！

秦皇帝和他的满朝文武离开了那棵天父种植的树，从泰山蜿蜒曲折的小道上下来，坐上车子，扬起鞭子，骏马举起蹄子，在新修建的直道一路狂奔，道路两旁成千上万的黔首引颈观望，在他们低矮的茅舍旁，那里小毛驴拉着石磨，正在将从地里收割来的粮食磨成面粉。

下了山的当天晚上我就被宫中的四个壮汉摁在地上，然后，宫中御医便用艾灸在我的眼睛上火烧烟熏！

我的罪名是大不敬！

这是嬴政赐我的罪名！但没有人知道这大不敬究竟何指！我也没有得到一个解释，也没有跟我说明，我究竟在何处何时何事上犯了大不敬！

他们用艾灸烧我，他们用艾灸熏我！

他们幸灾乐祸，他们喜笑颜开！

他们并不说话，他们只是嘴角挂着笑，用艾灸烧我，用艾灸熏我，直到我完全丧失视力，成为一个瞎子，就像街头那些流浪艺人，被人用手牵着，站或是坐，在那里为路人演奏曲子。他们就是这样一边用艾灸烧我一边用艾灸熏我，一边这样嘲笑我！

其中，一个公公，肥胖得跟头猪，他的小牛牛藏在他肥大的肚腹里，像只小麻雀探头探脑。当艾灸在我的眼睛上燃烧时，他就掏出他的麻雀一样的牛牛，朝我脸上呲尿，并开怀大笑。

夜晚，当死一样的寂静笼罩在关中平原的上空，满天的星斗璀璨得使人泪流满面时，我的头脑里便浮现出轩辕我祖的形象，浮现出荆轲兄的形象。

我的内心灼热。我的口唇干裂。我的眼睛就像燃烧的木材发出令人心碎的噼啪噼啪的轻微的在空气中颤抖的声音。

我躺在地上。我呼唤清凉的月光，来到我的脸上，我呼唤我祖轩辕，御风而来，抚慰我的创伤，我也呼唤兄台荆轲，来到我的跟前，为我歌唱，缓解我肉体的痛苦和内心的伤痛！

在关中清凉如水的月光中，是我想象中的清凉如水的月光，带着轩辕我祖的抚慰，乘着荆轲的歌声，来到了我的眼前，清凉了我的焦灼，平息了我的愤怒，将我的灵魂安抚，使我的呼吸渐入平静，带我进入使肉体和灵魂都能得到歇息的我祖轩辕道义一般具有治疗作用的深沉的睡眠。感谢你啊，我祖轩辕！你永远都不要遗弃我！这样，我永远都不会放弃，不会放弃作为轩辕教教士的使命！不会放弃我和荆轲的约定，不会放弃我们的信念：路障不清，嬴政不除，文明不兴，轩辕不昌！

半夜三更的鸡鸣狗叫将我从深沉的睡眠中唤醒。漫天的星斗在天空里闪光，在我的想象中闪烁出令人欲哭无泪的光。我坐在床头。我低垂着头，无法抑制的悲戚爬上我的心头，我在漫天星斗下泣不成声！

轩辕我祖的星辰啊，你们美妙的光芒还将继续伴随我，给我灵感吗？我能够在你们闪烁的光芒里，听到轩辕我祖的教诲，听到道发出的，从遥远的太极发出的音乐一般的光芒吗？

我的眼前恍惚出现了泰山。泰山上封禅祭祀的情景。五大夫树。嬴政那时那刻就封那棵树为五大夫，秦二十多个等级的大夫中的最高一等。五大夫树下的嬴政。他的形象飘忽着，像极了被巫师招魂的死鬼，从碗里的水中飘飘忽忽地飘上来。我看到了自己的微笑。我微笑着看在五大夫树下的嬴政。我们的目光相遇了。嬴政的脸上满是雨水。

突然，我恍然大悟！所谓大不敬，即是我看到了躲在树下避雨的嬴政。我看到了他的狼狈相！他看到了我看到他时发出的笑。他认为这是在笑他！

轩辕我祖啊，这就是嬴政！这就是那个封那颗树为五大夫的嬴政！他就这样弄瞎了我的双目，使我不能阅读我祖黄宗的四经以及道尊老子的道德经，也不能研习我祖黄宗留给他的后人的乐谱以及内经！

轩辕我祖啊，我的心在流血！

那颗被封为五大夫的树，被李斯说成是天帝为天子撑起的一把伞，为的是让他的儿子躲避风雨！

李斯这么说它，满朝文武这么说它，嬴政也是这么说它！

他们说它，是天帝为天子撑起的一把伞！嬴政成为天子是天意，他得到了天父的保佑！

五大夫树就是天父保佑天子的明证！

所以，他们喜悦，他们狂欢啊！他们，大秦的文臣武将，在器宇轩昂的天子嬴政的率领下，纵马驰骋在直道上。在已经得到天父保佑的明证的激励下，他们沿着渤海向东，经过黄县、腄县，纵马驰骋到成山的尽头，登上芝罘山，立石颂秦德，而后纵马驰骋向南，登琅琊。上，即嬴政，大乐之，留三月，下令建造琅琊台，树立石碑，歌颂秦朝的功德，表明志得意满之心意。

碑文说：

二十八年，皇帝刚刚登基。制定公正法律，整治万物纲纪。以此明确人事，父子齐心协力。皇帝圣明仁义，明白事物道理……

……统一器械度量，还有书写文字。日月所照之地，舟车所至之处，全部听从命令，没有忤逆之意……

……人迹所到之地，无人不来臣服。皇帝功盖五帝，恩泽惠及牲畜。无人不受德化，各自安居乐业。

我祖黄宗啊，这个世道被彻底颠倒了！而我，睁着盲目的双眼，想要厘清这个昏乱的世道。

嬴政高坐龙椅之上，嬴政龙颜大悦，嬴政志得意满，嬴政的河西走廊一样狭长的眼睛看混沌未开的以前看遥不可及的以后，前不见古人后不见来者，嬴政，只有嬴政，从开天辟地到天荒地老，这道所创造的世上，嬴政是历史的顶峰，嬴政是人类文明的顶峰！死去的人，没有一个可以和他相提并论，已经出生正在出生以及以后出生的，也没有一个可以望其项背！

这就是嬴政，嬴政眼里的嬴政，嬴政满朝文武嘴里的嬴政，嬴政和他的满朝文武要我如此歌功颂德的嬴政！

……上农除末，黔首是富;功盖五帝，泽及牛马……

嬴政命我反复颂唱！他要我在早朝唱它，他要我在晚朝唱它，他要我在他批阅奏折时唱它，他要我在他喝酒时唱它，他要我在他戏弄宫娥嫖风打浪时唱它！

唱呀，你这天下第一乐师！唱呀，你这瞎子！他的满朝文武大臣，他的公子公主，他的奴仆，以及他所有的阿猫阿狗都这样对我叫嚷!而他，则嬉笑着，默不作声！

我祖黄宗啊，他们就是这样，他们就是这样一边用艾灸烧我的眼睛用艾灸熏我的眼睛，一边令我为他们击筑唱歌。他们就是这样夜晚用艾灸折磨我，白天用为他们歌功颂德折磨我！

可是，我祖黄宗啊，他们越是这样，我的心就离你越近！我的心智告诉我，让屈辱和折磨来得更猛烈些吧，这是我攀登轩辕黄帝之道的绳索，虽然那里面遍布着刺，镶嵌着碎刀片，涂满着毒蛇迸射出的液体，但是，它却是我攀登轩辕黄帝之道的绳索！

我视这绳索尽头的那只手，那只让我可以触摸道成为道之光的一部分的手，我祖黄宗的手，道祖道尊的手，可以使我超凡脱俗，成就英雄伟业，就是我和荆轲还有田光土婴尉缭以及千千万万轩辕黄帝的后人所追求的，让我祖黄宗的文明，让我祖黄宗的大道，像曾经的那样，畅行于天下，成为华夏大地的正统正宗，成为天下人的火把，成为天下万物的太阳。

我视这手如同眼睛，如同生命，甚至更甚！

因为，这是我超越这咸阳宫里的满朝文武，蔑视这满朝文武，以及那个自视为人类文明顶峰前无古人后无来者的嬴政的高处！

是的，我知道这是我站在那高处所要承受的折磨羞辱！我以这样的精神攀登那高处，并从那高处鄙视他们！

荆轲，我，我们，轩辕教中人，黄帝的后人，我们，要将这颠倒了的世界，重新颠倒过来！

我就这样一边忍受他们的羞辱一边为他们歌唱，时间也就来到了嬴政 29 年！

看哪，始皇东游的快马，沿直道飞驰而来，扬起的尘土遮天蔽日！飞鸟、站在那里跟木桩一样的黔首，以及被得得的马蹄声撒在后面的村庄，都傻子一样看着眼前这飞驰的车队！

看哪，那皇家车队以遮天蔽日的气势来到了博浪沙！那高耸的山岭上，突然飞来一块巨石，它也像脱缰的野马，呼啸着，直奔秦皇帝的座驾而来！

脑浆飞溅的是嬴政的一个贴身侍卫！

嬴政推开这侍卫的尸体，嘴里大骂着，这狗日的，哪里来的盗贼！乃令天下大索十日，但却鸡毛不得！

嬴政就这样在直道上疾驰！时间也拖着它伤痕累累的身体，来到了嬴政 31 年！始皇微服私访咸阳，随身带着四个武功高强的侍卫，却在兰池遇到了盗贼，就在一个风和日丽的白天的一切刚刚歇息，就在这样一个风和月丽的夜晚！秦皇帝，在咸阳，在他天子的脚下，他遇到了盗贼！

那伙盗贼与秦皇帝武功高强的侍卫搏斗上了！他们在咸阳的街道上，在秦皇帝的眼前，与秦皇帝的侍卫真刀真枪地干起来了。而不久前，秦皇帝下达了命令，将全天下的兵器收缴咸阳，一把火将它们烧成了汤汤水水，然后筑成了颂秦德的鼎，放置在咸阳宫！

可是，今晚遇到的这帮盗贼，手持兵器，与他秦皇帝的侍卫搏斗上了，真刀真枪地干上了！

他们，武功虽不及秦皇帝的侍卫，可却是人数占优的一方。

侍卫们击杀了几个，其余的跑了！

秦皇帝下令，关中大索二十日。却不得！

我祖黄宗，是年，关中米价高达一石一千六百钱！

而春秋中期齐国是米价一石六十二钱半！

战国早期魏国米价是一石三十钱！

可是，秦皇帝巡游天下展示皇威依然马不停蹄！他是受到老天保佑的天子，米石千六百，以及偶遇小盗的区区小事，何足挂齿，何能何德，可以阻止天子疾驰的马车！

直道上秦皇帝的马车飞箭似地疾驰着。那太阳也觉着自己没有天父的儿子风光，索性将秦皇帝马车扬起的尘土拉来糊在自己的脸上，装作有病的样子，以反衬嬴政的光辉形象！

就这样，始皇来到了碣石！

就这样，他在这里刻碣石以颂秦德！

……地势既定，黎庶无鳐，天下咸服，男乐其畴，女修其业，事各有序……

我祖黄宗啊，这天父之子，始皇，于是派韩终、侯公、石生去寻找仙人不死的灵药！

始皇的马车继续在直道上疾驰。他来到了人烟稀少牛羊遍地沙漠绿洲纵横交错的北方边境巡视，然后经由上郡回到国都。

燕人卢生从海上返回，述说神鬼之事，趁机献上他所抄录的图书，上面写着"亡秦者胡也！"

我祖黄宗，那天父之子，始皇，捋一捋鹰翅一样的胡子，深沉的眼目从祁连深处的雪峰那里发出光芒，然后经过狭长的河西走廊，停留在这个"胡"字上！

他仰天高视，看到了银河之下辽阔的北方草原，那里，胡人的牛羊就像没有人管束的孩子，那里，胡人的孩子，就像没有人放牧的牛羊；然后，他极目远眺，看到了帐篷里那几个胡子拉碴的胡人的头领，酒足饭饱之后，将他们发红的眼睛瞄向中原大地肥沃的土地以及美丽的女子！

哼哼！看你那冷怂样儿！竟然想在天子脚下的关中平原放牧你的牛羊垂涎始皇的女人！

于是，始皇帝派将军蒙恬，发兵三十万，向北攻打胡人，攻取了河南之地，就是黄河以南河套平原那块地方。

胡，被灭！

第八章

秦皇帝的马蹄声终于在黔首枯井一样的遥望中远去了。他们扎紧腰里的草绳，其中的一个说一句，日他妈的，那马车撩得比奔丧的孝子还快！有人哈哈大笑，笑完了说，你这狗日的不想要你的牛巴子了！看给你狗日的割了，你拿啥给你老婆交代？！

黔首们在一片嬉笑和打闹中回他们的茅草屋去了！

秦皇帝的马车吁的一声在咸阳巍峨的宫殿前停下来了！

始皇在咸阳宫中摆酒设宴，博士七十人上前祝福始皇长寿。

仆射周青臣进献颂辞说："从前秦国的土地不超过一千里，仰赖陛下的神灵圣明，得以平定四海之内，驱逐戎狄蛮夷，太阳和月亮能够照耀到的地方，没有人不臣服。将诸侯的封国设置为郡县，每个人都安居乐业，没有战争的忧患，这样的伟业可以流传万世。自上古以来都没有人能够赶得上陛下的威德。"

始皇大悦。

博士齐人淳于越进言说："我听说殷周称王一千多年，分封子弟和功臣，让他们辅佐王室。现在陛下拥有四海之内的土地，可是王室子弟却是普通人，突然出现田常、六卿一样的乱臣，没有其他人的辅佐，靠谁来拯救呢？做事不效仿古法却能够长久的，我没有听说过。现在周青臣又当面阿谀来加重陛下的过错，不是忠臣。"

始皇将二人的议论下交群臣讨论。

丞相李斯，就是曾经的那个仓鼠李斯廷尉李斯！

丞相李斯说："五帝不相重复，三代不相沿袭，各按自己的方法治理国家，不是后者要与前者相违背，只是时代不同罢了。"

李斯清清喉咙，恭敬地瞅一眼龙椅上的秦皇帝，用他那水鸟一样悦耳灵巧的嗓音继续说：

"现在陛下开创伟大的事业，创建万世的功勋，本来就不是愚蠢的儒生所能够理解的。况且淳于越说的只是三代的事情，有什么值得效仿呢？"

李斯抑扬顿挫地发问："是的，三代制式，何足效法？！"

他瞟一眼淳于越，然后给龙椅上的秦皇帝恭敬地行鞠躬礼，并说：

"从前诸侯并立竞争，以优厚的待遇招揽周游列国的学者。现在天下已经平定，法令都由陛下统一颁布，百姓在家就应该努力务农做工，士人就应该学习法律回避禁令。"

嬴政流露出喜悦之色。而狼的表情也尽在鼠的观察中。他提高嗓门，水鸟的清脆的嗓门变得尖利起来。那里，雕梁画栋下文武官员的黑乌纱帽，他们的同样乌黑的长袍大袖，漆黑一团的秦国旗帜以及其它装饰物，让我想起来青藏高原上牦牛群扎堆聚会的场景。

李斯，就像盘旋在这群黑牦牛头顶上的那只乌鸦，发出远近都可以听得到的嘎嘎叫声。

"现在的儒生们，不学习当今的法令，却学习古代的制度，以此指责当代的政治，来迷惑黔首。"

他停下来，大殿上一片肃静。

他知道话语权握在了手中，便说：

"臣李斯冒死直言：古时候天下分离混乱，没有人能够统一号令，所以诸侯并立。形形色色的学者尤其是诸子百家，崇尚称道古代的思想，传扬散播危害当今的学说，用虚伪的言论来掩盖事情的本质，用浑浑噩噩的观点祸乱天下人心，声嘶力竭赞美自己所偏爱的学说，以此指责陛下所创建的制度，这个贯彻了皇帝坚强意志伟大决心美好愿景宏伟构想，即天下大一统的制度，中央集权的郡县制，这个体现了人类文明最高政治成就的英明范式！"

满朝的文武大臣在一片黑色的肃静中像牦牛倾听乌鸦的叫唤一样倾听李斯。

李斯正一正衣冠，微红着脸，用长袖摸一下脑门上的微汗，振聋发聩掷地有声的话语从他的嘴里喷涌而出：

"今皇帝并有天下，别黑白而定一尊！

"一个帝国，一个君主，一套制度，一套体系，一种主张，一种思想，一个声音，一个意志，一声令下，一以贯之，一统天下！这就是大秦！这就是三皇五帝远远不能企及的人世间政治文明的巅峰！这就是始皇帝所创造的并将传之万世的政治规范文明制度人间奇迹！"

大殿上下，黑压压的人群中发出触电一般的被震撼的骚动。

李斯继续雄辩地说："而那些私家之学，相互勾结，非议我大秦之一统天下的制度以及各类法令教化。这些人一听到政令发布，不去思考理解我大秦法律政令的精神，却用各自所学的主张妄加评论，并企图另辟蹊径，将大秦皇帝的意志搁置一旁。他们入朝时不敢作声，但在心里暗暗指责；他们出门后胆大妄为，摇唇鼓舌街谈巷议。矛头所指多是我大秦一以贯之一统天下的大一统范式，即是我大秦独步天下的郡县制，认为这抑制和妨碍了他们发挥自己治国理政的才能以及压抑了社会的活力，使天下在一个意志之下举步维艰寸步难行。世界那么大，一个脑袋够用吗？可事实是怎么样呢？我大秦统一了文字统一了度量衡，社会在整齐划一的运行中变得井然有序；我大秦四通八达的直道，将皇帝的法令风一样传播到天涯海角，普天之下率土之滨无不牢牢掌控在英明的皇帝手中！我在这里要正告他们，正是因为天下这么大，人这么多，事这么杂，所以，才需要一个帝王，才需要一个意志！否则，你一个主张，他一个思想，究竟谁说了算？这天下不乱套了吗？"

我祖黄宗，仓鼠李斯，宰相李斯，再次亮剑，抛出了他作为法家代表人物名噪一时朝野皆知的那个主张：

"天下无异意，则安宁之术也！"

秦咸阳宫的空气似乎都凝固了。檐廊上的麻雀也不敢振翅飞翔，噤若寒蝉地蹲在那里洗耳恭听这千古一相的滔滔雄辩。

"那些居心叵测的人经常振振有词地说，自黄帝以来所开创的治国理政的大道便是分封诸侯，天子诸侯贵族三足鼎立，共同拱卫所谓的天下，使黎民百姓得以安生，使天下万物在道的养育下自然而然地成长，不受苛政的干扰侵犯，给社会以自然而然的空间，使社会力量得以生长成熟，从而形成一个理想的所谓由道主宰的天下。他们煞有介事地口中念念有词地说，贤哲老子说，功成事遂，百姓皆谓我自然！百姓皆谓我自然！可是，如果百姓自然了，神明的陛下，始皇帝就不自然了！百姓自然了，大秦便不自然了！百姓自然了，你我，我们这些为神明的陛下效犬马之劳的文武百官便不自然了！

"恕我李斯直言，他们错了！彻头彻尾地错了！今天是秦始皇帝陛下的天下，不是轩辕黄帝的天下！是秦始皇帝主宰的天下，不是道主宰的天下！"

一片肃杀之气在大殿里弥漫开来。

李斯振振有词，继续他的慷慨激昂的演说："他们，那些别有用心的人，在君主面前，夸耀自己所主张的学说是如何如何适应大秦的需要，如何如何有用于英明的皇帝，以此来表白自己的忠心并博取名声；他们，习惯并擅长用不同于当今的观念，相异于我大秦的理念，来标榜自己的高明；他们，率领着一群追名逐利者，上蹿下跳，对政府说三道四指手画脚并造谣诽谤。"

李斯是个了不起的演说家，不光满朝文武，就是关中平原那些光屁股玩尿泥的楞娃对此也是有所知晓。有民间传说如此道来，说几个关中楞娃比赛谁尿得高，其中几个都尿过了头顶，但一个那牛牛不争气，不，不是牛牛不争气，而是尿泡里根本就没尿，只挤出几点尿渣来，结果是输了，他便很不服气，就说，你尿得高能啥能，人家李斯，你信不信，可以将你的牛牛说的滴水不漏，一点尿渣都尿不出来，不把你憋死才怪！

所以，尘土飞扬的三秦大地便流传这样的俗语，说，这娃尿得比李斯还高!就是说，这人行，这人肚子里还是有一些墨水的。

李斯看到了秦皇帝内心的喜悦以及满朝文武的表情，便推波助澜，慷慨激昂地说：

"这样的情况不加以禁止，那么，在上，我大秦君主的威势就会下降；在下，文武官员中就会有人胆大妄为结党营私甚至犯上作乱图谋不轨。我认为禁止这种趋势是合适的，也是刻不容缓的。"

所有的人，秦皇帝，满朝文武，以及廊檐上的从秦岭飞来的鸟雀，以及大殿里的空气，都在屏息听李斯接下来要说的话。

李斯清清嗓门，向秦皇帝行礼说："我请求，将《秦记》以外的史书统统焚毁，不留只言片语，不留一纸一墨。那些身居博士官职的，可以保留一定数量的上古典籍，除此之外，天下有私藏《四经》《道德经》以及《诗》《书》、诸子百家著作者，都要主动上交到郡守、县尉那里并烧毁之。天下若有人敢相聚论说《四经》《道德经》以及《诗》《书》的，要当众处死，绝不姑息。而那些用古代的制度来指责当今法令的居心险恶的人，则要诛灭全族斩草除根。官吏知情而不检举者，则要与罪犯同罪惩处。命令下达三十天而仍不烧掉私藏上古典籍诸子百家书籍的人，则要施以刑罚，脸上刻字，并发配到边疆去修筑长城。有关医药、卜筮、种植一类的书籍，可以不烧，可以保留。但要严查有人以此掩人耳目，将禁书混淆在这类书籍中，躲避检查，一旦发现，罪上加罪。对于那些想要学习我大秦法律，钻研我大秦律令的人，可以为他们敞开渠道，鼓励他们拜我大秦官吏为师学习律法。"

李斯的话说完了。秦咸阳宫鸦雀无声。

秦皇帝鹰一样的目光在大殿上飘来荡去，然后，这千古一帝以他特有的深沉龙吟虎啸地吐出一个字来：可！

我祖黄宗啊，传达嬴政制令的马车奔驰在直道上，就如流星奔驰在破晓的天空里！

他们，就是那些在秦皇帝大一统体系内的或人或狗或马或驴或鼠或狼，便以他们亘古未有的严苛，便以他们无人匹敌的狠毒，便以他们无与伦比的冷血，便以他们魔鬼也要让三分的不择手段，便以他们泯灭人性不通人情的阎王作风，一以贯之地一根筋地，彻底地不留任何死角地，雷厉风行地变本加厉地，将李斯提议秦皇帝盖了玉玺的制令贯彻落实到普天之下率土之滨！

这人类的仇敌，文明的杀手，向我华夏文明，轩辕黄帝所创立的以道为核心的文明道统，发起了前所未有的屠戮！

我祖黄宗啊，燃烧的书籍的灰烬使秦岭的麻雀鹰以及布谷鸟得了肺病，它们哭丧着脸，一张口便发出猫头鹰一样的叫声；秦岭的豺狼野猪野兔以及毛毛虫则咳嗽不已，它们整天呆在洞穴里，连交配都懒得搞，曾经生机勃勃的大秦岭，变得病恹恹的，了无生气；而因为私藏典籍以及学习谈论圣贤思想而被判刑处罚脸上被刻了字的黔首，则被草绳拴着，赤脚裸背，到遥远的北方去修筑阻挡胡人铁骑的城墙！这其中，最有名的便是那孟姜女的丈夫，他因为私藏黄帝四经因而也被发往北方给山一样宽厚的城墙搬运石头而被倒塌的城墙压死！

我祖黄宗啊，自此，你所创立的轩辕教，则被彻底打压，完全退隐山林，成为那些幻想骑着自家的扫帚把飞天成仙的呆子们的梦呓！

道祖道尊的英名被江湖术士当做欺骗傻子呆子聋子哑子们的杂耍从他们的嘴里滚出滚进！

而孔府的学堂，则像废弃的马厩，雅雀的一声叫唤，就使屋檐上的尘埃落了一地！

天下的青年男女，他们谈情说爱时不再歌唱关关雎鸠在河之洲了。他们挤眉弄眼打手势说哑语，跟残疾人聋哑人一般，因为不知道对方究竟何意，一些青年男女便因此把自己挂在了房梁上或是扔进了村边的河流中！

……

我祖黄宗啊，你所缔造的华夏文明，被大秦被嬴政被李斯，被他们和他们的大一统彻底腰斩！

……

看哪，我祖黄宗啊，嬴政的马车继续在直道上疯狂疾驰！

从他一统天下到嬴政 35 年，嬴政跃马扬鞭，好不威风好不快活！那小小的咸阳不大的关中，那些小肚鸡肠的直道，哪够他迅疾如风的马蹄的丈量?!

看哪，嬴政的马蹄就像疾风暴雨一样奔驰而来！

从九原直通云阳的直道上奔驰而来的就是那大秦始皇帝

嬴政的马车！

下官报告，直道前面遇到了大山，需要绕道。

嬴政说，把山给朕铲平了！

看哪，那山就被铲平了！那嬴政的马车风一样疾驰而去！马蹄践踏土地的声音直达云霄！

下官报告，直道前面遇到了深谷，需要绕道。

嬴政说，把山沟沟给朕填平了！

看哪，那山沟沟就被填平了！那嬴政的马车流星一样从黄土地上划过，车辖辘碾压铺路石并将它飞扬起来，抛向空中……

而不知脚下路为官道的黔首，赶着自己的毛驴车驮着刚刚收割的小麦，美滋滋地想着回家搂抱媳妇的黔首，他的毛驴被疾驰而来的马车和呼啸的鞭哨惊吓得不知所措;而那车队中的马夫，一个扬鞭，抽在毛驴的背上，那毛驴扬起四蹄，连人带车冲进路边的沟渠里，驴和人都吃得个满嘴的黄土和砂石……

我祖黄宗啊，这就是直道上的嬴政，这就是嬴政的直道！

也就是在这 35 年，嬴政却奇诡地效法起先王了。

也就是在这样一个满朝文武像一堆牦牛或者一群黑乌鸦聚集在咸阳宫殿里时，也就是这样一个连太阳都躲闪在云层后面的早上，始皇面对雕梁画栋下一个个呆若木鸡的大臣说这咸阳人口众多先王的宫廷朕觉着太小了。

他慢条斯理地深沉地如是说："我听说周文王建都于丰，武王建都于镐，丰、镐一带，正是帝王建都的地方。"

我祖黄宗啊，这大秦便开始在丰、镐一带即渭水以南的上林苑中兴建宫殿。

率先拔地而起的是前殿阿房宫，东西长五百步，南北宽五十丈，殿上可以坐一万人，殿下可以竖起五丈高的大旗。

这宏伟的阿旁宫，四周环绕可以驾车驰骋的阁道，从殿下一直通到南山。

秦皇帝昂首示意，于是在南山顶修建观楼以高瞻远瞩这宏伟的帝国首都以鸟瞰帝国心脏那车水马龙的繁华景象。

秦皇帝巨手一挥，在空中架设复道谓之天桥，可以从阿房宫渡过渭水，信步来到咸阳宫殿，以此象征天极阁道星越过银河直通营室星。巍峨的阿房宫正在如火如荼地建设中。

秦皇帝一脸沉思地看着拔地而起的阿旁宫，他正在为它日思夜想一个更加美好响亮的名字！阿旁宫，这个因地而来的名字，像关中楞娃，有点土，不合朕意。

秦皇帝站在那里，就像一座不可逾越的高山。他的岩石一样的眼皮底下，是受过宫刑，是的，受过宫刑的囚犯，踏着耻辱的脚步走向阿旁宫，为修建秦皇帝的三宫六院流血流汗！

除了这些受到宫刑的人以外，还有被判处各种徒刑的囚犯，共七十多万人！

我祖黄宗，这七十多万人，赤脚裸背，行走在大秦的直道上，行走在羊肠小道上，行走在没有人迹的荒坡上，他们被分成一批批一队队，大秦的官吏手中拿着鞭子，对他们高喊：走啊，快走啊，你们这些畜生，怎么这么磨磨蹭蹭……你们的前头是香喷喷的锅盔，香喷喷的裤带面，还有洋芋懒疙瘩……

你们走啊，你们快走啊!你们这些畜生不如的东西!

他们高扬皮鞭并可嗓门叫喊着!

他们则踏着耻辱的脚步走向阿旁宫走向骊山陵!

这些被宫刑和判处其他罪行的人，他们星夜兼程，他们风餐露宿，他们的目标地便是阿旁宫，便是骊山陵。

他们从北山采下石头，从蜀地、楚地运来木材，他们把它们送到阿房宫。

我祖黄宗啊，秦皇帝关中的宫殿一共有三百座，关外有四百多座，共计七百多座，它们都供秦皇帝一个享用。

我祖黄宗啊，嬴政的穷奢极欲秦皇帝的骄奢淫逸，把我的想象力都烧成了粪渣渣!

第九章

"吾慕真人！"秦皇帝如是说！

有那么一丝忧伤有那么一丝向往有那么一丝自傲在秦皇帝的脸上摇曳，如同后人为纪念死了的先人点燃的文香！

他说，自此，他将："自谓'真人'，不称'朕'。"

这大秦的始皇帝不称朕而自谓真人，是在听了卢生的一凡神话之后做出的一个决定！

这卢生，便是得到"亡秦者胡"并将这一预言书面呈秦始皇的那个术士，也就是我在壶口瀑布行宫用我的筑抵住李斯的脖子时，那个在楼上窗口一闪而过的那个影子！

这影子在一个雨夜敲我的门。他压低嗓门对我说，先生，我乃卢生，你的仰慕者是也！

我让他进屋来。他浑身湿透了，衣服贴在身上，使这瘦高瘦高的人看上去活像一头长颈鹿。

看我并不介意他突然到访，这长颈鹿先生，不，这长颈鹿一样的秦皇帝的术士，风水先生，为秦皇帝求仙问道，找寻长生不死药者，释然一笑，说，我知道你会为我开门。我知道的，我早知道的，从第一眼看见你，我就知道的。

我并不说话，他跟其他文武官员，也陪同嬴政听我击筑歌唱，他这长颈鹿的形象，十分引人注目，所以，我也早认识他了，只是，并没有说过话更没有交往，远远地点个头算是打招呼，就是我们之间的交情了。

我还知道，李斯是你的敌人，也是我的敌人！这长颈鹿轻描淡写地说。

他脱下被雨淋湿的外套，使劲拧一下，说，李斯，那狗日的，也是所有天下人的仇敌，我们老祖宗的仇敌，我是说是我们轩辕黄帝的仇敌！我已经对他下结论了，天下第一恶相！

说了以上的话，他穿上刚脱下的衣服，神秘兮兮地打开门，探出他的长脖子，然后，小声对我说，我走了，多保重！然后，就悄无声息地消逝在雨夜中了。

我们也就这样成为了朋友。

这卢生经常神秘地出没在大秦的土地上，有人说几天前在秦岭的某处，那里是一片茂密的原始森林，看到了卢生和仙人一起挖长生不死的仙药；有人说，就在昨天，他看见卢生满头白发，在大西北的戈壁滩上找到了那里的一种可以使人强壮如牛的名叫锁阳的药材；这两人的话音未落，第三个便说，他也是最近这几天，在长江以南的某处水乡，看到光着两腿的卢生，捕捉到了千年不遇的吃了能使人变成神仙的鱼龟……

但是，我知道，他经常出没在秦皇帝的遍布天下的宫殿里，毕恭毕敬地，把他的长脖子努力缩进衣领里，谄媚地笑着，谄媚地说着，谄媚地喝着……当秦皇帝说话时，他则从衣领里探出长脖子，像长颈鹿吃头顶上的树叶一般把头伸向嬴政，伸向嬴政，直到领会了圣旨，才探头探脑地神秘兮兮地消失在人们的视线里。

就是这样一个卢生，从天涯海角带着神不知鬼不觉的神仙的意思来了，蹑手蹑脚地来了，从秦宫的大门处，探头探脑地来到了嬴政的面前，并神秘兮兮地说：

"英明的皇上啊，我们寻找灵药和仙人总是找不到，可能有什么东西妨碍了这件事。"

始皇帝轻轻地噢了一声。

卢生将头探向嬴政："仙方上说，人主经常微服出巡可以躲避恶鬼，恶鬼避开了，真人就出现了。"

始皇帝轻轻哦了一声。

卢生神秘地眨眨眼睛，悄声地说："人主所居住的地方被人臣知道了，就会妨碍神仙到来。"

始皇帝看一眼卢生。卢生神秘地说："真人，进入水中不会沾湿衣服，进入火中不会烧伤身体，能够腾云驾雾，寿命与天地一样长久。现在皇帝治理天下，还不能做到清静无为，还做不到用空气一样的清静无为治理天下。像空气控制万物一样控制人，从而使人主像空气一样清静无为，这是陛下的愿望。所以，希望皇帝所居住的宫室不要让其他人知道，然后长生不死的灵药大概就能够得到了。"

于是始皇说："吾慕真人！自谓'真人'，不称'朕'。"

于是，他下令，将咸阳附近二百里以内的二百七十座宫殿都用复道和甬道连接起来，用帷帐、钟鼓、美人充实其中，各自按照登记的位置居处，不得擅自移动。皇帝所到之处，如果有人向外说出地点，就会论罪处死。

在嬴政数也数不清的临幸的日子里，有这么一天，始皇帝临幸的脚步踏上了梁山宫。始皇帝从山上看见丞相李斯的随行车马众多，面露不悦之色。有随行者告知李斯，以后李斯出门就减少了车马的数量。

　　始皇生气地说："一定是有人泄露了我说过的话。"

　　他下令追查，却没有人认罪。

　　于是，始皇下诏将当时在他身旁的人拘捕起来，全都杀掉。

　　从此以后，就没有人知道皇帝的行踪了。满朝文武，只能在咸阳宫见到他们真人一样的皇上，就在此时此刻。

　　除了此时此刻，真人就在他们眼前的此时此刻，其他何时何地皇上在何处，他们一概不知！也不能知，除非他想死！

　　又是一个下着小雨吹着小风的夜晚，有人敲我的窗户，三下，然后敲我的门，三下。我打开门，卢生，能感觉到还是那样的点头哈腰，神秘兮兮地闪了进来。这回，他并不脱去衣服，嘻嘻笑着要热水喝，而是把他长颈鹿一样的脖子伸向我，压低嗓门神秘兮兮地说：先生，恕我打扰，卢生有要事相商！

　　我请他落座。他说，不坐了，说完就走！

　　先生请讲！

　　卢生的嘴巴凑近我说："先生，请恕我直言，始皇这个人，生性刚毅残暴，自以为是，以诸侯的身份起兵，兼并天下，事情都称心如意，认为古往今来没有人能比得上他。满朝文武那么多才智卓越之人，可是，他只重用狱吏，你看，秦宫里受宠的官员，哪个不是出身狱吏？！"

　　他顿一顿，我能感觉到他在观察我的反应。我点头。

　　于是，这长颈鹿脖子几乎搭在我的头上，对我耳语说：

"虽然博士有七十人，却只是充数的官员而不受重用。丞相和众大臣都是接受制定好的命令，按照他的意志做事情。皇帝喜欢用刑罚杀戮来树立威严，天下的官员都害怕犯罪而想要保住俸禄，没有人敢竭尽忠诚。"

他咳嗽一声，我感觉他将手放在了自己的嘴上，遮掩着嘴巴，如同千岁老人那样世故地说话：

"所以，皇帝听不到自己的过错而日益骄横，群臣害怕威刑而欺骗皇帝来求得安身。秦朝的法律规定，不准兼用两种方术，方术不能应验就处以死刑。然而占候星象云气的有三百多人，都是好人，他们害怕禁忌而委婉地奉承皇帝，不敢直言他的过错。天下的事情无论大小都由皇帝决断，以至于皇帝每天批阅的上奏文书要用秤称，白天黑夜都有奏呈，不批阅完规定数量的奏呈就不能休息。"

听得出卢生有点喘了。他又咳嗽一声，说："我有点伤风了。"他用一只干瘦的手爪抓我的手，诚恳地说：

"他贪恋权势到了这种地步，我们不能为他寻找仙药了，高渐离先生！"

我没有做出任何反应，对他不能寻找仙药，也对他叫我的名字，我没有做出任何反应。

他抓我的手紧紧地捏了一下。我依然平静地将我盲目的双眼对着他。

"请听我说，亲爱的高渐离先生，不，尊敬的土婴先生，你我都是经历过生死考验见过人世间的是非曲直的人，我从先生凡人少见的平静里能够猜得出一两分，你的内心蕴藏着多么巨大的风暴！不，我亲爱的土婴先生，从你的筑声中，我就能够清楚地感知这一点！"

卢生的说话听上去就跟土拨鼠打洞，有一种令人难以捉摸的急切，又有一份令人难以捉摸的从容，以及那么一些似有似无的玩世不恭。

他继续以他那独特的土拨鼠打洞的语调说："请让我告诉你，嬴政是一个什么样的人。他那些轰轰烈烈的所谓大事我就不讲了，你都清楚。我给你说几件小事，你就知道我今天冒死到你这里是有充分的理由的。"

我睁着盲目的双眼，对他点点头。

他就说："先生知道吕不韦吧？"

我点头。

"嬴政泰山封禅，在那老榆树下躲了一阵儿雨，封那老榆树为五大夫，秦二十多级的大夫，这是最高等级的。可是，你知道吕不韦是嬴政什么人吗？嬴政称这个人为仲父！先生，你认为，没有吕不韦，会有秦惠王吗？会有今天的秦始皇吗？"

我表示我明白他问话的用意。

"可是，怎么样呢？嬴政为了大权独揽，借嫪毐事件之名，将他的仲父从宰相的位置上拿下！他这样做就是要告诉满朝文武，仲父我都可以拿下，你们，哪个我不能拿下？！"

我点头。

"吕不韦啊，当今时代最伟大的政治家、学问家，集诸子百家所长于一身，集思想家的智慧与政治家的才干于一身的人，编纂了名垂青史的吕氏春秋，将嬴政从一个黄口小儿教育培养为大秦的始皇帝，并辅佐他的父亲和他本人处理了无数棘手的国家大事的人，被嬴政的父亲尊为国师，嬴政尊为仲父的人，他对大秦尤其是嬴政称霸天下所立下的汗马功劳，天下可有能相较者？可是，嬴政亲政短短时日，便将他罢免流放，以至于老先生咽不下这口气，流放途中饮鸩自尽！”

我点头。我知道他所说的都是事实。

“土婴先生，你的筑就像你的人，深沉而不可测。你深沉的眼神和你岩石一样的嘴，我看出来了，你一定心怀大事。我喜欢心有大志的人，这是我为什么喜欢做你的朋友并在今晚来到你门前的原因！”

我碰碰他的手臂。

卢生则继续说：“作为嬴政手下的得力大将，那个樊於期，避难燕国的秦国大将军，先生是十分了解的。他的父亲母亲以及全家老小为何被杀个精光，樊於期不知道原因，满朝文武都不知道原因。什么意思，无非就是告知满朝文武，想杀就杀，杀了就是杀了！你谁敢怎么的？！”

卢生的语气变得更加低沉了。

“还有燕国的那个太子丹，他跟秦王在赵国做人质，哥儿俩处得可好了！可是，等嬴政回到了秦国，做了太子，丹来到秦国做人质，你看看，都发生了什么？”

我默不作声。我用盲目的眼神注视着卢生。

“我的土婴大师啊，当你的筑声响起来，我就想，这个心怀天下苍生的人怎么来到了秦宫，为嬴政这个天下苍生的死敌弹琴唱歌？！当然了，你身不由己。但是，请让我告诉你。今天，我来到这里，我会牵着你的手，带你离开这里，带你离开这个充满仇恨杀戮并以杀戮为乐事的人！”

我盲目的眼神里有感激的水在那里隐约渗出。

“土婴先生啊，你都不知道赢政内心多毒下手多狠。我告诉你，当年，他攻下赵国，他作为征服者和胜利者来到了他出生和长大的故乡邯郸。他是来走亲访友的吗？抓住老乡的手说别来无恙的吗？或是来安抚那些被他征服了的赵国贵族？”

我点头。我知道那件事。

“你知道，赢政是来杀人的！作为新的统治者，他带来的不是安抚不是解放！他将那些曾经和他母亲家有过节的人，不论老的小的男的女的，一个不留地抓起来，当着邯郸人的面全部活埋了!我的乖乖啊，土婴大师，从古至今，你在哪里听说过这样的事情？！”

我点头！我盲目的眼神感到灼热。

卢生压低嗓门继续说：“土婴大师啊，音乐是从心灵中流淌出的清泉，它只洗涤干净的人的心灵，对赢政这样鬼魅的灵魂没有益处。他拿它只当玩乐，就跟他玩女人一个样！”

我点头。

“土婴先生，你不知道赢政多么狂妄！那年，他经过彭城，在那里斋戒祭祀，想要从泗水中打捞周朝的九鼎。他派出上千人潜入水中寻找，没有找到。于是向西南渡过淮水，前往衡山郡、南郡。泛舟长江，来到湘山祭祀，遭遇大风，几乎不能渡过长江。始皇问博士说，湘君是什么神仙？博士回答说，我听说，湘君是尧的女儿，舜的妻子，死后埋葬在这里。于是始皇十分生气，命令服役的罪犯三千人砍光湘山上的树木，露出红褐色的山岩。然后扬长而去！"

他说："土婴先生，你知道吗，今天我冒死来到这里，是因为，我们是朋友，我不愿意你这样的音乐天才死在暴君的手上。如果你愿意，就跟我来。嬴政找不到我们的。我们去的地方，他鞭长莫及，神鬼不知！"

我握住卢生的手，对他说："谢谢先生！我有我的事。我的事还没有做完，我不能走！"

卢生轻叹一声，紧紧地用他干瘦的手爪捏我的手腕，然后，神秘兮兮地闪身出去，消逝在雨夜中了。

卢生逃走了，跟他一起逃走的还有叫侯生和韩众的人。

卢生以及其他寻仙找长生不死药的事我早有所闻。那年，始皇前往碣石山，便派燕人卢生寻找羡门、高誓两位仙人。齐郡人徐市等人上书，说海中有三座神山，名叫蓬莱、方丈、瀛洲，是仙人居住的地方。徐市等人请求斋戒沐浴，带领童男童女前往寻找神山。于是始皇派徐市挑选童男童女几千人，进入海中去寻找仙人。

可是，几年过去了，徐福等人一无所获，倒是这卢生从江湖中觅得一纸预言："亡秦者胡！"

始皇听说了卢生等人逃跑的事，生气地说："我以前收集天下的书籍，将没有用处的都销毁了。我又招揽了很多文学、方术之士，希望通过他们谋求太平。我给那些炼制灵丹妙药的方士以大量的金钱。如今听说韩众离去而不再还报，徐市等人耗费巨资，最后也没能得到仙药，每日只是相继听到他们为奸谋利的消息。卢生等人，我对他们既很尊重又给予了很多赏赐，如今他们却诽谤我，悄无声息地逃跑了，这不是加重我的不仁与失德吗？！"

始皇愤怒地对满朝文武说："那些在咸阳的方士儒生，我派人去察问了，有的人在制造谣言惑乱黔首。"

他平抑一下自己激动的语气，愤怒的目光穿过大殿，瞄向秦宫外的咸阳，轻描淡写地说："朕，不会放过他们的。"

于是始皇派御史审问儒生们，儒生们相互指责检举，始皇就亲自挑选出触犯禁令的儒生四百六十多人，将他们全部在咸阳坑杀，并让天下人都知道这件事，以此惩戒后人。

始皇并征发更多的人去戍守边境。

轩辕黄帝啊！

坑儒事件之后，连续二三十天没完没了的阴冷的秋雨在咸阳和关中平原以及黄河上下游辽阔的两岸以令人断魂的隐隐啜泣的模样来来去去去去来来哭一会儿歇一会儿如同老太在她不幸早逝的独子的墓前任凭别人连拉带拽却不忍离开那令她心碎的高高堆起的泥土堆她知道那下面就是她挚爱的儿子而他现在已经被蛆虫吃掉了耳朵只剩下残缺不全的腐烂的尸体但她依然知道那是她亲爱的儿子的成为蛆虫的吃食的身体是她此生最为挚爱的身体是从她身体里分离出来的是她的生命即使已经腐烂已经上面爬满了蛆虫但依然是她的挚爱是她的是她的是她的所有的那些腐烂了的被蛆虫吃在嘴里的都是她的挚爱都是她的爱子她跪在这里哭泣就是跟他的对话就是告诉他她他的母亲在哭他！

轩辕黄帝啊，在这天下禁声的令人恐惧的时刻，却有一个人站出来，对始皇帝如此说：

"天下刚刚平定，远方的黔首还没有安定，读书人都是歌颂和效法贤哲的人，当今圣上却用严酷的刑罚来惩治他们，我担心天下人心中不安。希望皇帝明察。"

说这话的青年，不是别人，正是始皇帝的长子扶苏！

这扶苏，是嬴政数不清的儿子中的长子，是在嬴政还没有如此利令智昏如此邪恶的时候，是在他的精液还没有被权力欲望杀戮仇恨成仙成神像空气一样杀人真人一样统治天下等等荒诞不经的邪恶的东西毒害了的时候所生的孩子，他的身上还有人的气息，还有人道的精神，他也是一个刚毅勇武的青年，饱读贤哲经书的青年，经常听我击筑并联手奏乐的青年，虽然，他并不擅长歌唱，但他却写了很多的歌，我也曾经演唱它们。

就是这样一个青年，在他那些数不清的骄纵如胡亥的公子中像夜幕中的一轮明月的青年，在始皇帝的血腥统治面前看不下去了，他以一个大秦长公子的责任心和仁爱之心向他的血腥的父亲劝谏。

可是，他得到了什么结果呢！

始皇非常生气始皇心想你这从我身体的精液中出来的精子你这狼崽子你这狗崽子难道难道因为从我的精液中分离出来了你你就觉得有资格教训我有资格指责我可是你知道吗从你所谓的道生万物以来就没有一个人也没有一个神能够像我你的爹这样英明的人英明的神我做事我做的决定就是天下最英明的决定就是神也难以企及的英明决定你狗日居然冒天下之大不韪在朕的面前指手画脚你狗日是想要鞭子想要巴掌了

好吧那我就让你尝尝鞭子的滋味尝尝巴掌扇在脸上的火辣感觉看你狗日的能省事不！

于是，始皇帝派扶苏到北方大漠，到荒无人烟的上郡，去做那个愤世嫉俗的蒙恬的监军。

于是，普天之下率土之滨从大秦的宰相到文武大臣再到大一统体系中的每个大小官吏再到为修建骊山陵墓阿旁宫长城以及直道的受了宫刑的人以及那些为秦皇帝寻找长生不死药以及仙人的江湖术士以及生活在大秦帝国统治下的每个角落嘴里还在喘气的有生命有感觉知道生死的生灵不管是猪狗或是黔首或是人奴莫不如临大敌如临深渊如履薄冰噤若寒蝉莫不深感自己来到了地狱的门口站在了阎王的眼前！

于是，秦始皇登临南山以高瞻远瞩秦岭南北帝国辽阔的疆域以鸟瞰黄河两岸黄土地上为了帝国的宏伟规划而日夜兼程不舍昼夜累死累活献了终身献子孙的蝼蚁一样众多的臣民！

于是，始皇帝看到了一片肃杀之气远比大自然的秋冬的肃杀之气还要猛烈上几倍几十倍的大秦帝国的肃杀之气秦皇帝的肃杀之气在秦岭南北黄河上下像冰雪覆盖大地一样地将华夏大地死死冻结在自己的怀抱里！

于是，深沉的始皇帝陶醉在天下皆为奴的喜悦中阴沉的笑狰狞的笑看到蚂蚱被肢解似坏孩子的笑开怀大笑但却默不作声装进肚子里的笑攀上了那河西走廊一样狭长的眼睛他以他特有的深邃和坚决吐出了龙吟虎啸般的一句话这句话是：

"朕乃真人也！"

第十章

我被嬴政投入了监狱！

我的身份暴露了。嬴政怒不可遏。我戴着死刑犯的刑具被投入了死牢！

我祖黄宗，我心中感到愧疚！对荆轲，对田光，对尉缭，对土婴，尤其是对你，我的轩辕教主，我心中感到深深地愧疚！

我未能完成与荆轲的约定，却戴上了死刑犯的刑具，被关押在牢房里，等待处决！

我祖黄宗啊，我感到了前所未有的沮丧！

我将我的头向墙壁撞去，直到血流不止。

我是如此愚蠢，如此的妇人之仁，在可以将嬴政手刃的时候，却放过了他。

我坐在死囚牢房的角落里，我彻夜不眠，我恨死了我自己。

秦岭的风从监牢的窗户里吹进来，带来了监狱外面世界的气息，给我被悔恨所吞噬的心以些许安慰。

我含泪想，这里头有星星的气息吗?闪烁着从我祖黄宗那里来的气息吗？有我挚爱的黄河水的气息吗？是从那我所挚爱的黄土地上吹来的吗？我张开嘴，想象着来自黄河黄土地的风带着细的面粉一样的土进入我的心扉。

我的内心略微好受一些。

但也是片刻即逝。听到窗外下雨了。我止不住地哭泣起来。我和着窗外的雨声哭泣，停下来，然后，又哭泣，又停下来，直到筋疲力尽，直到我能够原谅自己！

我就坐在死牢的窗下，就像一块石头，没有生命力的石头，我感到死亡已经将我打入地狱，而我，再也回不到世上，去做我还没有完成的事情！

我是多么地愚蠢啊！我是多么地妇人之仁啊！

眼泪并没有将我从自责中解脱出来。头破血流也没有将我从悔恨中拔出来。我肉眼看不到自己，但我心灵的眼睛却可以看见自己！

我是多么地龌龊啊！衣衫褴褛而又蓬头垢面满脸血污一个瞎子一个傻子，就凭你这德行就凭你那一筑，就想杀掉不可一世的秦王，而且在有机会的情况下，居然因为一点同情心，可耻的妇人之仁，而错失良机！你以为命运会给你第二次机会，嬴政会给你第二次机会？！真是天真小儿，真是成不了大事，只会演奏几个小曲博人眼球哄得几声喝彩……舍此之外，能成何事?关在这死牢里，能杀得了秦王?

我在我自己的眼里成为了一个小丑！

但死神并不将这小丑带走!他要他活着，羞辱他，蹂躏他，使他在自己的眼里不如一泡狗屎!幻想杀人家皇上，看看你这副德行吧!这咸阳大街上的流浪狗你都拿它没办法!

屈辱啊，屈辱!屈辱令我无地自容!我用拳头捶自己的头，我用巴掌扇自己的脸!唯有自残，似乎才能平息我对自己的愤怒不满以及蔑视!

我的心在哭泣!我的心在流血!我的心在溃烂!我看见蛇、

老鼠以及无数的蛆虫在我的血管里在我的经络里爬来爬去!我就像恶魔一样丑陋,但却远远没有恶魔的能量和杀气!我真是一个窝囊废啊!天底下找不到第二个的窝囊废啊!我怎么有资格做轩辕教的教士,成为我祖黄宗的门人,成为荆轲的联手!我哪有资格说我是他们的人,我是秦始皇的敌人!

轩辕上帝啊,这句话令我感到如此的羞耻。我已经瞎了的眼睛都羞愧地烧了起来!我有资格自称为他的敌人吗?!

他脚下的蚂蚁都可以逃避他的追杀,可是我呢?他今天想杀今天杀,明天想杀明天杀!他想车裂就车裂,他想腰斩就腰斩……

我什么都不是啊!在大秦的监狱里,在这死牢里,我什么都不是啊!那些我自以为豪的贤哲的思想观念经典著述,在这里在这一刻什么都不是啊!我的天!我怎么让自己落到了这一步?!

先是被弄瞎了双眼,然后,又是被投进了死牢!

可是,我是为什么来到这里的?我都羞于想到我来到这里的动机来到这里的目的!

恐惧,无法抑制的恐惧,对自己无能的恐惧,对自己将自己置于如此境地的无能的羞愤,毒蛇一样吞噬着我的自尊,将我的自尊打翻在地,并且踏上了一只脚!

上帝啊,轩辕,我为什么如此志大才疏,落到了如此不堪的地步?我为什么不是一只老鼠,不是一只蚊子,一只苍蝇,那样的话,我就可以从我的羞辱里逃脱,我就可以不将这做人的重担扛在肩上,我就可以从这里的鼠洞里钻进去,一了百了!

上帝啊，黄帝，我哭都无处可哭，我诉都无处可诉！我要这沉重的生命难道就是为了感受这羞耻吗？！

我的心，碎了吧！请让我像监狱的墙壁一样吧！它也比我要更有面子，活得有人样。我多想从我自己的皮囊中走出来，走进这监狱的墙，成为这监狱的墙。这样，我就摆脱了我自己，摆脱了这耻辱的人！这样，我就将自己混迹于这世上的万事万物，就像道尊老子所言，和其尘同其光了！

可是，可是，一天又一天，一夜又一夜，我依然故我。我依然是我！我依然摆脱不了我！

我哭泣，我将头撞向墙壁。

可是，一切依然如故！

风从窗户里吹进来，雨从窗户里下进来。我依然故我！

我的耻辱从我的两腿中间流出来，从我的两臂中流出来，从我早已瞎了的眼睛里流出来，但我依然成不了监狱的墙壁，成不了地上跑的老鼠，我依然钻不进那墙角下的鼠洞，把我自己隐藏起来，让我自己彻底消失了，连同我的耻辱，连同我的肉体！

夜啊，生长吧，将白天吞没，将白天撕碎，将白天吃了，让这世上只有黑夜，让时间从此走向死亡！让这世上的一切都消失在黑夜里，让黑夜拥抱世上的一切，让时间只有黑夜这样一副面孔！

鼠洞啊，生长吧，将我，将我拉进去，让我在你肮脏的胀满屎尿的弯弯曲曲的洞府里成为一只虫子吧！

我就可以，也许，我就逃脱了耻辱！

　　我就逃脱了自残！

　　但是，时间在我的自残中也拖着它死囚犯一样的脚步在走，在走！时间并没有停顿！我的耻辱继续牵引着我将我的盲目的双眼投向窗外，继续蹂躏我，将我的自尊踩在监狱里吱吱叫的老鼠的脚下！

　　我坐在嬴政的死牢里，我坐在死牢的窗口前，我心中燃起了对黔首的同情，这曾经是我心中最深沉的忧伤；也燃起了对嬴政的某种怜悯，虽然是包含着仇恨蔑视的怜悯！

　　我似乎看到了荆轲斥责的眼神，以及轩辕教主侧转过去的脸庞那忧伤的表情！我试着从我的心中抹去这种怜悯，但是，当我这样试着去做时，我又看到了轩辕教主那忧伤的表情流露在他侧转脸孔的时候！

　　在一个又是刮风又是下雨的晚上，半夜鸡叫的时候，就在我痛苦地不能入睡，在地上打转转的时候，我的眼前却突然闪过一道白色的光。这白色的光，一瞬间照亮了我盲目的双眼，从我的太阳穴那里穿过来，钻进我的大脑，并在我的额头处盘旋着，然后轰然作响。我感到脑子从来没有过的清醒，清醒到我在这一瞬间感觉自己成为了一个似乎拥有超能力的人，一个可以洞见古往今来世事的贤哲。我的内心被这突如其来的感觉唤醒了，感到了喜悦。我站立在监狱中央，我仰起头，捧着双手，我喃喃地说，是我，轩辕黄帝，是我，我是高渐离，我是你的仆人，请你眷顾我！

　　而就在这个瞬间，我也看到了我的轩辕教教主！他的眼睛如同太阳燃烧着，迸发出智慧卓绝的光芒，充满了大自然一样的雄浑又温和的力量。他温和地看我，将肮脏的衣衫褴褛的我举起来，放在他的眼前观照，并对我说，我的孩子，你从羞辱中看到了希望吗？你从耻辱中看到了尊严吗？你从死亡中看到了永恒的道吗？今天，我要将这些都展示在你的眼前，使你成为勇士，使你成为顶天立地的人，使你成为我轩辕黄帝子孙后代中的人中人，使你成为我轩辕教的光荣的教士！

我流着泪，我想说话，我看到了轩辕教主身后的荆轲，我看见他被嬴政砍得粉碎的身体在愈合。我看见他站起来，那些身体的碎块就纷纷飞向他，他就成为了一个完全人！

轩辕黄帝说，坚强起来吧，我的孩子，我是你的祖宗！我是你的教主！耻辱会牵引你，蹂躏会使你变得坚强，而死亡会给勇气，它们都是我派到你跟前来的使者，是我发出的希望之光，会引导你，如同我牵引你的双手，使你成为勇士！

我哭泣着！我站在那里哭泣着！如同风雨中的一枝芦苇！

我祖黄宗啊！

我知道，我的自由消失在嬴政的监狱里，嬴政的自由消失在他的欲望里，消失在他失去江山的恐惧里！满朝文武的自由消失在高官厚禄里，消失在他们的谄媚里；黔首的自由消失在困苦的生活里，消失在无依无靠里；天下所有人的自由消失在嬴政的严刑峻法里，消失在他野草一样无处不在无处不有的恶法里，消失在只有一个人的世界里，消失在嬴政的那个大一统里！

我祖黄宗啊，大一统使人消失在制度里，使活生生的人消失在僵死的制度里！就像飞虫消失在蜘蛛网里！

这是使命！必须结束这一切!这是使命！荆轲的使命，我的使命，所有轩辕黄帝后人的使命！

是的，我现在也明白了，也是我祖黄宗轩辕教主你的使命！

轩辕黄帝啊，请为我推开这墙，推开这监狱的墙，让我离开这里，让我去完成我的使命！让我为完成我的使命去死！

……

黑夜来临，我在祷告中睡去。我隐隐约约听到了豺狼的嚎叫。我想，是从我头顶的窗户那里来的，随秦岭的山风飘来的。我翻个身准备继续睡去。我听到监牢外有人说话的声音，接着，我的牢门打开了。

先生，皇上有请！

是嬴政那个跟华山上的石条一样的侍卫。

我就这样被他们从我的死牢中带出来，来到了嬴政的寝宫。我在死牢里听到的隐隐约约的豺狼的嚎叫，不是来自秦岭阴森森的滴着秋雨的原始森林，而是来自那个不可一世自认超越了古往今来的所有人，甚至超越了神，至少是堪比神明的秦始皇。虽然，我看不见他，但我能够想象得到，在我眼前，跟豺狼一样嚎叫的人是何等的狼狈不堪！……穿一袭白衣，披散长发，惊恐万状站在寝宫的中央，对着苍天，发出歇斯底里的豺狼一样嚎叫的是嬴政。

我从容而坦然地击筑！

我像黄土地一样从容而坦然地击筑，也像黄河一样从容而坦然地唱歌！

是《道的惩罚》！我用的是低沉的变徵之声！这是我在

死牢里新写的，就像刀口一样新鲜，还流着鲜红的血！

我以变徵之声开始，将我祖黄宗，将轩辕黄帝，将道祖道尊的，将道的惩罚，用秦岭的微风抚慰受伤的野狼那样的调性演奏出来。

我将轩辕我主拯救在我惩罚在道的忠告用变徵之声用秦岭的风撩过垂死的狼那样的挽歌的曲式演奏出来！

那站在寝宫中央的嬴政豺狼一样的嚎叫也渐渐如同傍晚黔首低矮的茅舍被纵火燃烧窜向天空的浓烟摇曳着落到地上瘫软在地在那里口吐白沫喃喃自语……

我依然歌唱！

……你痛饮着帝王的酒杯，

把它的金边银把打碎了，

用那命运赐予你的铁牙……

如今死神来到了你的院里，

他用肮脏的沾满鲜血的手敲你的窗户，

他用比你帝王的手更铁的手敲你的门……

……

你天父的儿子，

你这权势的魔鬼，

你这欲壑难填的凡夫俗子，

你这顶着肉身却幻想长生不死的楞娃……

……

看吧，

我轩辕教主的救恩已经来临，

他将结束你罪恶的生命，

使你重归道的怀抱，

在那里，

你将不再作恶，不再犯罪，

在那里，

你将再次成为婴孩……

我依然击筑依然唱歌!如黄土地一样坦然，若黄河一般从容!我用我家乡的方言演唱，我用他似懂非懂的语言演唱，我用我的音乐让嬴政如一落叶，飘荡在激烈的水面上，随波逐流!

我全然不顾我的安危，我全然知道这是我在洗刷我内心的耻辱!或者说，我在实施我的使命!

秦皇帝哭泣着如同一个婴儿吃饱了奶哭泣着睡去了……

我又回到了监牢。那个石条一样的侍卫送我回到了我的死牢。他命令其他看守回去，他将我送到我的那间死牢，贴着我的耳朵告诉我:

前几日，一颗流星坠落在东郡，到地面成了一块陨石。黔首看见了。其中有人在石头上刻字:"始皇帝死而地分"。始皇听说后，派御史前去审问，没有人认罪，就把居住在陨石附近的居民都抓起来处死，并将这块陨石焚烧销毁。

于是，发生了今晚的一幕!

轩辕教主，在死牢里，我总结我自己，我也总结嬴政!

嬴政这一生干了这样几件事:

其一，焚书坑儒。嬴政是文明的杀手，读书人的天敌!他的焚书坑儒使华夏文明倒退了五千年，重新回到了我轩辕黄帝开启文明大道之前的野人时代！

其二，杀戮与征服。他用刀枪灭了六国，灭了敌人、仇人，他不喜欢的人，他想杀的人……足迹所到之处，他杀戮他征服，土地、人、牲口、粮食、金银财宝统统装进了他的口袋！

其三，满足自己的欲望。嬴政的战车拴在他的欲望上。他的动机和动力皆来自他的欲望，永远难以满足的欲望。做了秦王，他便要做天子，做了天子，他便要做神仙！嬴政欲壑难填。权力、土地、财富、女人，他全要。而受尊崇的欲望、唯我独尊的欲望、掌控一切的欲望、以及长生不死的欲望，等等，他比古往今来任何帝王将相都要来得猛烈！所以，他需要大一统！嬴政的大一统从来都不是为天下人谋的！只有大一统，才能以霸占天下一切资源，以满足他嬴政人神皆望尘莫及的欲望！

其四，嬴政的狂妄自大，表现在现实生活中，便是好大喜功，大兴土木，劳民伤财，以兴建古往今来无论人无论神都没有建筑过的浩大工程为傲娇。直道、长城、阿房宫、骊山陵，以及遍及咸阳和全国各地的七百多座宫殿，便是他标榜自己千古一帝气势的明证。

其五，所谓德胜三皇功盖五帝泽及牛马，是秦始皇无时无刻不曾忘记的！秦始皇，颂秦德！他足迹所到之处，都要留下颂秦德的文字，或刻在石碑上，或刻在公文里，或刻在我的筑里歌里，或刻在其他乐手的歌谱里，或刻在文武大臣的嘴巴里，或刻在祭祀的祭文里……他是那么地自我欣赏，那么地洋洋自得，那么地自恋，无论他在秦国辉煌的宫殿，或是在穷乡僻壤，都不会忘记歌颂自己给这个世界带来的人神皆无法比拟的恩德！

其六，嬴政养了一大批的方术之士，风水先生，为他炼丹，寻找仙人仙药。用老秦人的话说，这个冷怂，顶着臭皮囊却要成为神仙，注定是要被欺骗，被耍弄的！但那些方术之士的虚妄之词，以及他们装神弄鬼的伎俩，并没有使嬴政醒悟，他是一个凡人，血肉之躯，也会死翘翘，也会喂了地下的蛆虫。他一次次被耍弄，但一次次死灰复燃，想要从这些装神弄鬼的巫师身上得到长生不死的秘籍！嬴政是一个被自己的欲望迷乱了眼睛昏乱了头脑的人！

其七，这个可笑的始皇帝，为寻找长生不死药和长生不死的神仙，屡屡被骗，但也没日没夜地为自己赴奔冥界修建豪华宫殿。嬴政自继位秦王，便开始修建骊山陵，直到今天，历时三十多年，依然尚未完工。这里，聚集了全天下最杰出的工匠，他们在骊山下面像老鼠打洞一样为嬴政建造一个冥界的宫殿。轩辕黄帝啊，这黄河两岸秦岭南北，这辽阔大地上那些才能杰出的人，那些文人，被坑了；而这些工匠，这同样杰出的人才，掌握了建筑以及天文地理的杰出才子，也将被坑，葬身在他们为秦始皇修建的陵墓里！呜呼，轩辕黄帝，你华夏人杰，在嬴政的治下，就是这般命运！

其八，寻找荆轲的匕首！荆轲那把匕首，就是插在嬴政咸阳大殿铜柱上的匕首，不翼而飞。这成为了嬴政的一块心病。他密令贴身侍卫秘密侦查匕首的下落，但却始终未能得到。他常常因此半夜惊醒，并发出豺狼般的嚎叫！

我祖黄宗，嬴政对六国的胜利，是野蛮对文明的胜利！是阴险狡诈对平和温良的胜利，是背信弃义对安分守己的胜利，是豺狼对牛羊的胜利！毫无道义可言！

这嬴政，利用战争、制造战争、挑起战争、赢得战争，从而实现了他称霸天下的野心！嬴政的狡诈，秦始皇的恶之花，娇艳地盛开在华夏大地！

嬴政夺去了六国的土地、财富、美人、宗庙社稷以及六国国王的权杖，成为了皇帝，成为了古往今来最有权势的人。但是，这不能满足他的胃口。

嬴政还要成为长生不死的，他要永恒，他要超越人类，他要成为神！

嬴政拥有过人的欲望！

嬴政的欲壑难填，秦始皇的恶之花，娇艳地盛开在秦岭南北！

嬴政夺取天下，是狼道对人道的胜利！从亲政到夺取江山到今天，他手中始终握有两把利剑，严刑峻法与杀无赦！

嬴政的狠毒无人能及！

嬴政的狠毒，秦始皇的恶之花，娇艳地盛开在黄河两岸！

过人的野心，过人的欲望，过人的狡诈，过人的狠毒！秦始皇驾着这四轮马车，疯狂地奔驰在华夏大地！

他的成功源于这四轮马车的骄人的速度！

他的失败也源自这四轮马车疯狂的速度！

秋季，一位使者从关东来，夜晚经过华阴平舒，有人拿着玉璧拦住使者说："替我把它送给滈池君。"他接着说："今年祖龙死。"

使者问他其中的缘故，这个人却忽然不见了，只留下他的玉璧。使者捧着玉璧上奏朝廷，并详细报告秦始皇。

始皇沉默了很长时间，说出一句话来："山鬼只不过知道一年的事情。"

满朝文武僵在那里，做出一副啥事都没发生啥事也不会发生的样子！

退朝之后，嬴政嘴里念念有词，似乎是对自己，又似乎是对某个想象中的神或人，如此说："祖龙，是人类的祖先。"

始皇派御府来查检玉璧，竟然是他二十八年出行渡江时落入水中的那一块。

我祖黄宗，这世上为什么存在如此匪夷所思的事？

冥冥之中，神在告诫人们，神是存在的！

我想是这样。

黑夜来临，我在祷告中睡去。我隐隐约约听到了豺狼的嚎叫。我想，是从我头顶的窗户那里进来的，随秦岭的山风飘来的。我翻个身准备继续睡去。我听到监牢外有人说话的声音，接着，我的牢门打开了。

先生，皇上有请！

是嬴政那个跟华山上的石条一样的侍卫。

我就这样被他们从我的死牢中带出来，来到了嬴政的寝宫。我在死牢里听到的隐隐约约的豺狼的嚎叫，不是来自秦岭阴森森的滴着秋雨的原始森林，而是来自那个不可一世自认超越了古往今来的所有人，甚至超越了神，至少是堪比神明的秦始皇。虽然，我看不见他，但我能够想象得到，在我眼前，跟豺狼一样嚎叫的人是何等的狼狈不堪！……穿一袭白衣，披散长发，惊恐万状站在寝宫的中央，对着苍天，发出歇斯底里的豺狼一样嚎叫的是嬴政。

我从容而坦然地击筑！

我像黄土地一样从容而坦然地击筑，也像黄河一样从容而坦然地唱歌！

是《道的惩罚》！我用的是低沉的变徵之声！这是我在死牢里新写的，就像刀口一样新鲜，还流着鲜红的血！

我以变徵之声开始，将我祖黄宗，将轩辕黄帝，将道祖道尊的，将道的惩罚，用秦岭的微风抚慰受伤的野狼那样的调性演奏出来。

我将轩辕我主拯救在我惩罚在道的忠告用变徵之声用秦岭的风撩过垂死的狼那样的挽歌的曲式演奏出来！

那站在寝宫中央的嬴政豺狼一样的嚎叫也渐渐如同傍晚黔首低矮的茅舍被纵火燃烧窜向天空的浓烟摇曳着落到地上瘫软在地在那里口吐白沫喃喃自语……

我依然歌唱！

……你痛饮着帝王的酒杯，

把它的金边银把打碎了，

用那命运赐予你的铁牙……

如今死神来到了你的院里，

他用肮脏的沾满鲜血的手敲你的窗户，

他用比你帝王的手更铁的手敲你的门……

……

你天父的儿子，

你这权势的魔鬼，

你这欲壑难填的凡夫俗子，

你这顶着肉身却幻想长生不死的楞娃……

……

看吧，

我轩辕教主的救恩已经来临，

他将结束你罪恶的生命，

使你重归道的怀抱，

在那里，

你将不再作恶，不再犯罪，

在那里，

你将再次成为婴孩……

我依然击筑依然唱歌!如黄土地一样坦然，若黄河一般从容!我用我家乡的方言演唱，我用他似懂非懂的语言演唱，我用我的音乐让嬴政如一落叶，飘荡在激烈的水面上，随波逐流!

我全然不顾我的安危，我全然知道这是我在洗刷我内心的耻辱!或者说，我在实施我的使命!

秦皇帝哭泣着如同一个婴儿吃饱了奶哭泣着睡去了……

我就这样被赦免了死罪!

我从死牢里出来。秦皇帝石条一样的侍卫走在我的前面。我从他依然年轻依然活泼的身体里嗅到了僵尸的气味，我从他踏在地上依然踏踏作响的脚步声里也听到了死亡的声音!

他将我领到我的狗窝里然后就走了。我在我的狗窝里嗅到了僵尸的气息，闻到了死亡的气息。

然后，我出去，在秦宫大殿那里，我嗅到了僵尸的气息，听到了死神踢踏作响的脚步声。

然后，我出去，在咸阳的大街小巷，在黔首们满脸的恐惧积劳成疾的身体上，我也嗅到了僵尸的气息，听到了死神不紧不慢的脚步声。

我在嬴政的身上也嗅到了僵尸的气息，淡淡的僵尸的气息，如同死神微睡时的呼吸，里面还掺和了些许的脂粉气，些许的，榆树根因为秋雨浸泡而腐烂的气息！

这是一种令所有大秦宫殿里的人迷醉的气息。它在满朝文武的谄媚里兴风作浪，它在嫔妃们满脸的脂粉里嫖风打浪，它在直道上正送往天下的公文里蠢蠢欲动！

它在我的筑里也咚咚作响！

它在秦帝国又高又厚的城墙上飞翔的麻雀的叫唤中，以及角落的杂草里，隐隐啜泣，像被抛弃的婴孩。

轩辕黄帝啊，我知道你这是在告诫我，在告诫我，秦帝国大厦将倾！

我神圣的道祖啊，我晓得，你这是在提醒我，提醒我，不要忘了和荆轲的誓约！

是啊，我要在腐朽的僵尸身上再刺上一刀，使他彻底毙命！

是啊，我要在即将崩溃的秦宫大殿上，再击一掌，使他彻底断绝呼吸！

是时候了！我已经在这罪恶的秦宫呆了足够长的时间！

是时候了！我已经为这恶魔一样的暴君击筑唱歌了很长时间！

是时候了!这一切该结束了！

让我，为新王的莅临，为我轩辕教主，重新执掌华夏大地清除障碍！

我将那沉重的铅灌入我的筑。这就是我的刀，这就是我的大力士之掌！

当我再次来到豺狼一样嚎叫的嬴政的跟前，我就对他说，皇帝，我找到了荆轲的匕首！

它就在我这里！就在我的筑里！

我将在他讶异之际，抡起我的筑，击向他的头，结束他罪恶的生命！

第三部　嬴政

太史公啊，请听我的祷告，请给我灵感，给我勇气，将你的睿智注入我的想象力，使它翱翔，使我能够抓住嬴政的内心，讲述他死后在坟墓里的帝王生活，讲述他永远不得安息的灵魂的状况。

告诉我他如何在阴曹地府中，在他亲手筑造的地下宫殿中，看到了他的公子公主被赐死，他的大臣被腰斩，他们的灵魂，那些冤屈的鬼魂，在他始皇陵的外墙中彻夜哭泣，而他却束手无策，愤怒跟狂风蹂躏柳树一样糟蹋他！

而在荆轲高渐离之后，陈胜吴广也揭竿而起，黄土一样多的黔首扔掉锄头，拿起刀枪，黄河水一样汹涌澎湃冲向咸阳！

而他的阿房宫，他的宏伟的七百座宫殿，被项羽和六国人付之一炬…

令他心碎的还有，他的孙子子婴也跪倒在刘邦的脚下，并被项羽挑了脖子…

请告诉我，当这一切发生时，这自认为功盖三皇五帝，将我华夏始祖黄帝都不放在眼里的嬴政--将我祖黄宗轩辕开创的，经我道尊老子弘扬光大，基于自然之道、基于人道，以自然自由为最高宗旨的轩辕教，从广袤的黄土地上步步打压，最后被逼无奈，不得不躲入深山老林以修心养性为追求，从治世救人的大道沦落为逃避世俗的山间小径--请告诉我，当这一切发生时，这个人，这个叫嬴政的，他的内心是否也被恐惧所慑服！他的道心是否被恐惧，也许也有那么一些反思，半点忏悔，唤醒！

或者，他的内心是否被我祖黄宗的道所照耀，使他在绝望中看到了拯救的光！

但我知道，当他在始皇陵醒过来，眼前的跟他平日看到的截然不同时，并没有第一时间里意识到权势、皇位，以及生命，已经被道击得粉碎了！

昔日的始皇帝，已经是死尸一具了！

嬴政无法理解眼前的这一切：一具死尸在棺材里，棺材在坟墓里，坟墓在泥土里，泥土在大地里，而他，这天之子，竟然就是那具死尸！

……

天啊，我的父，我是嬴政，我是始皇帝，我是至高无上的大主宰！你掌管天上的一切，我掌管地上的万物！

可是，可是，这是怎么一回事？我竟然变成了一具死尸，被葬在了泥土里！

是人？是神？竟敢如此不顾这天地间的大理，将天帝的儿子，一统天下的嬴政，将我始皇帝当做一具死尸，埋葬在黄土地里！抓住他，杀了他！灭了他的九族，让他像泥土中的蛆虫一样……

李斯，赵高，你们在哪里?执行朕的旨意，无论是人是神，格杀勿论！格杀勿论!这是寡人，朕，是真人始皇帝的旨意。难道你们不明白，我大秦的立国之本，朕解决问题的办法，那永远的一百零一招，便是杀！无论是人是神，挡我路者，格杀勿论。

怎么？你们怎么不回答！难道你们害怕了吗？

你们这帮废物！我大秦害怕过什么？人？神？你们这帮没有脑子没长记性的废物，难道忘记了，当年，我大秦二十八年，朕巡游天下，在长江巧遇大风。朕问博士这里的神祇是谁，他们告诉朕这里的神祇是湘君，是尧的女儿，舜的妻子，死后葬在这里，并想让朕另择它路，以避让之。

朕说，葬在这里可以，挡朕的路，不可以。三皇五帝朕都不放在眼里，区区一个尧的女儿、舜的妻子，岂可挡住朕的去路！

作为对她的惩罚，朕命令刑徒三千人，将湘山上的树木全部砍光。湘君便收敛她的狂风，躲到山后哭泣去了。

记得秦三十五年吗？朕启动了许多规模宏大的工程。第一项是直道！从咸阳到北方边境的道路。朕说，这路要跟吃饭的筷子一样笔直。他们问朕，遇到山谷河流怎么办，难道能不绕道吗？朕说：看到山给朕铲平了，看到谷就把谷给朕填平了，看到河流就给朕架桥而过，朕之旨意，便是这条道路一定要笔直地通到北方的边境去！怎麽样，朕做到了！

挡我路者，无论神，无论人，格杀勿论！

挡我路者，无论河流山川，统统让道！

李斯、赵高，听到了吗？

怎么？这奴才如此胆大妄为，居然不传朕的旨意，甚至不来朝见朕？看来他们的脚步已经到了黄泉路上。

我要亲手杀了他们，如同杀了荆轲、高渐离一样！

啊，怎么回事？我怎么突然感到浑身发冷！这两个狗日的，听到他们的名字，我就感到脑门子发凉！我将他们剁成了肉酱，他们的血污染了我的龙袍！这两个狗日的，冷怂！

他们能杀得了我吗？！我乃天之子，不受人间法律不受人间习俗不受鸟兽虫子一样宿命制约的天之子！我的生命比人的生命结实健壮长久，同不死的神祇一样长久！这难道不是天意吗？天父派遣我来到这个世上，就是要行使他对人永远的统治，神一样的统治，如果天之子跟人之子一样受宿命的制约，他怎么统治人类？怎么领会天的旨意并在人间实行之！既然天选择了我，将我派遣来到世间统治人类，那么，他，天父，一定赋予了我不死的生命！

这难道不是一个显而易见的真理吗？！

要相信天父，相信天命，要相信自己是不死的，跟永恒的神祇一样不死！

可是，奈何李斯赵高却不来见驾？

胡亥呢？朕最可爱的小儿子呢？

胡亥，胡亥！可是，我怎么听不到自己的声音？我怎么像在梦魇之中？我这是在做梦？

对了，我这是在做梦！眼前的这一切都是梦！骗人的梦！

我不可能死！

我的胡亥，徐福不是说，求仙药的路上有蛟龙出没，而真龙天子降服了蛟龙，仙药就可唾手而得，而朕便可摆脱了俗人的宿命，跟神祇一样长命百岁了？！

朕不过奔五啊！朕怎么能死呢？！就是一黔首，五十岁就离开人间，也是可悲的事啊！功盖三皇五帝的朕，岂能不如一黔首？！

难道不是吗？那徐福说蓬莱的仙药是可以得到的，只是他们去海外仙山的途中，常会遇到大的鲛鱼，就是因为它常常阻碍，他们才到不了仙山。他们祈求朕派善射者同去，用连弩射杀之。吾笑曰，区区鲛鱼，何足挂齿。朕乃御驾亲征，驾船出海，在芝罘那里，那鲛鱼从海里一跃而出，便被朕亲手射杀！

上帝啊，天父，这一切您亲眼见证！

……唉，那鲛鱼死于朕，那徐什么来着，徐福，是不是？朕给了他无数的金银财宝，他应该取得长生不死的仙药了！

徐福，将那长生不死药呈于朕！

……赵高，将那徐福取得的长生不死的仙药呈于朕！朕灭了那东海的鲛鱼，给徐福扫清了取仙药路上的障碍，他应该已经拿到仙药了，快快拿来给朕服用。

……上帝啊，我的天父，这帮畜生怎地毫无动静，寡人连一个脚步声怎么也听不到……

……唉，哪里的臭屁味儿?哪个不要命的奴才，居然敢在朕的殿堂里放屁?拖出去给我斩了！

……嗯，这臭味咋回事儿?怎么可能?我再闻闻。这些狗日的，这些狗奴才，多日没给朕换洗衣裳了？

……我再闻闻……这臭味果然是从朕的衣裳中来。真难闻，简直要使我昏头胀脑了。如此，朕如何处理天下大事。这帮狗奴才，我要杀了他们。赵高，传朕指令，将御衣房的奴才们全给我砍了。

为什么我听不到任何人的声音，难道他们全都死了吗？没有朕的旨意，他们敢死吗？

哦呦，这哪里来的鲍鱼？居然堆放在朕的龙床上。赵高，赵高，你这狗奴才，赶快将这些鲍鱼清除干净，给朕换上干净的床铺……啊，这些狗日的，他们难道死光光了，朕可是没有赐死他们啊，纵使杀了满朝文武，朕也会留下那赵高啊，他可是朕的贴心小棉袄啊！

冷静，冷静，我也要冷静冷静!贵为天子，不可乱了方寸，被卑俗的世人看了笑话。可是，我的天啊，上帝，天父，我的身体怎么腐烂了？你看，早上我的胸脯的肉色还是鲜活的，这会儿怎么已经腐烂了？让我瞅瞅，让我仔细瞅瞅，这是怎么回事?我感觉身体支撑不起来。我要下地走走……

……啊呀，我的天啊，我的胳膊腿儿怎么一点力气都没有啊。我感觉我已经起来了，从床上下来了，可是，那龙榻上的人是谁啊，他怎么那么像我啊？！

我摸摸看，看看哪个胆大妄为的奴才装扮成寡人的模样在这里装神弄鬼，我要将他剁成肉酱。那荆轲高渐离就是他的下场。

啊呀，我的天父啊，那个发臭的，身边堆满了鲍鱼的，那个死人，他怎么扮作朕！

如此胆大妄为，格杀勿论！

我大秦夺得天下，就靠这一招，杀无赦；我大秦统治天下，靠的依然是这一招，杀无赦！

李斯，将这个胆大妄为的反贼拉出去斩了！

李斯，李斯！这狗日的李斯也不听使唤了吗？待明日上朝，看朕首先杀了你……

……卫士呢……这些笨蛋，朕现在命令你们，可以带刀上殿，给朕砍了躺在朕龙床上的反贼!

　　怎么?竟然没有人听从朕的旨意了?难道他们都想死了吗……好吧，那就让朕先斩了这胆大妄为的反贼!

　　我砍，我砍，看你这狗日的冷怂，竟敢扮作老子的模样……一刀，两刀，三刀……呵，这狗日的命牢，荆轲被老子砍这么多刀也该死翘翘了，可这反贼竟然……

　　……他不可能是我!朕是天子!让这狗日在朕的龙榻上暂且享受享受做天子的尊荣吧……

　　朕且喘口气……散散步……咋地，这宫里今日怎地一个鬼影子都不见……朕已经登上了九层高台……朕瞭望大秦河山……在天的父啊，我那黄河哪里去了?我那扬子江哪里去了?还有黄山泰山华山呢……怎么，那里一条小肚鸡肠的水，白晃晃的水银一样的鸡肠子，是谁把它做成了黄河的样子……这狗日的胆大妄为……那躺在龙椅上的我竟然是用僵尸做的，朕抓住他非要灭了他的九族不可……唉，这又是怎么个状况……朕在咸阳有三百宫殿，咸阳外也有四百宫殿，可是，眼前的这个朕却从未见过，如此生疏……堂而皇之的大秦之始皇，孤家寡人……怎么，我在这里看不到绿色，看不到路边野草，树上的小鸟，田中的耕牛，边吃草边拉屎的羊……哦，那里有一只鹅，抬脚啄食的样子，朕去看看……真见鬼，这是谁跟朕捣鬼，是胡亥，朕最可爱的小儿子，将这铜雕放在水银做的湖边逗朕玩儿呢……胡亥，胡亥，从树丛里出来，要不朕要放小狗去抓你了……噢，真见鬼，怎么，这胡亥今日也……好吧，让我仔细……看看，这究竟是哪里……

……哦，咋回事……胡亥居然坐在朕的龙椅上，穿着朕的龙袍戴着朕的皇冠……这小狗日的玩耍啥呢……

……我怎么听到有人在哭?男人的女人的小孩的……听上去那么凄惨，像是将要被杀……那是些啥人?一二三……是三个……那不是公子将闾昆弟吗……将这帽檐上一条条的家伙拿开，这帮蠢蛋，这会儿给朕戴这帽子何用……将闾仰天大呼者三，曰:天乎!吾无罪!

……啊，这三人要拔剑自杀!我的孩儿，你们这是玩的哪出?赶紧给朕住手……怎可拿性命当儿戏!

……我的天啊，我看到了啥……这兄弟三人的身边，还有那么多的尸体……我看我看，天父啊，怎么，他们都是我的儿女，都是我的公子公主……哪个反贼如此残忍，竟然将我的儿女杀了一地……

……啊，让我冷静冷静!这是一场噩梦……我正在梦游……不是吗，你看，我这身体能够在空中飘起来，我身轻如燕，你看，现实生活中这是不可能的，何况，我没看到扶苏……是的，我没看到我的大儿子扶苏……老家伙，别沮丧，你是天子，你是不死的神，比不死的神还要伟大，法力无边，除了天父，这浩渺宇宙中你最大最英明最勇敢最长寿……是啊，你才五十岁……哈哈哈还早得很呢……杞人忧天之谓我也……哈哈哈……

……有人来…多么刚毅勇武的青年，我的天，那不正是扶苏，我的长子……上帝啊，天父，扶苏来看他的父亲了!看他矫健的脚步，他身上的佩剑啊，如同天上的闪电，这样的后人，如此刚毅勇武的后人，我大秦的未来……看哪，他拔出了长剑，那是他北上监军时，朕赐给他的，普天下再没有比它更锋利的了……可是，我的天啊，天父啊，这是怎么回事?他将那剑对准了自己的脖子……他要干什么?这楞娃狗日怎能这样耍子……大胆扶苏，扔下你的长剑……还不快来见朕?这娃怎么不听话…咋地，是我让你死的…朕赐死…朕说你谋反?这是哪来的屁话?放下剑，快来到朕的跟前，父皇已数年未见…可是，这楞娃咋地不听话了…啊呀，苍天啊，他怎么就这样用长剑挑了自己的脖子…噢，不，他没有死…你看，他站起来了…从那个躺在地上的尸体上站起来了，尽管像个幽灵，可他还是站起来了，这说明他并没有死，只是身体虚弱，像个幽灵…脸色苍白，脖子那里流着血，无助的眼神向我这里张望…可是，刚走两步，又倒下去了…除了身上的血，他白的就跟那棉花一样…我儿，到朕这里来，朕会让御厨给你做山珍海味，不消几天，你又会健壮得跟牛犊子一样…是的，我大秦最健壮的牛犊子，就是你，我嬴政的种…快来，快到父皇这里来…不要哭…你喊冤叫屈…我的天，谁敢动你的一根汗毛…可是，天啊，他怎么又回到那尸体里去了…扶苏啊，你可是皇长子，怎地这么喜欢死人，与那僵尸同眠共枕…苍天啊，这真要气死我了…我秦始皇的后人，天之子，怎可如此嬴弱…好吧，见他的鬼去吧!

我知道那不是我的儿子，不是扶苏，不过一具僵尸…是的，这天上怎么没有太阳，只有那半死不活的白晃晃的光，水银一样的光，冷不次次的…太阳啊，出来吧，照亮我…嗨，这狗日的太阳也不听话了…

是不是不想在天上混了?好吧,我会像灭六国一样灭了你!如果你不知道我是谁,不赶紧出来,我告诉你我的名字,会将你吓死的!

...咳咳咳...咳咳咳...我怎么会咳嗽?御医,给朕拿止咳药来...真是反了天了...

...我的胸感到好痛啊...

...狗日的,我又闻到了那鲍鱼味儿...真他妈臭...都钻到朕的身体里了...怎么跟人尸体的臭味很像啊...我在战场上就经常闻到这种腐烂味儿...他娘的,臭死人了...

我又看到胡亥了!胡亥,胡亥!难道没听见朕在喊你吗?

...嗨嗨,这小狗日,咋地戴上皇冠玩儿呢?哈哈哈,我这娃,顽皮得天下无双...胡亥,把皇冠还给父皇...唉,这小子居然不听话...居然爬上了金銮殿...李斯赵高...唉,李斯...唉,怎么地,李斯被腰斩,满门抄斩...赵高戴上了宰相帽...上帝啊,这是怎么一回事...

我感到心脏要从胸脯里跳出来了...上帝,天父,告诉我,这是怎么回事...那咸阳的宫殿里,咋是胡亥?

让我想想让我想想...朕要清静清静...放松放松...好...瞌睡时...枕头...想当年,朕每灭一国,便写放其宫室于咸阳...这事儿也被那司马迁,就是被挑了命根的...嘻嘻,真可笑...连这样的屁事儿也要写在史书里...这被挖了命根的,嘻嘻,真可笑,真该死...可是,老子打天下难道不就是为了这一口...老子就是要让天下的土地都姓秦...尽享天下荣华富贵...睡尽天下美女...使天下人皆为奴...这是那尉缭说的...尉缭那狗日的算是个聪明人...一介布衣,朕与之抗礼,他居然看出来了...朕拥有天下,天下人皆为奴…是的，打江山是一出戏，坐拥江山是另一出戏…这就叫帝王术…帝王术…哈哈哈…可笑，要不，拼了命打天下有屌用…那个轩辕教，搞出一个黄帝来，可笑，搞个破道凌驾于人鬼神之上也就罢了，居然也要骑在寡人头上…哼，我才不认你那一套呢…写放在这里的是哪国的…快来侍寝于朕…唉，真见鬼，这么多美女，怎地一个也用不成?看见朕，都从僵尸里鬼魂一样钻出来，扑到朕的怀里，可咋跟鬼影子一样，没有血肉，这如何是好…没有血肉的女人能用吗?你们这帮臭娘们儿，就是这样耍弄于朕?气煞我也!

　　…李斯，赵高，朕今日上朝，召见百官议政…是的…我大秦的天下，只有皇，没有王…主宰只有一个…我才不搞封建制那个破玩意儿…谁也不能跟我分享权力…我就是权力…我能被分享吗…笑话…我之下，人人平等，皆为我奴…人之上，只有始皇帝…不要跟我耍了…黄帝佬儿，你的轩辕教…知道我开创的啥教吗…哼哼，我不告诉你…哼哼，我是秦始皇教…你的那凌驾于天地之上的道…还有更荒唐可笑的什么自然自由那一套狗屁玩意儿，谁信…哼哼，告诉你吧，寡人虽然不创立宗教，但就这一招，就这郡县制这一招，比你那轩辕教强百倍…寡人的宗教就是集权…中央集权…始皇帝者教主也

　　…别黑白定一尊…定一尊…

　　…嘻嘻…道生法…黄帝佬儿，在你那里，可以…但是，寡人者，兼并诸侯而拥有天下，建立名号称为皇帝!

　　皇帝!是的，皇帝!哈哈，这不有了…寡人创立的宗教便是这皇帝教!

传朕旨意，我大秦教，便是皇帝教！别黑白而定一尊！

嘻嘻…道生法…嘻嘻，道法自然…嘻嘻，荆轲高渐离狗日的还整出个道法自由…不想活了…

…法法朕…道亦法朕…朕在，天下在…朕不在，天下不在…

…拥有一切，控制一切，享用一切…寡人之皇帝教…权教…拳头教…至高真理…这天下…谁拳头大谁说了算…哈哈哈哈…拳头教…我是拳头教教主…那个家伙真有意思…权力…拳头…无所不有，无所不包，无所不能…寡人说，文字统一，便统一…度量衡统一便统一…百家废除便废除…别黑白而定一尊便别黑白而定一尊…！

…唉，这些奴才怎么还不上朝…不听话了…不想活了…李斯…这李斯怎么被大卸八块…我可没有下令杀他啊…李斯李斯…到朕这里来，告诉朕，怎么回事儿…跟朕玩的哪出…啥…你被二世皇帝杀了…你这不胡说吗…哪有什么二世…寡人在此，何来二世…朕连太子…唉，这狗怂…看看，我说我那小儿子是耍子着呢…你看，他去了皇帝的衣帽…哎哎…可怎么…又耍上自杀的游戏了…我的娃儿，怎么都喜欢拿自杀耍子…嘻嘻，真是好笑…他们是没打过仗，以为死是好耍子的…

…唉，赵高…赵高…这狗日的赵高真会讨人喜欢…学生自杀他也跟着耍自杀…好好好…你们都耍自杀吧…寡人看看热闹…

…让我想想让我想想…朕十三岁即位，二十二岁亲政，铲除了嫪毐，罢免了吕不韦……大梁人尉缭前来献计…三十万金…聪明人…哎，这狗日后来跑了…信了轩辕教…傻子…轩辕教…是为十年…

十一年，攻打邺城，夺取城邑九座…

十二年，吕不韦死，门客私下把他埋葬了…岂有此理…门客中临丧哀哭的，朕或罢免了他们的官职，或将他们驱逐出境…

十三年…十四年，韩非出使秦国…后来死在云阳…韩王请求成为我大秦之藩臣…

十五年…十六年，朕派遣军队接收韩国南阳…十七年，俘获韩王安，韩国土地从此全部姓了我大秦…

十八年，攻赵…十九年，俘获赵王…寡人亲临邯郸，那些和母家有仇怨的人，统统活埋之…

二十年，缩头乌龟太子丹…荆轲…亡命徒…被寡人肢解示众…二十一年，攻克燕都…丹之首级…

二十二年，攻魏，魏王请降，全纳魏地…二十三年，俘获楚王…二十四年…二十五年，王翦平定楚国江南地区，降服越君…朕下令天下宴饮庆贺…

二十六年，我大军从燕地向南攻打齐国，俘获齐王建…

…更名号曰皇帝…改黄河为德水…民皆谓黔首…废分封设郡县…尽收天下兵器于咸阳，熔化并铸成大钟及十二铜人…

…二十七年，巡视陇西…二十八年向东巡视，登泰山…祭祀天神…狂风暴雨…向南登临琅琊山，大乐之，留三月…树立石碑，颂扬大秦功德…法度端正公平，万物有了纲纪…万物有了纲纪…寡人登基，万物有了纲纪…寡人匡正不良习俗，规划山川大地，优恤民众疾苦…古时候的五帝三皇，知识教化不同，法令制度不明，借助鬼神威力，欺骗远方民众，实和名号不称，所以不能长久…自身还没亡殁，诸侯已经背板，法令不能施行…入金皇帝统一海内分为直辖郡县，天下和睦清平…显扬祖先宗庙，行大道施德政，尊号大称成功…群臣们共同称颂皇帝的功德，刻在金石上面，作为永久典范…

…自东方返回，经过彭城，亲自斋戒祭祀…泗水中打捞九鼎…不得…渡江遇大风…舜的妻子妖风作乱，销其山…

二十九年…登芝罘山…立碑刻石…宇宙神州之中，顺从遵循圣意…

…又东观刻石…开拓一统天下，根除灾难祸害，永远停息战乱…

…三十年…三十一年…几个狗日的…兰池…袭击朕…杀之…三十二年，韩中候工石生为朕觅求不死仙药…卢生…亡秦者胡也…蒙恬…扶苏…三十万…

三十三年，驱逐匈奴…蒙恬北渡黄河攻取阳山北假…三十四年，贬谪不秉直办理狱讼之人，修筑长城戍守南越…咸阳宫设置酒宴，博士祝酒…仆射周青臣…淳于越…李斯…三代之事，何足法也…今皇帝并有天下，别黑白而定一尊…善…善…善…

三十五年…修筑大道，经过九原郡抵达云阳，挖山填谷，径直相通…阿房宫…天桥…跨渭水…

…卢生谓寡人曰…真人…真人…卢生逃…坑杀方士儒生，晓之以天下…扶苏…北上监军…

三十六年…三十六年…而地分…祖龙…占卜…卦得游徙吉…

三十七年…出游…李斯…胡亥…徐福为朕入海求神药…大

鲛鱼…吾射杀之…然后沿海岸西行…然后到达平原津…

然后呢…然后…上帝，天父，然后呢…时间怎么…三十八年呢…难道没有了三十八年…

让我想想，让我仔细想想…然后，难道…

上帝啊，天父，难道我…堕入了凡俗之人才有的宿命…堕入了生死轮回…

让我再想想，三十七年，平原津…噢，天父，上帝，难道仙药…难道…疾病死亡…凡夫俗子…难道我不是天子…难道也在那黄帝佬儿的生死轮回…所谓的…天父啊，你怎可欺骗于我…

让我想想，让我仔细想想…噢，天父啊…我病了…病了…我感到身体发冷…四肢无力…我看见了荆轲高渐离…他们都是鬼…

…我眼前的宫殿，这些人这些金银财宝江河山川都是死的…是给死人的陪葬啊…我的天父…

让我想想…我再想想…寡人赐书公子扶苏…与丧会咸阳而葬…

是啊，是啊…射杀…大鲛鱼…为徐福扫清了取仙药…长生不死药…是啊，障碍扫除了…将那仙药取来…朕…寡人…真人…秦始皇帝…

…可是，那徐福跟卢生…王八蛋…

…天父啊，上帝…平原津…

天父啊，上帝…与丧会咸阳而葬…

…天父啊，上帝…喘不上气了…是的，应该是扶苏…头戴皇帝冠冕的应该是嫡长子扶苏...刚毅勇武的扶苏...

黄帝啊...我祖黄宗...

不...功盖三皇五帝...黄帝不足法...不足法...

上帝啊，天父...寡人明白了...定是那李斯赵高篡改了朕的旨意...

是的，这两个...是的...害怕扶苏上台废了他们...密谋篡改了朕的谕旨...

李斯啊赵高，寡人的一世英名千秋伟业...毁在了这两个狗奴才手里...

...千刀万剐断子绝孙灭了九族...不足以解寡人心头之恨...

轩辕...黄帝...我祖黄宗...惩罚在道...李斯赵高...

...寡人浑身发冷...这里跟冰窖一样...李斯赵高...给寡人生火...

...鲍鱼的臭味...尸体的臭味...

躺在那里的竟然是我...是寡人...这怎么可能...这怎么可以...

胡亥，我儿...死...自杀...

胡亥...儿...自杀不要紧，只要皇位在...

禀告父皇...谁是三世...

...禀告父皇...三世是...